목만치2

초판 1쇄 인쇄 2007년 2월 20일   초판 1쇄 발행 2007년 2월 25일

지은이 이익준 **펴낸이** 김태영

기획 H2 기획연대_ 박현찬

기획편집 1분사_ 분사장 박선영   **책임편집** 성화현
1팀_양은하 이둘숙 도은주   2팀_오유미 가정실 김세희   3팀_최혜진 한수미 정지연
4팀_이효선 성화현 조지혜   디자인_김정숙 하은혜 차기윤

COO 신민식   **상무** 신화섭   **콘텐츠 사업** 노진선미 이유정 김현영 이화진   **제작** 이재승 송현주
마케팅 정덕식 권대관 송재광 박신용 김형준   **영업관리** 김은실 이재희   **HR기획** 송진혁
인터넷 사업 정은선 왕인정 김미애   **홍보** 김현종 허형식 임태순   **광고** 김정민 이세윤 김혜선 허윤경
경영혁신 하인숙 김도환 김성자   **재무** 고은미 봉소아 최준용

펴낸곳 (주)위즈덤하우스   **출판등록** 2000년 5월 23일 제13-1071호
주소 서울시 마포구 도화동 22번지 창강빌딩 15층   **전화** 704-3861   **팩스** 704-3891
전자우편 yedam1@wisdomhouse.co.kr   **홈페이지** www.wisdomhouse.co.kr
출력 엔터   **종이** 화인페이퍼   **인쇄·제본** (주)현문

값 9,800원   ⓒ이익준, 2007
ISBN 978-89-5913-195-2 04810
ISBN 978-89-5913-193-8(전3권)

이익준 장편소설

2 **단심의 여인들**

예담

일러두기
이 소설은 역사적 사실과 실제 인물들을 바탕으로 작가가 허구적으로 구성하였음을 밝힙니다.

차례

큰 바람 일어 구름을 흩날리네.
천하의 힘을 받아 고향으로 돌아간다.
어떻게 용맹스런 무사를 얻어 천하를 지킬고

함정

        국강의 집은 어마어마한 크기의 대저택이었다. 목부 장리라는 직책도 직책이지만 집안 대대로 물려온 거만의 재산으로도 이 나라에서 첫손 꼽히는 집다웠다.

   끝없이 이어진 높은 담벼락은 행인들에게 위압감을 안겨주기에 충분했고, 커다란 대문 양옆으로 행랑채가 연달아 지어져 있었다. 하루 종일 열려 있는 육중한 대문에는 문지기 몇 명이 항상 지키고 서 있고, 찾아오는 사람들이 끊이지 않았다.

   국강의 집 대문이 훤히 보이는 거리 끝에서 나뭇짐 장수로 변장한 딱부리와 또복이는 온종일 드나드는 사람들을 감시하고 있었다.

   딱부리는 30대 초반으로 수달치 패거리 중에서 부두령 급이었다. 그리 크지 않은 체구지만 단단하기가 박달나무 같았고, 병장기 다루는 솜씨가 뛰어났다. 눈치가 빠르고 입이 무거워서 사정을 듣고 난 수달치는 곰쇠에게 딱부리를 적극 추천했다.

그리고 세 명의 부하들이 더 따라왔는데, 그들은 국강의 집 뒤쪽을 감시하고 있었다. 눈이 빠져라 이틀째 지켜보고 있었지만 아직까지는 별다른 기미가 없었다.

딱부리는 저려오는 오금을 달래기 위해 콧등에 침을 바르면서 인상을 찌푸렸다. 벌써 진력이 나도 한참 난 참이었다. 발을 간신히 펴면서 자리에서 일어나는데 저만치에서 곰쇠가 다가왔다.

"형님, 오시우?"

"고생이 많다."

"탁배기라도 한잔 했으면 좋겠수다."

"조금만 기다려. 내 거하게 한잔 내마."

그렇게 말하면서도 곰쇠는 화톳불 가에 서서 불을 쬐고 있는 문지기들을 유심히 살폈다.

"별다른 낌새는 없지?"

"예, 형님. 이럴 게 아니라 아예 월장을 합시다."

"아니다. 곧 만돌이가 올 게야."

"만돌이가요?"

"그래. 만돌이와 미리 약조가 되어 있다. 만돌이가 들어가는 것을 보고 어디 가서 어한이라도 하자. 새벽 참에 만돌이에게 소식이 있을 것이다. 그때 넘어간다."

"진작 말씀하시지 않구요."

어한이라는 말을 들었을 때부터 딱부리는 속없이 실실 웃어댔다.

반 식경이나 지났을까. 과연 곰쇠의 말대로 거리 한쪽에서 만돌이가 나타났다. 나귀에 커다란 부담농을 실은 채 만돌이는 경마잡이를 대동해 느긋하게 걸어왔다.

문지기들이 낯익은 만돌이를 보고 아는 체했다.

"어서 오우. 안 그래도 기다리던 참이오."

"그동안 별일 없었소? 고생이 많다."

"그래, 당항포 객사 사정은 어떻수?"

"덕분에 잘되어갑니다. 내 안 그래도 형씨들 주려고 선물을 준비해 왔소."

만돌이는 부담농 속을 뒤적이더니 조그맣게 싼 유지꾸러미를 두 개 꺼내 그들에게 건넸다.

"바다 건너 온 사향이오. 이놈이라면 제아무리 콧대 높은 기생년이라도 사추리를 벌리고 달려들 거요."

"아이구 뭘 이렇게 귀한 걸……."

문지기 두 사람은 사향 꾸러미를 서둘러 품속에 집어넣었다. 당항포에서 올 때마다 인사를 빠트리는 법이 없어서 만돌이는 국강집 종복들에게 인기가 있었다.

"어서 들어가시우. 나리께서 기다리고 계신다우."

"그럼 나중에 봅시다."

만돌이가 나귀를 앞세우고 들어가자 문지기들이 주섬주섬 화톳불 불씨가 날리지 않도록 다독거리더니 대문을 닫고 안으로 사라졌다. 그들을 지켜보던 곰쇠가 또복이에게 일렀다.

"넌 뒤쪽으로 가서 야금이 패를 찾아서 째보네 주막으로 오너라."

또복이가 종종걸음으로 다른 패들을 찾아 어둠 속으로 사라졌다. 곰쇠와 딱부리는 주막이 있는 방향으로 걸음을 옮겼다.

잠시 후 곰쇠와 딱부리가 째보네 주막 뒤편 봉놋방에서 기다리고 있는데 또복이가 야금이를 비롯한 세 명의 패거리를 데려왔다. 모두 시장기에 시달리던 참이라 막 들어온 술상을 보자 얼굴에 화색이 돌았다.

"새벽에 일을 치를 것이니 너무 많이 마시지는 말어."

"알겠습니다."

말은 그렇게 했지만 들어온 탁배기 한 동이가 눈 깜짝할 사이에 비워졌다. 모두 미진한 참이라 눈치만 보고 있는데 곰쇠가 중노미를 불러 두 동이를 더 가져오게 하자 여기저기서 목젖 꿈틀거리는 소리가 들렸다. 새로 가져온 두 동이도 금세 바닥이 났다.

아랫목이 절절 끓었고, 돼지머리 고기 안주에 술까지 마신 참이어서 누가 먼저랄 것도 없이 늘어지게 코를 골면서 잠에 빠져들었다.

그래도 나이 어린 탓에 술을 마시지 않은 또복이가 인시쯤 눈을 떠서 일행을 깨웠다.

주막을 조용히 빠져나온 그들은 국강의 집 뒤편으로 갔다. 이미 만돌이를 통해서 집안 구조를 어느 정도 파악해둔 참이었다.

어둠 속에서 조용히 기다리고 있자 가느다란 새소리가 들려왔다. 이 야심한 새벽에 새가 울 리는 없고, 미리 약조한 대로 만돌이가 내는 소리였다. 이쪽에서도 딱부리가 새 우는 소리를 냈다.

잠시 후 곰쇠를 필두로 해서 딱부리, 야금이가 담장을 뛰어넘었다. 또복이와 다른 두 사람은 밖에서 망을 보았다. 초조하게 기다리던 만돌이가 그들을 맞았다.

"어떻게 됐소?"

곰쇠가 목소리를 낮추어 물었다.

"하인놈 하나를 구슬려 물어보니까 며칠 전부터 별당에 출입이 엄금되고 있답니다. 아씨가 잡혀 와 있다면 그곳이 틀림없을 겁니다."

"별당이 어디요?"

"저쪽이오."

만돌이가 어둠 속을 향해서 팔을 뻗었다. 소나무 몇 그루가 서 있는 뒤편으로 어슴푸레하게 별채 하나가 보였다.

"감시하는 놈은?"

"하인 두어 놈이 근처에서 얼쩡거리는 것을 보았소. 별당 안에도 있는지는 확인할 수 없었소."

"국강이 의심하는 눈치는 아니오?"

"국강은 만나지도 못했소. 국협이 당항포 객사를 관리하고 있소."

"애꾸눈에 돼지처럼 살찐 놈 말이오?"

"그렇소."

만돌이가 소리 없이 웃었다. 국협을 돼지 같다고 말하는 곰쇠가 더하면 더했지 결코 모자라지 않았던 것이다.

"이 양반이 날아가는 기러기 거시기를 보았나, 왜 웃소?"

"아니올시다."

"그럼 그냥 처들어갈까?"

"그 방법밖에 없겠소?"

만돌이가 걱정스레 물었다.

"아따, 난 무식해서 그려. 그 방법이 최고지. 득달같이 달려가서 진 낭자가 있으면 그냥 들쳐 업고 나오면 되는 거여. 앞을 가로막는 놈이 있으면 그 자리에서 요절을 내고 말이여."

"난 모르겠소. 어쨌든 의심을 사지 않아야 하니까 난 여기서 헤어지겠소."

"그려. 나중에 당항포에서 봅시다."

만돌이는 종종걸음을 치며 사라졌다.

곰쇠는 발소리를 죽여 별당 쪽으로 접근했다. 그 뒤를 딱부리와 야금이가 따랐는데 어느새 그들의 손에는 날카로운 단검이 쥐여져 있었다.

이제 갓 스물다섯을 넘은 야금이는 야무지기가 깎은 밤톨 같았다. 어릴 적부터 관노였는데 스스로 그런 제 인생을 박차고 수달치 패거리에 들어왔다. 그때가 그의 나이 열일곱, 지금 또복이 또래였다. 그 어린 나이에 관노로 평생 늙어갈 자신의 운명을 스스로 걷어찼다는 것은 야금이의 성정이 보통이 아님을 말해주었다.

앞장서서 접근하던 곰쇠의 몸이 긴장으로 굳었다. 별당 마루 위에 하인 두 놈이 문설주에 기대어 잠들어 있었다.

곰쇠의 눈은 빠르게 주변을 살폈는데 별다른 기척이 없었다. 일이 예상보다 쉽게 풀려나간다 싶었다.

곰쇠는 눈짓으로 딱부리와 야금이에게 뒤쪽으로 가라고 지시했다. 그들이 별당 뒤쪽으로 다가가는 것을 확인하고 난 곰쇠는 발소리를 죽인 채 마루에 올라섰다.

곤하게 잠든 하인 두 놈의 멱살을 움켜쥐는 동시에 곰쇠는 끙, 하는 소리와 함께 두 놈의 머리를 호되게 박았다. 박이 깨지는 둔탁한 소리와 함께 하인들은 정신을 잃었다.

그대로 문을 박차고 뛰어들면서 곰쇠가 이부자리에 누워 있는 여인을 들쳐 업는 순간 등허리에 무언가가 선뜻하게 와 닿았다.

놀란 곰쇠가 뒤를 돌아보자 이번에는 옆구리에 선뜻한 감촉이 와 닿았다. 반사적으로 곰쇠가 등에 들쳐 업은 여인을 업어치기로 내던졌다. 벽에 부딪쳐 박살이 나야 할 여인은 그러나 사뿐하게 벽을 발로 짚으면서 바닥에 착지했다.

깊게 베인 등허리와 옆구리에 격심한 고통을 느끼면서 곰쇠는 상대를 노려보았다. 어둠 속이지만 몸매가 호리호리한 자는 진연이 아니었다. 그리고 동시에 밖에서 함성이 일었고, 병장기가 부딪치는 소리에 이어 딱부리의 고함이 들려왔다.

"형님! 함정이오!"

"형님, 어서 빠져나오시오!"

야금이의 목소리도 들려왔다.

곰쇠는 상대의 손에 들린 단검이 어둠 속에서 반짝, 하고 빛을 발하는 것을 보았다. 일단은 밖으로 나가는 것이 상책이었다. 곰쇠는 등잔대를 발끝으로 강하게 올려찼다. 등잔대가 날아가자 사내가 옆으로 움직였다.

그 틈을 이용해서 곰쇠는 밖으로 몸을 날렸다. 상대도 빨랐다. 곰쇠의 옆구리를 겨냥하면서 사내도 함께 몸을 날렸다. 아슬아슬하게 사내의 칼날이 곰쇠의 옷을 베었다. 곰쇠는 공중제비를 두어 바퀴 돌면서 자리를 잡았다.

보기 드문 솜씨였고 모처럼 만난 호적수였다. 사내와 일정한 거리를 유지한 채 곰쇠는 사내의 빈틈을 엿보았다. 베인 상처에서 피가 계속 번져 나왔지만 신경 쓸 겨를이 없었다.

열 명도 넘는 사내들이 날카로운 환도를 든 채 별당을 포위하고 있었다.

딱부리와 야금이의 실전경험이 풍부하다 한들 중과부적이었다. 시간을 끌어서 유리할 게 없었다.

"너희는 재주껏 빠져나가라!"

"형님은 어떻게 하시구요?"

"내 걱정은 하지 말구 너희나 꼭 목숨을 건지도록 해라!"

"그럼 형님, 몸조심하시우!"

딱부리와 야금이가 괴성을 내지르며 앞으로 뛰쳐나갔다. 그러나 상대는 만만한 적수가 아니었다. 이쪽의 행동을 짐작이라도 하고 있었다는 듯 진형을 옮기며 포위망을 늦추지 않았다.

딱부리와 야금이는 이내 사내들의 포위망에 사로잡힌 형국이 되어 접근전이 벌어졌다. 칼날과 칼날이 부딪치는 소리가 귀청을 찢었는데 소름이 끼칠 정도였다. 첫 비명은 포위한 사내들 쪽에서 새어나왔는데 다음 순간 딱부리가 신음을 삼켰다. 허벅지를 깊숙이 찔린 것이다.

"딱부리 형님!"

야금이가 앞에서 찔러오는 칼을 받아넘기며 고함을 질렀다. 그러나 이미 중심을 잃은 딱부리는 연달아 등이며 어깨에 칼을 맞았다. 야금이가 괴성을 지르며 딱부리에게 달려가려고 했지만 그를 막아선 사내들이 곱게 보내줄 리 없었다.

야금이도 어느 결인지 모르게 왼쪽 어깨에 칼을 맞았다. 비틀거리면서도 야금이는 용케 중심을 잃지 않고 담벼락에 등을 댔다. 이제 적어도 뒤쪽은 안심해도 되었다. 야금이가 이를 악물고 적들과 싸우는 사이에 곰쇠는 호리호리한 사내와 아직도 마주하고 있었다.

곰쇠가 딱부리와 야금이 쪽으로 달려가려고 할 때마다 사내는 재빠르게 걸음을 옮기며 가로막았다. 보법이 빠르면서도 정확했고 빈틈이라곤 전혀 보이지 않았다.

곰쇠는 사내와 일정한 거리를 유지한 채 무기를 가지고 오지 않은 것을 비로소 후회했다. 방천화극이 있다면 이놈을 단숨에 요절냈을 터였다. 지나치게 자신의 힘을 믿은 게 불찰이었다. 기껏 있어봐야 하인 나부랭이 몇 놈이 지킬 것이라고 생각했다.

그러나 사내는 상당한 고수였다. 게다가 방에서 습격을 받은 곰쇠는 계속 피를 흘리고 있었고 자꾸만 정신이 혼미해지는 느낌이었다.

"야금아! 괜찮냐?"

정신을 차리려는 듯 곰쇠가 소리를 버럭 지르자 야금이가 악에 받친 목소리로 받았다.

"괜찮수다! 이놈들에게 죽을 내가 아니오!"

"그려, 장하다! 꼭 살아남아서 만나자꾸나!"

"하지만 딱부리 형님은 틀린 것 같수다!"

"딱부리, 딱부리는 어디 있느냐?"

바닥에 널브러져 있는 딱부리 주변은 온통 끈적한 피투성이였다. 죽어 있는 딱부리를 돌아보는 순간 곰쇠의 눈이 뒤집혔다.

"이놈들!"

곰쇠의 벼락 같은 고함에 사내들이 움찔했다. 저 옛날 항우나 관운장이 환생한다면 저러할까, 상대의 기를 압도하는 목소리였다.

다음 순간 곰쇠는 사내를 향해 몸을 날렸는데, 사내도 피하지 않고 칼을 맞바로 찔러왔다. 이쪽은 빈손이었고 사내는 정확하면서도 빠른 검술솜씨를 가지고 있었다. 하지만 육중한 몸으로 뛰는데도 발소리가 거의 나지 않을 정도로 곰쇠는 빨랐다. 사내는 곰쇠의 심장을 똑바로 겨누었다고 생각했지만 그 찰나에 칼은 몸을 비튼 곰쇠의 겨드랑이를 파고들었다.

사내가 눈을 치켜뜨는 순간 곰쇠의 얼굴이 바로 눈앞에 와 있었다. 눈 깜짝할 사이도 없이 곰쇠의 머리가 사내의 얼굴을 그대로 받아버렸다.

사내는 아무런 생각도 할 수 없었다. 단지 머릿속이 비어간다고 느꼈다. 마치 폭죽이 터지듯 눈앞에 하얗게 퍼져가는 파도의 포말 같은 것이 보였다. 그러고는 영원한 암흑이었다.

곰쇠는 환도를 집어 들고 돌아섰다. 우두머리의 머리가 단 한 번의 박치기로 골수가 터져 나오며 깨지는 것을 본 사내들은 마치 지옥도를 목격한 기분이었다. 기를 잃은 사내들은 더 이상 싸울 의욕을 잃었다.

"가자, 야금아!"

"예, 형님!"

벽에 등을 기댄 채 사내들과 대치하고 있던 야금이가 그대로 담장을 뛰어넘자 그 뒤를 곰쇠가 따랐다. 그런데 밖에서 기다려야 할 또복이 패가 보이지 않았다. 이쪽의 월장을 대비하고 있었다면 세 사람 역시 놈들에게 당했음이 틀림없었다. 곰쇠와 야금이는 서둘러 어둠 속으로 사라졌다.

"일을 서툴게 처리했구나."

목만치가 침통하게 말했다.

곰쇠는 고개를 숙인 채 바닥을 내려다보았다. 옆에 앉은 야금이도 곰쇠와 마찬가지로 온통 상처투성이였다. 급한 대로 지혈을 했지만 얼마나 피를 흘렸는지 두 사람 모두 안색이 창백했다.

"너희의 얼굴을 목격한 놈들이 한둘이 아닌 이상 곧 여기로 쳐들어올 것이다."

"설마요……."

곰쇠의 말에 목만치가 고개를 저었다.

"놈들은 너희가 쳐들어올 것을 정확하게 예측하고 있었다. 놈들은 벌써 우리를 읽고 있었어. 우리가 너무 성급했다."

목만치는 눈을 부릅뜬 채 허공을 노려보았다. 곰쇠에게 전적으로 일을 맡긴 것이 불찰이었다. 아니 그보다 놈들을 얕본 것이 가장 큰 잘못이었다. 저들에게 속속들이 파악된 이상 상황이 더욱 악화될 것이 틀림없었다.

"우선 몸부터 숨겨라. 야금이라고 했느냐? 너도 함께 피하도록 해라. 내 짐작이 맞는다면 곧 놈들이 이곳으로 몰려올 것이다. 우선은 잡아떼겠지만 언제까지 먹혀들지 장담할 수 없는 노릇이다."

"주인, 죄송하오."

"이미 엎질러진 물이다. 네 한 몸 건사하는 것이 가장 시급한 일이다. 수달치에게 가서 당분간 의탁해라."

"크흑!"

곰쇠가 주먹으로 방바닥을 내리쳤다. 쫓기게 된 신세도 분했지만 딱부리의 죽음이 더욱 원통했다. 수달치를 무슨 얼굴로 볼지 걱정이었다.

"언젠가 꼭 원한을 갚을 날이 있을 것이다. 그때까지 성정을 억누르고 자숙하고 있거라. 알겠느냐?"

목만치의 목소리가 엄격해졌다. 곰쇠가 잠깐 목만치를 쳐다보았고 잠시 후 일어나 허리를 숙였다.

"그럼 주인, 몸 보중하시오."

"나리, 그럼 다시 뵈올 때까지 강녕하십시오."

목만치는 허공을 올려다보는 자세로 묵묵히 앉아 있었다. 두 사람은 이내 방을 빠져나갔다. 잠시 후 밖에서 말 울음소리가 들리는가 싶더니 이내 땅을 박차는 말발굽소리가 멀어졌다.

목만치가 예견한 대로 한 떼의 군사들이 목만치의 집을 안팎으로 포위하고 들이닥친 것은 곰쇠와 야금이가 떠난 지 한 시진도 되지 않아서였다. 밖이 소란해지자 행랑아범 돌이가 목만치의 방 앞에 와서 아뢨다.

"나리, 웬 군관들이 몰려와 나리를 뵙자고 합니다요."

"무슨 일이라더냐?"

"그건 잘 모르겠습니다만, 기세가 보통 등등한 게 아닙니다요."

"여기가 대왕마마의 위사장 집이라는 것을 모르는 놈들이냐?"

"설마 그걸 모르겠습니까? 하지만 막무가내로 나리를 뵈어야겠다고 야단입니다요."

"알았다. 만나보마."

목만치는 될 수 있는 한 천천히 의관을 챙겼다. 밖에서 인기척이 나고 헛기침소리가 연방 들렸다. 이윽고 목만치가 방문을 열고 대청으로 나갔다. 마당에 서 있던 장교 하나가 목만치에게 부복했다.

"사군부 장덕으로 있는 백영이라고 합니다. 위사장 나리께 문안 여쭙니다."

"이른 새벽부터 이게 무슨 소란이냐?"

"아뢰옵기 황송하오나 지난밤 목부 장리 댁에 괴한들이 들었습니다. 다행히 댁을 경비하던 병사들이 괴한들 중 몇 놈을 척살하고 한 놈을 추포했습지요. 하지만 두 놈을 놓쳤는데, 그중 한 놈이 위사장 나리의 부장이라는 제보가 있었습니다."

"허, 이런 변이 있나?"

목만치가 혀를 끌끌 찼다.

"내 부장은 며칠 전에 긴한 공무가 있어서 임나로 갔느니라. 그가 그럴 리 없다."

"나리의 부장을 목격한 이가 한둘이 아닙니다. 잘 아시다시피 나리의 부장은 그 체모가 특이해서 한번 본 사람이면 쉽게 잊히는 용모가 아니올시다."

"이보게 장덕. 그렇다면 지금 나를 의심하는 겐가?"

"나리를 의심하는 것이 아니라 뭔가 착오가 있는 듯싶습니다. 나리께서 부장을 임나로 보낸 것이 사실이라 해도 그 부장이 임의로 행동할 수 있지 않겠습니까?"

"이런 고얀……."

목만치가 쓴 입맛을 다시며 인상을 찌푸렸지만 장덕짜리도 만만하게 물러나지 않았다.

"죄송합니다만, 저도 지금 제 임무를 수행하는 중이올시다."

"좋다. 내가 어떻게 하면 좋겠느냐?"

"나리 댁을 수색해야겠습니다."

"마음대로 하라. 하만 내 오늘 일을 잊지 않으마."

"죄송하오이다."

백영이 부복하고 난 뒤 부하들을 돌아보았다.

"집 안을 샅샅이 뒤져라. 꼼꼼히 살펴서 하나라도 놓치지 말아야 한다. 알겠느냐?"

"예!"

부하들이 일제히 흩어져서 집 안을 수색하기 시작했다. 그러나 아무리 꼼꼼하게 뒤진다 한들 사라진 곰쇠와 야금이가 있을 턱이 없었다. 오랫동안 집 안을 뒤졌지만 아무런 흔적도 찾지 못한 백영이 낭패한 얼굴로 다시 나타났다.

"어떻게 되었느냐?"

"비적들의 흔적은 없었습니다."

"당연하지."

"하지만 나리의 부장이 이번 일에서 혐의를 벗기는 어려울 겁니다."

"내 아까 말하지 않았느냐. 부장을 임나에 보냈다고. 정 답답하면 네가 임나에 가서 확인해보거라."

백영의 입가에 희미한 미소가 떠올랐다. 목만치는 자신도 모르게 몸을 굳혔다.

"현장에서 추포된 놈이 나리 댁에서 일하는 종놈이더군요."

"……."

"놈을 문초하면 곧 모든 사실이 드러나겠지요. 나리께서 아무런 연관이 없기만을 바랄 뿐입니다. 그럼 이만 물러가겠습니다."

목만치는 물러가는 백영과 병사들을 망연하게 바라보았다. 행방이 묘연한 또복이의 안부를 걱정했는데, 최악이었다. 곰쇠, 그놈이 일을 엉망으로 그르쳐놓은 것이다.

목만치는 국강 부자의 얼굴을 떠올렸다. 그리고 그 뒤에 버티고 있는 여도의 강한 눈빛도. 짐작하던 것보다 더욱 크고 굵은 동아줄로 이쪽을 옭아맬 심산이었다.

보는 사람으로 하여금 오금이 저리도록 위압감을 안겨주는 그 강한 눈빛. 자신에게 도전하는 것을 도무지 용서하지 못하는 강한 기상. 목만치는 여도가 자신에게 겨눈 칼날을 분명하게 느낄 수 있었다.

회유

"고개를 들어라."

다소 잠긴 듯한 여도의 목소리가 방 안에 울렸다. 그러나 진연은 시선을 제 발치 끝에 떨어뜨렸을 뿐 조금의 미동도 없었다.

여도의 뒤편에 앉은 국강이 거들었다.

"나리께서 고개를 들라 하지 않았느냐?"

"……."

"허, 이런 고얀!"

국강이 혀를 차며 여도의 눈치를 살폈으나 여도는 가만히 진연을 바라보았다. 참으로 절색이었다. 반듯한 이마로부터 오똑한 콧날, 그 밑에 그린 듯이 패인 인중과 윤곽이 분명한 붉은 입술 그리고 귓바퀴를 타고 턱까지 흘러내린 부드러운 선이 그토록 아름다울 수가 없었다.

그동안 숱한 미인들을 보았다고 자부하는 여도로서도 진연과 같은 미색은 생전 처음이었다. 화려하지 않으면서도 은은한 기품이 배어나오는 진연이었다.

"세상에…… 어디에 저런 미색이 숨어 있었던고."

여도는 가만히 한숨을 내쉬었고 다시 입을 열었다.

"고개를 들어보아라."

"……."

"이런 발칙한 것이 있나? 여기 계신 나리께서 누구신지 알고 네년이 이러느냐?"

"이보게, 국 장리. 여기 일은 내게 맡기고 그만 나가보게."

"아, 알겠습니다."

국강이 황황히 자리에서 일어나 방을 빠져나갔다.

그들이 있는 곳은 국강이 도성 북부 거리에 은밀하게 만들어놓은 사처였다. 호색을 즐기는 국강은 강짜가 심한 본처 몰래 축첩을 했는데, 이 집은 그러니까 애첩을 위해서 마련한 곳이었다. 워낙에 아끼는 애첩인 데다가 거부인 국강이 마련한 곳이어서 본가에 조금도 뒤지지 않았다.

국강은 애첩을 친정으로 보내고 진연을 이곳에 데려다놓았다. 이 사실을 아는 사람은 극소수였다. 그리고 오늘 밤 여도가 이 사처로 찾아든 것이다.

국강은 마당을 서성거리며 창호에 비치는 두 사람의 그림자를 힐끔거렸다. 좋은 구경거리를 옆에서 지켜보지 못한 아쉬움 때문에 쓴 입맛을 다시는 국강의 가슴 깊은 곳에서는 한편으로 은근한 질투심이 치밀어 올랐다.

진연은 참으로 누구에게도 양보하기 어려울 정도로 탐나는 미모를 갖고 있었다. 만일 상대가 상좌평 여도가 아니라면 결코 양보하지 않았을 것이다.

그는 조바심을 억누르며 다시 창호에 비치는 두 사람의 그림자를 바라보았다. 그가 방에서 나올 때의 자세에서 별다른 변화가 없었다.

연거푸 고개를 들라는 여도의 말에도 진연은 허리만 꼿꼿하게 편 채 방바닥에 오만한 시선을 내리깔고 있었다.

숨 막힐 듯한 긴장감이 흘렀다. 진연의 이마에 멈춘 여도의 눈초리는 냉혹하기 그지없었지만 방바닥에 일자로 내리꽂힌 진연의 시선은 그보다 더 차가웠다.

"너…… 내가 누군지 아느냐?"

여도가 조용히 물었다. 진연이 고개를 들었는데 여도를 똑바로 바라보는 눈길이 조금도 겁에 질려 있지 않았다. 당돌하다면 당돌한 눈빛이었다. 오히려 놀란 사람은 여도였다. 자신의 눈빛을 저렇게 당당하게 받아내는 여인은 처음이었다.

"대충은 짐작하고 있나이다."

"그럼 말해보거라."

"아마 제 짐작이 틀림없다면 일인지하 만인지상이신 상좌평 나리가 맞겠지요."

"허, 그걸 어떻게 알았느냐?"

"방금 나가신 이는 목부 장리입니다. 저하고는 오랜 은원이 있습니다. 적어도 목부 장리를 쩔쩔매게 만드실 분은 이 나라에 많지 않지요."

"제법이구나."

"하지만 역시 소문대로군요."

"소문이라니? 그게 무슨 말이냐?"

"상좌평이라는 자리는 위로는 대왕마마를 보필하고 아래로는 만백성의 고달픔을 헤아리는 자리라고 들었습니다. 무릇 자리가 사람을 만들고 사람이 자리를 만든다고 했습니다. 아무리 높은 자리라 해도 그에 어울리지 않는 이가 앉는다면 그 자리는 저잣거리의 하찮은 장사치보다도 못하다고 알고 있습니다."

"……."

"나리께서는 큰 정치를 펼치어 이 나라 만백성의 어려움을 살피기보다는 일신상의 쾌락만을 추구하고 계시옵니다. 주변에는 제대로 간언하는 뜻 있는 신료들을 두지 않고 국 장리와 같은 간신배를 가까이 두고 계심은 나리의 협량함을 잘 말해주고 있습니다. 자고로 호랑이는 썩은 고기를 먹지 않는다고 들었습니다. 한낱 아녀자를 이렇게 납치해서 욕보이려 하심은 나리의 그릇을 익히 짐작케 하는 일이옵고, 혹여 힘과 권세로 절 차지할 수 있을지언정, 제 마음은 결코 빼앗지 못할 것임을 왜 모르십니까?"

"허어……."

얼굴이 붉어진 여도가 입을 딱 벌린 채 진연을 바라보았다. 『주역』에 "조분기소鳥焚基巢"라는 말이 있다. 이는 새가 자기의 둥지를 불태운다는 뜻으로 사람이 벼슬이 높아지면 교만해짐을 경계하라는 뜻이다. 또한 『중용』에서는 "순호천이응호인順乎天而應乎人"이라 해서 벼슬자리를 할 때는 항상 하늘의 도리를 따르고, 사람들의 마음에 순응해서 처리해야 한다고 가르치고 있다. 진연은 여도에게 바로 그 점을 정확하게 이른 것이다.

잠시 후 여도가 떨리는 목소리로 말했는데 낮게 억눌린 소리였다.

"발칙하구나. 네년의 건방이 하늘을 찌르겠다."

"소녀의 말이 그렇게 들렸다면 그건 나리의 마음이 그렇게 뒤틀려 있다는 뜻이겠지요."

"네년의 목숨은 한 개가 아니고 열 개냐?"

"단 하나의 목숨이기에 구차하게 연명하기는 싫습니다."

"마음만 고쳐먹으면 너는 감히 상상도 할 수 없는 부귀와 영화를 누리게 될 것이야."

"싫소이다."

"싫다?"

"그렇습니다. 평생 부귀영화를 누리며 불편하게 살기보다는 단 하루를 살아도 사람처럼 살겠나이다."

"네 뜻이 정녕 그러하냐?"

"예."

"어리석구나. 잘 생각해보아라. 난 상좌평으로 만족할 사람이 아니다. 지금 내가 널 단순한 하룻밤 노리갯감으로 생각하는 것 같으냐?"

"나리의 뜻에는 관심 없습니다."

"허……."

여도가 혀를 찼다. 살아오면서 이렇게 무시당한 적이 일찍이 있었던가. 여도의 얼굴이 더욱 붉어졌다. 대황초가 환하게 방 안을 밝히고 있었지만 등지고 있었기에 여도의 상기된 얼굴이 잘 드러나지는 않았다.

"방금 네 말뜻을 스스로 잘 아느냐?"

"예."

"내 말을 들으면 넌 이 나라 왕비가 될 수도 있다는 말이다. 그래도 날 모시기 싫다는 뜻이냐?"

"차라리 저잣거리에 나가서 들병이 노릇을 하며 몸을 파는 것이 더 낫겠습니다."

"허어, 이런!"

여도의 언성이 높아졌다. 두 눈에서 시퍼런 불똥이 튀었다.

"참으로 발칙하기 짝이 없구나! 넌 내 말 한마디면 죽는다. 갈기갈기 사지를 찢어 죽일 수도 있단 말이다."

"각오하고 있는 일입니다."

"무엇이 네게서 겁을 빼앗아 갔느냐?"

"나리의 방약무도함이올시다."

"뭐라?"

"나리는 권세를 이용해서 소녀의 몸을 탐하려 하고 있사옵니다. 대저 율령이 분명하게 살아 있는 이 나라에서 그것도 상좌평 나리께서 이런 무법을 저지르고 있사오니 이는 혀를 깨물고 죽어도 마땅한 부끄러운 일이올시다. 이는 사람으로서의 도리를 모르는 일이온데, 소녀가 무엇 때문에 겁을 먹겠사옵니까?"

"네가…… 가슴에 두고 있는 정인이 누구냐?"

여도가 손가락을 똑바로 뻗어 진연의 가슴을 가리켰다. 손가락 끝이 부들부들 떨렸다.

"말할 수 없나이다."

여도가 자리에서 벌떡 일어났다. 그 날선 기세에 옷자락이 펄럭이면서 대황초가 꺼질 듯 크게 일렁거리다 되살아났다. 진연은 그대로 앉아서 자세를 조금도 흐트리지 않고 있었다.

여도가 진연을 내려다보았다. 크게 낭패한 얼굴에 주체할 수 없는 분노가 떠올랐다.

"크게 후회할 것이야. 네 마음을 바꾸지 않는 한, 너는 영원히 고통을 느낄 것이야. 나는 널 결코 놓아두지 않을 것이야."

"……."

"누가 이기든지 길고 긴 싸움이 될 것이야."

여도가 방문을 거칠게 열고 나갔다.

그 서슬에 대황초가 크게 일렁거리더니 꺼져버렸다. 방 안에 가득 찬 짙은 어둠 속에서 진연은 그린 듯이 앉아 있었다. 그녀는 어둠만을 바라보고 있었는데, 이윽고 눈물이 흘러내렸다. 그러나 그녀는 안간힘을 다해 울음소리를 내지 않았다.

그믐인가, 그녀의 운명을 암시하는 듯 달빛 한 점 내리지 않는 칠흑 같은 밤이었다.

한껏 당겨졌다가 잠깐의 정적, 이윽고 손가락 끝에서 시위가 떠났다. 날카롭게 바람을 가르는 소리가 나면서 살은 눈에 보이지도 않을 만큼 빠른 속도로 목표물을 향해 날아갔다.

잠시 후 딱, 하는 소리가 들려왔다. 과녁 밑 개자리 속에 숨어 있던 시종이 명중을 알리는 빨간 깃발을 흔들었다. 그러나 어느 정도 수준에 도달하면 소리만 들어도 그 명중 여부를 알 수 있다.

여곤의 이마에 굵은 땀방울이 흘러내렸다. 여곤은 그치지 않고 다시 화살 한 대를 시위에 걸었다. 지금까지 95사(射)를 쏘았다. 이제 백사까지는 다섯 발이 남았다.

과녁은 백 보 거리였고, 현재까지 95사에 87발이 명중이었다. 백사에 90여 발 안팎을 명중시키는 것이 여곤의 솜씨였다. 백제국 내에서도 난다 긴다 하는 명궁도 쉽게 올리지 못하는 점수였다.

흔한 말로 백발백중이라고 하지만 그것은 어디까지나 이야기 속에서나 전해오는 것이지 실제로 사장(射場)에서 그 정도의 솜씨를 보여줄 사람은 흔치 않았다. 바람의 풍향을 예측하기 어려운 데다가 화살은 미묘한 바람의 흐름에도 좌우되기 때문이다.

다시 여곤의 활에서 살이 날았고 잠시 후 딱, 하는 경쾌한 소리와 함께 빨간 깃발이 흔들렸다. 여곤이 흡족한 미소를 지었다.

옆에 섰던 사규가 다시 화살을 그의 손에 건네주었다. 여곤이 연거푸 남은 네 발을 쏘았는데 세 발이 명중이었고 한 발은 빗나갔다. 여곤은 고집스럽게도 끝내 백사를 해냈다.

온통 땀으로 뒤범벅이 된 여곤은 사규가 건네준 명주수건으로 얼굴의 땀을 닦아냈다. 오늘의 성적은 백사에 91중이었다. 여곤은 흡족한 기분으로 활을 시종에게 건넸다.

"가만……."

여곤이 활을 가지고 돌아가려던 시종을 제지했다.

"활을 다시 다오. 그리고 살 열 대를 챙겨라."

여곤은 활과 화살이 든 전통을 목만치에게 건넸다.

"목만치, 네 솜씨를 보고 싶구나."

"……."

목만치는 무표정한 얼굴로 여곤을 바라보았다. 여곤이 웃는 얼굴로 말을 이었다.

"내 솜씨가 도통 늘지 않는다. 그것은 다시 말해서 자극을 느끼지 못한다는 얘기다. 네 활솜씨가 신기에 가깝다고 들었다. 네 솜씨를 보면 새로운 자극을 받을지도 모르겠다. 그러면 나도 더욱 분발하지 않겠느냐?"

"황공합니다, 저하."

"연사로 열 발을 성공시키면 상을 내리겠다. 하지만 한 발이라도 실패하면 네게 벌을 내리겠다. 어쩌겠느냐?"

"뉘 분부라 거절하겠습니까?"

"허허, 자신 있는 모양이구나."

"2백 보 거리의 과녁을 맞혀보겠습니다."

"뭐라? 2백 보라고 했느냐?"

"예."

여곤과 사규가 서로 얼굴을 돌아보았다. 목만치의 궁술솜씨야 익히 소문났지만 2백 보 거리에 있는 과녁을 겨냥하겠다는 것이다. 두 사람은 목만치를 지켜보았다.

여곤의 활은 각궁이었다. 목만치는 애기살 한 대를 시위에 걸었다. 시위가 팽팽하게 당겨졌다.

무릇 먼 거리에 있는 과녁을 겨냥하기 위해서는 신중하게 뜸을 들이는 것이 보통이지만 목만치는 2백 보 거리의 과녁을 잠깐 노려보다가 바로 시위를 놓았다. 핑, 하고 공기를 가르는 소리가 났는데, 놀랍게도 목만치는 과녁을 향해 날아가는 살의 행방도 좇지 않고 살을 다시 시위에 걸어서 연속으로 날렸다. 순식간에 열 대의 화살이 연이어서 날아갔다.

놀란 여곤과 사규가 입을 벌린 채 목만치를 보았다. 열 대의 살을 다 날린 목만치는 아무 일도 없다는 듯 활을 시종에게 건넨 뒤 여곤을 향해 읍해 보였다.

"소인, 저하께서 내린 분부대로 시행했나이다."

"방금…… 네가 열 대의 화살을 모두 날렸단 말이냐?"

"그렇습니다."

"하지만 그 화살이 모두 명중했는지는 장담할 수 없는 일이다. 저길 보아라."

여곤은 2백 보 과녁 밑자리에 엎드려 있는 무겁활량을 가리켰다. 아직까지 무겁활량은 깃발을 흔들지 않았다.

"저놈이 깃발을 흔들지 않는다는 것은 네 화살이 맞지 않았다는 증거가 아니겠느냐?"

"그럴 리 없습니다."

"그럴 리 없다?"

"예. 소인이 보기에는 열 대 모두 명중했습니다."

"허어, 네 말이 사실이렷다?"

"뉘 안전이라고 허언을 아뢰겠습니까?"

"허허, 사규야. 넌 어떻게 생각하느냐?"

어이가 없다는 듯 여곤이 사규를 돌아보았다.

"저도 믿기지가 않습니다. 이럴 게 아니라 직접 확인하는 수밖에 없 겠습니다."

"그래. 하지만 아무래도 오늘은 내가 이긴 것 같다. 목만치, 너는 오 늘 벌을 받게 되었다. 각오하라."

여곤이 유쾌한 듯이 웃으며 앞장섰다. 그러나 목만치는 태연히 여 곤의 뒤를 따르며 말했다.

"상을 내려주신다는 말씀만 잊지 마십시오."

"허어……."

여곤이 헛웃음을 지었다. 아주 어릴 적부터 궁사에 심취한 여곤이 었다. 일찍이 왕가에서는 궁술을 제왕학의 가장 중요한 덕목 중의 하 나로 쳤다. 고구려 시조이자 온조, 비류 두 성제의 부친인 동명성왕의 이름인 주몽도 기실 '활을 잘 쏘는 이'라는 뜻이 아닌가.

그만큼 대왕이 되기 위해서는 남들보다 뛰어난 궁술솜씨를 가져야 했다. 그런 점에서 여곤은 남부럽지 않은 궁술솜씨에 은근한 자부심을 가지고 있었다. 백사에 90중이면 이 나라를 통틀어서도 몇 되지 않으 리라는 것이 여곤의 생각이었다.

그러나 2백 보 바깥에 위치한 과녁에 가까이 다가가면서 여곤의 얼 굴은 놀라움으로 변하기 시작했다. 사규도 마찬가지였다.

마침내 과녁 앞에 섰을 때 여곤과 사규는 도무지 자신의 눈을 믿을 수가 없었다. 명중 여부를 알리는 임무를 맡은 무겁활량도 반쯤 넋이 나간 얼굴이었다. 그가 깃발을 흔들지 못한 것도 이해할 만했다.

목만치가 연달아 쏜 열 대의 화살은 정확하게 과녁의 정중앙을 꿰뚫었다. 꿰뚫었을 뿐만 아니라 그중 세 대의 화살은 앞서 쏜 화살의 뒤꽁무니를 그대로 뚫어버렸다. 그러니까 일곱 대의 화살이 과녁에 꽂혀 있는 셈이었다. 그들로서는 이전에도 보지 못했고 앞으로도 보지 못할 신기의 궁술이었다. 한동안 침묵이 흘렀다. 그 침묵을 깬 사람은 여곤이었다.

"사규야, 오늘 밤 멋들어진 술자리를 마련하라."

"분부대로 시행하겠습니다."

여곤이 웃음을 터뜨렸는데 그 웃음의 한편에는 쓸쓸함도 배어 있었다. 그것은 목만치의 재능에 대한 감탄과 동시에 질투의 심정 때문이었다.

『장자』에 "시사지야비불사지사야是射之射非不射之射也"라는 대목이 있다. 이는 화살을 쏠 때 무심의 경지에까지 이르러야 한다는 뜻이다. 이와 관련된 고사가 있는데, 열어구列御寇라는 자가 백혼무인伯昏无人을 찾아가서 활솜씨를 자랑했다. 그러자 백혼무인은 이렇게 말했다.

"너의 활은 아직 쏘기 위한 활일 뿐 쏘지 않고 목적을 달성할 수 있는 진정한 활쏘기의 경지에는 이르지 못했다. 아니라면 내가 지정하는 장소에서 활을 쏘아보라."

백혼무인은 열어구를 매우 높은 곳에 있는 바위 위에 올라서게 했다. 큰소리를 치던 열어구는 자신이 서 있는 바위가 너무 위험해 보였기 때문에 떨려서 활을 제대로 쏠 수가 없었다. 요컨대 진정한 활의 달인은 어떠한 경우에도 동요하지 않고, 활을 쏘는 일조차도 의식하지 않는 상황에서, 곧 무위의 상태에서 쏘아야 한다는 뜻이다.

술자리는 여곤의 별궁에서 벌어졌다. 산해진미까지는 아니지만 먹음직스러운 안주에 여곤이 아껴두던 미주를 내놓았다. 세 사람 모두 술을 사양하는 기질이 아니기에 술병이 연신 비워졌다. 술기운이 제법 오른 여곤이 목만치를 똑바로 바라보며 물었다.

"목만치, 너는 내 야망이 무엇인지 아느냐?"

목만치는 잠깐 여곤을 바라보다 고개를 저었다.

"모르겠습니다."

"너 백제령에 가보았느냐?"

"백제령이라 하심은 대륙을 말씀하시는 겁니까?"

"그렇다. 너도 알겠지만 근초고대왕 때 백제는 요서에서 요하에 이르는 광대한 지역을 지배했다. 그때가 우리 백제국의 최전성기였지."

"예, 알고 있습니다."

"그래. 그런데 불과 백 년도 지나지 않아 우리 백제령은 그때보다 줄어들었다. 그 이유가 무엇이냐?"

"대륙경영에 적극적으로 나서지 않았기 때문일 겁니다. 게다가 국경을 맞대고 있는 고구려와 신라와의 영토 싸움으로 날을 지새우고 있는 형편이 아닙니까?"

"그렇다. 나는 그것이 영 못마땅하단 말이다. 이깟 삼한의 좁은 땅덩이에 미련을 떨치지 못하고 아옹다옹하는 꼬락서닐 보거라. 선왕들께는 미안한 말이지만 근초고대왕 이후 그 같은 웅혼한 기상을 가진 군주를 우리는 갖지 못했다. 이 좁은 땅에 왜 이다지도 미련을 갖는단 말이냐? 드넓은 대륙을 놔두고 말이다."

"……."

"생각해보아라, 목만치. 대륙은 그 끝을 모르는 광대한 땅이다. 삼한을 합친 것보다 수백 배나 더 큰 땅덩어리란 말이다. 자고로 남아로 태어났으면 그 정도의 땅을 경영할 포부가 있어야 할 것인즉, 참으로 안타깝도다!"

"저하, 한탄한다고 해서 그 땅이 우리를 기다려주지는 않습니다."

여곤이 목만치의 말에 눈을 치떴다.

"그런 생각이 있다면 소신 같으면 대륙경영에 나설 것입니다. 못할 것이 무엇입니까?"

"사규, 너 목만치의 말을 들었느냐?"

여곤이 사규를 돌아보며 물었고, 사규는 미소 지은 채 가만히 있었다. 다시 목만치에게 고개를 돌린 여곤이 소리 내 웃었다.

"참으로 영웅이로다, 목만치! 그래, 그대의 말이 맞도다! 못할 것이 무엇이냐?"

"그렇습니다."

"목만치, 언젠가는 때가 올 것이다! 그때가 되면 너와 나, 한번 멋지게 대륙을 정벌해보자꾸나."

"소신, 그때를 기대하겠나이다."

"그래, 참으로 생각만 하여도 유쾌하도다! 아니, 피가 막 끓어오르는 기분이로구나! 사규, 그때는 너도 함께 가겠지?"

"여부가 있겠습니까? 소신을 빼놓으면 참으로 섭섭할 것입니다."

"아아, 유쾌하도다! 자, 한 잔씩 들자꾸나."

여곤이 건배를 권했다.

그렇게 술자리가 한창 흥이 도도해질 때였다.

"목만치, 낮에 날 찾아왔을 때 할 말이 있던 것 같은데……."

어느새 여곤은 정색하고 눈을 가늘게 떴다.

"저하, 소신의 속을 꿰뚫고 계십니다."

"허허, 목만치의 속을 내가 알고, 내 속을 목만치가 알지 않느냐."

"그럼 말씀 올리겠습니다."

목만치가 정색한 얼굴로 말하자 여곤과 사규도 진지해졌다.

"예전에 말씀드린 진충 도목의 일입니다."

"참, 그 일은 어찌 되었느냐?"

"진 도목 어른이 패가하게 된 배경에는 역시 국강이 있었습니다. 저하도 아시다시피 국강 뒤에는 상좌평 나리께서 계시지요."

여곤이 고개를 끄덕였다.

"행방이 묘연한 진 도목 어른의 자제들을 우연히 만났습니다. 얼마 전에 대왕을 모시고 찾은 법륭사에서였습니다."

"허, 그랬느냐? 그것 참, 부처님의 은덕이구나."

"그런데 며칠 후 진연이라고 진 도목의 여식이 납치당했습니다."

"납치?"

"예. 여기저기 탐문해본 결과 국강 부자의 짓이었습니다."

"국강 부자가 왜 진 도목의 딸을 납치했느냐?"

"국강 부자와 진 도목의 여식 그리고 저는 오랜 은원관계가 있습니다."

목만치는 여곤에게 국협과 얽힌 사연을 들려주었다. 한동안 이야기를 듣고 난 여곤이 혀를 찼다.

"허, 그런 악연이 있을 수 있느냐. 그렇다고 해서 진 도목의 여식을 납치했단 말이냐? 그건 이해가 가지 않는다."

"제 생각입니다만…… 누군가 그 여식의 미색에 혹했을지도 모른다는 생각이 들었습니다. 국강 부자가 그녀를 납치한 것은 그 누군가에게 진상하려는 뜻일 테지요."

"……."

잠깐 침묵이 흘렀는데, 목만치의 말뜻을 되새기려는 것이었다. 여곤과 사규의 눈길이 서로 마주쳤다.

"목만치, 너는 뭔가 알고 있는 눈치구나. 속 시원히 털어놓아라."

"예, 저하. 국강은 목부 장리라는 고관직에 있습니다. 그런 국강이 진 도목의 여식을 진상하겠다는 것은 적어도 국강보다 높은 자라는 뜻입니다. 과연 누구겠습니까?"

여곤이 가만히 고개를 끄덕였다. 한동안 침묵이 흐른 뒤 여곤이 물었다.

"그 여식의 이름이 무엇이냐?"

"진연이라고 합니다."

"진연이라는 그 아이…… 어느 정도의 미색이냐?"

"……"

목만치는 잠깐 여곤을 보다가 입을 열었다.

"살아오면서 그이만큼 아름다운 여인은 아직 만나지 못했습니다."

여곤의 두 눈이 빛났다.

"그렇게 아름답단 말이냐? 그렇다면…… 만일 그녀를 법륭사에서 상좌평이 보았다면 목만치 네 짐작이 맞을 것이다."

여곤이 마침내 상좌평을 들먹였다.

"그였다면…… 그랬을 것이다. 상좌평은 결코 그냥 지나치지 않았을 것이다. 아아, 여황의 반란도 상좌평의 색탐에는 아무런 경고가 되지 못하였구나."

"……"

"솔직히 말하라, 목만치!"

여곤의 말소리가 엄격해졌다.

"그녀를 마음에 두고 있는가?"

목만치가 여곤을 똑바로 바라보았다. 그리고 머뭇거리지도 않고 고개를 숙였다.

"그렇습니다."

"그녀도 너를 사모하느냐?"

"감히 말씀드리건대 그렇습니다."

"정인이라……."

여곤이 깊은 생각에 잠긴 채 되뇌었다.

"저하, 그녀가 없는 제 인생은 한번도 생각해보지 않았습니다."

"정녕…… 그녀를 포기할 수 없느냐?"

"예."

"그녀 때문에 네 목숨이 위험할 수도 있다. 그런데도 그녀를 포기하지 못하겠느냐?"

"하지만 전 결코 그녀를 포기할 수 없습니다. 설령 제 목숨을 잃는 한이 있더라도……."

그 말을 끝으로 목만치가 입을 굳게 다물었는데 눈빛이 완강했다. 여곤과 사규는 자신도 모르게 한숨을 내쉬었다.

"뭐라?"

여도의 눈이 사납게 치켜 올라갔다.

국협은 여도의 눈을 감히 맞받아 볼 수 없어서 고개를 떨어뜨렸다.

"목만치가 진연의 정인이라구?"

여도가 다시 묻자 국협이 기어 들어가는 소리로 대답했다.

"그, 그렇습니다."

"허, 재미있는 인연이로고!"

여도가 탄성을 내질렀다.

"네놈이 그걸 어떻게 아느냐?"

"예전에 말씀드렸다시피 목만치와 진연 그리고 소인과는 악연이 있습지요. 목라근자 장군이 역모혐의로 참수당한 뒤에 목만치는 충복과 함께 수원사에 도피하여 자랐습니다. 그 절의 주지와 진 도목이 각별한 인연이었던 관계로 진연과 목만치가 만나게 되었지요."

"우연치고는 괴이하구나. 그녀의 정인이 목만치라니……."

여도는 목만치와 필연적으로 겪게 되는 인연에 대해 다시 한번 생각해보았다.

목만치를 처음 보았을 때 어떤 인상이었던가. 해맑은 미소년, 키가 크고 고리눈이 부리부리하기는 하지만 그래도 기껏 애송이에 불과하지 않았던가.

그러나 목만치는 이미 나이를 뛰어넘어 여도에게 커다란 중압감으로 다가왔다. 여도에게는 악재가 아닐 수 없었다. 아우 여곤에게는 사람들을 맹목적으로 따르게 만드는 묘한 매력이 있었다. 자신에게도 사람들이 몰려들지만 어디까지나 이해타산이 결부되어 있었다. 그러나 여곤은 달랐다. 아무런 대가도 원하지 않고 단지 여곤의 인품에 매료된 인재들이 대부분이었다.

여도는 그것이 불만이었고 열등감의 근원이었다. 자신의 왕권 장악에 여곤이 최대의 장애가 되리라는 것은 불을 보듯 뻔했다. 그런 터에 목만치와 여곤은 물과 고기처럼 궁합이 맞았다.

여도는 결단을 내렸다. 진연이야말로 목만치의 숨통을 괴롭게 끊어놓을 수 있는 무기가 되리라는 것을 직감했다.

"게 있느냐?"

집사장이 문을 열고 조심스럽게 들어와 읍한 뒤 여도의 분부를 기다렸다.

"내일 밤 잔치를 열겠다. 될 수 있는 대로 성대하게 준비하고, 우선

정로대장군 좌현왕 여곤과 어림군 위사장 목만치에게 알려라. 상좌평인 내가 직접 초대한다고 분명하게 일러라. 결코 빠져서는 안 된다고 말이다."

"알겠습니다."

집사장이 여도의 분부를 받고 돌아갔다. 여도가 이번에는 국협을 돌아보았다.

"너는 사람을 시켜 진연을 그 누구보다도 아름답게 치장하라. 그녀가 내일 연회의 주인공이 될 터이니 목만치의 표정이 어떨지 과연 궁금하구나."

"저도 그렇습니다."

"진연의 주위를 철저히 감시하라. 그녀에게 무슨 일이 일어나면 네 목을 대신 내놓아야 한다. 알겠느냐?"

"예!"

추상 같은 여도의 명령에 부복한 국협의 이마에 땀이 흘러내렸다. 머리를 든 다음 자신도 모르게 뒷덜미로 손을 가져갔는데, 다행히 목은 그대로 붙어 있었다.

여도는 할 이야기가 끝났다는 듯 서안으로 시선을 떨어트렸다. 국협은 뒷걸음으로 천천히 방 안을 빠져나왔다.

국협은 여도와 벌써 수차례 독대하는 참이지만 아직도 숨 막힐 듯한 긴장감에서 헤어날 수 없었다. 여도는 그만큼 강기였고, 두려운 존재였다. 언제 어떻게 돌변할지 여도의 성정은 도무지 짐작조차 가지 않았다.

동궁을 나온 국협은 진연이 있는 사처로 향했다. 진연 때문에 안방을 빼앗긴 국강의 애첩은 입이 댓 발이나 나와 있었지만 영문을 몰랐다. 국강과 국협은 애첩에게도 철저하게 비밀을 유지했던 것이다.

'내일 밤 연회가 볼 만하겠군.'

국협은 안장 위에서 말이 움직이는 대로 몸을 내맡긴 채 느긋하게 생각했다. 여도의 계략은 다시 생각해보아도 기가 막혔다. 무장 중의 무장이라 일컫는 목만치. 그리고 상대는 대왕을 제외하고는 최고권력자 상좌평 여도였다. 만일 목만치가 상좌평에게 반항한다면 그것은 곧 죽음을 의미했다.

국협은 차가운 미소를 지었다.

목만치는 왕궁 복도를 걷고 있었다. 어깨 갑옷에 은빛 투구를 쓰고, 옆구리에는 환도까지 찬 위사장의 당당한 모습이었다. 하지만 목만치의 얼굴은 긴장으로 굳어 있었다.

마침내 긴 복도가 끝나고 후원이 나타났다. 후원을 가로질러 전각 입구에 다가가자 지키고 서 있던 위사들이 목만치를 향해 부복했다. 안쪽에서 지밀내관이 나와 목만치를 맞이했다.

"이제 오십니까? 대왕마마께서 오래전부터 기다리고 계십니다."

"지금 대왕마마께서는 어찌하고 계시는가?"

"내신좌평 나리와 바둑을 두고 계십니다."

목만치는 고개를 끄덕이며 옆구리에 찬 환도를 끌러 위사에게 건넸다. 누구라도 대왕에게 가까이 갈 때는 도검을 풀어야 했다.

다시 복도를 지나서 주렴이 휘늘어진 방 입구에서 내관이 안쪽을 향해서 여쭈었다.

"위사장이 대령했사옵니다."

"들라 하라."

목만치가 안으로 들어서자 바둑판을 사이에 두고 개로왕과 내신좌평 해반이 마주앉아 있었다. 개로왕은 목만치를 향해 눈길을 던졌다가 이내 바둑판 위로 돌렸다. 목만치는 바닥에 무릎을 꿇고 예를 표했다.

"옆에 앉게."

해반이 말했다. 그는 60이 넘었는데 연로한 만큼 어느 쪽에도 치우치지 않고 공평무사하게 정무를 보는 것으로 평판이 나 있었다. 선왕 때부터 요직을 맡아 조정 안팎에 두루 신망이 있었지만 여도는 해반을 눈엣가시처럼 여기고 있었다. 그러나 쉽사리 해반을 내치지 못하는 것은 개로왕 때문이었다.

개로왕은 일찍이 바둑에 심취했는데 좋아하는 것만큼이나 바둑 실력도 뛰어나서 20세 무렵에는 나라 안에서 맞상대를 구하기 어려웠다. 바둑 고수가 있다는 소문을 들으면 아무리 먼 곳이라도 사람을 보내 초빙해서 한 판 두기를 마다하지 않았다.

해반 역시 고수라 할 수 있는데 10년 전만 해도 개로왕에게 정선으로 맞섰지만 지금은 세 점 치수로도 쩔쩔맸다. 그나마 조정 안팎에서 해반만 한 고수도 드물어서 자주 개로왕의 대국상대가 되어주었다.

바둑은 이미 종반을 향해 달려가고 있었는데 개로왕의 일방적인 승세였다. 좌하변에서 뻗어나온 해반의 대마는 개로왕의 백돌에 둘러싸여 몰사 직전이었다. 그 대마가 무사히 수습된다 해도 반면으로 20여 집 넘게 차이가 나 더 둘 것도 없었다.

그럼에도 해반이 돌을 거두지 않는 것은 늙은이다운 성품 때문이었다. 개로왕은 그러나 해반의 진득함을 탓하지 않고 한 수 한 수 최선을 다해서 응수했다.

마침내 해반의 대마가 두 집을 내지 못하고 끝내 몰사하고 말았다. 그제야 머쓱해진 해반이 패배를 자인하고 돌을 쓸어 담았다.

"대왕마마께서는 날이 갈수록 강해져만 가십니다."

"노신께서 부러 겸양의 미덕을 발휘하신 게지요."

"천만의 말씀이십니다. 이제 나라 안에서 대왕마마의 수를 능가하는 이는 없을 것 같습니다."

"그렇지 않소."

개로왕이 정색한 얼굴로 고개를 저었다.

"이 세상에는 무릇 밤하늘의 별처럼 수많은 인재들이 숨어 있소. 하물며 바둑 실력으로 말한다면 과인보다 더한 고수들이 강가의 돌멩이들처럼 많겠지요."

"지나친 겸사이옵니다."

"아니오. 저기 위사장만 하더라도 과인의 말을 증명하지 않소?"

개로왕과 해반의 눈길이 동시에 목만치를 향했다.

"이 나라 장수들 중에서 최고를 다투던 인물들이 어디 한둘이었소? 비록 반기를 들고 적국으로 달아났지만 재증걸루, 고이만년 그리고 해위, 협전 등 기라성 같은 무장들이 저마다 최고의 솜씨를 뽐내지 않았소? 목만치가 나타나기 전까지는 그의 존재를 아는 사람은 아무도 없었소이다."

"송구스럽습니다, 대왕마마."

목만치가 허리를 숙였다.

"바둑을 둘 줄 아느냐?"

개로왕이 물었고, 목만치는 잠깐 사이를 두었다가 대답했다.

"축머리 정도는 읽을 수 있습니다."

목만치가 바둑을 두리라곤 짐작하지 못한 개로왕과 해반이 눈을 크게 떴다.

"바둑을 둘 줄 안다고?"

"절 키워주신 스님께 조금 배웠습니다."

"그것 잘되었구나. 무료하던 참인데 어디 한번 수담을 나눠볼까?"

"광영이옵니다. 한 수 가르침을 부탁드립니다."

해반이 자리를 비켜주었고, 목만치와 개로왕은 서로 마주앉았다.

개로왕이 다섯 점 치수를 놓게 하자 목만치는 군말 없이 대왕이 시키는 대로 천원天元까지 해서 다섯 점을 깔았다. 이윽고 개로왕의 첫 수가 우상귀 흑점에 대해 날일 자 자리에 떨어졌다. 한동안 말없이 두 사람의 손이 바둑판 위를 오고 갔다.

옆에서 지켜보던 해반이 눈을 치켜떴다. 다섯 점 치수지만 목만치의 돌들은 한 치도 물러나지 않았고, 오히려 곤경에 몰리는 쪽은 개로왕의 백돌들이었다. 자그마치 세 군데에서 미생마가 쫓기고 있었지만 목만치는 사활을 심하게 추궁하지도 않았다. 그저 돌들의 흐름에 따라 자연스럽게 돌을 놓았는데, 시간이 지나면서 그 수들이 하나하나 더할 수 없는 비수가 되어 백의 미생마들을 위협했다.

개로왕의 손이 바둑판 위에서 머뭇거리는 순간이 늘어났다. 처음에는 무심한 듯하던 개로왕의 얼굴이 이제는 사뭇 상기되어 있었다.

"허어!"

개로왕의 입에서 마침내 신음이 새어나왔다. 개로왕과 해반의 시선이 마주쳤는데 놀란 기색이 약여했다.

목만치는 태연한 모습이었다. 비록 바둑판 앞에 앉아 있었지만 그의 눈길은 저 멀리 다른 곳을 헤매는 듯했다. 마침내 개로왕이 돌을 바둑판 한구석에 올려놓았다. 패배를 자인하는 손길이었다.

"졌다."

"황송하오이다."

"한 판 더 두자꾸나."

상기된 얼굴로 바둑판 위의 돌을 쓸어 담은 개로왕이 이번에는 세 점 치수를 명했다.

네 귀의 화점 중 빈자리에 개로왕의 백돌이 떨어졌다. 잠시 그 돌을 바라보던 목만치는 흑돌을 좌변 중앙 화점 자리에 내려놓았다. 이른바 3연성이 되는 자리였다.

바둑이 계속되는 동안에 목만치는 처음 의도대로 대세력 작전을 펼쳤는데, 개로왕은 당황한 기색을 감추지 못했다. 분명 허점이 많아 보이는 작전이었다. 개로왕은 먼저 실리를 챙겨놓고 그 세력권 안에 들어가서 빈 쭉정이를 만들어 목만치로 하여금 이른바 가죽장사를 시킬 셈이었다.

그러나 시간이 흐를수록 거대한 흑세력은 반석과도 같은 견고함으로 굳어져서 백돌이 침입할 여지가 좀처럼 보이지 않았다. 수가 되지 않는데도 상대의 실수를 기다리며 단기돌입하기에는 개로왕의 자존심이 허락하지 않았다.

마침내 개로왕이 탄식처럼 내뱉었다.

"이번 판도 내가 졌다."

"황송하옵니다."

"네 바둑은 참으로 훌륭하다. 나와 자주 수담을 즐길 만한 수준이다. 언제 한번 설욕의 기회를 주기 바란다."

"언제라도 하명하십시오."

개로왕이 해반에게 눈짓했다. 해반이 내관을 불러 바둑판을 내가게 했다. 해반이 내관의 뒤를 따라 자리를 비우자 개로왕이 목만치를 똑바로 바라보았다.

"널 보자고 한 것은 바둑이나 두자고 함이 아니었다."

"……."

"오늘 밤 상좌평의 연회에 초대받았다고 들었다."

"예."

"그 문제로 좌현왕이 걱정하고 있다."

개로왕이 눈살을 찌푸리면서 말을 이었다.

"내 둘째 아우가 너를 참으로 아끼는 모양이더구나. 그렇기 때문에 연회를 왕명으로 취소시켜달라는 청을 해왔다."

"……."

"상좌평과의 관계가 왜 그리 껄끄럽게 되었느냐?"

"황송하오나 소신은 잘 모르겠습니다."

"상좌평의 성품을 나는 익히 안다. 워낙 강기여서 저보다 뛰어난 사람을 좀처럼 용납하지 않지. 좌현왕의 말대로 연회를 취소시킬 수도 있다. 하지만 그런다고 해서 근본적으로 문제가 해결되지는 않을 것이다."

"……."

"어쩔 것이냐, 목만치."

"참석하겠나이다."

"좌현왕이 걱정하는 것은 상좌평과 너의 충돌이다. 방금 바둑에서도 느낀 바지만 너 역시 추호도 물러나지 않는 성품을 지녔다. 차라리 옥쇄를 택할지언정 굴복을 선택하지는 않을 것이다. 그러나 목만치야, 이것만은 알아두어라."

"……."

"때로는 훗날을 위해서 굽혀야 할 필요도 있다. 바람이 불면 갈대나 풀잎은 저 먼저 몸을 굽힌다. 그러나 그것을 보고 비굴하다고 여기는 이는 없다. 하지만 제 강한 것만 믿고 굽히지 않다가 부러지는 나무도 많다. 과연 어떤 것이 현명한 처세이겠느냐?"

"……."

"나도 좌현왕 아우 못지않게 너를 아끼고 있다. 너는 내 곁에 머물러서 큰일을 해야 할 사람이다. 한순간의 기분 때문에 네 앞날을 망치지 말라는 뜻이다. 이해하겠느냐?"

"명심하겠습니다."

"그럼 안심이구나. 연회에서 아무런 일이 일어나지 않기를 기대하겠다."

"분부대로 받잡겠습니다."

"이만 물러가라."

개로왕이 목침을 비스듬히 옆구리에 끼고 보료 위에 몸을 눕혔다. 목만치가 예를 표한 뒤 뒷걸음으로 물러나오는데, 개로왕의 말이 뒤를 이었다.

"언젠가 다시 한번 수담 자리를 마련하겠다. 그때는 내 가차없이 그대를 공격하겠다. 각오하라, 목만치."

개로왕의 목소리에 웃음이 배어 있었다.

일촉즉발

　　　　　　여도의 드넓은 동궁 후원에서 연회가 열렸
다. 차일이 높이 쳐진 단상 위에는 여곤을 중심으로 여곤, 6좌평과 각
부 장리들이 자리 잡았고, 한 단 아래에는 목만치를 비롯해서 3품 이
하 은솔 관등들이 직급대로 앉았다. 주안상에는 진귀한 음식들이 그득
놓여 있었다. 바다 건너 온 향기 짙은 술병들도 있었는데 독하기는 화
주보다 독해서 멋모르고 마셨다가 벌써 취한 사람들도 있었다.

　미희들이 고관들 옆에 앉아서 술을 치는 가운데 무희들은 연회장
한가운데 나가서 팔현금의 음률에 맞추어 춤을 추었다.

　초저녁에 시작한 연회는 시간이 흐르고 취흥이 높아가면서 차츰 도
도해졌다. 오늘의 주빈인 상좌평의 눈치를 살피느라 점잔을 떨던 이들
도 술이 취하자 옆에 앉은 미희의 치마 속을 더듬기 시작했다. 음란하
기보다는 성을 자연스럽게 드러내고 즐기는 것이 당시의 풍토였다. 점
차 분위기가 농익어갔다.

목만치는 그러나 흐트러짐 없이 꼿꼿하게 앉아서 술을 마셨다. 목만치 옆에는 사규가 앉아서 가끔은 걱정스럽게 목만치를 돌아보면서 술을 마시고 있었다.

목만치의 얼굴은 술을 마시면 마실수록 창백하게 변했다. 목만치의 주량은 사실 아무도 가늠하지 못했는데 자신도 몰랐다. 술을 찾아다니며 마실 정도로 즐기지는 않지만 그렇다고 해서 부러 피하지도 않았다. 해월에게 배운 조식법 때문에 좀처럼 술에 취하지 않는 것이라고 목만치는 짐작했다.

목만치가 빈 잔에 스스로 술을 채우려는데, 사규가 먼저 술병을 집어 들었다.

"목 장군, 너무 많이 마시는 거 아니요?"

"아직은 괜찮습니다."

"오늘 밤에는 과음하지 않았으면 좋겠소."

"아직은 얼마든지 마실 수 있소."

사규가 목소리를 낮추었다.

"이건 저하의 분부시오."

목만치는 고개를 들어 단상 중앙에 있는 여도와 여곤 쪽을 돌아보았다. 무슨 말끝에선가 여도는 호탕하게 웃고 있었다. 가늘게 뜬 그의 눈길은 목만치를 향하고 있었다. 잠깐 동안 목만치와 여도의 눈길이 허공에서 만났다.

이윽고 목만치가 먼저 시선을 돌렸다.

"아니 이게 누구신가?"

뒤쪽에서 누군가 아는 체했다. 돌아보니 국협이 조롱기가 가득 담긴 미소를 지은 채 그들을 내려다보고 있었다. 국협은 6품 내솔짜리였고, 관직으로 보면 목만치와 사규에게 감히 대등한 처지가 아니었다.

그러나 국협은 부친인 국강의 위세를 업고 그 정도의 관직 차이쯤은 아예 무시했다. 사규가 양미간을 찌푸렸다.

"목만치, 그래 목만치 공자시군."

"……."

"아니 내가 실수했군. 지금은 대왕마마의 어림군 위사장으로 계시지. 몰라보게 출세하셨네, 목 공자."

"감히 내술짜리가 예가 어디라고 얼쩡거리느냐?"

참다못한 사규가 입을 열어 나지막하게 호통을 내질렀다.

"아이구, 덕솔 나리도 계셨군요. 저와 나리와는 눈곱만큼도 은원 관계가 없습니다만, 여기 목 공자와는 그렇지 않지요. 우리 두 사람은 청산해야 할 빚이 아주 많지요."

"냉큼 물러가지 못하겠느냐?"

그러나 국협은 능글맞게 사규의 말을 무시했다.

"아따, 어련히 가지 않을라구. 그만 좀 딱딱거리슈. 좌현왕 나리 위세를 믿고 그러시나 본데 너무 그러지 마슈. 높은 자리에 있을 때 주변에 덕 좀 베풀어야지."

"이, 이놈이!"

사규가 벌떡 일어나려고 용을 쓰는데 목만치의 완강한 손길에 눌려서 그는 자리에서 일어나지 못하고 얼굴만 붉혔다.

"잠시 있으면 재밌는 구경거리가 있을 거요. 먼저 가면 그 구경거리를 놓치고 평생 후회하리다. 그럼 좋은 시간 되시우."

국협이 이죽거리며 사라졌다. 사규가 분통을 터트렸다.

"저놈, 도저히 그냥 보고 있을 수 없소."

"장군이 상대하기에는 값없소. 내버려두시오."

"지 애비 위세를 믿고 거들먹거리는 꼴이라니. 저놈에게 봉욕을 당한 노신들이 한둘이 아니오."

"저도 들었습니다."

"그 애비에 그 아들놈이오."

사규가 씁쓸한 입맛을 달래기 위해 독주를 연거푸 들이켰다. 목만치도 천천히 술잔을 비웠는데 시간이 갈수록 불안감이 엄습해왔다.

갑자기 악사들의 연주가 그쳤다. 연회장 가운데서 춤을 추던 무희들도 어느새 사라지고 없었다. 느닷없이 연회장에 찾아든 정적에 술기운이 깬 이들은 어리둥절한 얼굴로 여도가 자리한 쪽을 바라보았다.

여도가 손바닥을 두어 번 마주치자 모두 그를 주목했다. 이윽고 여도가 입을 열었다.

"내 오늘 밤 여러분을 초청한 것은 까닭이 있어서요. 내 일찍이 상처한 뒤로 여러 해를 홀로 지내왔소."

여도의 정실부인이 죽은 것은 4년 전의 일이었다. 그리고 그 후에 여도가 혼례를 올리지 않았다는 것은 모두가 다 아는 사실이었다. 모두 주시하는 가운데 여도의 말이 이어졌다.

"황감하옵게도 대왕마마께서도 재취를 권하시고, 주변의 여러 대신들도 거듭 권유한 바 있었지만 지금껏 혼자 지내온 것은 이유가 있었소. 내 마음을 흡족하게 사로잡을 미색을 만나지 못했기 때문이오. 자고로 영웅호색이라 했소. 사내대장부로 태어나서 색을 좋아한다고 해서 큰 허물이겠소."

여도의 거침없고 기고만장한 이야기였다.

"그러던 차에 마침내 본인의 마음에 흡족하게 드는 여인을 만났소. 가히 경국지색이라 하지 않을 수 없는 여인이오. 여러분을 이 자리에 모신 것은 바로 그 여인을 소개하기 위해서요. 부디 원컨대 여러분은 그 여인과 나와의 연분을 축복해주기 바라오!"

"경하드리옵니다!"

6좌평 옆에 앉아 있던 국강이 먼저 큰소리로 말했다. 그러자 여기저기서 뒤늦을세라 경하의 목소리가 연이어 터져 나왔다. 한동안 연회장이 술렁거렸다.

그러나 단 세 사람 입을 다문 사람이 있으니 여곤과 목만치 그리고 사규였다.

목만치의 얼굴은 밀랍처럼 창백했는데, 그 두 눈에서는 잉걸불이 활활 타오르는 것 같았다.

여곤은 그런 목만치를 건너다보고 있었고, 사규는 목만치의 바로 옆에서 긴장한 채 그를 주시하고 있었다.

"불행히도 아직 여러분께 경하받기에는 이른 듯하오."

여도의 말이 이어졌다.

"창피한 일이오만 아직도 그녀에게 내 청혼에 대한 약조를 받아내지 못했소."

여도의 말에 다시 연회장이 크게 술렁거렸다. 믿기 어려운 이야기였다. 대왕을 제외하고 이 나라 최고권력자인 상좌평 여도의 청혼을 받아들이지 않은 여인, 과히 경국지색이라 여도가 일컫는 여인에 대한 호기심으로 사람들의 눈이 빛났다.

"그래서 이 자리에서 그녀의 약조를 받아낼 작정이오. 그녀가 내 청혼을 받아들인다면 그 아니 좋은 일이겠소. 그러나 만일……."

여도의 눈길이 좌중을 훑었다. 그러다 마침내 여도의 벨 듯 날카로운 눈길이 목만치의 얼굴에 머물렀다.

"만일 그녀가 내 청을 거절한다면…… 그 순간 그녀는 이 자리에서 능욕당할 것이오!"

연회장에 모인 사람들의 얼굴이 충격으로 굳어졌다. 저마다 벌린 입을 다물지 못한 채 서로를 돌아보았다.

"그녀는 여러분의 노리갯감이 될 것이오. 그녀는 이 세상에서 가장 추한 창기가 되어 버림받을 것이오. 나 상좌평 여도의 청을 거절한 대가를 뼈저리게 맛보게 될 것이오."

"……."

한동안 침묵이 연회장을 뒤덮었다.

여도의 눈길은 여전히 목만치의 얼굴에 못 박혀 있었다. 목만치는 얼어붙은 듯 그 눈길을 가만히 받아들였다. 이윽고 여도가 손뼉을 치자 뒤쪽에서 누군가가 휘장을 들치고 들어섰다. 모두의 시선이 그쪽으로 쏠렸다.

앞장선 국협의 뒤를 이어 곱게 성장한 여인이 양쪽에 선 두 명의 시녀에게 부축을 받은 채 들어왔다. 여인의 머리 위에 화관이 씌어 있었고, 거기에서 엷은 망사천이 내려와 얼굴을 가리고 있었다.

여인은 연회장 가운데로 인도되어 여도가 앉아 있는 단상 바로 앞에 시녀들의 부축을 받아 그대로 앉혔다. 시녀 하나가 여인의 얼굴을 가린 망사천을 걷어 올렸다.

"……!"

경국지색이라는 여도의 말은 허언이 아니었다. 모두 진연의 눈부신 미모 앞에 할 말을 잃었다. 진연은 이 땅에 존재하는 것이 아니라 하늘에서 하강한 선녀와도 같은 신비한 분위기를 풍기고 있었다.

여도도 새삼스럽게 진연의 아름다움에 감탄을 금치 못했고, 그 옆자리의 여곤 또한 놀란 눈을 쉽게 감지 못했다. 그 자리에 모인 사람들의 심정은 똑같았다.

그러나 단 한 사람.

목만치만은 눈을 감았다. 차마 다시는 눈을 뜰 수 없을 것 같았다.

최악으로 상정하던 일이 지금 눈앞에서 벌어지고 있었다.

그리고 그 순간 그는 손가락 하나 꼼짝할 수 없는 무력함에 사로잡혀 있었다. 그러나 언제까지나 외면할 수는 없는 일이었다.

목만치는 있는 힘껏 눈을 떴다. 눈앞에 벌어지는 모든 일들을 두 눈으로 똑똑히 바라보고, 그리고 각인시켜야 했다.

"여러분! 어떻소?"

여도가 침묵을 깨고 좌중을 둘러보았다.

"과연, 경국지색이올시다!"

언제나처럼 국강이 먼저 받았다. 여도와는 입술과 잇몸의 관계였다. 여도의 심정을 그처럼 재빠르게 파악하는 사람이 달리 없었다. 뒤이어 진연의 아름다움을 칭송하는 사람들의 감탄이 따랐다.

여도가 손을 들어 사람들의 입을 막았다.

"본인은 참으로 부끄럽소. 여러분이 감탄해 마지않는 이 여인의 아름다움을 나 역시 차지하고 싶소. 그러나 이 여인에게 아직도 청혼에 대한 약조를 받아내지 못하였으니 사내대장부라 자부해온 내 꼴이 말이 아니게 되었소."

여도가 짐짓 호탕한 듯 웃었다.

"잘 들어라!"

여도가 진연을 노려보며 말했다.

"너도 장막 뒤에서 들었을 것이다. 이제부터 네게는 아주 중요한 선택의 순간이 기다리고 있다. 내 청혼을 받아들이면 이 자리에 모인 고관대작들의 축복 속에서 너는 영원한 부귀와 영화를 누리게 될 것이야. 그러나 만일 내 청혼을 거절한다면…… 그 순간 너는 저 사람들의 노리갯감이 될 것이야. 아니 그것만으로 끝나지는 않을 것이야. 나는 너를 저잣거리로 내보내 가장 비천한 막창으로 생을 끝내게 만들 것이다. 어쩌겠느냐?"

"……."

이것은 청혼이 아니었다. 목숨을 놓고 위협하는 것보다 더한 치욕이었다. 비로소 사람들은 이 자리의 성격을 깨달았다. 지금 상좌평 여도는 단순하게 한 여인에게 청혼을 하는 것이 아니었다.

여도는 누군가를 염두에 두고 이런 일을 연출하고 있는 셈이었다. 눈치 빠른 사람들은 그렇게 판단했다. 그러나 대부분 여도의 잠재적 정적인 여곤에게 혐의를 두었을 뿐 목만치를 주목한 사람은 없었다.

"어쩌겠느냐?"

다시 한번 여도가 대답을 촉구했지만 진연은 담담한 표정을 그대로 유지했다.

오히려 초조해지는 쪽은 여도였고, 국강과 국협이었고, 여곤과 사규였다.

그러나 누구보다도 그 순간 가장 고통스러운 사람은 목만치였다. 아니었다. 진연이었다. 청혼을 받아들이느냐, 아니면 이미 마음속으로 진연을 발가벗겨 탐욕스러운 상상을 하고 있는 저 뭇 사내들에게 노리갯감으로 던져지느냐, 달리 길은 없었다.

어떤 길을 선택하든 진연에게는 죽음과 마찬가지였다.

진연의 고개가 천천히 돌아갔다.

사람들의 시선이 진연의 눈길을 더듬어갔다.

진연의 눈길이 찬찬히 사람들을 헤매어 가다가 멈춘 곳은 목만치의 얼굴이었다. 두 정인의 눈길이 허공에서 얽혔다.

목만치는 핏발이 성성한 눈으로, 자꾸만 피하고 싶고 차마 감고 싶은 욕망을 꾹 눌러 참고 정인의 눈을 부릅뜬 눈으로 맞받아들였다.

아아, 단 한순간도 잊지 못한 눈이었다. 저 눈빛 때문에 슬픔과 기뻠 그리고 그리움을 알게 되었다. 살아가면서 따뜻함의 의미, 부드러움의 의미를 알게 해준 눈빛이었다. 몸속에 뜨거운 피가 끊임없이 돌고 있다는 것을 깨닫게 해준 눈빛이었다. 정인의 저 눈빛…….

진연의 입가에 아주 희미한 미소가 어렸다가 사라졌다.

진연은 결코 굴복하지 않을 것이다. 목만치는 한눈에 그 미소의 의미를 깨달았다.

'아아, 안 된다.'

목만치는 속으로 절규했다.

'그래서는 안 된다.'

목만치는 자신도 모르게 옆구리로 손을 가져갔다. 그러나 걸리는 것은 빈 허공뿐, 이미 연회장에 들어설 때 여도의 시위무사들에게 무장해제를 당했다. 그리고 여도가 앉아 있는 장막 뒤편에는 수십 명도 넘는 시위군들이 중무장한 채 대기하고 있었다. 여도 바로 뒤편에도 병풍처럼 시위무사 다섯 명이 버티고 있었다.

여도의 턱밑 근육이 불끈거렸다. 상기된 얼굴이었고, 여도 역시 살아오면서 가장 치욕적인 순간을 만나고 있었다. 한없이 가녀려 보이는 한 여인에게서 평생 잊지 못할 수모를 당한 것이다.

여인의 침묵은 차라리 여도에게 몸을 맡기기보다는 저잣거리의 막창이 되기를 선택하겠다는 뜻이었다.

덜덜 떨리는 여도의 손가락이 허공으로 올라가 마침내 진연의 얼굴을 똑바로 가리켰다.

"저, 저년을…… 발가벗겨라!"

여도의 목소리가 떨렸다.

"한 오라기도 남기지 말고 벗겨라! 저년은 스스로 막창이 되기를 원했다. 그 소원을 들어주겠노라!"

"……."

그러나 누구 하나 나서는 사람이 없었다. 노기등등한 여도의 고함 소리가 터져 나왔다.

"뭣들 하느냐? 어서 저년을 발가벗겨라!"

여도 뒤편에 시립해 있던 국협이 먼저 나섰고, 그 뒤를 이어 시위무사들이 진연에게 다가갔다.

목만치는 입술을 깨물었다. 금세 입 안에 비릿한 피비린내가 가득 풍겼다. 사규가 술상 밑에서 목만치의 손과 허벅지를 힘껏 억눌렀는데 무인답게 태산 같은 힘이었다. 어찌나 안간힘을 쓰는지 사규의 이마에서 굵은 땀방울이 흘러내렸다.

마침내 국협의 손이 진연의 저고리에 닿았다. 잠깐 머뭇거리던 국협이 결심을 굳힌 듯 거칠게 옷고름을 잡아챘다. 진연은 꼼짝도 않은 채였다. 옷이 찢겨져 나가면서 진연의 쇄골 아래 봉긋한 젖가슴이 드러나는 순간이었다.

목만치의 입에서 단발마의 비명이 터져 나오려는데 한발 앞서 누군가 벼락처럼 소리쳤다.

"그만두어라!"

흠칫 놀란 국협이 한발 뒤로 물러섰다. 모두 소리의 진원지를 찾아서 고개를 돌렸다.

자리에서 벌떡 일어난 여곤이 술상 한가운데로 술잔을 집어던졌다. 요란한 소리를 내며 술잔이 산산조각이 났다. 여곤의 시커먼 수염이 꼿꼿하게 서서 떨리고 있었다.

여곤이 국협과 시위무사들을 향해 손을 뻗었다.

"이놈들! 당장 그만두지 못하겠느냐?"

"네 이놈!"

이번에는 여도의 고함이 터져 나왔다. 자리를 떨치고 일어난 여도가 여곤을 노려보았다.

"이놈, 뭐 하는 짓이냐?"

"형님이야말로 이게 무슨 짓이오?"

"너 죽고 싶으냐?"

"날 죽일 수 있으면 죽여보시오!"

여도와 여곤이 서로를 팽팽하게 노려보았다.

여도가 옆에 서 있던 시위무사에게서 환도를 빼앗아들었다. 여곤 역시 재빠르게 자신의 옆구리에서 칼을 뽑아들었는데, 정로대장군이자 좌현왕 그리고 금상의 아우인 여곤에게 감히 무장해제를 요구할 만큼 간이 큰 시위무사는 없었던 것이다.

두 사람은 무서운 눈길로 서로를 노려보며 칼을 겨누었다.

"이놈! 감히 내게 칼을 겨누다니 정녕 죽고 싶은 게로구나?"

"먼저 칼을 뽑아든 사람은 형님이오! 지금 형님은 미쳤소! 알고나 있소?"

"닥쳐라!"

"제정신이 아니오! 대체 이게 뭐 하는 짓이오?"

"이놈이 진정 죽고 싶은 게로구나!"

여도가 칼을 휘둘렀고, 여곤이 몸을 비틀면서 칼로 막아냈다. 칼날이 부딪치면서 불꽃이 튀었다. 그 서슬에 술상이 요란하게 엎어지자 시녀들이 새된 비명을 내지르며 달아났다.

사규와 목만치가 단숨에 그쪽으로 달려갔는데 이번에는 여도의 시위무사들이 날카로운 환도를 뽑아든 채 그 앞을 가로막았다.

그러나 목만치에게는 시위무사들의 칼 따위는 안중에도 없었다. 그럼에도 머뭇거린 것은 오늘 낮에 만난 개로왕의 말 때문이었다. 여기에서 여곤의 편을 들어 여도에게 대항한다면 목숨을 부지하기 어려웠다. 바로 그 점을 개로왕이 경고한 것이었다.

다시 한번 여도와 여곤의 칼이 날카롭게 부딪쳤는데 아무래도 막기만 하는 여곤이 수세에 몰렸다.

여도의 칼을 피해 여곤이 몇 걸음 뒤로 물러났지만 이내 장막에 가로막혔다. 여도가 칼을 높이 쳐들었다.

"칼을 거두어라!"

순간 낮지만 거역할 수 없는 목소리가 어디선가 들렸다.

여도는 뒤에서 들려오는 그 목소리를 알아들었다. 단 한 사람, 그에게 명령을 내릴 수 있는 단 한 사람, 개로왕이었다.

개로왕이 연회장 안으로 천천히 걸어 들어왔다. 어림군 장교들이 뒤따르고 있었다.

여도는 여전히 분기 어린 표정을 감추지 못한 채 칼을 시위무사에게 넘겼고, 여곤은 칼을 칼집에 꽂았다.

"이게 무슨 짓이냐?"

개로왕이 연회장 단상 한가운데 서서 주변을 둘러보며 혼잣말처럼 중얼거렸다. 그 자리에 참석한 신료들은 술이 확 깬 얼굴로 부복한 채 고개를 들지 못했다.

"형제간에 칼부림을 하다니, 네놈들이 진정 제정신인 게냐?"

"……."

"……."

여도와 여곤은 침묵을 지켰지만 서로를 노려보는 눈에는 아직도 살기가 남아 있었다.

"내 너희의 죄를 나중에 묻겠으니, 우선 이 자리를 파하라."

"분부 받들겠습니다."

"저 여인은 누구냐?"

개로왕의 눈길이 아직도 연회장 한가운데 그린 듯 앉아 있는 진연에게 머물렀다. 해반이 개로왕의 귀에 대고 뭐라고 소곤거렸다. 개로왕이 잠시 후 입을 열었다.

"내신좌평이 당분간 저 여인을 보호하라."

"분부 받잡겠사옵니다."

"여황이 여자 문제로 반란을 일으킨 것이 바로 엊그제 일처럼 생생한데, 오늘 또 여인을 두고 환란을 자초하고 있다니 철이 없어도 이다지도 없을 수 있단 말인가? 그래 가지고서야 어찌 내가 그대들을 믿고 큰일을 도모할 수 있겠느냐? 모두 돌아가라! 오늘 일에 대해서는 책임을 묻겠으니 각오하고 있어라."

그 말을 남기고 개로왕이 밖으로 나가자 그 뒤를 여도와 여곤 그리고 6좌평이 따랐다. 해반의 지시를 받은 시녀들이 진연을 데리고 어디론가 사라졌다.

목만치는 허탈한 모습으로 그대로 서 있었다. 비통함이 가득한 얼굴이었다.

정인이 봉욕을 당하는 순간에도 아무런 힘을 보태지 못한 한 사내의 심정을 사규는 제 일처럼 이해했다.

진신두의 묘수

개로왕의 극적인 등장으로 여도와 여곤은 골육상쟁의 비극을 피할 수 있었다. 하지만 그 일로 형제간의 반목은 걷잡을 수 없이 악화되었다. 이제 조정의 대신들은 뚜렷하게 양파로 분열되었다.

'여도냐, 여곤이냐.'

대세는 여도파가 장악하고 있었다. 인품이나 그릇으로는 여곤이 월등하게 뛰어났지만 현실적인 정치세력, 이른바 권력의 장악이라는 측면에서는 여도의 힘이 여곤을 압도했다. 정무에 관심이 없는 개로왕을 대신해서 여도가 대부분의 정무를 맡은 뒤부터 조정의 요직은 여도를 추종하는 인물들이 차지했다. 이처럼 여도가 세력을 장악하게 된 데에는 국강의 치밀한 모사가 큰몫을 했다.

연회장에서의 소동은 유야무야 넘어갔다. 대왕이 호된 질책을 할 것이라고 모두 예상했지만 대가 무른 개로왕은 그 일에 대해서 다시

언급하지 않았다.

그러나 여도는 잊지 않았다. 여곤이 감히 자신에게 맞선 사실에 대해 이를 갈았다. 게다가 진연은 개로왕의 지시로 자신의 손을 벗어나 내신좌평 해반의 집으로 옮겨가 있었다. 그녀를 되찾아야 했다. 그래야만 무참히 손상된 자신의 체통을 회복하는 동시에 자신을 거절한 대가가 얼마나 비참한지를 확인시켜줄 수 있는 것이다.

"좋은 방도가 없느냐?"

여도가 좌중을 둘러보며 물었지만 모두 여도와 눈길이 마주치는 것을 꺼렸다.

동궁의 한 방 안이었고 국강과 국협 부자, 조정좌평 여위, 병관좌평 백청 등 여도의 심복들이 모여 앉은 자리였다. 여위와 백청은 여도의 강력한 천거를 받아 새로 좌평에 오른 참이어서 여도를 위해서라면 죽는 시늉까지 할 수 있는 자들이었다.

모두 침묵을 지키고 있자 답답해진 여도가 눈살을 찌푸렸다.

"네놈들은 밥만 축내는 식충이들이냐? 뭔가 좋은 방도를 짜내란 말이다!"

"나리, 지금은 자중하시는 게 좋을 듯싶습니다."

국강이 조심스럽게 말했다.

"뭐라? 자중하라고?"

"예."

여도가 잠자코 국강을 바라보았다. 꾀주머니라고 할 만한 국강이었다.

"대왕께서는 나리를 주목하고 계십니다. 비록 나리께서 조정에 심복을 꾸준히 심어놓으셨고, 병권을 쥐고 계신다고 하지만 어디까지나 주상전하께서 엄연히 존재하고 계십니다."

"흠……."

"권력이라는 것은 사상누각과도 같아서 하루아침에 스러지기도 하는 법입니다. 지금은 나리께서 자중하셔야 할 때입니다. 나리와 좌현왕과의 알력 때문에 대왕의 심기가 편찮으십니다. 게다가 좌현왕의 주변에도 인재들이 적지 않지요. 대왕께서 나리의 힘이 지나치게 커지는 것을 경계하게 되면 좌현왕에게 기울지도 모릅니다."

"그렇게 눈치를 봐야 할 필요가 있을까?"

"하오시면?"

"내가 당장 대왕을 찾아가서 왕위를 선양해달라고 말하겠다."

어이가 없어진 국강이 잠깐 할 말을 잃었다.

"대왕께서 그래 주시지도 않을뿐더러 오히려 나리께 화를 불러올 것입니다. 차분히 때를 기다리면 나리께 꼭 기회가 찾아올 것입니다."

"그때가 언제냔 말이다!"

조급증을 이기지 못한 여도가 서안을 주먹으로 내리쳤다.

"나리, 나리께 필요한 것은 인내올시다. 인내를 갖고 견디시지 않으면 나리께서 오히려 역공을 당하실 우려가 있습니다."

"감히 내게 맞설 자가 있단 말이냐?"

"좌현왕이 있습니다."

"여곤 이놈! 씹어 먹어도 시원치 않을 놈!"

여도가 이를 갈았다. 연회 때의 일을 떠올리자 다시 한번 분통이 터진 것이다.

"잠시 자중하시고 기회를 보아 좌현왕을 왜로 보내는 것이 어떻습니까?"

"뭐라 했느냐? 여곤을 왜로 보낸다고?"

"예."

"그것 좋은 생각이다."

여도가 미처 그 생각을 하지 못했다는 듯 고개를 끄덕였다. 역시 꾀주머니 국강다운 계책이었다.

왜는 비류백제가 광개토왕의 침공을 당해 멸망하면서 응신왕이 건너가 세운 망명정부가 있는 곳이다. 비류와 온조 두 성제가 뜻이 달라 도읍지를 달리했지만 전통적으로 두 나라는 형제의 의를 지켜왔다. 396년 광개토왕이 비류백제의 도성인 웅진을 함락시키자 응신왕은 웅진 이하 모든 담로들을 한성백제에 넘기고 열도로 넘어갔다. 그때 응신왕을 따라서 열도로 함께 망명한 백성들의 거처가 무려 17개 현에 달할 정도였다. 그 이후에도 두 나라는 계속해서 왕족을 교환하면서 화친을 계속해왔고 혈맹의 관계를 유지해왔다.

'왜에 여곤을 보낸다.'

그야말로 무릎을 칠 만한 계책이었다. 현재 야마토 정권을 지배하고 있는 왕은 웅략이었다. 웅략이 여곤을 어떻게 요리할지는 전적으로 그에게 맡겨져 있었다. 여곤의 야심을 보아 웅략이 좌시하지는 않을 것이 십중팔구였다. 이쪽에서는 그야말로 손도 대지 않고 코 푸는 격이었다.

"하지만 무슨 방법으로 여곤을 왜로 보낼 수 있느냐?"

여도의 말에 국강이 자신 있게 대답했다.

"제가 곧 그 방법을 강구해보겠습니다."

"여곤을 왜로 보낸 다음은 목만치다. 그놈은 어떻게 처리할까?"

"그건 걱정하실 거 없습니다. 좌현왕이 없다면 목만치는 끈 떨어진 뒤웅박이나 마찬가지올시다. 좌현왕이 뒤를 받쳐주니까 목만치 제놈이 날뛰는 것일 뿐, 제아무리 뛰어난 무장이라 해도 혼자서는 독불장군에 불과합니다. 날랜 무사 십여 명만 동원해서 한밤에 기습하면 목만치가 금강역사가 아닌 바에야 죽음을 면키 어렵지요."

"대왕께서 목만치를 총애하시지 않느냐?"

"좌현왕을 왜로 보내기만 하면 대왕께서는 명목상일 뿐 모든 실권은 나리께 있습니다. 나리께서 말 그대로 모든 권력을 장악하게 된 터에 무엇을 걱정하시겠습니까?"

"허허, 과연 국강이로다. 네 머리는 제갈량이 환생한 듯하구나."

웃음을 터트리는 여도의 눈빛은 곧 실현될 야망으로 번들거렸다.

마치 짜기나 한 듯이 국강의 계책을 실행할 수 있는 기회가 의외로 빨리 찾아왔다. 그 무렵 백제와 왜 사이에 미묘한 사건이 발생했는데 지진원池津媛이라는 여인 때문이었다.

지진원은 개로왕이 왜왕에게 보낸 백제 최고의 미인이었다. 양국 간의 전통적인 우호관계를 확인하는 선물로 왜왕 웅략의 입이 절로 벌어질 정도로 고르고 골라서 뽑은 미인이었다. 게다가 일찍이 학문을 배우고 음악과 춤에도 능해 재색을 겸비한 여인이었기에 웅략의 총애는 이만저만이 아니었다.

그러나 지진원은 웅략과 합방을 하기도 전에 석천순石川楯이라는 외간 남자와 눈이 맞아 간통을 하다가 발각되었다. 크게 분노한 웅략은 그 자리에서 두 사람을 나무에 묶어 죽였고 그러고도 분이 풀리지 않아 불에 태워버렸다.

웅략은 백제에 사신을 보내 다른 미녀를 요구했다. 그 문제로 조정이 시끄러워졌다. 아무리 간통했다고는 하지만 백제의 대왕이 손수 골라 보낸 여인을 불에 태워 죽인 것은 지나친 처사라는 게 중론이었다.

그 문제를 상의하기 위해 조정대신들이 남당에 모여들었다.

옥좌에 앉은 개로왕은 좌우를 둘러보았다. 그러나 모두 웅략의 처사에 분개할 뿐 다른 대안을 내놓지 못했다. 개로왕이 양미간을 찌푸리며 시선을 국강에게 향했을 때였다. 국강이 개로왕의 시선을 피하지 않고 받았다.

"목부 장리에게 좋은 계책이 있는 모양이군."

개로왕의 말에 국강이 고개를 조아렸다.

"황공하옵니다. 좋은 계책이라 할 것은 아닙니다만 소신에게 나름대로 방안은 있사옵니다."

"말하라."

"예로부터 우리 백제국과 왜국은 형제처럼 지내왔습니다. 그런 터에 지진원 사건이 일어난 것은 참으로 유감스러운 일입니다. 그러나 언제까지나 왜왕의 요구에 따라 채녀采女를 보낸다는 것은 우리로서도 명예와 자존심이 걸린 일입니다. 더 이상은 불가하다고 생각합니다."

"하면?"

"왜왕으로서도 꼭 채녀를 요구하는 것은 아닐 겁니다. 우리가 나름대로 성의를 보여주기만 하면 될 것 같습니다. 차라리 대왕마마의 아우이신 정로대장군 좌현왕을 왜로 보내서 왜왕을 보필하도록 하심이 어떨까 아뢰옵니다."

"좌현왕을 왜로 보낸다?"

개로왕이 놀란 얼굴로 국강을 바라보았다. 다른 조정대신들도 웅성거리며 국강을 주시했다.

"그렇습니다. 웅략왕으로서는 본국에서 든든한 형제를 얻게 되는 것이며 또한 좌현왕께서는 범상치 않은 왕재를 타고나신 바 웅략왕을 도와 훌륭하게 정사를 보필할 것입니다. 한편으로 이번 기회에 양국의 우호관계를 든든히 하여 훗날 고구려, 신라와의 전쟁에 대비한 병참기지와 지원군을 마련하는 것이거늘 이를 일컬어 일석이조라 하지 않을 수 없습니다. 좌현왕이야말로 이 일을 해내기에는 적임자라 생각하옵니다."

"흠……."

개로왕의 입에서 가느다란 신음이 새어나왔다.

"게다가 좌현왕과 상좌평 간의 반목을 모르는 사람이 없습니다. 얼마 전 연회에서의 소동도 있었거니와 차라리 이번 기회에 좌현왕을 왜에 보냄으로써 두 분의 갈등까지 해소할 수 있으니 이 아니 좋은 일입니까?"

개로왕의 내심을 정확하게 짚어낸 국강의 말이었다.

여도가 마음만 먹는다면 여곤은 죽음을 피하기 어려웠다. 개로왕으로서는 일이 이렇게까지 되도록 그냥 방치하고 있었던 자신을 자책했지만 이미 늦었다. 개로왕은 선왕의 장자로 태어나 왕위를 승계받았지만 어릴 때부터 두 아우의 승한 기에 치여서 살아왔다. 스스로도 자신의 기질을 못마땅하게 여겨 고치려고 노력하지 않은 것은 아니나 천품을 바꿀 수는 없었다.

개로왕은 그즈음 심한 고독감을 맛보고 있었다. 주위를 둘러보아도 자신의 사람은 눈에 띄지 않았다. 한 나라의 대왕이라고 하지만 허수아비나 마찬가지였다. 조정 곳곳에서 큰 목소리를 내는 대신들은 대부분 여도의 꼭두각시라 해도 과히 빈 말이 아니었고, 그나마 여곤이 고군분투하는 셈이었다. 이젠 노골적으로 여도의 세력을 견제하려 하다간 오히려 자신이 당할 처지였다. 개로왕은 바로 그 같은 사실을 정확하게 인식하고 있었다.

조정대신들을 쓸어 가던 개로왕의 시선이 마침내 여도에게 닿았다. 여도는 다른 신하들과는 달리 고개를 조아리지도 않았으며 당당하게 허리를 편 채 개로왕의 시선을 받았다.

'자, 어찌하겠소.'

여도의 강한 눈빛이 그렇게 묻고 있는 듯했다.

여곤은 보이지 않았다. 연회에서 그 소동이 있은 뒤로 여곤은 칭병을 이유로 남당회의에 참석하지 않았다.

마침내 개로왕이 입을 열었다.

"상좌평의 생각은 어떻소?"

"항간에는 얼마 전의 소동으로 좌현왕 아우와 소신이 반목한다 알려졌으나 사실과 다릅니다. 우리 형제의 우애는 여전히 변함없거니와 저는 좌현왕 아우의 뛰어난 인품과 재주를 아끼고 사랑합니다. 그런 아우를 왜에 보내고자 하는 목부 장리의 말은 지당하지만 형제로서의 의를 생각할 때는 안타깝기 한량없습니다. 하지만 형제의 의를 사사롭게 생각할 때 목부 장리의 말은 타당하다고 사료됩니다. 근초고대왕 대에 우리 백제국은 평양성까지 쳐들어가서 북적 고국원의 목을 베기까지 했습니다. 그러나 불과 몇십 년도 되지 않아 담덕에게 전 국토를 유린당하는 아픔을 맛보았지요. 심지어 노객奴客이 되겠다는 치욕스러운 맹세까지 하게 되었습니다. 지금도 우리 백제국은 다행히 신라와는 동맹관계를 맺었다고는 하나 여전히 북적 고구려의 매서운 발톱 아래 전전긍긍하고 있습니다. 좌현왕이 왜에 건너가야 할 타당성은 바로 그때문입니다. 좌현왕이 웅략왕을 충실히 보필하면서 깊은 신임을 받아야 항차 백제국이 위험에 처했을 때 든든한 보호막이 되어줄 수 있다고 생각합니다. 웅략왕 역시 웅신왕 대에 당한 치욕을 풀기 위해 북적에 대한 원한을 씹고 있다고 합니다. 좌현왕이 아니면 이 일을 해낼 사람이 없다고 아뢰옵니다."

"병관좌평은 어떻게 생각하오?"

"소신 역시 상좌평의 말씀에 동감하옵니다."

"소신도 그렇습니다."

조정좌평이 개로왕이 묻기도 전에 나섰다. 뒤이어 몇 명의 대신들이 동조했다. 모두 여도의 심복들이었다.

개로왕의 눈길이 내신좌평 해반에게 머물렀다. 해반이 개로왕의 눈빛을 읽고는 주저하며 말을 꺼냈다.

"역시 웅략왕의 신임을 사려면 좌현왕이 왜로 건너가는 것이 좋을 듯싶습니다. 더 이상 채녀를 보내는 것은 나라의 체통에도 문제가 있습니다. 어떤 의미에서는 좌현왕의 웅대한 뜻을 왜국에서 맘껏 펼치게 하는 것도 뜻 있는 일이라고 생각되옵니다."

해반까지 그렇게 나오자 누구 한 사람 반대의견을 내놓을 사람이 없었다. 개로왕은 한동안 침묵을 지키다가 말했다.

"경들의 의견을 잘 알았소. 하지만 이 자리에서 쉽게 결론을 내릴 수 없고 며칠간 더 숙고한 뒤에 결정하겠소. 과인은 이만 퇴청하겠으니 나머지 정사는 상좌평을 중심으로 논의하도록 하시오."

옥좌에서 내려온 개로왕은 힘없는 걸음걸이로 퇴청했다. 그 뒤를 목만치와 내관들이 뒤따랐다.

여도가 번들거리는 눈빛으로 개로왕의 뒷모습을 한동안 응시했다. 권력의 정점을 차지할 날이 다가온다고 느끼는 것일까. 여도의 얼굴은 기백에 차 있었고 두려움이라고는 조금도 모르는 그런 표정이었다.

급하게 달려온 내관의 전갈을 받은 여곤은 대왕의 침전으로 향했다. 침전에서는 개로왕과 목만치가 바둑판을 앞에 두고 수담을 나누고 있었다.

급하게 오라는 전갈과는 달리 개로왕은 태평한 얼굴이었지만 목만치는 반대로 다소 침통한 기색이었다. 개로왕은 수를 생각하느라 골몰

했고, 목만치는 바둑판을 바라보고 있지만 기실 그의 생각은 바둑판이 아닌 다른 먼 곳을 헤매는 눈치였다.

"왔느냐?"

개로왕이 여곤을 돌아보지도 않고 바둑판을 응시한 채 말했다.

"부르심 받잡고 서둘러 달려왔습니다."

여곤이 좌정하며 대꾸했다. 급하다고 해서 달려왔는데 웬 바둑판이냐는 힐난이 말투에 배어 있었다. 이런 사석에서는 주군의 관계이기보다는 형제의 인연이 더 앞서는 것이다.

"할 말이 있어 불렀다. 얘기는 천천히 하고…… 이거 반면이 만만치 않구나. 목 위사장의 바둑은 그의 무예솜씨만큼이나 뛰어나구나."

"과찬이십니다."

"이 나라에서 두 점 치수로 내 바둑을 견뎌내는 사람이 드물다."

"소신은 혼신의 힘을 다해서 대왕마마의 수를 견뎌내고 있습니다."

"아니야. 자네는 최선을 다하는 것 같지가 않구만. 오히려 내가 절절매면서 수를 찾느라 곤욕이구나. 아무래도 치수를 조정해야겠다, 목만치. 다음부터는 정선으로 들어오너라."

"황공하옵니다."

옆에 앉아서 바둑판을 들여다보는 여곤의 얼굴이 착잡했다. 개로왕이 한가롭게 바둑구경이나 시키려고 부른 것은 아닐 터였다. 오늘 남당회의에서 무엇인가 심상치 않은 일이 벌어진 것임에 틀림없었다. 큰일을 앞두고 저렇게 딴청 부리는 것이 개로왕의 버릇이었다.

말없이 기다리던 여곤의 귀에 문득 예사롭게 지나가는 말투로 개로왕의 목소리가 들려왔다.

"너… 왜로 건너가겠느냐?"

"……."

여곤이 개로왕의 얼굴을 바라보았다. 개로왕은 여전히 바둑판을 뚫어져라 내려다보고 있었다. 여곤이 다시 바둑판으로 시선을 주었는데 여전히 개로왕의 차례였고, 단 한 수도 더 이상 진행되지 않은 상태였다. 그러니까 여곤이 도착해서 지금까지 개로왕은 단 한 수도 착점하지 못하고 장고한 셈이었다. 목만치 역시 그대로 기다리고 있었다.

"왜라고 하셨습니까?"

여곤의 반문에 대꾸하지 않고 개로왕이 엉뚱한 소리를 꺼냈다.

"너 진신두鎭神頭의 묘수라고 들어보았느냐?"

여곤으로서는 처음 들어보는 말이었다. 개로왕은 당연히 그럴 줄 알았다는 듯 고개를 끄덕이고는 이번에는 목만치를 돌아보며 물었다.

"목만치는 아느냐?"

"들어보긴 했습니다."

"그럼 설명해보아라."

"진신두란 단 한 수로 두 개의 대마를 살리는 묘수입니다."

"그렇다. 진신두의 묘수와 비슷한 말로 일자해이정一子解二征이란 것도 있다. 이것 역시 한 수로 두 개의 난국을 타개한다는 뜻이다."

개로왕이 이번에는 시선을 여곤에게로 돌렸다.

"곤아, 왜로 건너가라."

"……."

"그것만이 지금 네가 살 수 있는 진신두의 묘수이자 일자해이정의 묘수다."

"……."

여곤이 창백한 얼굴로 개로왕을 바라보았다.

"그것이 네가 살고 나도 사는 법이다."

"……."

"네 형의 강기가 날로 거세지고 있다. 네 형에게서 너를 지켜줄 수 없는 형편이다. 이제 와서 소용없는 말이지만 네 형에게 전권을 맡긴 것이 후회막급이다."

"……."

"네가 왜로 가지 않으면 넌 죽는다. 그리고 그 일을 막다 보면 나 역시 죽음을 피하지 못할 것이다."

"……."

"우리가 살 길은 단 하나, 그것이 진신두의 묘수다. 알겠느냐?"

"정녕…… 제가 왜로 건너가는 수밖에 없겠습니까?"

"형제간의 골육상쟁을 면하려면 그 수밖에 없다."

개로왕이 칼로 자르듯 대답했다.

"……."

한동안 침묵이 흘렀다. 이윽고 여곤이 입을 열었다.

"가겠습니다."

"진정 가겠느냐?"

"예."

개로왕이 반색하여 여곤의 손을 잡았다.

"오, 참으로 어려운 결단을 내려주었다. 너 하나 희생함으로써 여러 사람을 구했다. 참으로 고맙다."

"……."

그러나 여곤의 표정이 밝을 리 없었다. 잠자코 허공을 바라보던 여곤이 입을 열었는데, 그 눈에 열기가 담겨 있었다.

"형님께 꼭 알려드릴 말씀이 있습니다."

"말하라."

"제가 왜로 떠나고 나면 언제 다시 이 땅에 발을 들이게 될지 기약

할 수 없습니다. 왜에 계신 웅략왕께서는 오래전부터 우리와 형제국의 의를 지녀왔지만 훗날 일은 아무도 모릅니다. 만일 제가 왜에 있는 동안에 이곳에 무슨 일이 일어나면 어떻게 하시겠습니까?"

"……."

"전 도 형님을 믿지 않습니다. 그 형님의 성품은 지나치게 과격하고 용렬함이 지나쳐서 주변에 참된 인재가 머물지 못합니다. 감히 이런 말씀드리기 황송하오나 형님께서 도 형님에게 정사를 넘겨버린다면 이 나라 사직이 실로 위태롭습니다. 잘 아시겠지만 북적 거련은 담덕 못지않은 영웅입니다. 지금 거련의 움직임을 유심히 살펴보면 담덕처럼 대륙으로 뻗어나가는 것보다 내실을 기하고 있습니다. 이것은 거련이 분명 군세를 남쪽으로 돌려 우리 백제국과 신라를 쳐서 병합하려는 야심이 틀림없습니다."

"……."

개로왕은 침묵을 지킨 채 묵묵히 여곤의 말에 귀를 기울였다. 목만치도 마찬가지였다.

"다시 아뢰옵기 황송하오나 형님께서는 정사에 취미를 붙이지 못하고 있는 것이 사실입니다. 사실상 조정의 대소사는 전부 도 형님께서 관장하고 있지요. 도 형님께서는 권력 장악에만 신경 쓸 뿐 국방에는 관심도 없습니다. 그 주변을 둘러보아도 그렇습니다. 국강 같은 간신배들만 요직을 차지하고 앉아서 제 잇속을 챙기느라 혈안이 되어 있을 뿐입니다. 이러한 때 거련이 쳐들어온다면 쉽게 막아내기 어려울 것입니다."

"네 말이 옳다. 그러나 우리 백제국도 근초고대왕 이래 대륙을 호령하며 지내온 강국이다. 그리 쉽게 패하지는 않을 것이야."

"담덕에게 당한 치욕스러운 패배를 잊으셨습니까?"

"적이기는 하지만 담덕은 천하제일 가는 용장이었다. 그가 수군을 이끌고 친히 상륙작전을 감행하리라고는 그 누구도 상상하지 못했다. 무릇 전쟁에서 이기고 지는 것은 항상 있는 일이거늘 너무 마음에 둘 것 없다."

"그렇지 않습니다. 거련은 제 아비인 담덕 못지않은 영웅입니다. 제 말씀을 가볍게 듣지 마십시오. 거련이 도성을 평양성으로 옮긴 연유는 분명 남정南征을 위한 것입니다. 언젠가 거련은 꼭 군사를 움직일 것입니다. 여기에 대한 방비를 꼭 해야 합니다."

"흠……."

개로왕이 긴 한숨을 토해냈다. 다시금 방 안에 침묵이 떠돌았다. 세 사람에게 침묵이 버겁게 느껴질 무렵 여곤이 입을 열었다.

"감히 청이 있습니다."

"말하라."

"목만치도 함께 데려가겠습니다."

목만치가 놀란 얼굴로 여곤을 돌아보았다.

"목만치는 이곳보다는 차라리 왜에서 할 일이 더 많습니다. 듣기로 왜는 아직도 아스카를 벗어나면 조정의 영이 서지 않는 곳이 많다고 합니다. 목만치가 함께 간다면 제게 큰 힘이 될 것입니다."

여곤의 말에 개로왕은 단호하게 고개를 저었다.

"그건 안 된다. 네 말대로 거련이 군사를 움직인다면 그에 맞서 싸울 사람은 목만치밖에 없다. 도가 모든 병권을 장악했다 하더라도 도는 군사를 운용한 경험이 일천하다. 그런 일을 당해서 목만치가 없다면 내 어찌 거련을 상대하겠느냐? 게다가 고이만년과 재증걸루가 고구려로 넘어가서 거련 휘하의 막장이 되었다고 들었다. 그들을 막아낼 자는 목만치 외에는 없다."

여곤이 아쉬움이 가득 밴 눈길로 목만치를 돌아보았다.

"형님의 뜻이 그러할진대 더 이상 고집을 피우지 않겠습니다. 목만치, 그대는 나를 대신해서 대왕마마를 충심으로 보필하라."

"명심하겠습니다, 저하."

"내 너와 헤어지는 것이 무엇보다 섭섭하지만 살아 있다면 언젠가 꼭 다시 만나게 될 것이다. 왠지 그런 운명인 것 같다. 그대와 나는 전생에 무슨 인연이 있었을 것이다. 마치 친형제처럼 느껴지는 것을 보면 말이다."

"미천한 이 몸, 저하께 많은 은혜를 입었습니다."

"형님, 목만치를 중용하십시오. 크게 쓰일 것입니다."

"염려하지 말거라."

"목만치, 내가 없으면 상좌평께 크게 핍박을 받게 될 것이다. 내가 염려하는 것은 바로 그 점이다. 하지만 아무리 어렵고 힘들더라도 경거망동하지 말고 행동과 처신에 보중하라. 무엇보다 살아 있어야 훗날을 도모할 수 있는 법이다."

"명심하겠습니다."

"형님께 다시 청이 있습니다."

"말하라."

"목만치의 정인이 있습니다."

"내신좌평 해반의 집에 있는 그 여인 말이냐?"

"그렇습니다. 그녀를 목만치에게 보내주십시오."

개로왕이 난색을 표했다.

"그렇게 되면 목만치가 위험해진다. 도의 표독을 어떻게 감당하겠느냐?"

"아우가 드리는 마지막 부탁입니다."

거듭된 여곤의 간청에 개로왕이 마지못한 듯 고개를 끄덕였다.

"내가 힘써 보겠다."

"감사하나이다. 그럼 준비를 마치는 대로 바로 떠나겠습니다."

"그렇게 서두를 필요야 없지 않느냐?"

"떠날 바에야 하루라도 빨리 서두르는 게 낫습니다. 미적거려봐야 미련만 남을 뿐입니다."

"알겠다. 그럼 우리 셋이서 술이나 한잔하자꾸나."

개로왕이 내관을 불러 주안상을 봐오게 했다.

세 사람은 마지막이 될지도 모르는 술상을 앞에 놓고 저마다의 감회에 사로잡혀 있었다.

그로부터 일주일 후 여곤은 만삭에 가까운 부인과 함께 왕궁을 떠났다.

배가 떠나는 기벌포에 목만치가 따라 나왔다. 배에 오르기 전 여곤은 목만치의 손을 잡고 한동안 놓지 않았다.

"목만치, 언제 다시 만나게 될지 모르겠다. 그러나 살아 있는 한 다시 만나게 될 것이다. 도법 대사의 말을 잊지 않았겠지. 목만치, 너는 이 나라 최고의 무장으로서 그 명성을 길이 남기게 될 것이다. 부디 네 몸은 너 하나만의 것이 아니라 이 나라 사직을 위해서도 소중히 쓰여야 한다. 명심하겠느냐?"

"예."

"그럼 가겠다. 대왕마마를 잘 보필하라."

"언젠가 꼭 저하를 보필할 날이 오기를 고대하겠습니다."

"나도 그날을 기대하겠다."

여곤이 목만치의 손을 놓고 잔교를 넘어갔다. 이윽고 여곤이 탄 배가 출항했다.

목만치는 오래도록 꼼짝도 않고 서서 여곤이 떠나가는 것을 보았다. 수평선까지 멀어진 배는 하나의 아득한 점으로 바뀌었고, 마침내는 사라졌다.

목만치는 가슴 한구석이 서늘하게 가라앉는 기분이었다. 비로소 혈육 같은 정을 여곤과 나누었다는 것을 새삼 깨달았다.

'아아, 이제 누가 있어 앞날의 꿈과 야망을 함께 토로할 수 있을 것인가.'

짙은 구름이 하늘을 덮더니 이내 여곤의 항해가 걱정될 만큼 사나운 비바람이 휘몰아치기 시작했다.

목만치는 그것이 앞으로 다가올 고난의 징조처럼 여겨졌다. 이 세상에 홀로 떨어진 것 같은 뼈저린 고아의식이 전신을 휘감아왔다.

항해는 지옥과도 같았다. 기벌포를 떠나자마자 험한 비바람이 휘몰아쳤고, 뱃길에 익숙지 않은 여곤과 부인은 심한 뱃멀미에 시달렸다. 게다가 산달을 한 달 앞두고 느닷없이 원행에 오른 부인에게는 생명이 위험할 정도로 사나운 뱃길이었다.

그러나 사람의 적응력이란 놀라운 힘을 발휘하는 법이다. 모진 것이 목숨이라 했다. 열흘 가까운 죽음과도 같은 뱃길에서 목숨을 잃은 사람은 단 한 사람도 없었다.

대마도를 거쳐 일기도를 지나자 조그만 섬이 멀리 보였다. 열흘간의 뱃길에 수척해진 몰골의 여곤이 갑판에 서 있다가 선장에게 물었다.

"저 섬 이름이 무엇이냐?"

"각라도(가당도)라 합니다."

"각라도라……."

그때 해씨 부인의 시녀가 급한 걸음으로 달려왔다.

"마마, 큰일 났습니다!"

"웬 소란이냐?"

"마님께서 해산 기미를 보이십니다."

"뭐라?"

깜짝 놀란 여곤이 허둥거렸다.

"의원은 뭐라 하느냐?"

"오늘을 넘기기 힘들 거라 합니다."

"허, 이 일을 어쩐다?"

난감해진 여곤이 선장을 돌아보았다.

"저 섬에 대라!"

"각라도에 말입니까?"

"그렇다. 저 섬에도 사람들이 살고 있지 않느냐?"

"그렇긴 합니다만, 워낙 험한 섬인 데다가 마님을 모시기에는 너무 누추한 곳입니다."

"상관없다. 촌각을 다투는 위급한 일이다. 어서 섬으로 배를 대라."

"알겠습니다!"

선장의 독려에 선원들은 죽어라 노를 저었고, 이내 배는 각라도에 도착했다.

서둘러 해안가 동굴 안에 산실이 만들어졌다. 모든 사람들이 숨을 죽이며 기다리는 사이에 마침내 우렁찬 아기의 울음소리가 터져 나왔다.

"건강한 왕자 아기씨입니다!"

시녀가 달려와 알렸고, 여곤은 크게 웃었다. 새로운 생명의 탄생은 의기소침해 있던 여곤에게 새로운 희망을 불러일으켰다. 앞날에 대한 좋은 조짐처럼 여겨졌던 것이다.

"감축드리옵니다. 아기씨의 이름을 무엇이라 부르리까?"

옆에 섰던 사규가 물었다. 여곤은 잠깐 생각하다가 대답했다.

"사마斯麻라 불러라."

"사마라 하시면…… 섬이라는 뜻이 아닙니까?"

"그렇다. 섬에서 태어났으니 사마라 하자. 이 섬에서 태어났으니 당연히 그런 이름이 붙어야지."

아기의 우렁찬 울음소리를 들으면서 여곤은 고개를 끄덕였다.

그때가 개로왕 8년, 웅략왕 5년, 그러니까 462년이었다.

치양성

여곤이 기약 없이 왜국으로 떠나고 나자 목만치의 신세는 말 그대로 끈 떨어진 뒤웅박이었다.

목만치뿐만 아니라 여곤을 추종하던 인사들은 눈에 띄게 세력을 잃고 관직에서 밀려나거나 살아남기 위해 여도를 따르게 되었다.

목만치의 위사장 직은 그대로 유지되었다. 개로왕의 신임이 돈독한 이상 여도로서도 어쩔 수 없었다. 그러나 휘하 부장 급들은 모두 여도의 심복들로 교체되었다.

여도는 아직까지 노골적으로 핍박하지는 않았는데, 목만치도 그럴 꼬투리를 주지 않도록 처신에 신경을 곤두세웠다.

당항성으로 몸을 피한 곰쇠한테는 소식이 없었다. 곰쇠라도 옆에 있으면 외로움이 덜할 터였지만, 국강이 이를 갈면서 곰쇠를 쫓고 있으므로 당분간 그가 돌아오는 일도 여의치 않았다.

왜로 떠나기 전 여곤의 명을 받은 사규는 전옥서에 갇혀 있던 또복이를 빼돌렸다. 옥사장 이하 모든 옥리들이 파면된 데다가 모진 태형을 당했다. 분명 목만치의 소행이라는 짐작이 갔지만 심증만 있을 뿐 물증이 없어 국강으로서는 어쩔 도리가 없었다.

내신좌평 해반의 집에 머물고 있는 진연에 대한 그리움 때문에 목만치는 매일 밤 뜬눈으로 전전반측 잠을 설치기 일쑤였다. 그렇다고 해서 해반의 집으로 찾아갈 수도 없었다. 상좌평 여도나 국강이 해반의 집을 감시하고 있으리라는 것은 삼척동자도 짐작할 수 있는 일이었다.

여곤이 신신당부했음에도 개로왕은 진연에 대해서 가타부타 말이 없었다. 개로왕 역시 여도의 심기를 거스르기가 쉽지 않은 눈치였다.

그렇게 실의 속에서 하루하루를 보내던 어느 날이었다. 퇴궐한 목만치가 집에서 늦은 저녁을 들고 있었는데, 행랑아범 돌이가 마당에서 기척을 냈다.

"나리를 뵙자는 손이 있습니다."

"누구인가?"

"글쎄, 웬 스님이올습니다."

"스님이라?"

그저 시주를 받으러 온 스님이라면 돌이가 목만치에게 이를 까닭이 없었다. 그 순간 목만치는 해월이 아닌가 싶었다.

"어서 모시거라."

"예."

돌이가 대문 밖으로 나갔다가 손을 데리고 들어왔다. 목만치는 마루청에 나가 서 있었는데, 짐작하던 해월이 아니라 웬 준수하게 생긴 젊은 스님이었다.

환하게 웃는 젊은 스님이 어딘지 눈에 익었기에 목만치는 잠깐 눈을 끔뻑거렸다.

"너…… 수복이 아니냐?"

"허, 그렇소이다. 하지만 아무리 위사장 나리라 할지라도 스님에게 행하는 말씀치고는 좀 무례하오이다."

"아아, 미안하게 됐네. 우리 스님 이게 얼마 만이오?"

반가운 마음에 신도 신지 않은 목만치가 마당에 내려가 젊은 스님의 손을 잡았다. 젊은 스님이 웃는 얼굴로 합장했다.

"소승 정암 인사드립니다."

목만치가 수복이, 아니 정암의 손을 잡아끌어 방으로 들어갔다.

지난 세월이 믿기지 않는다는 듯 목만치는 몰라보게 어른이 된 정암을 한참이나 바라보았다.

"허, 참으로 살처럼 빠른 것이 세월이라 하더니 우리 스님을 보니 새삼 실감하겠구나."

"장군께서도 풍채가 의젓해졌소. 역시 우리 노스님 말씀이 틀리지 않았소."

"참 그래. 노스님께서는 무량하시냐?"

"예. 얼마 전에야 운수행각을 끝내고 수원사에 드셨습니다."

"고생 많았다. 노스님 모시느라고."

"노스님 시봉하는 일이야 제 타고난 팔자 아니겠습니까."

"그래, 여기까지는 웬일이냐?"

"노스님께서 느닷없이 장군을 찾아가 반야경 한 대목을 낭독하라 이르셨습니다."

"반야경을 말이냐? 스님께서?"

의아한 표정으로 목만치가 반문했다.

"예, 스님께서 분명 그렇게 분부하셨습니다. 저 역시 뜻을 모르옵니다만, 노스님의 추상 같은 분부라 별수 없이 길을 나섰지요."

"그래…… 스님께서 그러하셨다면 분명 그 이유가 있겠지."

"소승이 이제 경을 외우겠나이다."

"알겠네."

목만치는 허리를 반듯하게 펴고 자세를 바로 했다. 곧 정암의 맑은
음성이 방 안에 울리기 시작했다.

관자재보살 앵심반야바라밀다시 조견
오온개공 도일체고액 사리자
색불이공 공불이색 색즉시공 공즉시색
수상행식 역부여시 사리자
시제법공상 불생불멸 불구부정 불증불감
시고 공중무색 무수상행…….

목만치는 눈을 반쯤 감은 채 반야경을 듣고 있었다. 목만치의 호흡
은 거의 그쳤으며, 이내 숨 쉬는 것 같지도 않게 되었다. 반야경은 끝
없이 언제까지나 계속될 것처럼 이어졌다.

어느 순간 목만치는 눈을 번쩍 떴다. 그리고 참았던 한 호흡을 내뱉
었다.

"그만!"

정암이 독경을 그치고 가만히 목만치를 바라보았다.

"노스님의 뜻을 알겠다."

"아셨습니까?"

"노스님은 내 게으름을 꾸짖으셨다. 쓸데없는 세상의 허명에 취해 정진을 잊어버린 나를 무참하게 꾸짖으셨다."

"……."

정암은 노스님과 목만치 두 사람 사이에만 오고 가는 무언의 대화를 나름대로 짐작한 듯했다.

"그럼 소승의 할 일은 끝난 것 같으니 오늘 밤을 도와서라도 내려가겠습니다."

"무슨 소리인가? 오늘 밤은 여기서 지내고 내일 떠나시게."

"아닙니다. 노스님께서는 요즘 부쩍 잔소리가 느셨습니다. 조금이라도 꾸물거리고 지체하면 날벼락이 내립니다요."

정암이 웃었다. 목만치는 더 이상 정암을 붙잡을 수 없음을 깨달았다.

"그럼 잘 가시게."

"다시 만날 인연이 있기를. 나무아미타불 관세음보살……."

정암이 합장한 뒤 먼 길을 떠났다. 그 스승에 그 제자라 하더니 해월을 닮아가는 듯했다.

목만치는 밤새 단 한숨도 눈을 붙이지 못하고 깊은 생각에 잠겨 있었다.

사마광의 『간원제명기』에 이런 대목이 있다. "피급급어명자유급급어리야彼急急於名者猶急急於利也"라, 이는 명예를 얻으려고 안달하는 부류의 인간은 자신의 이익을 얻기 위해 쉬지 않고 일을 꾸미는 자와 같다는 뜻이다. 목만치는 스스로에게 부끄러움을 느꼈다.

다음날 아침 일찍 목만치는 대왕의 침전 앞에 나가서 대왕이 기침하기를 기다렸다. 목만치가 와 있다는 지밀나인의 전갈을 받은 개로왕은 잠시 후 목만치를 들게 했다.

"이른 시간에 어인 일이냐?"

"대왕마마께 청이 있어 번거로움을 끼치게 했습니다."

"말해보거라."

"소신이 듣자하니 고구려 병사들이 계속해서 치양성 변경을 노략질한다고 합니다. 비록 변방의 싸움이고 또 소규모의 전투이기는 하지만 매번 저들이 우릴 얕보고 집적거리기 일쑤입니다. 원컨대 소신을 그곳으로 보내주십시오."

"안 된다."

개로왕이 완강하게 거절했다.

"모기 잡는 데 소 잡는 칼을 쓸 수는 없는 법, 넌 내 곁에 머물러 과인을 보필하라."

"대왕마마!"

"좌현왕의 당부를 벌써 잊었느냐?"

"대왕마마, 제가 이렇게 청을 드리는 것은 바로 그런 이유입니다."

"무슨 뜻이냐?"

"고구려는 담덕 이후 거련에 이르기까지 그 군사력이 날로 강성해지고 있습니다. 감히 천하의 쟁패를 다툴 정도가 되었습니다. 잘 아시겠지만 북위조차도 감히 고구려를 어쩌지 못하고 있습니다. 그럼에도 거련은 그 힘을 쓸데없이 낭비하지 않고 고스란히 모아둔 채 오히려 내치를 강화하고 있습니다. 이것은 다시 말해서 곧 전쟁이 있을 거라는 징조입니다. 도성을 하평양성으로 옮긴 것은 이제 거련이 우리 백제와 신라로 칼을 들이치려는 야심이 분명합니다."

"우리 군세도 능히 북적을 당할 수 있다."

"대왕마마!"

"하면…… 네가 치양성으로 가겠다는 뜻이 무엇이냐?"

"그곳에서 고구려의 허실을 샅샅이 파악하겠습니다. 치양성은 고구려와의 전쟁이 시작되면 일차로 접전이 벌어지는 곳입니다. 전쟁은 초반 싸움에서 그 승패가 갈리는 경우가 많습니다. 소신이 그곳에 있는 동안 치양성 군사들을 조련시켜 일당백의 강군으로 만들어보겠습니다. 감히 놈들이 넘보지 못하는 난공불락의 요새로 만들겠습니다. 부디 청컨대 소신을 그곳으로 보내주십시오."

"끝내…… 내 곁을 떠나겠다는 것이냐?"

"소신, 대왕마마 곁을 아주 떠나는 것이 아닙니다. 이 길도 결국은 대왕마마를 위하는 길이옵니다."

"네 뜻이 정 그러하다면…… 윤허하겠노라. 남당에서 보자꾸나."

마침내 개로왕이 목만치의 뜻을 받아들였다.

"황송하오이다."

목만치가 부복했다.

그날 오전 남당회의에서 치양성 성주로 목만치가 임명되었다. 상좌평 여도를 비롯한 조정대신들은 파격적인 이번 인사에 어리둥절했지만 모처럼 대왕이 결정한 인사이므로 토를 달 입장이 아니었다.

게다가 목만치를 시기하는 입장에서 보면 위사장 직에 비해 치양성 성주의 직위는 오히려 몇 단계나 관직이 강등된 것이나 마찬가지였다. 일부러라도 목만치를 개로왕에게서 멀리 떨어뜨려놓으려고 혈안이었는데 자청해서 변방으로 떠나겠다니 춤이라도 출 일이었다. 목만치의 치양성 성주 발령은 그렇게 전격적으로 이루어졌다.

목만치는 행장을 가볍게 꾸렸다. 한성에 있는 집은 행랑아범 돌이에게 맡기고 당항성에 있는 곰쇠에게 서찰을 보내 행중에 합류하도록 일렀다.

인기척마저 끊어진 축시경, 내신좌평 해반의 집 후원 담을 넘는 사내가 있었다. 워낙 기민한 데다가 발소리 하나 내지 않았기에 그의 월장을 눈치 챈 사람은 없었다.

사내는 후원을 가로질러 별당채로 조심스럽게 다가갔다. 며칠 전에 해반의 초청을 받았을 때 대충 집 안의 구조를 파악해둔 터였다. 게다가 해반은 넌지시 진연의 처소를 눈짓해주기까지 했다.

별당 앞에 선 사내는 잠시 주위를 둘러보다가 재빨리 문을 열고 방 안으로 스며들었다.

어둠 속에서 한 여인이 기다리고 있었다. 여인에게서 희미하게 자운영 꽃향기가 풍겨났다. 성숙한 여인의 살내음이 옅게 배어 있었다.

두 사람은 한동안 서로의 체취를 맡았다.

얼마나 지났을까. 사내가 손을 뻗자 기다렸다는 듯이 여인의 손이 마중 나와 사내의 손을 붙잡았다. 두 사람의 손은 환한 방 안에 있는 것처럼 서로를 익숙하게 붙잡았다. 뜨거운 열기가 서로 전해졌다.

"연……."

"공자님……."

두 사람의 목이 메었다. 다시 한동안 침묵이 이어졌다.

"내 그대를 단 한시도 잊은 적이 없소."

"전 공자님이 살아 계시면 아무래도 좋습니다. 공자님과 같은 하늘 아래 함께 숨을 쉬고 있다는 것으로도 소녀는 행복합니다."

"연……."

이루 말 못할 기쁨이 밀물처럼 밀려왔고 가슴이 벅차올랐다. 목만치는 진연의 손을 잡아당겼다. 진연이 목만치의 가슴에 안겼다. 목만치는 뜨겁게 그녀의 상체를 끌어안았다. 한줌도 안 될 듯싶은 진연의 어깨는 마치 새의 깃털을 끌어안은 느낌이었다.

목만치의 불처럼 뜨거운 숨결이 진연의 목덜미에 닿았다. 두 사람은 서로의 가슴이 무섭게 뛰는 소리를 온전하게 듣고 있었다.

　다음 순간 누가 먼저랄 것도 없이 두 사람의 입술이 서로의 입술을 찾아가 겹쳐졌다. 한없이 부드러운, 녹아내릴 것만 같은 입술이었다. 두 사람은 정신없이 서로의 입술을 탐했다. 끓어오르는 혈기를 억제하느라 목만치는 안간힘을 썼다. 그런 목만치에게서 떨어진 진연이 조용히 옷을 벗었다. 그 순간 진연은 그 어느 때보다 더 강하게 자신의 운명을 감지했다.

　오늘 밤이 아니면 다시는 이 남자를 볼 수 없을지도 모른다고 생각하자 두렵거나 부끄러움조차 느껴지지 않았다. 안타까운 운명과 젊은 혈기가 한동안 두 사람을 태풍처럼 휘감았다.

　창호 밖으로 희미하게 먼동이 터올 즈음이었다. 목만치가 조용히 입을 열었다.

　"내 곧 그대를 데리러 오겠소."

　"소녀는 공자님만 무사하시면 아무래도 좋습니다. 소녀는 기다리겠습니다."

　"약속을 꼭 지키겠소. 연…… 그대가 없는 내 인생은 아무런 의미가 없소."

　"저 역시 그렇습니다."

　"꼭 그대를 데리러 오겠소."

　"기다리겠습니다."

　목만치는 진연을 끌어안았다. 진연도 목만치의 등을 끌어안은 손에 한껏 힘을 주었다.

　다시금 두 사람의 입술이 본능적으로 서로를 찾아 엉켰고, 두려움을 떨쳐버리기라도 하듯 서로를 맹렬하게 탐했다. 두 사람의 입술을 비집고 가느다란 신음이 새어나왔는데, 안타깝기 그지없는 소리였다.

따르는 종자도 없이 단출하게 자신의 애마인 추풍오와 함께 먼 길을 떠나는 목만치를 보고 어느 누구도 그가 치양성 성주로 부임해 가는 전 위사장 3품 은솔짜리라고 짐작할 수 없었다. 그저 떠돌이 무사의 차림새일 뿐이었다.

목만치는 한성을 떠나 이틀째 되는 날 적성 땅에 이르러 여각에 들었는데, 저녁 무렵 곰쇠가 찾아왔다. 세 명이 동행했는데 험상궂은 목자들로 봐서 한눈에 수달치의 수하들이었다. 곰쇠는 목만치를 만난 반가움을 넋두리로 털어놓았다.

"아이구, 주인. 오랜만에 뵙습니다. 주인이 하도 안 부르시기에 절 잊어버린 줄 알았습지요."

"허허, 그래. 해적질은 할 만하더냐?"

"참내, 주인은 무슨 말씀을 그리하시우? 아무럼 제가 주인의 체통이 있지 해적질을 했겠습니까요? 저놈들에게 물어보시우."

곰쇠의 동행이 목만치를 향해 넙죽 큰절을 올렸다.

"주인, 두 번째 뵈옵니다."

그중 하나가 낯이 익었는데 목만치가 그를 보다가 이름을 기억해냈다.

"너 야금이가 아니냐?"

"미천한 제 이름을 기억해주시다니 참으로 광영입니다, 주인. 그간 평안하셨습니까?"

"그래, 네 덕분이다."

웃음 띤 목만치의 말에 야금이의 얼굴이 감격으로 붉게 물들었다. 지켜보던 나머지 두 사람이 차례로 인사했다.

"막돌이라 합니다."

"쌍가마올시다."

"그래, 모두 반갑다. 가마가 둘이면 재주가 많다고 들었는데 과연 그렇게 생겼구나."

곰쇠가 끼어들었다.

"주인, 이놈들이 비록 전에는 해적이었는지 모르지만 절 만나고 나서는 해적질을 그만두었습니다."

"그럼 뭘 하느냐?"

"다른 해적들을 소탕하고 있습지요."

"허, 그러냐?"

곰쇠가 신이 나서 말을 계속 이었다.

"사정을 알고 보니까 당항포는 완전 복마전입니다. 해적들도 문제지만 도시부며 객부에서 나온 관리놈들부터 날도둑놈입지요. 해적들과 짜고서 무역선이며 객선들을 털어먹는가 하면 오가는 행인들에게 통행세 명목으로 온갖 세금을 다 떼고 협작을 부리는 통에 과연 어떤 놈이 진짜 도둑놈인지 분간이 가지 않습니다요. 그저 죽어나는 건 불쌍한 우리 양민들뿐이올시다."

"그러냐?"

"그동안 당항포에 있으면서 많은 걸 보고 배웠수다. 작은 도둑놈도 문제지만 진짜 큰 도둑놈은 따로 있더구만요. 내 그동안 수달치 두령하고 의적패 노릇 좀 했지요. 질 나쁜 해적놈이며 도둑놈들을 털어다가 불쌍한 양민들에게 나눠주고 그랬습지요."

"그럼 계속 그 노릇을 하고 있지 왜 길을 나섰느냐?"

"아이구, 주인. 저야 주인이 죽으라면 죽는 시늉까지 할 수 있습지요만 팔자에 없는 해적 소탕질은 그만 물렸수다."

"저 아이들은 웬일로 데려왔느냐?"

"저마다 다 재주가 있는 놈들이올시다. 주인께서 치양성 성주로 가신다기에 뭔가 원대한 뜻이 있으리라 짐작이 갑디다. 저놈들도 당항포가 지겹다고 하던 참이라 주인에게 기별이 오자 사정을 하며 따라나서더군요."

수달치의 아우들이 일제히 바닥에 엎드렸다.

"저희를 거둬주십시오!"

"그동안 떳떳치 못하게 살아온 것은 사실이나 저희 나름대로 피치 못할 사정이 있었습지요. 주인께서 저희에게 기회를 주신다면 제대로 사람 노릇 한번 해보고 죽고 싶습니다."

잠자코 내려다보던 목만치가 입을 열었다.

"너희의 뜻이 정 그러하다니 받아들이겠다."

"참으로 황감합니다. 이 은혜 잊지 않겠습니다."

목만치의 말에 그들은 서로를 끌어안으며 기뻐했다. 내심으로는 목만치에게 타박을 당하지 않을까 조바심을 냈던 모양이었다.

다음날 일찍 조반을 먹은 목만치 일행은 치양성을 향해 길을 나섰다. 이제 치양성까지는 반나절 거리였다.

북으로 올라갈수록 길은 점점 험해지고 인가가 드물었다.

말 두 필이 앞에 나란히 서고, 그 뒤에 또 세 필이 뒤따르는 형국이었다. 곰쇠는 목만치와 말머리를 나란히 하면서 그동안 한성 일에 대해 물었다. 진연이 해반의 집에 칩거해 있다는 이야기에 제 잘못인 듯 자책했다.

"그날 제가 일을 서툴게 처리하지 않았다면 아씨는 지금쯤 주인과 함께 계실 것입니다. 모두 제 불찰이우."

"다 지난 일이다."

"아씨는 제가 꼭 모셔오지요."

"아직은 상좌평의 눈길이 매섭다. 지금 이 순간에도 우리를 감시하는 눈길이 있을지도 모르니 행동에 각별히 유의하라."

"명심하지요. 진수 도련님은 어떻게 되었습니까?"

"내가 맞춤한 공방 하나를 물색해서 보냈다. 당분간 그곳에서 일을 배우면서 때를 기다리기로 했다."

"진 도목 어른께서도 저승에서 마음이 편치 않으시겠소. 자제분들이 그렇게 되어서……."

"참, 수복이 아니 정암 스님이 다녀갔다."

"수복이가 스님이 되었습니까?"

"그래, 아주 늠름한 스님이 되었더구나."

"허, 그 아기중이 벌써 어른이 되었다니…… 보고 싶구만요."

"일이 대충 매듭지어지는 대로 한번 수원사에 다녀오자꾸나."

"그나저나 갈수록 민심이 흉흉해져서 큰일이우."

"무슨 소리를 들었느냐?"

"당항포에 있으면 별소리를 다 듣게 됩니다. 곧 큰 전쟁이 난다는 소문이 싹 퍼져 있구만요. 얼마 전에는 고구려가 말갈의 군사를 앞세워 신라의 실직성(삼척)을 빼앗았다구 하지 않습니까요."

"허, 넌 조정에 있는 나보다 더 소문을 잘 듣는구나."

"귀가 보배라 하지 않던가요? 그런 소문이야 저잣거리에 있으면 더 잘 들리는 법이지요."

"그것이 내가 치양성으로 자원해서 가는 이유다."

"그럼 주인도 큰 전쟁이 일어날 것이라 보십니까?"

"그래. 전쟁은 가까운 시일 내에 일어날 것이야. 왜에 계신 좌현왕께서도 그 점을 염려하시면서 차마 떨어지지 않는 발걸음을 떼시며 가셨다."

"저도 좌현왕께서 왜로 가신 내막에 대해 들었수다. 상좌평의 전횡이 날이 갈수록 심해진다는 걸 모르는 사람이 없는걸요."

어느새 저 멀리 험한 산 중턱에 치양성이 올려다보이는 곳까지 왔다. 이른 아침부터 부지런히 길을 좁혔는데 해가 느지막이 중천에 떴을 때에야 치양성이 바라보이는 곳에 도착한 것이다.

마침 시장하던 참이기에 목만치 일행은 주막으로 들어섰다. 술밑어멈이 들어서는 일행을 반색하며 맞았다. 보아하니 길손이 뜸한 모양이었다.

"아이구, 어시 오시유."

"국밥이나 넉넉하게 말아주시고 여물도 든든히 먹이시오."

"예, 곧 대령하겠습니다요."

술밑어멈이 종종걸음으로 봉놋방으로 달려가 낮잠을 자고 있던 제 남정네를 깨우더니 몇 마디 잔소리를 퍼부었다. 아직 선잠이 덜 깬 남정네가 느린 걸음으로 나오다가 일행을 발견하고는 서둘러 말들을 뒤편으로 끌고 갔다.

술밑어멈이 분주하게 부엌을 들락거리더니 뚝딱하고 상을 내왔다. 곰쇠가 탁배기를 주문하자 술밑어멈은 신바람이 나서 엉덩이를 들썩이며 탁주동이를 내왔다. 어느 장삿집이든 손이 꾀어야 신바람이 나는 매일반이었다.

일행이 탁주를 반주 삼아 국밥을 먹고 있는데 벙거지 군졸 차림의 병사 넷이 들어섰다. 군졸들은 다소 거들먹거리는 눈초리로 일행을 흘겨보더니 마당 한가운데 놓인 평상 위에 엉덩이를 내려놓았다.

술밑어멈을 불러 몇 마디 물어보는 눈치더니 그중 나이 들어 보이는 군졸 하나가 이내 말을 붙여왔다.

"이보게들, 어디까지 가는 길인가?"

"그건 왜 묻수?"

처음부터 하대를 하는 것이 기분 나쁜 데다 그들이 어떻게 나오는지 볼 참이던 곰쇠가 다소 퉁명스럽게 대꾸했다. 그러자 기다렸다는 듯 군졸들이 험악한 인상을 지으며 창을 집어 들고 목만치 일행을 둘러쌌다.

"이놈들, 어른께서 물으시면 곱게 대답이나 할 것이지 버릇없게 말대꾸가 웬 짓이냐?"

"이런, 군졸 나리들이면 길 가는 사람에게 이렇게 행패를 부려도 되는 거유?"

"뭐가 행패야? 아무래도 수상하다. 가진 짐을 모두 내려놓아라!"

처음부터 노리고 시비를 걸어오는 품이 분명했다. 곰쇠는 상대가 같잖았으나 목만치의 눈짓을 받고는 마지못한 듯 괴나리봇짐을 밀어 놓았다. 아우들도 가지고 있던 봇짐을 군졸들 앞으로 내던졌다.

세 명의 군졸들이 여전히 창을 겨눈 채 이쪽을 지켜보는 가운데 나머지 한 명이 짐을 뒤지기 시작했다. 봇짐 속에 별다른 짐이 있을 리 없었다. 그저 냄새 나는 옷가지뿐이었는데 곰쇠의 봇짐에서 꽤 많은 은전이 나왔다. 그것을 본 군졸들의 눈초리가 희번덕거렸다.

"이게 웬 거냐?"

"보면 모르우? 은전이지."

"이놈, 누가 은전인 걸 모르느냐? 네 행색에 이처럼 많은 은전을 갖고 다니니 필경 수상한 놈이로다. 바른대로 대지 못할까?"

"참나, 기가 막혀서!"

곰쇠가 코웃음을 쳤다. 순간 바로 앞에 서 있던 군졸 하나가 호되게 곰쇠의 뺨을 후려쳤다. 그야말로 낮잠 자다 뺨 맞은 셈인 곰쇠는 두꺼비 같은 눈을 끔뻑거릴 수밖에 없었다. 지켜만 보는 목만치의 속내를 짐작했기 때문이다.

"이놈, 함부로 나불거리지 마라! 이 은전이 어디서 났느냐?"

"이보슈. 나는 장사꾼이오. 안 그래도 당항포에서 물건을 모두 처분하고 동무들과 함께 고향으로 가는 길이올시다. 믿기지 않으면 알아보시구려."

"참말 장사치냐?"

"그렇수."

"웬 장사치가 이렇게 엄장이 크냐? 마치 산적놈 같구나."

"엄장이 크면 장사를 못 하우? 빌어먹을!"

"이놈, 또 얻어맞고 싶어서 주둥이를 놀리느냐?"

그러면서 군졸들의 눈길은 연방 목만치 쪽을 힐끔거렸다. 목만치가 비록 평복을 하고 있었지만 어딘지 모르게 범상치 않은 티가 풍겼고, 군졸들의 안목 없는 눈에도 함부로 대해서는 안 될 듯한 느낌을 주었다. 곰쇠를 비롯한 나머지 세 놈은 함부로 대해도 켕기는 것이 없는데 자꾸만 목만치 쪽이 신경 쓰였다.

그중 나이 들고 코밑이 우중충해 보이는 군졸 하나가 곰쇠의 팔을 이끌고 한쪽으로 데려갔다.

"이보슈. 다 누이 좋고 매부 좋자고 하는 일인데 당신이 조금 인심 쓰시우. 요즘 같아서는 우리도 다 굶어 죽게 되었수다. 행하채나 조금 내놓으면 내 모른 척 당신들을 보내드리리다. 어차피 치양성을 지나가야 할 것인데, 지금 우리에게 인사하면 당신 동무들 모두 치양성을 빠져나갈 때까지 뒤를 봐드리겠수."

"얼마면 되오?"

"우리 네 사람 몫에다가 성에 있는 수문장에게도 따로 인사를 해야겠고, 모두 해서 여섯 냥이면 되겠구만."

"여섯 냥? 말도 안 되는 소릴!"

곰쇠가 눈을 크게 떴다.

"허, 이런 답답한 사람 봤나. 잘못하다가 그 은전 모두 빼앗기면 어쩔 거여? 당신들이 장사치라구 어디 쓰여 있냔 말여. 화적패라고 우기면 어쩔 거여?"

"이거야 완전 생사람 잡는구만."

"우리도 다 먹고살려고 하는 짓이여. 이해하우."

"나라에서 녹이 나오지 않수? 그런데 왜 이런 짓을 하우?"

"나라에서 녹이 제대로 나오면 우리가 왜 이러겠수? 성주가 도중에서 죄다 가로채고 우리에겐 입전 하나 없다우."

"성주란 놈이 중간에서 모두 착복한단 말이우?"

"그러니까 우리도 죽지 못해서 이 지랄이라우."

"딱도 하우. 좋시다. 내 인심 쓰지. 하지만 꼭 뒷배를 봐줘야 하우."

"그런다니까."

"기왕이면 성주인가 하는 놈 꼴도 좀 봅시다. 먼발치서라도 좋으니까 말이우."

"꿈자리 사납게 성주를 왜 볼려구 그려?"

"따지고 보면 댁들에게 행하채 뜯기는 것두 그놈 탓인데 상판대기라도 한번 봐야지 않겠수."

"참 간도 크오. 감히 성주한테 이놈 저놈이라니."

"아따, 뭐 어떠우. 없는 자리에선 나라님도 욕한다는데. 게다가 내 돈 뜯어가는 도둑놈 아니우."

그러나 군졸은 돈 받아갈 욕심에 곰쇠가 뭐라고 하든 개의치 않았다. 곰쇠에게서 여섯 냥을 받아든 군졸이 제 동료들에게 가서 뭐라고 귓속말을 나누었다.

"성을 지나갈 거면 지금 갑시다. 우리도 성으로 돌아갈 참이니까."

곰쇠가 술밑어멈에게 서둘러 값을 치른 뒤 일행은 군졸들을 뒤따랐다. 군졸들은 걸었고, 목만치는 말 등에 몸을 실었다. 곰쇠와 아우들은 군졸들의 눈치를 보느라 말고삐를 잡고 걸었다.

곰쇠가 나이 든 군졸과 말을 주고받았다.

"성주란 놈은 대체 뭐 하는 놈이오?"

"한성의 고관대작이 뒤를 봐주는 모양이오. 그 세도만 믿고 안하무인인 데다가 위인이 워낙 탐욕스럽고 용렬해서 우리만 죽을 맛이오. 듣자 하니 곧 성주가 갈린다는데 새 성주로 누가 올지 모르지만 제발 똑같은 놈만 오지 않았으면 좋겠수."

"한성에서 봐준다는 고관대작이 누구요?"

"목부 장리라고 합디다."

"허! 그게 정말이오?"

곰쇠가 헛웃음을 치며 목만치를 돌아보았다. 목만치는 태연한 얼굴로 말의 움직임에 몸을 맡기고 있을 뿐이었다.

"대체 그 성주란 놈은 왜 군졸들의 봉급까지 가로챈답디까?"

"목부 장리라는 놈이 자릿세를 거둔다지요, 아마. 우리도 자세한 건 모르겠수. 그만 물으시오."

군졸이 아무래도 너무 깊숙이 털어놓는다 싶은지 그만 입을 다물었다.

이윽고 그들은 치양성 성문에 당도했다. 치양성은 가파른 산중턱에 자리한 천연의 요새지만 오랫동안 손을 보지 않아 성벽 여기저기가 허물어진 채로 내버려져 있었고, 성문도 한 귀퉁이가 허물어져 볼품없는 꼴이었다.

나이 든 군졸이 성문을 지키고 있던 수문장에게 뭐라고 말을 하자 그들은 별말 없이 목만치 일행을 통과시켰다.

"성주가 있는 곳이 어디요?"

곰쇠가 묻자 군졸이 어이없다는 듯 웃었다.

"참말 성주를 볼 참이오? 우린 꿈에 나타날까 꺼리는 재수 없는 얼굴이오."

"그래도 여기까지 왔는데 면상이나 한번 봐야 할 거 아니오."

"허참, 하긴 우리도 점고 받으러 가야 하니까 정 보고 싶으면 따라오시우."

군졸들 뒤를 따라 얼마쯤 가자 제법 꼴을 갖춘 관아가 나타났다. 관아 연병장에서는 십여 명의 군졸들이 훈련을 하고 있었는데 그저 시늉뿐이었고, 저만치 한쪽 누각에서는 대낮인데도 연회가 벌어지고 있었다.

"저기 있네."

군졸이 누각을 가리켰다. 그곳에는 대여섯 명 정도의 관인들이 술상 앞에 둘러앉아 있었고 두 명의 여자가 술시중을 들고 있었다.

"대낮부터 술타령이고, 신세가 좋구만."

"허어, 목소리 죽이게."

곰쇠가 이죽거리자 군졸이 질색하며 사래질을 쳤다. 그러나 곰쇠는 거침없이 누각을 향해 다가갔다. 당황한 군졸이 제자리에서 발을 동동 굴렸다.

"어이, 어디 가는 거여? 미쳤어?"

군졸이 제지했음에도 곰쇠는 누각으로 걸어갔고, 말을 탄 목만치가 느긋하게 뒤따랐다. 세 명의 아우들이 다시 그 뒤를 이었다.

"멈추어라!"

누각 주변을 지키고 있던 군졸들이 다가오는 목만치 일행을 향해서 창을 겨누었고, 그때쯤 해서 누각 위에서 술을 마시던 관인들도 이쪽을 바라보았다.

"무슨 일이냐?"

관인들 중 누군가 눈을 부라리며 호통을 쳤다. 복색을 보아 그 옆에 앉아 있는 풍채 좋은 중년 사내가 성주 같았다.

곰쇠가 버럭 소리 질렀다.

"누가 성주인가?"

호통을 친 사내가 옆 사람을 돌아보았는데, 느닷없는 이 사태가 쉽게 이해되지 않는 얼굴이었다.

목만치가 탄 추풍오가 옆에 와 멈추자 곰쇠가 다시 말을 이었다.

"치양성 성주 한솔 연성은 왕명을 받으라!"

"와, 왕명이라니?"

성주 연성이 놀란 얼굴로 중얼거렸다. 추풍오에서 내린 목만치가 품에서 사령장을 꺼내 펼쳤다.

"신임 치양성 성주인 은솔 목만치다! 한솔 연성은 어서 예를 갖추지 못할까?"

은솔은 3품, 한솔은 5품이어서 품계가 두 단계나 낮은 데다가 상대는 전 위사장 목만치였다. 이 나라 백성들 중에서 갓난아기를 빼놓고 여황의 반란을 평정한 일등공신 목만치의 이름 석 자를 모르는 사람이 어디 있을까.

목만치라는 이름이 떨어지기가 무섭게 앉아 있던 관인들은 사색이 되어 맨발로 뛰쳐나와 바닥에 엎드렸다.

"미처 몰라뵙습니다. 한솔 연성이올시다."

"신임 성주께 예를 올립니다. 부장 내솔 사문이올시다."

"부장 고이찬입니다."

저마다 제 이름과 관등을 부리나케 외쳤다.

주막에서 목만치 일행에게 행하채를 뜯어낸 군졸들은 사시나무 떨듯이 제자리에서 오금이 저린 표정을 짓고 있었다.

"전 성주 연성은 듣거라. 연성은 지금부터 모든 점고가 끝날 때까지 한발도 움직이지 말고 자숙하고 있어라."

연성에게 이르고 난 목만치가 이번에는 부장을 돌아보았다.

"부장 사문이라고 했느냐?"

"예, 성주!"

"넌 연성을 엄중히 감시하라."

"제게 무슨 허물이 있다고 이러십니까?"

연성이 눈초리를 치켜세우며 목만치에게 항변했다.

"하날 보면 열을 안다고 했다. 지금 성안의 기강이 형편없는 이유가 어디에서 연유하는 것이겠느냐? 할 말이 있거든 모든 것을 점고하고 추문할 때 해도 늦지 않다."

연성에게 냉정하게 말하고 난 목만치가 사문을 돌아보며 호통을 내질렀다.

"뭐 하느냐? 연성을 방으로 끌고 가라. 냉큼 명을 받들지 않으면 네게도 같은 죄를 묻겠다!"

"아, 알겠습니다! 뭣들 하느냐? 이자를 데려가라!"

벌떡 일어선 사문이 군졸들을 닦달했고, 연성은 졸지에 관아의 방에 갇히게 되었다.

"부장! 오늘 밤 안으로 이 성안의 모든 물품목 관련 장부와 명부를 대령하라. 하나라도 빠트리면 죄를 엄히 묻겠다."

"당장 시행하겠습니다!"

목만치의 눈길이 부복한 다른 부장에게 머물렀다.

"너도 부장이라 했느냐?"

"예, 성주! 고이찬이라 합니다!"

"넌 병사들의 기강을 다시 잡아야겠다. 당장 성문을 지키는 수문장 이하 군졸들에게 일러 파수를 엄히 보는 한편, 행인들에게 여하한 명목으로도 돈을 뜯어내는 놈은 내 당장 죄를 물을 것이라 일러라!"

"분부 받들어 모시겠습니다!"

추상 같은 목만치의 명에 반혼이 나간 고이찬이 빠르게 대답했다.

다음은 자신들 차례라고 생각하던 군졸들이 호통이 떨어지기 전에 먼저 알아서 기는 게 상책이라 생각했는지 간신히 다가와 곰쇠에게 아까 뜯은 은전을 내밀었다.

"죽을 죄를 졌습니다. 아깐 미처 몰라뵈었습니다."

"넣어두고 식구들 부양이나 하시오. 보아하니 그동안 꽤나 고생하신 거 같수."

곰쇠가 웃으며 말했다. 그들은 곰쇠의 험상궂은 얼굴이 부처님이 되살아나 웃는 얼굴로 보였다.

새로운 성주의 등장으로 성안은 발칵 뒤집혔다. 목만치의 명을 받은 관리들은 제시간 내에 물품 장부와 명부를 준비하느라 똥끝이 탔다.

치양성은 인근 민가까지 모두 합해서 천 호에 가까운 거점이었고, 명부에 기재된 군병들은 기병 5백에 보병 1천이었다. 변경이기는 하지만 군사적 거점이기에 그처럼 많은 보기병들이 등록되어 있는 것이다. 그러나 막상 점고에 들어가자 성에 남아 있는 군병은 기병 2백 5십에 보병 5백여 명이 고작이었다.

"어찌 된 일이냐?"

목만치의 물음에 사문이 난처한 기색으로 답했다.

"전 성주의 농간 때문입니다. 허위로 군세를 늘려 군량미와 급료를 중간에서 착복하였고, 또 병사들 일부를 떼어내어 한성으로 보내 목부 장리의 사병으로 충당한 것으로 알고 있습니다."

"부장, 네 죄를 알렷다?"

"예, 익히 잘 알고 있습니다. 전 성주의 잘못을 막지 못하고 방관한 죄 참으로 큽니다. 죽여주시옵소서."

"흠……."

목만치는 한동안 사문을 보았다. 사문은 고개를 숙인 채 차마 목만 치의 불 같은 시선을 받아내지 못했다.

"네 죄가 커서 쉽게 용서받지 못할 것이나 스스로 죄를 뉘우치고 있고, 또 앞으로 이곳 사정에 밝은 네 힘이 필요할 터이니 배전의 노력을 다해 네 죄를 갚도록 하라."

"죽을죄를 사하여 주시니 은혜가 백골난망이올시다. 최선을 다해 신임 성주 나리를 보필하리다!"

감격에 겨운 사문이 눈물을 흘렸다.

부장들은 예전 그대로 직책을 유지했고, 얼혼이 바짝 든 그들은 성 안의 기강을 바로세우기 위해 밤낮 없이 일했다. 그러자 얼마 지나지 않아 성안의 분위기는 예전과는 몰라보게 달라졌다.

호구 조사를 다시 해서 나이에 맞게 군역을 지웠고, 나이가 많음에 도 부당하게 계속 수자리를 살아야 했던 이들은 집으로 돌아가 식구 들을 부양할 수 있게 되었다. 성벽과 성문이 허물어진 곳은 새로 부역 을 동원해 제대로 쌓고 보수한 끝에 치양성은 그 면모를 일신하게 되 었다.

목만치는 성 주변의 버려진 땅을 개간하게 했고, 거기서 나오는 소 출을 성민들에게 골고루 나누어주었다. 성민들의 어려움을 먼저 헤아려 불편함을 시정하고 어루만져주니 성주에 대한 성민들의 신망은 높아져만 갔다.

목만치 이하 부장들의 헌신적인 노력으로 치양성 병사들은 정병으로 단련되었다. 혹독한 군사훈련이 이어졌지만 누구 한 사람 불평하는 이가 없었다. 성주와 부장부터 먼저 몸을 아끼지 않고 훈련하는 것을 본 병사들은 군말 없이 따랐다. 그 효과는 얼마 가지 않아 나타났다. 부임 몇 달 만에 오합지졸에 불과하던 병사들은 눈빛이 생생하게 살아 있는 정병으로 거듭났다.

부장들도 신바람이 나기는 마찬가지였다. 전 성주는 모든 공은 자신에게 돌리고 과는 부하들에게 전가했지만, 새 성주는 달랐다. 모든 공을 부하들에게 돌리고 과는 자신의 부덕으로 돌렸다. 열심히 일한 만큼 그 공을 성주가 알아주고 치하해주니 절로 일하는 손길에 신바람이 났다. 인사고과가 공정하게 이루어지는 데다 자신들의 어려움을 자기 일처럼 헤아리고 챙겨주는 성주에게 그들은 죽으라면 죽는 시늉까지 할 참이었다.

어느 정도 성의 분위기가 잡히자 목만치는 이른 새벽부터 눈을 떠서 무술수련을 시작했다.

정암을 통해서 해월이 말하고자 함이 바로 그것이었다. 그날 정암이 반야경을 독송하는 동안 목만치는 어느새 흐트러진 자신의 호흡을 깨달았다. 지난 세월 동안 어느새 나태해진 자신을 발견하는 순간 부러 정암을 보낸 해월의 깊은 뜻을 깨우쳤다.

'이제 너 스스로를 스승으로 삼아라. 죽기 전까지 평생 배우고 깨침을 게을리 하지 말아야 한다. 도를 이루기 위한 방편은 여러 가지다. 그러나 최선을 다해 자신을 극한까지 몰아붙이지 않으면 그 진정한 도를 얻지 못할 것이다. 비록 겉보기에는 도에 가까운 것 같지만 그것은 사이비며 눈을 현혹시키는 미망에 다름 아니다. 너는 평생 이 가르침을 잊지 마라. 네 인생에서 진정한 스승은 바로 너 자신이다.'

운 좋은 전공에 도취해서, 화려한 궁실의 생활과 미주가효에 취해서 노스님의 경계를 한동안 잊고 지냈다. 그랬기 때문에 정암의 염송이 끝나기도 전에 호흡이 일시 흐트러졌던 것이다. 목만치는 스스로에게 부끄러웠고 한편으로는 도성에서 떠날 것을 암시하는 노스님의 뜻까지 깨달았다.

목만치는 다시 수원사에서 혹독하게 수련을 닦던 그 시절로 돌아갔다. 아니었다. 그때는 노스님과 육손이가 강제로 시키는 것이었지만 지금은 자발적으로 하는 수련이었다. 따라서 그때보다 혹독했다. 목만치는 자신을 극한까지 몰아갔다.

당연히 곰쇠도 주인의 뒤를 따르지 않을 수 없었다. 곰쇠 역시 한동안 수련을 게을리 했던 터라 몸이 따라주지 못했다. 하지만 어느 정도 시간이 흐르자 이내 예전의 기량을 되찾았다.

어느새 깊은 겨울이 왔고, 북방에 가까운 치양성은 한성보다 몇 배나 더한 혹한을 느끼게 했다. 단 하루도 거르지 않고 이른 새벽부터 험준한 산골짜기를 헤매며 수련하는 동안 목만치의 눈에서는 강한 정기가 뿜어져 나왔고, 그의 온몸에서는 신비한 기운이 떠돌았다.

"주인, 날이 갈수록 주인의 솜씨는 실로 귀신의 경지에 오르는 것 같습니다."

목만치는 곰쇠에게 수건을 건네받아 벌거벗은 윗몸을 닦았다. 두터운 솜옷을 몇 겹이나 껴입어도 벌벌 떨게 되는 매서운 겨울 날씨에도 목만치의 상체에서는 무럭무럭 더운 김이 나왔다.

"아직 멀었다."

"무슨 소리요? 지금 주인의 실력이라면 아마 중원에서도 당할 자가 없을 거유."

"그렇지 않다."

목만치가 정색했다.

"밤하늘의 별을 생각해보아라. 그처럼 많은 별들을 바라보면 그 밝기와 크기가 천차만별이다. 내 솜씨가 어느 정도 경지에 달했을지는 모르지만 나보다 뛰어난 사람들이 밤하늘의 별처럼 많을 것이다."

"설마요."

"곰쇠야, 그것이 나를 두렵게 한다. 나보다 더 뛰어난 무사가 있다는 생각, 그것이 내게는 공포다. 내 목을 단숨에 꿰뚫어버리고 베어버리는 고수가 있다고 생각하면 나는 잠을 자다가도 모골이 송연해진다. 게다가 그런 고수들이 한둘이 아니라 밤하늘의 별처럼 많다고 생각해보아라. 이 정도는 아무것도 아니다."

그렇게 말하는 목만치의 타는 듯한 눈을 보면서 곰쇠는 그 정도에서 벌써 질려버려 입을 다물었다.

"너도 얘기 들었을 것이다. 내 선대의 할아버지 얘기 말이다."

"예, 기억합니다. 신검을 물려주신 그 어르신 말씀이지요."

목만치가 산길을 앞장서서 내려가며 말을 이었다.

"그분은 이미 젊은 시절에 일가를 이루었다. 본국검법은 그분에 의해 최초로 체계를 잡았고, 그 정수에 도달하였다. 그러나 그분은 그 정도로 만족하지 않았다. 결코 완성이란 있지 않다는 것을 깨달으셨다. 그분은 홀연히 집을 떠나 스스로를 끝없는 고행 속으로 몰아가셨다. 평생 천하의 고수들을 찾아다니며 자신의 세계를 넓혀갔다. 그분에게는 보장된 지위와 재산과 명성이 있었다. 그럼에도 그분은 그것들에 추호의 유혹도 느끼지 않았다. 그분은 스스로를 완성시켜야겠다는 일념만으로 자신의 생애와 싸웠다."

"……."

"곰쇠야, 나는 자랑스럽다. 그런 분이 내 조상님이니 말이다. 그분의 명예를 더럽히지 않겠다고 선친께 맹세했다. 난 그 약속을 지킬 것이다."

"그러면 신검의 진정한 주인이 되시겠군요."

"그래. 궁궐의 화려한 생활에 내 잠시 혼을 빼앗겼다. 노스님께서 그것을 깨우쳐주신 게다. 곰쇠야, 내가 진정 바라는 것이 무엇인지 아느냐?"

"모르겠소."

"스님은 말씀하시곤 하셨다. 중원의 원래 주인이 바로 우리라는 사실을. 지금은 오랑캐들이 차지하고 있는 저 땅을 기필코 내 말발굽 아래 놓이게 하리라, 그 생각만으로도 온몸의 피가 끓는다. 검을 단지 자신의 일신만을 위해서 쓴다면 내가 시정잡배와 다를 게 무엇이겠느냐. 신검의 진정한 뜻은 그것이 아닐 게다. 자고로 사내대장부로 태어난 이상, 이 세상을 호령하겠다. 이 세상의 끝까지 한번 달려가보겠다. 곰쇠야, 그게 내 야망이고 목표다."

"아무튼 제게는 너무 어려운 이야기우. 언제 한번 스님이나 뵈러 갑시다."

"그러자꾸나."

목만치가 곰쇠를 돌아보며 싱긋 웃었다.

『중용』에는 끊임없이 자신을 정진시키라는 대목이 여러 차례 나온다. "성자천지도야성지자인지도야誠者天之道也誠之者人之道也"라, 이는 성실함은 하늘의 도리고, 성실해지려고 하는 것은 사람의 도리라는 뜻이다. 진정한 도, 곧 하늘의 도리는 조금의 어김도 없이 운행한다. 봄이 지나면 여름이 오고, 여름이 지나면 가을이 온다. 밤이 지나면 낮이 되고, 낮이 지나면 밤이 된다. 그러므로 성실함은 하늘의 진정한 도리다. 그러나 인간은 헛된 욕심이 작용하여 하늘의 도리에 어긋나는 행동을 하기 쉽다. 그러니 성실함을 자신의 몸에 실현하는 것이 바로 인간의 도리이다. 그 도를 닦는 과정은 성실함을 얻는 과정이고 여기에는 다섯 가지 방법이 있는데, 박학지博學之, 심문지審問之, 신사지愼思之, 명변지明辨之, 독행지篤行之가 그것이다. 이는 널리 배우고, 자세히 물으며, 신중히 생각하고, 명확하게 분별하며, 독실하게 수행한다는 뜻이다. 이러한 다섯 가지를 몸에 익히는 것이 학문이다. 학문은 결국 실행하는 데까지 나아가지 않으면 진정한 학문이라 말할 수 없으며, 진정한 도라 할 수 없다.

또한 『중용』에는 "인일능지기백지인십능지기천지人一能之己百之人十能之己千之"라는 말이 있다. 이는 남이 한 번에 할 수 있으면 나는 백 번을 하며, 남이 열 번에 할 수 있으면 나는 천 번을 하여야 한다는 뜻이다. 다시 말해 완성을 위해서는 각고의 노력을 기울여야 한다는 준엄한 가르침을 전해준다.

잠행

　　　　치양성에서 혹독한 겨울을 한 차례 겪고 난
어느 봄날 목만치와 곰쇠는 변복하고 성을 빠져나왔다. 주종이 길을
떠난 것을 알고 있는 이는 부장 몇 명뿐이었다. 그들은 성주의 느닷없
는 출타에도 평소와 다름없이 제 본분을 다할 뿐 내색하지 않았다. 그
만큼 치양성의 분위기는 자리 잡혀 있었다.

　치양성에서 사뭇 멀어졌을 무렵이었다.

　"대체 어딜 가시는 거유?"

　성을 나설 때부터 행선지를 물었지만 좀처럼 입을 떼지 않는 주인
에 대한 고깝지 않은 감정이 그대로 드러나는 말투였다.

　"그렇게 궁금하냐?"

　"아, 그럼 주인 같으면 끈 달린 개새끼마냥 끌려가면 좋겠수?"

　"허, 그놈. 나이 먹을수록 잔소리만 느는구나. 노파처럼 말이다."

　"참말 어디로 가는 거유?"

"고구려로 간다."

목만치의 말에 곰쇠가 코를 하늘로 쳐들고 히잉, 하고 웃었다. 농담하지 말라는 투였다.

"고구려로 간다."

목만치가 어조의 변화 없이 재차 말했다. 오랫동안 목만치를 겪어온 곰쇠는 그가 좀처럼 농담을 즐기지 않는다는 것을 떠올리고는 눈을 크게 떴다.

"주, 주인…… 그게 저, 정말이우?"

"허, 그놈. 속고만 살았느냐?"

"고구려라니, 가당치도 않습니다, 주인!"

"왜? 겁이 나느냐?"

"겁이라뇨? 이놈을 어떻게 보고 그런 말씀을…….."

"그럼 됐다."

"뭐가 됐습니까?"

"난 네놈이 고구려로 간다고 하면 뒤도 안 돌아보고 꽁무니를 뺄 것으로 생각했다. 하지만 내가 잘못 생각했구나. 역시 곰쇠다."

"주인……."

곰쇠는 뒷말을 입 안으로 삼켰다. 고구려로 월경하는 데는 다 그만한 이유가 있을 터였다.

반 식경도 안 되어 고구려와의 접경지역에 당도했다. 뚜렷하게 국경이 있는 것은 아니었고 그저 성을 중심으로 그 반경 수십 리를 영토하에 예속하는 것이 보통이었다. 그랬기에 오래전부터 성을 뺏고 빼앗기는 공성전이 이어졌다.

따라서 철통같이 지키고 있는 국경수비대가 있을 리 만무했다. 접경지역에서 땅을 부쳐 먹고사는 농민들은 고구려가 그 땅을 차지하면 그날로 고구려 사람이 되었고, 백제가 점령하면 그날로 백제 사람이 되었다. 여기에 신라가 점령하면 또 신라 사람이 되는 것이었다. 어느 나라가 주인이 되느냐는 그들에게는 아무런 상관이 없었다. 그저 땅만 바라보고 그 소출로 온 식구 입에 풀칠만 할 수 있다면 만족하는 것이 이 땅 농투성이들의 숙명이었다.

그것을 익히 잘 알고 있는 목만치는 다시금 자신의 야망을 되새겼다.

'언젠가 때가 되면… 그때가 되면 삼한을 합치겠노라. 그리하여 이 오랜 소모전을 끝내고, 발길을 대륙으로, 열도로, 천지사해로 향하게 하겠노라.'

얼마쯤 가노라니 산비탈 돌투성이 밭을 개간하고 있는 농부가 눈에 띄었다. 목만치는 곰쇠를 시켜 몇 가지 물어보게 했다.

"임자, 여기서 가장 가까운 성이 어디요?"

"관미성이올시다."

관미성이라면 광개토왕, 그러니까 담덕의 침공 시 빼앗긴 성이었다. 거련의 아버지, 그 이름만으로 대륙을 벌벌 떨게 만들던 희대의 군주 담덕에게 빼앗긴 성이 무릇 몇 곳이던가.

성동격서, 아차산성에 군대를 주둔시켜 누구나 한성 위례성을 치리라는 확신을 안겨주고는 느닷없이 경기만으로 대군을 상륙시켜 비류백제의 도성인 웅진성을 함락시킨 용병술의 귀재, 그가 바로 광개토왕이었다. 그 바람에 비류백제의 마지막 왕 응신은 피눈물을 뿌리며 왜 열도로 망명길에 올라야 했다.

목만치는 해월에게 몇 번이고 그 이야기를 들으면서 피가 끓었다. 담덕이라는 천하의 영웅. 그가 살아 있다면 꼭 한번은 자웅을 겨루고 싶다는 열망 때문에 밤잠을 설치곤 하였다.

담덕의 아들 거련! 그 역시 아비에 못지않은 천하의 영웅이었다. 그런 거련이 도읍을 하평양성으로 옮겼다는 것은 바로 그의 뜻이 백제와 신라에 있음을 말해주었다. 백제와 신라를 쳐서 등 뒤의 후환을 없앤 뒤에 대륙으로 진출하고자 하는 거련의 원대한 포부였다.

목만치는 그것을 한눈에 꿰뚫어보았다. 또한 그러한 거련의 야망을 일찍이 알아차린 사람이 있으니 왜로 건너간 여곤이었다.

'아아, 좌현왕마마……'

목만치는 사무치듯 여곤이 그리웠다. 태어나서 단 한 사람, 형제처럼 깊은 정을 주고 받은 사이였다. 곰쇠도 있지만 그는 그림자와 같았다. 여곤과는 눈빛만 보아도 서로가 무엇을 원하는지 깨닫고 감히 말하여 천하를 도모할 수 있는 관계가 아니던가. 여도의 그 모진 핍박을 막아주었고, 그 일로 여도의 미움을 받아 왜 열도로 쫓기듯 떠나야 했던 여곤이었다. 세 불리해서 열도로 가면서도 여곤은 자신의 안위보다는 목만치를 더욱 염려해주었다.

목만치가 고구려로 월경하게 된 데에는 여곤에 대한 부채감도 한 원인이었다. 여곤이 없는 대신 자신이 해야 할 일이라는 의무감 때문이었다.

대왕을 대신해서 정권을 장악한 여도는 자신의 권력기반을 다지는 데만 열중했고, 거련의 침공에 대한 대비 따위는 그다음이었다. 그런 여도를 부추겨 사사로운 이익을 취하는 인물로는 국강과 국협 부자가 으뜸이었다.

그들뿐만 아니었다. 여도는 자신에게 반대하거나 껄끄러운 인물들을 모조리 물리쳤으므로 이제 그의 주변에는 국강 부류들만 몰려들었다. 그리하여 여도는 스스로 제 눈과 귀를 가리게 되었다.

목만치는 바람에 실려 오는 소문만으로도 이 같은 한성의 상황을 그림 보듯 파악하고 있었다. 여곤이 떠나면서 가장 걱정한 점이 바로 이것이었다.

그러나 언제까지 손을 놓고만 있을 수는 없었다. 목만치가 고구려 땅으로 잠행을 떠나게 된 연유였다.

북으로 올라갈수록 산세가 점점 더 험해졌다. 그들이 부지런히 길을 줄여 관미성이 저만치 올려다보이는 곳에 당도했을 때는 이미 서녘으로 짧은 해가 넘어가 잔광이 어슴푸레 남았을 무렵이었다. 때마침 성 밖에 주막거리가 있었고, 목만치와 곰쇠는 그중 깨끗해 보이는 객사에 여장을 풀었다.

억센 억양의 객사 주인이 목만치 일행의 행장을 유심히 살펴보았다. 그들은 모른 척하고 저녁밥과 술을 넉넉하게 차려오라고 일렀다. 주인이 원하는 값에 웃돈을 얹어주었더니 대접이 당장 눈에 띄게 달라졌다. 먼 길을 달려온 두 필의 말은 여물을 배불리 먹고 기분 좋은 듯 투레질을 해댔다.

불을 충분히 지펴 뜨뜻한 아랫목에서 노독을 달래고 있자 저녁상이 들어왔다. 수수로 담근 노란 술은 혀끝에 달라붙는 맛이 일품이었다. 게다가 독했으므로 한 되를 넘게 비우자 목만치는 얼큰히 취기가 돌았다.

그러나 곰쇠는 간에 기별도 가지 않을 정도여서 입맛을 다시며 목만치의 눈치를 보았다. 목만치가 못 이기는 척 허락하자 곰쇠는 주인을 불러 아예 독째 가져오라고 일렀다.

주인 사내가 목만치를 돌아보며 놀란 눈을 크게 떴다. 목만치도 곰쇠의 주량이 궁금한 데다 치양성에 부임한 이후로 제대로 한번 쉬지도 못한 그의 노고를 생각해서 고개를 끄덕였다. 입이 귓가에 걸린 주인이 서둘러 술동이를 안고 돌아왔고, 그것을 본 곰쇠는 눈을 반짝이며 바투 다가앉았다.

주인이 머뭇거리자 곰쇠는 아예 그에게도 술잔을 권했다. 주인은 기다렸다는 듯이 술상 앞에 자리를 차지하고 앉았다. 곰쇠와 주인이 주거니 잣거니 하면서 부지런히 술잔을 돌렸다. 목만치는 아랫목에 좌정한 채 그들을 물끄러미 지켜볼 뿐이었다.

어느 정도 술허기를 채운 곰쇠가 지나가는 말처럼 주인에게 물었다.

"요즘 관미성의 분위기는 어떻소?"

"말도 마시우."

주인이 더 묻지도 말라는 듯 손사래를 쳤다.

"왜 그러우?"

"군기가 얼마나 엄해졌는지 우리 객사는 아예 문을 닫고 굶어 죽게 생겼소이다."

"군기가 엄해졌다니?"

곰쇠가 반문하며 힐끔 목만치를 돌아보았는데 목만치는 못 들은 척 허공으로 시선을 던졌다.

"얼마 전에 관미성주가 갈렸는데, 새로 온 성주는 예전에 백제에서 투항해온 재증걸루의 부장 출신이오. 그런데 얼마나 기강이 엄하고 군사들을 혹독하게 몰아붙이는지 성안은 그야말로 초상집이나 다름없다고 들었소. 밤낮으로 군사훈련을 시키는데 보아하니 조만간 큰 전쟁이 나지 않을까 싶소."

"그 성주의 이름이 뭐요?"

"고한이라는 자요."

"그럼 재증걸루와 고이만년은 어떻게 지내고 있소? 백제에서 도망친 장수들인데 제대로 대접을 받고 있소?"

"대접을 받다마다요. 대왕마마께서 그들을 얼마나 중용하고 계신지 오히려 그들을 질투하고 시기하는 자들이 생길 정도라오."

"대왕이 그들을 중용하는 이유가 뭐요? 한번 백제국을 배신했으면 고구려를 배신하는 것 또한 어렵지 않은 일일 텐데 말이오."

"허, 임자가 어느 땅에서 살다 왔나? 아예 까막눈이군."

주인이 웃으며 말했는데 곰쇠는 가슴이 뜨끔했다.

"오래전이었소. 백제의 근초고왕 때 백제군이 평양까지 쳐들어온 적이 있소. 그 싸움에서 불행히도 이 나라 고국원왕께서 화살을 맞아 절명하셨소. 그 이후로 백제국을 쳐서 멸망시켜야 한다는 것은 우리 고구려의 숙원이었소. 그런 것조차 모르는 임자들은 대체 어느 나라 사람이오?"

주인이 웃으며 말했지만 농담 속에 뼈가 있다고 그들의 행색을 전혀 짐작하지 못하는 게 아니었기 때문이다. 그러나 주인의 입장에서는 고구려나 백제, 더 나아가 신라 사람이라도 모두 마찬가지였다. 어쨌거나 이 땅에 뿌리박고 사는 것은 자기와 같은 사람들이었다.

"그런 터에 백제의 사정과 군사 기밀을 누구보다 잘 아는 재증걸루와 고이만년이야말로 더 바랄 수 없는 보배와도 같은 존재가 아니겠소. 이제 전쟁이 나기만 하면 두 장수가 길라잡이로 고구려의 대군을 향도할 것은 불을 보듯 뻔한 일이 아니겠소."

"하, 그래서 관미성 성주가 그렇게 군사 조련에 열심인 게로구만."

"그렇소."

"하긴 우리 같은 장사꾼들이야 거기 정신 쏟을 겨를도 없구만. 이문만 남길 수 있다면 연옥까지도 찾아가는 것이 우리 장사꾼들인데……. 그나저나 주인장, 이 근처 어디 괜찮게 장사가 될 만한 물목이 없소? 구전은 넉넉하게 쳐드리리다."

곰쇠가 눙쳤고, 주인은 그때쯤 바닥을 보이고 있는 술독에 대한 미련을 아쉽지만 떨쳐버린 후라 밤새 생각해보겠노라는 인사치레로 술자리를 마감했다.

"어떻게 하실 거유?"

주인이 나간 뒤 곰쇠가 바닥째 남은 술을 그러모아 비우면서 물었는데, 대답이 없었다. 고개를 돌리자 목만치는 이미 코를 가늘게 골며 잠들어 있었다.

객사 주인이 말한 대로 관미성의 분위기는 무섭게 기강이 잡혀 있었다. 건드리면 금세라도 터질 듯한 긴장감이 팽배했고, 그 정도가 무심히 지나칠 수 없었다. 목만치가 성주로 있는 치양성과 비교해도 또 다른 분위기였다.

목만치와 곰쇠는 반나절쯤 성안의 분위기를 관찰한 후 성을 출발했다. 돌아올 때 다시 들르기로 하고 아예 내륙 깊숙이 잠행하기로 했다.

이번에는 곰쇠도 목만치의 결정에 더 이상 토를 달지 않았다. 곰쇠 역시 지난밤 객사 주인의 이야기에서 뭔가 심상치 않음을 깨달은 것이다.

시합에 나서기 전에 싸움닭을 어떻게 다루는가. 며칠 전부터 먹을 것을 주지 않고 밤잠을 설치게 해 싸움닭의 신경을 곤두서게 만든다. 극도로 신경이 날카로워졌을 때 비로소 싸움판에 내놓는 것이다. 관미성의 분위기가 바로 그랬다.

"급히 왕궁에 파발이라도 보내서 이런 분위기를 알려야 하는 거 아니오?"

"소용없는 일이다."

목만치의 얼굴에서 웃음기가 사라졌다.

"그게 무슨 뜻입니까?"

"몇 번이나 왕궁으로 사람을 보냈다."

"아니, 그럼?"

곰쇠가 입을 벌린 채 놀란 눈으로 목만치를 돌아보았다. 목만치가 고개를 끄덕이며 천천히 말을 몰아갔다.

"오래전부터 고구려의 이런 분위기를 읽고 있었다. 정탐을 보낸 군사들이 한결같은 보고를 해왔다. 그러나 왕궁에서는 내가 보낸 장계를 거들떠도 안 보는구나."

"여도, 바로 그놈 때문입니다요!"

곰쇠가 버럭 목소리를 높였다.

"하지만 주인, 대왕께서 계시지 않습니까? 대왕께서는 주인을 총애하고 계시지 않습니까?"

"허……!"

목만치가 하늘을 우러르며 긴 탄식을 내뱉었다.

"대왕께서도 예전의 대왕이 아니시다!"

"뭐라구요? 그게 정말입니까?

"눈에서 멀어지면 마음에서도 멀어진다더니……. 너는 저잣거리에 떠도는 소문도 듣지 못하였느냐?"

"무슨 말씀이신지?"

"이번에 돌아가면 야금이를 불러 물어보거라. 넌 당항포 아우들을 왜 거두고 있는지 모르겠다. 비싼 밥 먹여 가면서 아우들을 거뒀으면 제각기 어울리는 역할을 맡기지 않구……. 그놈, 생긴 것처럼 미련하기는."

영문도 모르고 욕을 먹었으므로 곰쇠의 입이 한 발이나 나왔다. 하지만 목만치가 까닭 없이 그러지는 않을 터. 곰쇠는 돌아가는 대로 야금이 그놈부터 손봐야겠다고 단단히 별렀다. 그러니까 야금이 이놈이 제게는 알리지 않고 목만치에게만 속삭인 게 틀림없었다.

이러구러 주종이 공깃돌처럼 말을 주고받는 사이에 한나절이 흘렀고, 저물 무렵에 제법 큰 마을이 나타났다. 관미성과는 비교가 되지 않을 정도로 큰 성이 저만치 버티고 서 있었고, 객사의 숫자며 규모가 컸다. 오가는 장사꾼들이 봉놋방마다 가득 들어차 있었다.

곰쇠는 바자 너머로 객사 몇 군데를 물색하다가 그중 한갓지고 인심 넉넉해 보이는 술밑어멈을 점찍고 목만치를 인도했다.

"이리 오너라!"

"아이구, 어서 오시오!"

마당 한쪽 큰 가마솥에 불을 지피고 있던 아낙이 반색하며 그들을 맞았다.

"빈 방 있소?"

"걱정일랑 붙들어 매슈. 방이 없으면 제가 자는 안방이라도 내드릴 테니깐유."

실실 웃는 주모의 눈매가 보통이 아니었다. 곰쇠는 코를 벌렁벌렁거리며 주모의 밉지 않게 생긴 얼굴을 유심히 살펴보았다. 주모 역시 곰쇠의 눈길을 피하기는커녕 오히려 대담하게 맞았다. 두 사람 모두 뒤에 서 있는 목만치는 안중에도 없는 것 같았다.

보다 못한 목만치가 헛기침을 하자 그제야 주모는 두 사람을 서둘러 방으로 안내했다. 두 사람이 방으로 들어서는 것을 보고도 주모는 그곳을 서성이다가 곰쇠가 저녁을 주문하고서야 물러났다.

하지만 그것이 끝이 아니었다. 잠시 후 중노미 편으로 저녁상과 술을 들려온 주모는 술상머리에 주저앉았다. 곰쇠가 헛기침을 몇 번 했지만 주모는 모르쇠로 버텼다. 오히려 곰쇠가 숟갈로 밥을 듬뿍 뜰 때마다 이 반찬 좀 드셔보슈, 저 반찬 좀 드셔보슈, 하고 마치 가시버시처럼 살갑게 굴었다. 얼굴 두껍기가 마치 번철이었다. 곰쇠도 미상불 싫지만은 않은 기색이었다.

곰쇠의 술잔에 가득 술을 따르면서 주모는 감탄을 금치 못하고 말했다.

"저기 계신 분도 옥골선풍이오만, 이녁처럼 몸이 좋은 사내는 난생 처음이오. 대체 뭘 드시구 그리 엄장 큰 덩치로 키웠대유? 천 년 묵은 산삼을 구해 드신 거유, 아님 칠점사라두 댓 마리 고아 드신 거유? 하매, 내 지금까지 숱한 장사들을 만났지만 이녁 같은 장사는 처음이우."

눈 밑 자위가 푸르죽죽한 것이 어지간히 육허기가 든 여자였다. 목만치가 헛기침을 터트리자 주모도 목만치의 못마땅한 시선을 알아채곤 베슬거렸다.

"내 술 한잔만 더 따라드리고 나갈 거유."

그날 밤, 목만치와 곰쇠가 나란히 드러누운 지 얼마 지나지 않아서였다. 아랫목 벽에 붙어 잠든 목만치에게서 가늘게 코 고는 소리가 나자 곰쇠는 조심스레 몸을 일으켰다. 그러고는 소리를 죽여 방에서 빠져나왔다.

밤이 이슥해서 마당에 인기척이 있을 리 없었다. 곰쇠는 발소리를 죽이며 봉놋방마다 기웃거렸다. 모두 곤한 잠에 떨어진 눈치였다.

곰쇠는 저녁참에 봐둔 안방으로 다가갔다. 기대하던 대로 눈에 익은 주모의 미투리 한 짝이 댓돌 위에 놓여 있었다. 다른 신이 없는 것을 확인한 곰쇠는 툇마루에 앉아 슬쩍 문짝을 밀었다. 거짓말처럼 문이 쑥 열렸는데, 달빛이 내리비치는 방 안에 어슴푸레한 것이 분명 주모였다.

곰쇠는 재빨리 주위를 둘러본 뒤 안으로 들어섰다.

조반을 먹으면서 밤사이 핼쑥해진 곰쇠의 얼굴을 바라보던 목만치가 혀를 찼다. 눈 밑이 거뭇하게 죽어 있는 듯했다.

"그년, 십 년 묵은 육허기를 간밤에 다 풀었겠구나."

"말도 마시우. 그년 같은 색골은 처음이우."

곰쇠가 혀를 내둘렀다.

"시끄럽다, 이놈아! 어서 길이나 가자!"

목만치의 낮은 호통에 머쓱해진 곰쇠가 뒷머리를 긁었다. 어쨌거나 오랜만에 뻑적지근한 밤을 보낸 것은 사실이었다. 얼마나 외로웠던 하초였던가.

그러나 곰쇠는 부루말을 타고 가면서 쓸리는 사타구니가 따가워서 견딜 수 없었다. 간밤에 가죽방아를 얼마나 찧었는지 그제야 실감이 났다. 반 식경도 가지 않았는데 입에서는 단내가 물씬 풍겼고 등허리에서는 식은땀이 연방 흘러내렸다.

기진맥진한 곰쇠가 자꾸만 뒤처지는 것을 보며 목만치는 몇 번 혀를 차긴 했지만 더 이상 나무라지는 않았다.

'진연은 어떻게 지내고 있을까.'

문득 진연에 대한 그리움이 솟았다. 한번 솟아오른 그리움은 출구를 찾은 용암처럼 걷잡을 수 없이 차올랐다. 목만치는 하늘을 올려다보았다.

한 점 구름 없이 쾌청한 하늘이었다. 저 멀리 새 한 마리가 하나의 점처럼 하늘을 맴돌고 있었다. 솔개일까, 아니면 새매인가.

마침내 평양성에 당도했을 때는 치양성을 떠난 지 달포가 가까워졌을 무렵이었다.

이제 목만치와 곰쇠도 고구려의 풍습에 익숙해져서 거진 반 고구려 사람이나 마찬가지였다.

평양은 대고구려의 성도답게 번화하고 화려했다.

널찍한 거리에는 포석이 잘 정돈되어 깔려 있었고, 끊이지 않고 우마차며 기병들이 오갔다. 가끔씩 급하게 달려가는 파발마도 있었다.

오가는 사람들의 행색이며 길가에 늘어선 가옥들의 꼴이 제 격식을 갖추었고, 사람들의 여유 있는 표정은 대륙을 호령하는 고구려의 저력을 느끼게 했다.

목만치는 지나오는 길에서도 그랬듯이 모든 것들을 뇌리에 똑똑히 각인시켰다. 무엇 하나 허투루 넘기는 법이 없었다.

백제의 것이 화려하고 오밀조밀한 반면 고구려의 것은 대륙성과 기마민족 기질답게 거칠면서도 호방함이 느껴졌다. 세세한 것에는 얽매이지 않는 자유분방함과 대범함이 특징이었다. 어쩌면 고구려의 강한 기상에서 자연스럽게 풍겨 나오는 것인지도 모른다.

거기에 비하면 백제는 차라리 유약한 편이었다. 지나치게 섬세해서 화려하기는 하지만 오히려 거기에서 목만치는 만개를 지나 시들어가는 조국의 운명을 예감했다.

그들은 저잣거리로 접어들었다. 난전을 펼쳐놓은 거리를 사람들이 분주하게 오갔다. 갖가지 난전을 기웃거리는 사람들, 흥정하는 사람들, 사소한 시빗거리로 서로 목소리를 높이는 사람들, 어수룩한 촌사람들을 속이는 야바위꾼들 그리고 재주를 보여주고 푼돈을 거둬들이는 광대들로 장바닥이 가득 찼다.

그들의 걸음을 멈추게 한 것은 장터 한구석에 원을 그리고 모여든 구경꾼들이었다. 호기심 많은 곰쇠가 그냥 지나칠 리 없었다. 곰쇠는 목만치를 이끌고 구경꾼들 틈에 끼어들었다.

곰쇠도 놀랄 만큼 엄장 큰 거인을 중심으로 몇 명의 재주꾼들이 갖가지 묘기를 부리고 있었다. 곰쇠 역시 남들보다 머리 두 개는 더 컸지만, 거인 역시 곰쇠 못지않았다. 아니 옆으로 떡 벌어진 어깨며 두툼하게 나온 배하며 보통 사람들 몸체만 한 허벅지는 곰쇠를 능가했다. 예로부터 고구려에는 뼈대가 굵고 덩치가 큰 장사들이 많이 난다고 하더니 그른 말이 아니었다.

곰쇠는 자신도 모르게 목울대를 꿈틀거리며 침을 삼켰다.

"자, 누구라도 나와서 이 장사를 한 걸음이라도 움직이게 만들면 여기 있는 은자 열 냥을 그냥 드리겠소. 하지만 그러지 못하면 닷 푼을 내야 하오. 누구라도 좋소. 어떤 방법을 동원하든지 힘으로 이 장사를 한 발이라도 옮기면 그 자리에서 은자 열 냥이오!"

약장수 사내가 침을 튀며 열심히 떠들었다. 은자 열 냥이면 어마어마한 돈이었다. 그것도 닷 푼을 투자해서 이기기만 하면 열 냥이었다.

아무리 장사가 어마어마한 덩치를 자랑한다고 하지만 장바닥이었다. 악다구니로 날을 지새우는 장꾼들 사이에서 용력이라면 남 못지않다고 자부하는 이가 있게 마련이었다. 몇 명의 사내들이 은자 열 냥에 눈이 멀어 앞 다투어 나섰지만 헛힘만 쓸 뿐이었다.

장사는 얼굴 표정 하나 변하지 않고 제자리에 버티고 서서 코웃음만 칠 뿐이었고, 얼굴이 벌게져서 똥을 쌀 정도로 용쓰던 장꾼들은 구경꾼들의 비웃음거리가 된 채 물러나야 했다.

"하이구! 평양이면 힘 좀 쓴다는 장사들이 모여 있을 줄 알았더니 그것도 아니군 그래. 자, 어서 나오시오! 닷 푼으로 은자 열 냥을 벌 수 있는 절호의 기회요."

약장수가 열심히 떠들었으나 더 이상 나오는 사람들이 없었다. 무려 일곱 명의 장꾼들이 덤벼들었지만 장사의 발을 떼기는커녕 하품조차 나오게 만드는 이가 없었던 것이다.

이제 파장이구나 싶던 약장수의 눈길이 곰쇠에게 머물렀다. 잠깐 곰쇠의 머리부터 발끝까지 훑어본 약장수가 말을 걸었다.

"어떠슈? 한번 붙어볼 생각 없수?"

"참말 은자 열 냥을 주는 거요?"

"허, 거참. 우리도 저 멀리 위나라며 송나라까지 다녀보았지만 이녁 처럼 의심 많은 사람은 처음이오. 속고만 살았수?"

"흠…… 그래도 저 장사를 이기기는 쉽지 않을 텐데."

곰쇠가 고개를 외로 꼬자 약장수가 몸이 달았다.

"참내, 한 발짝만 움직이게 하면 열 냥을 준다니까!"

"한 발짝 움직이는 건 식은 죽 먹기고, 내가 말하는 건 저 장사를 거 꾸러뜨리는 거여."

"뭐야? 이 사람이 농담두!"

약장수가 기가 막힌 듯 웃었고, 주위에 둘러선 구경꾼들도 폭소를 터트렸다. 곰쇠도 좀처럼 보기 힘든 거한이지만, 이미 거인의 힘을 목 격한 터라 곰쇠의 큰소리가 흰소리처럼 들렸던 것이다. 거인이 구경꾼 들을 둘러보며 코를 하늘로 향한 채 웃었다.

"농담은, 비싼 밥 먹고 누가 농담이여?"

곰쇠가 정색하고 말하자 약장수의 안색이 바뀌었다.

"아니, 그럼 참말로 자신 있단 말이여?"

"길고 짧은 건 대봐야 알지 않겠어?"

"여러분, 들었소? 여기 계신 분께서 우리 장사를 거꾸러뜨린다고 장담하는 걸…….'"

"한번 붙어보슈. 거 재미있겠는데!"

"그려, 붙어봐!"

여기저기서 두 거한의 대결을 원하는 환성이 터져 나왔다.

"지금이라도 늦지 않았수. 그냥 돌아가셔도 된다니까."

"만일 내가 저 장사를 넘기면 얼마를 주겠소?"

"은자 열 냥이 아니라 오십 냥을 주겠소!"

"흠, 오십 냥이라……."

곰쇠가 만족스러운 듯 끄덕였다.

"단, 이녁에게는 닷 푼으로 안 되겠소! 말도 안 되는 소릴 하니 닷 냥은 내시오!"

"아무려나."

곰쇠가 싱긋 웃으며 한 걸음 나섰다.

"나도 저 장사에게 걸겠소."

구경꾼들 중에서 누군가 그렇게 소리 지르며 앞으로 나왔다. 40대 중반쯤의 사내로 한눈에도 먼 길을 떠도는 장돌뱅이 차림이었다. 사내는 손에 한 냥을 들고 있었는데 약장수에게 흥정을 걸었다.

"만일 저 장사가 이기면 열 냥을 주시오!"

"그게 참말이오?"

후회하지 말라는 듯 약장수가 코웃음을 쳤지만 장돌뱅이 차림은 한 냥을 건넸다. 그러자 서너 명의 장꾼들이 뒤따라 곰쇠 쪽에 돈을 걸었다. 졸지에 구경꾼들은 곰쇠와 거인 편으로 나뉘었다. 대부분이 거인에게 거는 쪽이었다.

목만치는 그저 미소를 띤 채 곰쇠를 지켜보았다. 소나무 둥치를 뿌리째 뽑는 곰쇠의 용력을 익히 알고 있는 목만치였다.

거인은 송나라까지 돌아다녔다는 약장수의 호언대로 만만치 않은 덩치에 걸맞은 힘을 보여주었다. 과연 누가 이길 것인가. 목만치 역시 호승심 강한 곰쇠가 그냥 넘어가지 않으리라 짐작한 것이다.

이윽고 구경꾼들이 원을 넓혀서 큰 공터를 만들었고, 거인과 곰쇠가 다섯 걸음 정도 사이를 두고 서로 마주섰다.

곰쇠는 손바닥에 침을 뱉어 쓱쓱 문지른 다음 무릎을 살포시 낮추고 상대를 노려보았다. 제 용력을 한껏 믿고 있는 거인은 별다른 몸동작도 보이지 않고 성큼성큼 다가와 곰쇠의 양어깨를 잡았다. 단숨에 내던져버리겠다는 동작이었다. 거인이 벽력 같은 용을 쓰기 시작했다. 그러나 곰쇠는 그 자리에 못 박힌 듯 꿈쩍도 하지 않았다. 얼굴이 새빨개진 거인의 얼굴에 굵은 땀방울이 흘러내렸다.

"젖 먹던 힘까지 다해 보거라. 겨우 고거냐?"

곰쇠가 같잖다는 듯 한마디 내던지자 거인의 얼굴에 낭패의 기색이 스쳤다.

곰쇠가 팔을 들어 거인의 두 팔을 가로질러 거머쥐었다. 곰쇠의 손아귀에 거인의 어깻죽지가 잡혔다. 곰쇠의 관자놀이에 힘줄이 불거진다 싶더니 우두둑, 소리가 났다. 이어서 거인의 입에서 처절한 비명이 터져 나왔다. 거인이 소리를 내지르는 순간 곰쇠는 재빠르게 거인의 아래쪽으로 파고들면서 자반뒤집기로 그를 집어던졌다.

순식간에 믿기지 않는 일이 눈앞에 벌어졌다. 7척이 넘는 거인이 검불처럼 가볍게 넘어간 것이다. 모두 어안이 벙벙한 얼굴로 입을 벌리고 있었다.

곰쇠가 약장수에게 다가가 손을 내밀었다. 약장수는 낭패한 기색으로 돈 꾸러미를 건네주었다. 약장수는 안에 얼마가 들었는지 셀 엄두도 내지 못했다.

"뼈는 부러지지 않았을 거유. 그저 질경이나 찧어서 발라주시오. 며칠 지나 붓기가 빠지면 괜찮을 거유."

목만치와 곰쇠가 뒤늦게 웅성거리는 구경꾼들을 뒤로하고 장터를 벗어나 걸어가는데 뒤를 밟는 자가 있었다. 두 사람은 부지런히 걸음을 좁히다가 안침골목이 나타나자 그곳으로 몸을 틀었다.

발소리가 가깝게 들려왔다. 순간 목만치는 칼을 뽑아 뒤따르는 사내의 목에 겨누었다. 느닷없이 목에 칼을 맞게 된 사내는 나무토막처럼 굳어서 눈만 휘둥그레 뜬 채 목만치를 바라볼 뿐이었다.

아까 곰쇠에게 한 냥을 걸었던 장돌뱅이였다. 목만치가 사내의 목에서 칼을 거두어들였다.

"이놈, 웬 놈이기에 뒤를 밟느냐?"

"어이구, 달리 오해하지 마십시오. 나리들 덕분에 팔자에 없는 은자 열 냥을 벌게 되어서 인사라도 여쭙자고 따라온 것입니다요."

"그런 인사라면 구태여 치르지 않아도 된다."

"예. 어쨌든 나리들께서 아까 건드리신 놈들이 그냥 있지 않을 겁니다. 제가 그놈들을 좀 알지요. 아마 그놈들이 오늘 밤 나리들을 습격할 것이오. 그걸 알려드리려고 왔습지요."

"고맙네."

목만치의 말에 곰쇠가 한마디 내질렀다.

"그깟 놈들, 열이 와도 무섭지 않소. 걱정하지 마시우."

"그렇게 쉽게만 생각할 게 아닙니다. 그 패거리들의 우두머리는 꽤 알려진 검객이올시다. 놈들이 아까 당한 봉변을 앙갚음할 생각으로 필경 제 우두머리를 데려올 겁니다. 이녁이 천하에 보기 드문 장사임은 분명하나 저들은 숫자가 많은 데다가 병장기에 익숙한 놈들이라 걱정되어 여기까지 따라왔습니다. 분명 뒤를 밟는 세작을 놓았을 것입니다."

"그렇게 심려해주니 고맙수다."

곰쇠가 표정을 풀며 말했다.

"난 장터를 떠도는 소금장수 덕팔이요."

"곰쇠요. 저기 계시는 분은 내가 모시는 주인이오. 이름까지는 알

것 없소."

"어쩐지…… 지체 높은 분이라 짐작했소이다. 소인 덕팔이 인사 여쭙니다."

덕팔이가 목만치에게 고개를 숙였다.

"어차피 날도 저물었으니 잠자리를 구하실 거면 제가 잘 아는 객사로 안내하겠습니다."

덕팔이가 앞장서서 반 식경 거리에 있는 객사로 그들을 데려갔다. 안침골목에 있는 객사였기에 붐비지 않았고, 깔끔한 것이 장꾼으로 이골이 나지 않은 다음에야 좀처럼 얻어걸릴 수 없는 객사였다.

객사는 30대 초반의 여주인이 어린 종년 하나를 데리고 운영했다. 덕팔이의 설명에 의하면 전쟁 통에 군역 나간 지아비가 죽자 호구지책으로 장사를 시작한 미망인이라 했다. 막 되바라지지 않고 제대로 예의범절을 배운 티가 났고, 청상이 아까울 정도로 고운 얼굴이었다. 여주인을 넘겨다보는 곰쇠의 눈빛이 희번덕거렸다.

여종이 이른 저녁상을 차려왔는데 음식도 깔끔했다. 수수로 담근 술을 반주로 잔을 주고받으며 곰쇠와 덕팔이는 이야기를 나누었다. 덕팔이는 이골 난 장사꾼답게 붙임성과 말주변이 좋았다. 그동안 장삿길에서 주워들은 이야기며 자신의 체험담을 어찌나 그럴듯하게 늘어놓는지 아랫목에서 듣던 목만치도 웃음을 터트리곤 하였다.

이러구러 저녁상이 술자리로 이어지고 그러고도 한참이나 지난 후에야 세 사람은 잠자리에 들었다. 이내 목만치와 덕팔이가 코를 골기 시작했다.

그러나 곰쇠는 쉽사리 잠들지 못했다. 객사 여주인의 참한 얼굴이 자꾸만 떠올랐다. 더 참지 못한 곰쇠는 소피를 보러 가는 양하고 조심스레 방을 나섰다.

원래부터 객사를 염두에 두고 만든 집이 아니라 여염집을 개조한 참이라 여주인이 기거하는 안방은 마당을 건너 마주보고 있었다.

곰쇠는 담벼락에 가서 오줌을 누었다. 시원한 오줌줄기가 세차게 뻗어나가 순식간에 흙담 아래쪽에 움푹 팬 고랑을 만들었다.

얼마 전 겪은 주모가 생각났다. 어지간히 육허기에 시달린 여자였다. 그러나 오늘밤 이 객사의 여주인은 다를 것이었다. 참하게 생긴 여자였고, 내외를 알았다. 따기 힘든 꽃이 더 아름다운 법이었다.

벌써부터 흥분으로 꼿꼿하게 선 양물을 달래 바지 속으로 집어넣은 곰쇠는 목만치와 덕팔이가 잠들어 있는 방을 힐끗 확인한 뒤 안방으로 다가갔다. 문짝을 밀었지만 고리가 걸려 있는지 열리지 않았다. 문짝이 덜컹덜컹거리는 소리에 안쪽에서 겁에 질린 목소리가 새어나왔다.

"누, 누구세요?"

"잠깐 문 좀 열어보시우."

"글쎄, 누구냐니까요?"

"나요, 나. 아랫방에 든 길손이오."

"이 밤중에 무슨 일이래요? 돌아가세요. 안 그러면 소리치겠어요."

"아따, 얼굴 좀 보구 얘기합시다. 누가 잡아먹을까 그러요?"

"……."

안쪽에서 더 이상 대꾸가 없자 다급해진 곰쇠는 문짝을 미는 손에 힘을 주었다. 문고리가 빠지며 문이 열렸다.

곰쇠는 신도 벗지 않고 번개처럼 빠르게 안으로 뛰어들었다. 여자가 고함을 내지르려는 기색에 기겁을 한 곰쇠는 얼른 여자의 입을 솥뚜껑 같은 손으로 틀어막았다.

"잡아먹지 않을 테니까 소리치지 마슈."

여자가 발버둥 쳤다. 내친 김에 곰쇠는 여자를 요 위에 쓰러트렸다.

발버둥 치는 서슬에 여자의 속 치마가 흐트러졌고, 그 사이로 흐벅진 살결이 고스란히 드러났다.

곰쇠는 여자의 두 다리를 벌리고 자신의 사추리를 한가운데 갖다 붙였다. 잠시 반항하던 여자가 이내 체념한 듯 몸부림을 멈추었다. 어느새 자신의 불두덩에 와 닿는 사내의 거대한 양물을 느꼈던 것이다.

"그려, 그려. 가만 있어봐."

여자의 귀에 대고 뜨거운 숨을 내뱉으며 곰쇠는 여자의 속곳을 발가락으로 걸어서 끌어내렸다. 그리고 한 손으로는 자신의 바지를 엉덩이까지만 벗겨 내렸다. 이제 막 그의 거대한 양물이 젖어 있는 여자의 사추리 한가운데를 향해서 들어갈 참이었다.

뒤쪽에서 느껴지는 서늘한 기운에 곰쇠는 반사적으로 고개를 숙이며 옆으로 몸을 굴렀다.

"누, 누구냐?"

번개처럼 빠르게 곰쇠가 몸을 일으키려고 했지만, 어느 순간 그의 몸이 굳었다. 곰쇠는 목덜미에 와 닿은 검기를 느꼈다. 움직이는 즉시 칼끝이 제 목을 꿰뚫을 것임을 곰쇠는 본능적으로 알아차렸다. 얼어붙은 곰쇠의 등허리로 한 줄기 땀방울이 흘러내렸다.

"생긴 것보다는 무공이 제법이로다."

침착한 목소리였다.

"조금만 늦게 피했더라면 넌 이미 황천길을 헤매고 있을 것이다."

곰쇠는 이를 악물었다. 객사 여주인을 구슬려 옷을 벗기는 데만 집중해서 느닷없이 당한 낭패였다. 분하다는 생각은 잠깐 스쳤을 뿐이고, 아차 했으면 여지없이 육산적 신세가 되었을 것을 생각하니 싸늘한 공포가 밀려왔다. 여황의 반란 때 죽음을 각오하고 목만치를 도와 진솔의 목을 베는 순간에도 이런 공포를 느끼지 못했다.

상대방이 전혀 눈치 채지 못하게 침착하고 가벼운 발걸음, 정확하게 급소를 겨눈 칼끝 등을 보아할 때 곰쇠로서도 처음 대하는 고수였다. 그나저나 우습게 된 것은 교합 직전까지 갔던 남녀의 몰골이었다.

곰쇠의 밑에 깔린 여자는 위는 거의 벗은 데다가 아래는 고쟁이가 무릎 밑에까지 벗겨진 상태여서 거의 벌거숭이나 마찬가지였다. 곰쇠도 피장파장이었다. 간신히 엉덩이만 가린 형편이었다.

"네놈의 정체는 무엇이냐?"

"그냥 떠돌아다니는 장꾼이오."

"이놈! 아직도 네가 처해 있는 상황을 모르는 모양이구나."

낮은 호통 끝에 칼끝이 목덜미를 파고들었다. 예리한 아픔이 느껴졌고, 피가 목을 타고 가슴팍으로 흘러내렸다.

"다시 묻겠다. 네놈의 정체가 무엇이냐?"

"솔직히 말하겠소. 금광을 찾아다니는 덕대요."

"그게 사실이렷다?"

"마음대로 생각하시우. 나도 솔직히 털어놓고 보니 더 이상 살고 싶은 생각이 없소이다."

금광이나 철광은 나라의 소유였다. 개인이 채굴한다는 것은 상상도 할 수 없는 일이었고, 그 수요는 엄격하게 제한되어 있었다. 따라서 금광이나 철광을 운영함으로써 생기는 이득이 막대했기에 일부에서는 사사로이 채굴하는 경우가 있었다. 하지만 워낙 위험이 따르는 일이어서 대부분의 채굴꾼들은 고관대작의 비호를 암암리에 받고 있었다.

"흠…… 그럼 저 아래채에 자는 놈은 네 상전이냐?"

"그렇소."

"무예가 보통이 아닌 것 같구나."

"잘못 보았소. 우리 상전은 생전 가래질 한번 제대로 해본 적이 없소. 워낙 명문대가에서 태어난 우리 상전이 뭐가 아쉬워 칼춤을 연마했겠소? 우리 상전의 주특기는 여자 후리기에 색사올시다."

"이놈, 그건 네 장기가 아니냐?"

사내가 낮은 목소리로 조롱했다.

"앞장서라. 서툰 짓 하면 그 순간 넌 죽는다."

곰쇠가 천천히 일어났다.

마당에는 열 명 가까운 사내들이 목만치와 덕팔이가 자는 방을 부챗살 모양으로 포위하고 있었다. 곰쇠를 앞장세우고 나온 사내가 곰쇠를 목만치가 있는 방으로 향하게 했다.

두 걸음쯤 걸었을 때였다. 곰쇠는 낮은 휘파람 소리를 들었는데, 그것은 마치 새소리 같았다. 마당에 가득 들어찬 사내들이 아닌 밤중에 웬 새 울음소리냐는 듯 어리둥절한 얼굴로 순간적으로 밤하늘을 올려다보았다.

순간 곰쇠는 몸을 박차고 허공으로 떠올랐는데, 워낙 빠른 사내의 칼질이 한 번 번뜩인 후였다. 그러나 죽기를 각오하고 몸을 날렸기에 사내의 칼끝은 치명적인 급소를 벗어나 곰쇠의 어깻죽지를 그었을 뿐이었다.

다른 사내들이 곰쇠를 향해 달려가려는 순간 방문이 열리면서 무엇인가가 빠르게 연속해서 날아왔다. 칼을 쳐들고 달려가던 서너 명의 사내들이 잇달아 신음을 삼키며 쓰러졌다. 급소마다 꽂힌 것은 쇠를 벼려 만든 날카로운 표창이었다.

곰쇠는 얼른 쓰러진 사내에게서 칼을 빼앗아 들고 대적자세를 취했는데, 그 몰골이 가관이었다. 사추리만 간신히 가렸는데 그 판국에도 양물이 비쭉이 대가리를 내밀고 있었다. 하지만 곰쇠가 대적할 필요도 없었다.

이미 방문을 박차고 마루로 나선 목만치가 허공으로 몸을 날렸는데 그가 처음부터 목적한 것은 우두머리 사내였다.

칼과 칼이 부딪치는 소리가 한밤의 공기를 예리하게 갈랐다. 목만치의 칼이 사내의 빈틈을 노리며 연속적으로 들어갔다. 사내는 그동안 무수한 실전을 통해서 쌓아온 자신의 무술솜씨에 강한 자부심을 갖고 있었으나 지금 상대하는 자의 검법은 그로서는 처음 겪는 것이었다. 게다가 그 초식의 변화가 무궁무진하여 도무지 예측할 수 없었다.

사내의 자부심은 이제 낭패로 바뀌었고, 다시 절망으로 바뀌는 데 까지는 얼마 걸리지 않았다. 목만치의 공격을 막아내기에 급급했는데 어느 순간 사내는 목만치가 휘두르는 칼의 충격을 이기지 못하고 자신의 칼을 떨어트렸다. 사내의 얼굴에 떠오른 것은 이제 공포였다. 극한의 공포. 그로서는 도무지 그 깊이를 측량할 수 없는 절창의 검법이었다.

자신도 모르게 무릎을 꿇어버린 사내는 조용히 목만치의 처분만 기다렸다.

자신들의 수괴가 제대로 칼 한번 휘두르지 못한 채 사정없이 밀린 끝에 무릎을 꿇고 만 것을 본 사내들도 입을 벌린 채 그저 바라만 볼 뿐이었다. 도무지 덤벼들 엄두가 나지 않았다.

목만치는 가만히 칼끝을 사내의 정수리에 늘어뜨린 채 내려다보았다.

"죽기 전에…… 나리의 그 검법, 이름이라도 알고 싶습니다."

"곧 죽을 놈이 바라는 것도 많다."

곰쇠가 끼어들었다.

"정녕 알고 싶으냐?"

이번에는 목만치가 물었다.

"예. 저도 칼잡이로 나서 수십 년의 세월 동안 수많은 검법을 상대했지만 나리의 검법은 처음이올시다. 저도 무사로서 그 검법의 이름만은 알고 죽어야 덜 억울하겠습니다."

"이놈! 감히 무사를 들먹이지 마라. 너는 저잣거리의 한낱 불한당으로서 무사를 거론할 자격이 없다."

"받아들이겠습니다. 하지만 청을 거절하지 마십시오."

사내가 고개를 떨어트렸다. 곰쇠가 옆에서 가만히 사내를 내려다보다가 입을 열었다.

"일컬어…… 본국검법이라 한다."

"본국검법이라 하셨습니까?"

"그렇다."

사내가 고개를 조아려 다시 한번 예를 표했다.

"그렇다면 소인은 죽어도 마땅하오. 감히 천하제일의 검법인 본국검법의 달인을 몰라본 죄 죽어 마땅하오."

"그럼, 죽어라!"

목만치의 칼이 허공에서 빠르게 어둠을 갈랐다.

주위에 섰던 모든 사람들이 악, 하고 비명을 지르고는 눈을 감았다. 잠시 후 사내는 눈을 떴는데 그의 머리를 감싸고 있던 검은 두건과 머리카락이 싹둑 베어져 있었다. 이미 반 얼혼이 나간 그의 얼굴은 이 세상 사람의 것이 아니었다.

"이제 칼을 거두고 땅에 의지해서 살아가거라. 칼을 가까이하면 언젠가는 그 칼에 의해서 운명을 마쳐야 할 것이야."

"……"

사내는 이윽고 굵은 눈물을 흘리기 시작했는데, 그때쯤 해서 그의 부하들도 모두 칼을 내던지고 무릎을 꿇었다.

"곰쇠야, 가자!"

곰쇠보다 먼저 덕팔이가 두 필의 말을 끌고 와서 경마를 잡았다. 목만치가 추풍오에 올라탔을 때 눈물을 흘리던 사내가 부복하며 청했다.

"나리의 존함을 알려주십시오."

목만치가 양미간을 찌푸리며 대꾸했다.

"그깟 이름이 무어냐? 인생이란 새벽의 이슬방울과도 같다고 했다. 그렇게 허망한 한 생인데 그깟 이름이 무어냔 말이냐?"

사내와 부하들이 몇 번이고 목만치를 향해 고개를 주억거리는 가운데 세 사람은 그곳을 떠났다.

"내 나름대로 짐작은 했소만 과연 주인의 솜씨는 그 명성에 조금도 부끄러움이 없소이다."

한 마장쯤 갔을 때 목만치의 이름을 확인한 덕팔이가 곰쇠에게 한마디 했다.

어느새 먼동이 희붐하게 터오고 있었다. 푸른 기운이 사방 천지에 가득 찼다.

밀신

그 무렵 개로왕은 예전과는 많이 달라져 있었다. 밤마다 악몽에 시달렸고, 온몸이 땀에 흠뻑 젖어서 벌떡 일어나기 일쑤였다. 그때마다 누구도 부르지 못하고 어둠 속에서 오랫동안 지워지지 않는 공포에 시달리며 허공만 올려다볼 뿐이었다.

그런 개로왕의 기미를 눈치 채고 접근한 자가 바로 국강이었다. 국강은 시시때때로 개로왕을 찾아와 세상 돌아가는 형편을 자세히 아뢰었으며 대왕의 심기를 세심하게 보살폈다. 주위에 사람이 없던 개로왕은 국강이 충직한 태도를 보이자 그에게 흠뻑 빠져들었고, 전적으로 그를 의지하게 되었다. 국강이 원하는 바가 바로 그것이었다.

개로왕은 틈만 나면 국강을 불러 그가 옆에 있기를 원했고, 국강은 충실하게 그의 말벗이 되어주었다. 이제 개로왕은 국강 없이는 옆구리가 허전할 정도였다.

어느 날 무료해진 틈을 타서 국강이 개로왕에게 입을 열었다.

"대왕마마, 예로부터 영웅호색이라 하였습니다. 자고로 큰일을 도모하는 사내대장부로서 색을 가까이함은 큰 흉이 아니라 했습니다."

"허어, 무슨 말을 하려고……."

"공자께서도 가라사대 아랫도리 이하의 일은 묻지 않는 게 예라 하였습니다."

거듭되는 국강의 말에 개로왕이 호기심 어린 눈을 번쩍였다.

"지나치게 색을 밝히는 것은 문제지만 적당히 즐기는 것은 몸에도 좋다고 들었습니다. 대왕마마의 건강은 곧 우리 백성들의 기쁨이나 마찬가지이옵니다. 그동안 대왕마마께서는 여황의 반란을 평정해 이 나라 사직을 지키시고 또한 정무를 펼쳐오시느라 영일이 없었사옵니다. 아뢰옵기 황송하오나 소신이 이번에 대왕마마를 위해서 조촐한 자리를 마련했사옵니다. 부디 거절하지 마시고 소신의 청을 받아주소서."

"그게 무슨 뜻인가?"

"소신을 따라오십시오."

이미 입 안의 혀처럼 믿게 된 국강이었다. 개로왕은 변복을 하고 국강의 뒤를 따랐다. 단 두 명의 시위무사만 대동한 채였다. 남들의 눈에는 그저 지체 높은 벼슬아치로 보일 뿐이었다.

국강은 한성 동부에 있는 자신의 소실 집으로 개로왕을 안내했다. 방으로 들어간 개로왕은 잘 차려진 미주가효를 보고 놀란 눈으로 국강을 돌아보았다.

"이게 무슨 일인가?"

"소신이 대왕마마를 위해 준비한 것입니다."

"허허, 국 장리의 정성이 갸륵하오. 내 공의 충심을 헤아려 기꺼이 받겠소."

개로왕은 참으로 기뻐하며 국강과 술잔을 주고받았다. 취기가 꽤 오른다 싶을 무렵에 국강이 방을 빠져나갔다. 잠시 후 들어온 여인을 보고 개로왕은 눈을 크게 떴다.

국강이 아들 국협을 불러 전국을 뒤지다시피 해 고르고 고른 미인이었다. 왕궁에 있는 그 어떤 궁녀보다도 아름다울 뿐 아니라 도도하게 취한 개로왕의 눈에 그녀는 천하제일의 미색이었다.

"넌 누구냐?"

"국 장리 나리의 분부를 받고 나리를 모시러 들어왔습니다."

"수청을 들겠다?"

"그러하옵니다."

그녀는 개로왕의 옆자리에 앉은 지 얼마 지나지 않아 대왕의 마음을 빼앗았다. 방 안에서 비치는 두 사람의 그림자를 오랫동안 바라보던 국강의 입가에 회심의 미소가 떠올랐다. 이윽고 대황초가 꺼지고 운우지정에 들뜬 남녀의 신음이 새어나왔다.

무릇 모든 일은 그 처음이 어려운 법이다. 국강의 계책으로 운우지락의 희열을 맛본 개로왕은 틈만 나면 국강이 이끄는 대로 못 이기는 척 사처로 찾아들곤 하였다.

황음!

그것은 역대 제왕들이 최고로 경계해야 할 금기였고, 파멸의 지름길이었다. 자고로 황음으로 나라를 도탄에 빠트린 제왕들이 그 얼마였던가. 하물며 최고의 미를 가리켜 경국지색, 곧 나라를 망쳐버릴 만한 미모라 일렀거늘 이 역시 황음의 위험을 경계하는 것이 아닌가.

바로 그 황음에 개로왕이 빠져든 것이다. 독사의 입에 머리를 집어넣은 격이지만 개로왕은 그 쾌락으로 자신을 둘러싼 모든 상황을 망각할 수 있었다. 여도의 선양에 대한 압력과 자신의 무력함을 잊을 수 있었던 것이다.

국강과 국협 부자는 개로왕에게 끊임없이 최고의 미인들을 갖다 바치는 일에 전념했는데, 이를 일컬어 채홍사라 했다. 쾌락에 눈뜨자 개로왕의 육체와 영혼은 놀라운 속도로 황폐화되었다.

개로왕은 정사를 돌보기는커녕 술과 색에 절어 좀처럼 침전에서 벗어나지 않았다. 사려 깊고 잔잔하던 성품은 어디론가 사라지고 황음만 밝히는 그야말로 피폐해진 영혼의 소유자가 되었다. 변덕을 자주 부리고 끊임없는 불안감에 시달리는 정신병을 앓았다.

여도의 전횡에 질려서일까. 어쩌다 한두 번 남당에 참석하던 것도 시간이 흐를수록 그 뜸이 길어지더니 그 즈음에는 아예 상좌평 여도에게 모든 것을 일임하고 얼굴조차 보이는 법이 없었다.

개로왕은 오로烏鷺 삼매경에 빠지거나 국강과 국협 부자가 주선해주는 천하일색의 미인들과 유희에 빠지는 것이 일이었다.

구중궁궐 속의 개로왕이라고 해서 왜 듣는 귀가 없으며 보는 눈이 없을까. 그 역시 모든 소문을 듣고 있었다. 그러나 그는 이미 사리를 분별할 수 있는 능력을 잃어버렸다. 따지고 보면 가장 총애하고 아끼던 아우 여곤이 왜로 건너간 뒤인지 모른다. 그리고 목만치마저 변방으로 자청해서 떠났다.

둘러보면 자신과 뜻을 같이하는 사람이 없었다. 오직 여도가 곳곳에 심어놓은 심복들만 감시의 눈길을 번뜩이고 있을 뿐이었다. 개로왕은 숨이 막혔고, 자신이 옴짝달싹할 수 없는 덫에 사로잡혔음을 알았다. 여도의 살기 띤 고리눈을 대하는 것조차 두려울 지경이었다.

'형님, 이제 그만 선양하시지요. 시간이 없습니다.'

그러나 선양하는 순간 자신을 기다리는 것은 죽음뿐이라는 사실을 개로왕은 본능적으로 깨달았다. 상왕이라는 직위는 형제간에 아무런 의미도 없었다. 부친이 상왕이라면 또 경우가 달랐다. 하지만 한 하늘에 두 개의 태양이 존재하지 않듯이 형을 상왕으로 두고 정사를 펼치는 권력자는 흔하지 않았다.

예전에 고구려에서도 그와 비슷한 경우가 있었다. 태조왕과 차대왕 간에 이루어진 선양이 바로 그것이다. 태조는 나이가 1백여 세에 이르자 차대왕의 압력을 더 이상 견디지 못하고 그에게 왕위를 넘겨주고 말았다.

선왕을 위협하여 왕위를 물려받은 차대왕. 여도가 개로왕에게 원하는 바는 바로 그것이었다.

사정이 이러하자 날이 갈수록 백성들의 살림살이는 도탄지경에 이르렀다. 벌써 몇 년째 흉작이었고, 초근목피로 간신히 질긴 목숨을 이어가는 사람들이 늘어났다. 집과 농토를 탐관오리들에게 빼앗기고 유랑걸식하는 유민들이 길에 넘쳐날 정도인데, 조정대신들 누구 하나 비참한 백성들의 형편에 관심을 두지 않았다. 그들은 오직 자신의 배를 불리는 데만 관심이 있을 뿐이며, 그러기 위해서는 여도와 국강의 비위를 맞추는 것이 가장 좋은 방편이었다.

백성들은 황음에 빠진 국왕을 비난했으며, 도탄에 빠진 이 나라의 운명을 저주하며 남부여대 국경을 넘어 신라로, 고구려로, 왜로 망명했다. 실제로 왜는 비류백제의 새로운 정착지였고, 수많은 백제인들이 험한 바닷길을 마다하지 않고 왜로, 아스카로 찾아갔다.

그 망명행렬이 얼마나 많았는지 백제의 백성수가 급격하게 줄어 나라를 유지하기조차 힘들게 되었다.

그러나 개로왕에게는 백성들의 원망이 귀에 들어오지 않았다. 국강과 국협 부자에 의해 철저하게 눈과 귀가 차단된 개로왕은 오직 황음만 탐닉할 뿐이었다.

그리고 여도는 거리낌 없이 전횡을 휘둘렀다. 이제 그에게는 거칠 것이 없었다. 다만 한 가지 남은 것은 양위 문제뿐이었다. 그로서는 적절한 시기만 택하면 되었다. 형이자 이 나라 대왕인 여경은 말 그대로 껍질만 남아 존재하는 의미없는 생명체일 뿐이었다.

잠행을 마친 목만치가 고구려에서 돌아왔을 때 그를 기다리고 있던 것은 치양성 성주 직을 삭탈한다는 비보였다. 성을 무단으로 비웠다는 것이 그 이유였다.

목만치가 돌아오자마자 이런 일이 벌어진 것은 그만큼 그의 행동을 주시하는 눈이 있었기에 가능한 일이었다. 목만치는 잊고 있던 여도와 국강 부자와의 악연을 새삼 절감했다.

삭탈관직 된 채 떠나가는 전 성주 목만치의 앞길을 성민들이 막아서며 눈물을 흘렸지만 조정에서 한번 내려진 명이 뒤집어질 리 만무했다. 목만치는 차라리 잘되었다 싶었다. 벼슬길에서 떨려난 아쉬움을 조금도 느끼지 않았다. 이번 기회에 자신의 한계를 뛰어넘고 싶다는 욕심이 들었다.

완벽을 향한 끝없는 정진.

그것은 천성적으로 타고나는 성품이었다. 저 옛날 떠돌이 무사가 그랬듯이, 그의 피가 흐르고 있는 목만치 역시 자신의 성취에 대해 도무지 만족할 줄 몰랐다.

목만치는 한성의 왕궁에도 들르지 않고 그대로 대목악성으로 내려왔다. 한동안 쌓인 여독을 풀고 난 목만치가 어느 날 곰쇠를 불러 당항포에 관해 자세하게 물었다. 곰쇠의 이야기를 듣고 난 목만치가 말했다.

"당항포에 한번 가봐야겠다."

"예? 주인께서 당항포엔 웬일로 가십니까?"

"네놈이 네 입으로 말하지 않았느냐? 당항포에는 작은 도적부터 시작해서 큰 도둑까지 도둑이란 도둑은 다 모여 있다고."

"그거야 그렇소만……."

"가서 천하의 도둑놈들 얼굴 좀 보자. 수달치라는 네 아우도 보고."

한번 내뱉은 말은 도무지 되담을 줄 모르는 것이 목만치의 성품이었다.

다음날 목만치는 곰쇠와 야금이, 덕팔이 그리고 또복이까지 앞세우고 당항포를 향해 떠났다. 이틀 동안 부지런히 길을 좁힌 끝에 수달치의 산채에 당도했다. 기별을 받은 수달치 이하 모든 부하들이 모여서 기다리고 있었다.

목만치가 말에서 내리자마자 수달치가 다가와 맨바닥에 넙죽 큰절을 했다.

"소인 수달치라고 합니다. 워낙 천것으로 태어나 달리 이름도 없습니다."

목만치는 잠자코 고개를 끄덕이며 수달치를 내려다보았다. 수달치가 뒤를 돌아보며 크게 소리 질렀다.

"이놈들아! 뭐 하고 있는 게냐? 어서 절 올리지 않구!"

부하들이 일제히 땅바닥에 엎드렸다.

"제 아우들이옵니다. 그동안 비록 먹고살기 위해 좀도둑질을 해온 것은 사실이오만 그래도 뜻 없이 애꿎은 인명을 함부로 해치지 않았다고 생각합니다. 곰쇠 형님을 만나 뵙고, 나름대로 뜻을 올바로 세우려고 노력했습니다. 장군의 위명은 이 나라 백성이면 모르는 이 없는 터에 이렇게 저희 산채를 방문해주시니 황공해서 몸 둘 바를 모르겠습니다."

"일어나거라."

목만치가 조용히 말했다. 수달치가 머뭇거리며 바닥에서 몸을 일으켰다.

"아까 네가 한 말이 사실이렷다? 지금까지 함부로 인명을 살상하지 않았다고?"

"예. 젊은 시절에는 저도 혈기를 주체하지 못해 어리석은 짓을 몇 번 저질렀습니다만 나이 먹은 후에는 나름대로 깨달은 게 있습니다."

"너, 도척盜跖이라고 들어봤느냐?"

"예."

"하찮은 해적놈 주제에 제법이로구나."

"인연이 닿은 스님을 통해서 배웠습지요."

"그럼 도척이 말하는 다섯 가지 도에 대해 말해보거라."

"남의 집에 무엇이 숨겨져 있는지 마음대로 알아맞히는 것이 성聖이요, 남보다 앞장서서 들어가는 것이 용勇이라 했습니다. 나올 때는 남보다 나중에 나오는 것이 의義요, 가부를 판단해 아는 것이 지智이며, 고루 나누어 갖는 것이 인仁이라 했습니다. 이 다섯 가지를 갖추지 않고서 큰 도적이 된 자는 천하에 없다고 하였습지요."

"그런 큰 도적이 되겠느냐?"

"앞길을 향도해주십시오."

"상자를 열고 주머니를 뒤지며 궤짝을 뜯는 도둑을 막기 위해서는 반드시 끈으로 꼭 묶고 자물쇠를 단단히 잠그는데, 이것이 이른바 세상에서 말하는 지혜다. 그러나 큰 도둑은 궤짝을 짊어지고 상자를 둘러메고 주머니째 들고 달아난다. 사정이 이와 같은데도 끈과 자물쇠와 고리가 단단하지 않을까 염려한다. 너 정말 큰 도적이 되고 싶으냐?"

"길을 열어주십시오."

수달치가 무릎을 꿇었다. 그러자 부하들이 일제히 다시 무릎을 꿇었다. 그들을 묵묵히 내려다보던 목만치가 입을 열었다.

"이제까지의 일은 두 번 다시 묻지 않겠다. 그러나 앞으로 큰 도적이 아닌 작은 도적으로 남고 싶은 자가 있다면 이 산채를 떠나라. 잡지 않겠다. 허나 큰 도적이 되기로 약속한 이상 규율을 어기면 그때는 용서하지 않겠다."

목만치의 고리눈이 수달치와 부하들을 노려보았다.

"……."

한동안 침묵이 이어졌다. 그러다가 불쑥 뒤쪽에서 누군가 물었다.

"큰 도적은 어떻게 다른 거유?"

"큰 도적은 자신의 이를 위해서 남의 재물을 탐하지 않는다. 대의명분을 위해서 움직이는 도적이라 함이다. 비록 피할 수 없는 사정으로 지금까지 해적질을 해왔다만 이제부터는 하늘을 우러러 떳떳한 도적이 되어야 할 것이다. 내 말을 이해하겠느냐?"

수달치가 먼저 대답하자 부하들이 다투어 답했다.

"내 그대들과 당분간 인연을 함께하겠다."

목만치의 말이 떨어지자 수달치가 앞장서서 안으로 안내했다.

그날 산채에는 큰 잔치가 밤새 이어졌다. 돼지 두 마리를 잡았고, 술이 몇 동이인 줄도 모르게 끊임없이 나왔다. 독한 화주를 마시고 벌써부터 취해서 산채 여기저기에 뻗어버린 놈이 한둘이 아니었다.

두령 급들은 목만치를 둘러싸고 밤새 술을 마시며 그간의 사정이며 자신들이 살아온 내력을 들려주었다.

첫날을 그렇게 보내고 난 뒤 목만치는 자연스럽게 산채의 최고두령으로 자리 잡았다. 졸지에 치양성 성주에서 해적 패거리들의 괴수가 된 셈이지만 목만치의 속셈은 다른 데 있었다.

날이 밝자마자 목만치는 당항포 객주를 맡아 관리하고 있는 만돌이를 불러오게 했다. 누구의 명이라서 지체할까, 졸개 하나가 바람같이 달려가 아침 식전에 만돌이와 함께 돌아왔다.

　오면서 졸개에게 자세한 사정을 들은 만돌이는 목만치를 보자마자 무릎을 꿇고 이마를 조아렸다.

　"고명은 익히 들었습니다만, 이렇게 삼가 뵈오니 몸 둘 바를 모르겠습니다. 제가 지은 죄가 한량없으나 곰쇠 두령께서 제 목숨 가치 없음을 알고 목을 붙여두었습니다. 이제 장군께서 소인을 찾으시매 이렇게 달려오기는 하였으나 오금이 당겨서 좌불안석입니다."

　"내 그대를 허물하고자 부른 것은 아니다."

　"그렇다면 소인 정말 안심입니다."

　만돌이가 참았던 한숨을 내쉬며 말했다.

　때마침 아침상이 들어왔는데, 목만치는 만돌이의 몫까지 함께 들이라 일렀다. 곧 만돌이의 식사가 한상에 차려졌다. 만돌이로서는 지은 죄가 있어 호된 추궁을 각오하고 왔는데 목만치가 이렇게 환대해주자 감격한 나머지 국그릇에 콧물을 빠트릴 지경이었다.

　"장군께서 도목 어르신과 특별한 연분을 맺고 계신 것을 뻔히 아는데 소인이 욕심에 눈이 멀어 죽을죄를 지었습니다. 그런데도 소인을 나무라지 않으시고 이처럼 사람대접을 해주시니 송구스럽기 이를 데 없습니다요."

　만돌이는 마침내 눈물을 떨어트렸는데, 목이 메어 밥이 넘어가지 않았다.

　"기왕 일은 벌어진 것이고 앞으로 기회가 되면 그 업보를 갚게."

　"그럴 기회만 있다면 목숨을 바쳐서라도 갚겠습니다."

　"국강의 사선단이 제법 규모가 크다고 들었네."

"예, 그렇습니다만……."

무심코 대답하던 만돌이가 눈을 치켜떴다. 눈치 빠른 만돌이는 대번에 목만치의 의중을 짐작했다.

"그렇다면 장군께서는…… 국강의 사선단을 염두에 두고 계시는 겁니까?"

"바로 맞혔네."

"하지만 쉬운 일이 아닙니다. 밀무역은 오래전부터 국 장리의 만금 같은 재산을 형성하게 한 기본입니다. 배꾼들부터 시작해서 도시부와 객부의 관리들까지 그 상하가 어디까지 연루되었는지도 잘 모를뿐더러 그 수하들이 하나같이 억세기가 깍짓동 같은 놈들이올시다. 보통 배짱으로야 국법으로 엄금하는 밀무역을 하겠습니까? 다 믿는 구석이 있기 때문이지요."

"집사는 밀무역 규모에 대해 어느 정도 아는가?"

"글쎄요. 밀무역을 담당하는 자가 따로 있습지요. 수족처럼 부리는 제게도 비밀로 하는 것이 바로 밀무역입니다요. 하지만 제가 살아오면서 는 것이 눈치뿐이라 나름대로 돌아가는 꼴은 짐작하고 있습지요. 시간만 좀 주신다면 나리께서 원하시는 걸 알아오겠습니다."

"그렇다면 부탁하네."

"사추리에서 요령소리가 나도록 뛰어다니겠습니다."

목만치가 곰쇠를 불러 무엇인가 일렀다. 잠시 후 곰쇠가 웬 염낭 하나를 가지고 돌아와 만돌이의 무릎 앞에 내던졌다. 영문 모르는 얼굴로 만돌이가 목만치를 돌아보았다.

"끌러보게."

만돌이가 염낭을 끄르자 그 안에 은자가 가득했다.

"밀선단의 움직임을 자세히 알아내려면 경비가 수월찮게 들 걸세.

우선은 그걸로 충당하게."

"아이구, 이 정도면 충분하고도 남습니다요, 나리."

"집사만 믿네."

목만치의 말에 만돌이는 죽는 시늉이라도 하듯 마치 방아깨비같이 연방 이마를 바닥에 조아렸다.

황해는 뻘이 넓고 깊었고, 간만의 차에 따라 드러나는 모래톱이 곳곳에 숨어 있었다. 따라서 뱃길을 잘 모르면 낭패를 당하기 일쑤였다.

수달치는 두 발로 걷기도 전부터 헤엄치는 법을 배웠다. 수달치의 부모는 가난한 어부였다. 그나마 고기를 잡아도 선주가 대부분을 가져가버리고 비린내만 맡을 뿐이었다. 견디다 못한 수달치의 부모는 입 하나라도 줄이기 위해 어린 수달치를 염전 주인에게 팔아버렸다.

염전 주인은 수달치에게 가혹하게 굴었다. 집안 대소사 심부름은 물론이고 염천 땡볕에 소금밭에 나가 일하게 했다. 막장 일 못지않게 힘든 것이 염전 일이었다. 채 뼈도 굳지 않은 수달치에게는 감당하기 힘든 일이었다. 그러나 수달치는 이를 악물고 참아내었지만 모든 것을 다 견뎌도 한 가지 견딜 수 없는 일이 있었다.

40대 중반의 염전 주인은 제 아내가 있음에도 가끔씩 수달치를 잠자리에 불러들였다. 이른바 남색이었다. 새벽이 되어 주인에게서 풀려난 수달치는 바닷물에 찢어진 아랫도리를 담그고 이를 악물면서 세상에 대한 퍼런 날을 벼렸다. 그날 이후부터 수달치는 몸을 단련했다. 이 세상 누구도 자기를 지켜주지 않는다는 사실을 깨달은 것이다.

그러다가 열여섯이 되었을 무렵 염전 주인이 수달치를 불러들였다. 그날 밤 수달치는 미리 준비한 단검으로 주인을 찔러 죽이고 그곳을 떠났다. 살인을 한 수달치는 더 이상 무서울 것이 없었다. 당항포로 올라온 수달치는 험한 갯바닥 생활을 거치면서 단연 두각을 나타내었다. 죽기살기로 덤비는 그에게 감히 맞설 사람이 없었다. 머리가 굵어지면서 수달치는 염전이나 포구 장바닥을 돌면서 푼돈이나 뜯어먹는 생활을 청산했다. 어느새 패거리들이 따르게 되자 본격적인 해적질로 나선 것이다.

찢어질 듯 가득 바람을 돛에 안은 배는 파도를 헤치며 빠르게 달렸다. 수달치는 황해 바닷길을 제 손금처럼 환히 아는 데다가 배를 다루는 데 그보다 더 능숙한 배꾼은 달리 없었다.

파도가 뱃전을 치고 물보라를 목만치에게 날렸다. 그는 그대로 서서 먼 바다를 바라보았다. 저 멀리 큰 섬이 하나 보였다.

"저긴 어디냐?"

"덕물도(덕적도)라는 곳입니다."

"섬이 꽤 크고 숲이 울창하구나."

"그렇습니다. 풍랑을 만난 배가 저 섬에서 쉬어가기도 하지요."

"밀무역하는 배들이 저곳을 자주 이용하지 않는가?"

"바로 맞히셨습니다. 덕물도는 말하자면 밀선들의 소굴이나 마찬가지올시다. 저희 같은 해적들도 그곳에 가기를 꺼릴 정도입지요."

"밀선이나 해적선이나 마찬가지 아니냐?"

"사실, 저희 같은 해적은 밀선에 비하면 오히려 작은 도적놈들입니다요. 우리도 몇 번이나 밀선을 공격했지만 그때마다 오히려 우리가 쫓겨났지요. 특히 국강의 밀선단은 한두 척이 아니라 대여섯 척씩 떼 지어 다니는데 그 위세가 대단합니다. 그건 아예 밀선이라고도 할 수 없습니다요. 수군 병선도 검문은커녕 가까이 다가가지도 않는답니다."

"한통속이라는 얘기군."

"국강 뒤에 상좌평이 버티고 있다는 건 이 바닥에서 소금 냄새 맡는 자들 중 모르는 이가 없지요. 아예 드러내놓고 하는 셈입니다요."

"이참에 이놈들의 버릇을 단단히 고쳐놓아야겠다."

"주인, 어쩌시려구요? 듣자하니 국강의 밀선단 놈들은 보통 거친 악머구리들이 아닌 모양인데요."

걱정스러운 얼굴로 곰쇠가 끼어들었다.

"아무리 거친 놈들이라지만 설마하니 네놈보다야 더하겠느냐?"

곰쇠는 욕인지 칭찬인지 분간이 가지 않았다. 옆에 섰던 수달치와 야금이가 소리 죽여 웃었다. 그제야 욕인 것을 깨달은 곰쇠의 얼굴이 시뻘게졌다.

"주인도 참, 왜 나만 갖고 그류?"

"부처 눈에 부처만 보인다고 했느니라. 선한 백성들 입장에서야 네 놈의 얼굴이 더할 수 없이 믿음직해 보일 것이고, 도적놈들 입장에서는 네놈이 야차보다 더한 귀신으로 보일 것이 아니겠느냐? 그게 어째 욕으로 들리느냐? 네 귓구멍도 씻어야겠다."

"그렇쥬?"

수달치와 야금이가 이번에는 참지 못하고 웃음을 터트렸다.

"이놈들이? 날아가는 기러기 거시기를 보았나, 웃다 죽은 귀신이 들렸나? 왜들 웃는 거여?"

곰쇠가 수달치와 야금이에게 눈을 부라렸다.

"놈들의 눈을 피해서 저 섬에 들어가야겠다."

목만치의 말에 수달치가 난색을 표했다.

"지금은 곤란합니다. 섬 높은 곳에서 사방을 감시하는 놈들이 있습지요. 날이 저물기를 기다렸다가 들어가야 합니다요."

그들은 팔자에 없는 낚시꾼이 되어 하릴없이 날이 저물기를 기다렸다. 덕분에 애꿎은 물고기 몇 마리가 낚시바늘에 걸려들어 산채 밥상에 비린내를 풍겼다.

날이 저물고 희미한 달빛만 바다에 비치고 있을 무렵, 갈치처럼 날렵하게 생긴 수달치의 쾌속선은 은밀하게 덕물도 뒤편으로 접근했다. 밀선들이 주로 정박하는 장소와는 반대편인 데다가 온통 바위절벽이므로 그곳에 제대로 배를 댈 만한 접안시설이 갖추어져 있을 리 만무했다.

그러나 이쪽 바닷길이라면 제 손바닥처럼 환하게 꿰고 있는 수달치였다. 수달치는 능숙한 솜씨로 벼랑 사이에 움푹 들어간 동굴 같은 곳에 배를 갖다붙였고, 목만치와 곰쇠를 필두로 몇 명이 재빠르게 뛰어내렸다.

섬의 지리에 익숙한 수달치가 앞장섰다. 모두 발이 빨랐고, 하룻밤에도 수십 리 길쯤을 갈 만한 용력의 소유자들이므로 목적했던 반대편 선착장까지 당도하는 데는 두 식경도 걸리지 않았다.

높은 바위 위에 엎드리자 해안가에 정박해 있는 제법 큰 규모의 범선들이 보였고, 고만고만한 거룻배들이 대여섯 척 더 있었다. 그리고 해안가 송림 숲 사이에는 드문드문 움막들이 있었다. 그 정도면 덕물도에 상당한 인원들이 상주하고 있을 것이었다.

목만치는 수달치의 안내로 덕물도의 상세한 지리를 파악한 뒤 당항포로 돌아왔다.

기다리던 만돌이가 소식을 가져온 것은 그로부터 며칠 후였다.

"나리, 조만간 배가 출항할 것 같습니다요."

목만치에게 예를 갖추고 난 만돌이가 곧바로 본론을 꺼냈다. 목만치가 무엇보다 그 소식을 기다리고 있음을 잘 알기 때문이었다.

두 사람은 호랑이 가죽이 깔린 걸상을 하나씩 차지하고 앉아 머리를 맞대었다.

"규모가 얼마나 될 것 같은가?"

"상당한 물량입니다. 제가 알아낸 바로는 범선 네 척이 떠난다고 하니까 근자에 들어서는 좀처럼 보기 힘든 물량입지요. 비단이 주물품입니다만, 그건 어디까지나 겉으로 드러난 것에 불과하지요."

만돌이가 주위를 둘러보며 목소리를 낮추었다.

"실은 신라에서 몰래 들여온 엄청난 양의 금은이 있습니다. 국강은 그 금은을 팔아서 막대한 이문을 챙기고 있습지요. 이번에 네 척이나 되는 대선단을 꾸리게 된 것은 바로 그 금은을 송국에 가져가기 위해서입니다요."

"병력은 얼마나 되는가?"

"자세히는 모르지만 대충 40명 정도 되지 않을까 싶습니다. 선원들도 사실상 군졸이나 마찬가집지요. 그러면 도합 백 명에 가까울 것입니다."

"규모가 어마어마하군."

"그렇습지요."

목만치는 허공을 바라보며 생각에 잠겨 있다가 입을 열었다.

"언제 출항한다던가?"

"모레 자정입니다."

"당항포에서 떠나는가?"

"그렇지는 않습니다. 아무리 국강이라 할지라도 나라에서 엄히 금하는 밀무역을 드러내놓고 할 수는 없겠지요. 당항포에서 십 리쯤 올라간 곳에 황포라는 조그만 포구가 있습지요. 거기서 출발할 겁니다."

"욕보았네."

"어쩌실 요량이십니까?"

"국강이 국법을 어기고 나라의 재산을 빼돌리고 있는 게 분명한데 그것을 제지하는 이가 없다. 그렇다면 나라도 나서야 하지 않을까 싶은데 집사는 어떻게 생각하는가?"

"소인이야 나리의 의중을 따를 뿐입니다요. 먹고사는 데 허덕이느라 인륜의 본분을 잊고 지냈습니다만 목숨을 다시 잇게 된 제 처지로서는 뜻 있는 일을 미력하나마 돕고 싶을 뿐이지요."

"만일 우리 일이 성사되고 나면 국강이 모두 잡아들일 걸세. 그렇게 되면 집사도 위험해지는데 어쩔 셈인가? 당항포 객사에 그대로 머물기는 어려울 걸세."

"각오한 일입니다."

"무슨 요량이라도 있는가?"

"나리께서 허락해주시면 이놈은 시골로 가서 그저 조용히 살고 싶습니다요."

"정 그렇다면 대목악성에 있는 내 집을 돌보는 것이 어떤가?"

"대목악성 말씀입니까?"

"그렇다네. 대왕께 봉토를 받은 것도 있고 하니 지내기에는 그리 구차하지 않을 것이네. 그렇지 않아도 그동안 우리 집을 돌봐줄 만한 마땅한 이가 없어서 걱정하던 참인데, 집사라면 딱 맞춤이구만."

"그렇게 해주신다면 소인에게는 분에 넘치는 자리입지요. 대장군을 배출하신 댁의 집사 자리라면 황공하기 이를 데 없습니다요."

만돌이의 눈가에 물기가 내비쳤다. 곰쇠에 의해 목숨을 부지하게 된 이후로 사람다운 모습을 되찾았기 때문일 것이다.

바람이 배를 띄우기에 더없이 알맞은 날씨였다. 당항포 선착장에 관리의 요란한 행차가 있었다.

말을 탄 호위군사들이 앞길을 텄고, 잠시 후 두 필의 말이 이끄는 수레가 달려왔다. 그 뒤로 또 다른 호위군사들이 따르고 있었다. 한눈에도 꽤 지체 높은 관리임이 분명했다.

선착장에는 기별을 받은 도시부 관리들과 둔병 장교들이 나와 기다리고 있었다. 다가온 수레에서 내린 자는 다름 아닌 국강이었다. 목부와 도시부 장리를 겸임하고 있는 국강이 몸소 당항포까지 온 것이다. 좌평 다음으로 높은 관직인 장리가 몸소 이곳까지 온 것은 드문 일이므로 관리들은 긴장한 얼굴로 국강에게 허리를 숙여 예를 표했다.

"나리, 어서 오십시오."

"수고가 많다."

국강이 가슴까지 내려오는 수염을 쓰다듬었다. 그 뒤에 국협이 한껏 거드름을 피우며 따라 내려왔다.

"나리께서 여기까지 어인 행차이십니까?"

관리들 중에서 책임자가 나서며 물었다.

"내 한성에서 그대들 노고가 많다고 들었다. 그대들도 잘 알겠지만 여기 당항포는 위국이나 송국과 가장 가까운 항구로서 그 중요성을 새삼 강조하지 않겠다. 지금도 고구려에서는 이곳을 빼앗으려고 호시탐탐 기회만 노리고 있다. 내 여기까지 먼 길을 마다하지 않은 것은 이처럼 중요한 당항포를 지키느라 수고하는 그대들을 치하하고 위로하기 위해서다."

"나리, 이처럼 저희의 노고를 알아주시니 감복할 따름입니다."

"그렇습니다. 외직에 나와 있는 저희의 신세를 이처럼 헤아려주시니 참으로 감사하옵니다."

관리들이 다투어 화답했다. 국강이 국협에게 꾸러미를 받아 관리에게 건네주었다.

"이게 뭡니까요, 나리?"

"은자다. 내 나름대로 그대들의 노고를 달래기 위해 준비한 것이니 사소하다 말고 받아두거라."

"참으로 감사할 따름입니다."

"오는 길에 당항성 성주에게 오늘 밤 주연을 준비하라 일러놓았다. 마음껏 즐겨라."

"번번히 이러시니 하해와 같은 은혜 갚기가 심히 난망입니다."

"염려 말거라. 너희는 맡은바 직분에 충실한 것이 곧 은혜를 갚는 길이다."

"뉘 말씀이라 거역하겠습니까?"

관리들이 일제히 허리를 숙여 고마움을 표했다.

"나리께서는 어찌할 예정이십니까?"

"나는 오늘 밤 황포에 들러 그곳 사정이 어떤지 살펴보고 밤을 새워 한성으로 돌아갈 것이다."

"황포라면 나리께서 갈 만한 곳이 아닙니다요."

그곳에 부임한 지 얼마 되지 않아 사정을 잘 모르는 관리 하나가 나섰다가 동료에게 옆구리를 찔렸다. 눈치 빠른 관리들은 무슨 뜻인지 알아들었다. 오늘 밤 황포 쪽에는 얼씬도 하지 말라는 뜻이었다.

어쨌건 자신들과는 상관이 없었다. 두둑한 은자를 나눠가진 데다가 성안에서 흐벅진 주연이 열리는 것이다. 벌써부터 관리들과 장교들은 술 향기와 여인들의 지분 냄새에 취해 목젖이 오르내리고 있었다. 생각만 해도 군침이 도는 것이다.

국강은 당항포 관리들을 그렇게 단속해놓고 황포로 갔다. 도착하자 이미 날이 저물었다.

국강이 몸소 여기까지 온 것을 보면 이번 밀무역에 얼마나 신경을 쓰고 있는지 짐작이 갈 만했다. 이번처럼 큰 규모로 금은을 밀반출하는 것은 처음이었다. 그만큼 중요한 일이기에 직접 감독하기 위해 한성에서 이곳까지 달려왔던 것이다.

하관이 빠르고 눈매가 매서운 사내 하나가 분주하게 배꾼들을 다루고 있다가 국강을 발견하고 서둘러 다가왔다.

"오셨습니까?"

"유성, 준비는 잘되고 있나?"

"예, 차질 없이 진행되고 있습니다."

유성이라고 불린 사내가 머리를 조아리며 대답했다.

"짐들을 모두 실어두었습니다. 물이 들기만 기다리고 있습지요."

"그래, 욕보았다. 이번 일의 중요성은 다시 강조할 필요가 없겠지. 이번 일만 성공하면 유성 너에게도 편한 자리를 마련해주겠다."

"아니올시다."

"아니 왜? 남들은 편한 자리로 가지 못해 안달인데."

"전 이쪽이 좋습니다. 하루라도 짠 내를 맡지 못하면 사는 것 같지가 않습니다."

"허허, 유성 넌 타고난 뱃놈이로구나."

"소인이 생각해도 그렇습니다."

"네가 있으니 든든하다. 나와 함께 일한 지 몇 년이나 되었느냐?"

"햇수로 십 년째입니다."

"그러냐? 벌써 그렇게 되었느냐?"

국강이 눈을 가늘게 뜨고 되물었다.

"예."

유성은 국강이 발탁한 사내였다. 국강이 사군부 4품 덕솔 관직에 머물러 있을 무렵이었다. 사군부라 하면 지방 군사와 병마를 관리하는 부서였다. 그때 수군 장교로 있던 유성이 독직瀆職 혐의로 큰 벌을 받게 되었다. 마침 추문을 담당했던 국강은 유성의 사내다움과 배짱에 매료되었다. 이미 유성의 배경에 대해서 세밀한 조사를 끝낸 뒤였다.

어느 날 밤 국강은 전옥으로 찾아가 은밀히 유성을 만났다.

"너, 내 사람이 되겠느냐?"

다짜고짜 국강이 물었다. 유성은 말없이 국강을 바라보았다.

"내가 네 목숨을 살려주겠다. 하면 너는 내게 무엇을 해주겠느냐?"

"그 대답은 이미 나리가 가지고 계신 것 같소. 살아만 난다면 나리를 위해 모든 것을 바치리다. 하지만 대신 소인에게도 바람이 있소."

"말하라."

"궁핍하게 살기는 싫소이다. 가난이 지긋지긋하오. 배가 고파서 악머구리처럼 우는 여편네와 애새끼들 때문에 눈이 뒤집혀서 이 신세가 되었소."

"……."

"나리께서는 내 목숨뿐만 아니라 내 가난도 함께 구제해주셔야겠소이다. 대신 소인은 목숨이 아니라 더한 것도 바치겠소."

"네가 마음에 드는구나."

국강이 소리 없이 웃었다.

그로부터 며칠 후 유성은 무혐의로 풀려났다. 그리고 얼마 후 그는 사군부 장교 직을 그만두고 홀연히 행방을 감추었다.

유성은 특유의 배짱과 명민한 두뇌를 이용해 당항포 갯바닥을 빠른 시간 내에 장악했다. 밑바닥 왈짜패들을 어느새 자신의 품 안에 거느리게 되었을 뿐만 아니라 멀리는 진평군, 백제군의 큰 포구까지 손을 뻗쳐 닿지 않는 곳이 없었다. 여기에는 국강의 아낌없는 지원도 큰 힘이 되었음은 물론이었다.

국강의 손아귀에 든 자는 유성뿐만 아니었다. 각 포구를 관리하고 있는 성주와 군장들까지 국강의 하수인이나 마찬가지였다. 필요하다면 염라대왕의 힘까지 빌리는 것이 국강이었다.

"나리, 한번 살펴보시겠습니까?"

유성의 말에 국강은 국협과 함께 배에 올랐다. 유성은 국협에게는 별다른 말을 하지 않았다. 제 아비의 위세에 기대는 국협의 방자함이 마음에 들지 않았기 때문이다. 국강은 일에 수완이 있는 데다가 수고로움을 아끼지 않았다. 하지만 국협은 달랐다. 그저 귀하게만 자란 외동아들이었다. 그렇다면 그저 수긋이 있으면 욕이나 먹지 않겠지만 또 천성이 나불대기를 좋아하는 편이어서 주변 사람들은 틈만 나면 손가락질을 해댔다.

국강도 주변의 그런 눈치를 모르는 것은 아니었다. 그렇다고 해서 달리 방법은 없었다. 고슴도치 사랑이라고 남이 아무리 가까워도 제 혈육만 못한 법이었다.

국강 부자는 유성의 안내를 받아 배 안을 살펴보았다. 외국까지 소문난 비단이 차곡차곡 쌓여 있었고, 그 밖에도 백제의 명산품들이 그득했다. 선실 창고 맨 안쪽의 벽은 겉으로 보아서는 그저 나무벽에 불과했는데 유성이 선장에게 눈짓을 하자 비밀창고로 통하는 문이 열렸다.

그 안에 공간이 있었고, 나무궤짝이 천정까지 쌓여 있었다. 그 속에 금은이 가득 들어 있는 것이다. 그 내막을 아는 사람은 국강 부자와 유성 그리고 배를 부리는 선장에 국한되었다. 그들은 별말 없이 눈짓만 주고받은 후 창고에서 빠져나왔다.

배에서 내린 국강이 유성에게 물었다.

"진평군까지 며칠이 걸릴 것 같은가?"

"바람이 맞춤해 특별한 일이 없으면 사흘이면 도착할 것 같습니다."

"그곳에 가면 태수의 집사가 나와 있을 걸세. 그자가 모든 것을 알아서 할 것인즉 그에게 넘기게."

"알겠습니다."

"뭐 지금까지 해오던 대로 하면 별 탈 없을 걸세."

"너무 심려하지 마십시오. 이제 황해에서 감히 우릴 건드릴 자는 없습니다."

"하지만 내 듣기로 요즘 좀스런 해적들이 자주 출몰한다던데."

"한낱 어선이나 세곡선 따위를 터는 해적들이 있습니다만 놈들도 눈치가 있는지 감히 우릴 건드릴 생각은 하지 않습니다. 놈들이 덤빈다면 그거야말로 하룻강아지 범 무서운 줄 모르는 격이지요."

"방심은 말게."

"항상 명심하고 있습니다."

"그럼 잘 다녀오게."

"예. 다녀와서 인사 여쭙겠습니다."

유성이 국강과 국협에게 예를 올리고 배에 올랐다. 유성이 손짓하자 출항준비를 마치고 기다리던 배들이 천천히 포구를 빠져나가기 시작했다.

이윽고 배들이 어둠 속으로 사라져 보이지 않자 국강은 그곳을 떠났다.

대낮에도 인적이 드문 버려진 포구가 황포였다. 밀선과 국강 일행조차 그곳을 떠난 뒤라 그 밤중에 인적이 있을 턱이 없었다. 그러나 갈대숲에서 부스럭거리는 소리가 나더니 잠시 후에 밤하늘을 향해 불화살 한 대가 날았다.

황포에서 덕물도까지 쭉 이어지는 항로 중간쯤에 수달치의 배가 닻을 내린 채 물결에 제 몸을 맡기고 있었다. 밤에는 불빛이 아주 멀리까지 보이는 법이었고, 더욱이나 신경을 곤두세우고 이제나저제나 지켜보던 참이었다. 불화살 신호를 본 졸개 하나가 서둘러 이물 쪽의 수달치에게 달려왔다. 수달치도 그 불빛을 보고 난 참이었다.

"두령, 신호가 왔습니다."

수달치는 옆에 서 있는 목만치와 곰쇠를 돌아보았다.

"놈들이 이쪽으로 오는 것이 틀림없는가?"

"예. 그쪽에서 배를 부리는 자들도 경험 많은 놈들입니다. 오늘 밤 바람과 조류의 흐름을 보면 십중팔구 이쪽으로 올 것입니다."

"그다음에는?"

"내일 아침이면 덕물도를 지날 것입니다. 제 짐작이 틀림없다면 놈들은 남의 눈을 피하느라 충분한 식량과 식수를 싣지 못했을 겁니다. 그렇다면 덕물도에 들를 것이 분명합지요."

"확실한가?"

"야금이가 어젯밤 덕물도에 다녀왔습니다. 그곳 포구에 식량과 식수를 산더미처럼 쌓아놓았다고 합니다. 얘기가 되어 있는 게 틀림없을 겁니다."

"네 부하들은 해전이 익숙한가, 육전이 익숙한가?"

"뭐 죽기 살기로 치자면 똑같습니다만, 아무래도 해전이 유리할 것 같습니다."

"아니다. 놈들의 배는 네 척인 데다가 한 척마다 30명 넘게 타고 있다. 우리는 다 해야 서른이 고작이다. 해전은 아무래도 힘에 부친다."

"그렇다면 어떻게 하실 요량이십니까?"

"덕물도에서 결판을 내겠다."

"하지만 덕물도라 해도 놈들의 숫자가 변함없는 데다가 오히려 덕물도 놈들까지 합세하면 더 부담이 가지 않겠습니까?"

"아니다. 기습한다면 승산이 있다. 해전에서는 아무래도 기습이 어렵고, 놈들의 시야에서 벗어날 방법이 없다. 덕물도에서 놈들을 해치운다."

"알겠습니다."

"놈들이 덕물도에 도착할 시간이 언제쯤이나 되겠나?"

"아무래도 내일 새벽은 되어야겠습니다."

"그렇다면 우리가 먼저 덕물도에 가서 기다려야겠다."

"……."

수달치는 잠자코 목만치를 올려다보았는데, 잠시 후 그는 자신도 모르게 고개를 끄덕였다. 덕물도가 마치 제 집 안방인 것처럼 이야기하는 목만치의 배포가 절로 그렇게 만든 것이다.

어쨌거나 수달치는 신이 났다. 그동안 해적입네 하며 황해를 주름잡았지만 국강의 밀선단은 건드릴 엄두도 내지 못했다. 그 한풀이를 어쩌면 오늘 밤 신나게 할 수 있을지도 모른다. 물론 실패할 수도 있고, 그렇게 되면 죽을 수도 있다. 그러나 수달치는 목만치에게 어떤 확신을 느꼈다.

야금이는 단검을 사용하는 데 능했다. 항상 고의춤에 단검 몇 개를 차고 다녔는데 급할 때는 표창 대신으로 날렸다. 그 솜씨가 얼마나 정확한지 스무 보나 떨어진 참새를 놓치지 않고 잡을 정도였다. 비린 음식에 진력이 난 패거리들은 참새가 기승을 부리는 가을철이면 야금이를 쑤석여 참새구이 잔치를 벌이곤 했다.

야금이가 두 손에 단검을 들고 너럭바위 위를 살금살금 기어가고 있었다. 야금이의 뒤를 곰쇠가, 그 뒤를 막돌이와 쌍가마가 차례로 기어갔다. 이제 파수들과는 한달음 거리였다.

포구에는 여기저기 대여섯 채의 움막이 있었는데, 밀무역하는 자들이 은거하는 곳이었다. 달빛이 있다고는 하지만 이제 막 차오르는 상현달이었고, 파수를 보는 놈들은 안심하고 잠들어 있었다. 한밤중에 덕물도까지 찾아들 배짱 좋은 놈들이 있으리라고는 생각도 못했기 때문이다. 그 앞에는 싸늘한 야기를 피하기 위해 화톳불을 피워놓았다.

야금이와 곰쇠가 마주보며 고개를 끄덕였다. 이미 다른 쪽에서도 각자 맡은 움막을 향해 다가갔을 시간이었다.

"정말 도와주지 않아도 되겠나?"

"형님은 그저 지켜만 보시오."

"참나……."

곰쇠가 어이없다는 듯 헛웃음을 지었다. 그러나 야금이가 워낙 야금 받은 데다가 깎은 박달나무처럼 단단하기가 이를 데 없는 놈이라는 것을 잘 알고 있는 곰쇠였다. 언젠가 진연을 구하러 국강의 집을 넘었다가 놈들이 파놓은 사지에서 간신히 살아나온 적이 있다. 그때 야금이의 솜씨를 지켜보았던 것이다.

하지만 야금이의 단검솜씨는 소문만 들었지 아직까지 보지 못했다. 곰쇠는 야금이를 잠자코 지켜보았다.

야금이가 단검을 곧추세웠고, 다음 순간 바람을 가르는 매서운 소리와 함께 단검이 날았다. 문기둥에 기대 잠을 자던 한 놈이 채 비명도 지르지 못하고 상체를 앞으로 꺾었다. 멱에 가서 정확히 꽂힌 것이다.

곰쇠가 미처 감탄하기도 전에 야금이의 손에서 두 번째 단검이 날아갔다. 동무가 쓰러지는 기척에 눈을 뜬 다른 졸개 하나가 순간 가슴을 움켜쥐었다. 졸개는 자신의 가슴에 와서 꽂힌 단검을 내려다보았다. 고함을 지르기 위해 비틀비틀 일어나는가 싶더니 맥이 풀려 앞으로 고꾸라졌다.

곰쇠가 고개를 절레절레 흔들었다. 그러나 그것도 잠시였고, 한 손에 커다란 박달나무 몽둥이를 움켜쥔 곰쇠는 어느새 몸을 일으켜 성큼성큼 움막 쪽으로 달려갔다. 야금이와 막돌이, 쌍가마도 뒤질세라 그 뒤를 쫓았다.

다른 움막 쪽에서도 비명이 연신 이어지면서 병장기들이 부딪치는 소리가 요란하게 났다. 그러나 기습인 데다가 밀수꾼들은 아직도 상황을 채 파악하지 못하고 허둥대다가 고스란히 칼침을 맞았다.

곰쇠패가 점찍은 움막의 문이 열리면서 몇 명의 사내들이 급하게 쏟아져 나왔는데 곰쇠를 맞이했으니 재수가 없는 편이었다. 곰쇠는 마치 보리타작을 하듯이 몽둥이를 휘둘렀는데 웬만한 사내의 허벅지만한 굵기의 박달나무 몽둥이였다. 거기에 얻어맞은 사내들은 머리통이 깨지고 허리와 팔다리가 부러지는 등 그대로 황천길로 가거나 반죽음이 되었다.

야금이와 막돌이, 쌍가마가 거들 것도 없었다. 그들은 어이없는 얼굴로 곰쇠가 하는 짓을 지켜보았는데, 움막에서 자다가 황급히 뛰쳐나오는 열 명 남짓한 사내들을 마치 공깃돌 어르듯 요절내버린 것이다.

"참으로 장사요."

야금이가 두 손을 털고 있는 곰쇠에게 그렇게 중얼거렸다. 곰쇠가 씨익, 웃더니 대꾸했다.

"야금이 네 솜씨도 제법 쓸 만하더구나."

"아이고, 형님에 비하면 새 발의 피요. 나도 제법 솜씨가 있다고 자부했는데 형님을 보니까 그건 아예 애들 장난이오."

"말 마라. 나도 우리 주인의 솜씨에 비하면 아홉 마리 쇠털 가운데 한 터럭에 지나지 않는다."

"그 정도입니까?"

믿기지 않는다는 듯 야금이가 입을 떡 벌렸다.

"그렇다."

"참말로 천하의 영웅이시오."

"나는 주인을 모시는 게 자랑스럽다. 벼슬아치 따위가 조금도 부럽지 않단 말이다, 야금아."

"나라도 그렇겠소."

한가하게 말을 주고받던 두 사람은 그제야 다른 이들은 어찌 됐는지 돌아보았다. 그들이 걱정할 것도 없이 움막들은 순식간에 이쪽에 의해 장악되었다. 이쪽의 피해는 서너 명 다친 정도인데 동네 아이들 싸움에서도 벌어지는 일이었다.

잠시 후 그들에게 목만치가 다가왔고, 그 뒤를 수달치와 부하들이 따랐다. 목만치는 평상시와 조금도 다름 없는 태연한 목소리로 입을 열었다.

"놈들의 시체를 모두 수습하고 아무 일 없는 것처럼 위장해놓아라. 새벽에 놈들이 도착할 것이다. 배에서 내리면 그때 친다. 진득하게 기다려라."

"알겠습니다!"

모두 오늘 밤 승리에 신이 난 목소리였다. 덕물도 밀수패들의 소굴을 접수하게 되리라곤 꿈도 꾸지 못할 일인데 현실이 된 것이다. 게다가 새벽에는 밀선까지 털 예정이었다. 신바람이 날 수밖에 없었다.

쓰러진 시체들을 뒤편 숲 속에 내다버리고 부상당한 자들을 결박해서 아갈잡이를 한 뒤 움막 한 채에 몰아넣었다.

새벽, 묘시가 가까워지는 시각이었다. 동편 하늘에 먼동이 터오기 시작하더니 저 멀리 어렴풋하게 네 척의 밀선이 나타났다.

눈 밝은 졸개 하나가 망루에서 지켜보고 섰다가 부리나케 뛰어내려와 알렸다. 움막에서 잠을 자거나 파수를 보고 있던 패거리들이 긴장한 모습으로 모여들었다.

목만치의 지시를 받고 난 패거리들은 저마다 맡은 지역으로 흩어졌다. 수달치와 야금이를 비롯한 몇 명의 졸개들은 선착장에서 가장 가까운 움막으로 들어갔다.

마침내 밀선 네 척이 차례로 포구 안으로 들어왔다. 수달치와 졸개들이 움막에서 나와 선착장으로 향했다.

밀선 네 척이 부교에 배를 댔고, 닻을 내렸다. 배에서 삼줄이 건너오자 수달치의 졸개들이 뱃줄을 부교 위 말뚝에 단단히 붙들어 매었다.

맨 앞쪽의 밀선에서 세 명의 사내들이 내려왔다. 하나같이 목자가 사납고 험상궂은 데다가 덩치들이 깍짓동 같았다.

"넌 못 보던 놈 같은데?"

그중 하나가 아직도 뱃줄을 매고 있는 수달치의 졸개에게 말을 건넸다. 얼른 보아도 양쪽 귀의 크기가 눈에 띄게 차이 나는 사내였다.

"예, 여기 온 지 얼마 안 됩니다요."

"그런데 왜 이리 사람들이 없느냐? 서둘러야 한단 말이다. 이놈들, 엉덩이를 따뜻한 구들장에서 굽느라 꾸물대고 있구만. 혼구녕을 내든지 원."

사내가 그렇게 호통을 쳤는데 졸개는 들은 척도 하지 않았다. 수달치가 끼어들었다.

"방구들에 엉덩이를 굽는 게 아니라 일손이 없소, 지금."

"그게 무슨 소리야? 일손이 없다니?"

"간밤에 뭘 잘못 먹었는지 곽란을 일으킨 데다가 몇 놈은 벌써 배내똥까지 쌌소. 아무래도 어제 먹은 돼지고기가 탈인 갑소."

"뭐야? 이놈들, 정말 말썽이군."

사내가 수달치와 졸개들을 보고 연신 끌탕을 했다.

"그렇다면 여기 있는 게 다란 말이냐?"

"그렇소. 다른 도리가 없소. 배에 있는 노꾼들도 모두 내리게 해서 짐을 실어야겠소."

입맛을 다시던 사내가 별수 없다는 듯 돌아서서 배를 향해 고함을 내질렀다.

"모두 내려서 식수와 식량을 싣도록 해라! 어서 서둘러라!"

그때쯤 해서 마지막 밀선에서 유성이 모습을 나타냈다.

"짝귀, 무슨 일이냐?"

"예, 나리. 여기 덕물도 놈들이 어젯밤 뭘 잘못 먹었는지 모두 드러누웠다고 합니다. 멀쩡한 놈들이라곤 저놈들뿐인뎁쇼."

"가서 네 눈으로 확인했느냐?"

"아니요. 저놈이 하는 말만 들었습지요."

"일을 어떻게 처리하는 게냐? 어서 가서 네 눈으로 똑똑히 확인하고 오란 말이다!"

"예!"

한바탕 호통을 들은 짝귀가 입이 댓 발이나 나와서 부교를 건넜다. 유성이 주변 사람들에게 뭐라 이르자 병장기를 든 무사들이 배에서 내려 부교를 둘러싸고 감시했다.

짝귀는 제 동무들과 함께 수달치에게 앞장서라고 지시했다.

"곽란에 걸렸다는 놈들은 어디 있느냐?"

"이리 오십시오."

수달치는 몸을 돌려 앞장섰다. 수달치는 고개를 숙인 채 놈들에게 제 얼굴을 제대로 보여주지 않고 있었다. 선착장을 나와 움막 가까이

다가갔을 때였다.

"멈춰라."

짝귀의 말에 수달치가 걸음을 멈추었다.

"네놈 얼굴이 낯설다. 고개를 똑바로 들라."

"그게 무슨 말씀이오? 난 당신을 아는데 당신이 날 모르다니 거 무슨 섭섭한 말씀이오?"

"글쎄, 네놈 얼굴이 기억나지 않는다. 고개를 들어봐라."

"이런 빌어먹을 놈이 있나. 지나 내나 아랫것이긴 마찬가진데 반 토막 쌀 부스러기만 처먹었나……."

"이놈이 뭐라구?"

짝귀가 한 손을 쳐들어 금세라도 수달치의 뺨을 후려갈길 듯 다가왔다.

"이놈 저놈 하지 마라, 이놈아!"

순간 수달치가 무릎으로 짝귀의 사추리 한가운데를 찍어 올렸다. 불알을 정확하게 얻어맞은 짝귀는 비명도 지르지 못하고 쓰러진 채 사추리를 감싸며 온몸을 꼬았다. 정통으로 맞았으니 앞으로 사내구실이나 제대로 할지 의문이었다.

나머지 두 놈이 어안이 벙벙한 얼굴로 수달치를 돌아봤는데 수달치가 몸을 날려 한 놈의 얼굴을 그대로 들이받았다. 박 깨지는 소리가 나면서 한 놈은 제 코를 싸쥐고 뒤로 넘어갔다. 바닥에 착지한 그대로 수달치는 남은 한 놈을 향해 단검을 던졌다.

수달치를 향해 몸을 날리던 놈은 단검이 아랫배에 꽂히자 반혼이 나간 표정이었다. 그래도 오던 탄력이 있어 용케도 쓰러지지 않고 다가왔는데, 이번에는 수달치의 솥뚜껑만 한 주먹이 놈의 관자놀이를 호되게 쳤다. 놈은 비명을 내지르며 저만치 굴러 떨어졌다.

눈 깜짝할 사이에 수달치 혼자 범강장달이 같은 장정을 세 놈이나 해치운 것이다. 당항포 근해에서 유명짜한 해적 두령다운 솜씨였다.

유성은 배 위에서 그것을 지켜보았다. 그는 배가 포구에 닿을 때부터 심상치 않은 기색을 눈치 챘다. 며칠 전부터 단단히 지시해놓았는데도 포구에 몇 놈밖에 보이지 않자 빈틈없는 성격의 유성은 뭔가 사단이 났음을 짐작하고 짝귀에게 움막을 살펴보라고 지시했던 것이다. 짝귀와 동무 몇 놈이 어이없게 단 한 놈에게 당하는 것을 본 유성은 기가 찼다.

"어서 가서 저놈들을 잡아와라. 하지만 결코 서둘지 마라. 저놈들은 미끼일 수도 있다. 주변을 철저하게 감시하라."

유성의 지시를 받은 호위무사들 열 명이 재빠르게 뛰어갔다. 그리고 남은 무사들 30여 명이 선착장 주변을 부채꼴로 에워싼 채 지켰다. 선원들도 모두 뱃전에서 포구의 상황을 지켜보았다.

수달치와 네 명의 졸개들은 도망갈 생각도 않은 채 무사들이 가까이 다가오기를 기다리고 있었다. 움막에서 십여 보쯤 떨어진 곳이었다.

칼을 빼든 무사들이 달려와 수달치와 졸개들을 당장이라도 요절낼 듯이 덤벼들었다. 순간 수달치와 졸개들이 바닥에 납작 엎드렸다. 무사들이 걸음을 멈추었는데, 움막 안에서 수십 대의 화살이 일제히 날아왔다. 앞장섰던 무사들은 순식간에 고슴도치가 되었다.

다행히 목숨을 건진 네 명의 무사들이 이를 악물며 수달치에게 달려들었다. 그러나 수달치라고 그냥 기다리고 있지는 않았다. 죽은 무사들의 칼을 집어 든 수달치와 졸개들은 네 명의 무사들과 맞부딪쳤다. 그때쯤 움막에서 야금이와 다른 졸개들이 뛰쳐나와 그들을 둘러쌌다.

"너희까지 애꿎은 땀을 흘릴 것 없다! 이놈들은 내 아침 식전거리도 되지 않는다!"

수달치의 말에 조롱당했다고 여긴 무사 한 놈이 용을 쓰며 칼을 휘둘렀다. 수달치는 가볍게 놈의 칼을 피하며 등 뒤로 돌아섰다. 환하게 드러난 놈의 등짝을 향해 수달치의 칼이 날카롭게 떨어졌다. 정식으로 배운 검법은 아니지만 수달치의 칼춤은 수없는 실전을 통해서 자연스럽게 체득된 것이었다. 따라서 제법 검법깨나 배웠다고 콧방귀 뀌던 놈들은 오히려 수달치의 족보 없는 칼춤에 어이없게 당하기 마련이었다.

나머지 무사들이 수달치만을 노리고 달려들었지만 수달치는 가볍게 보법으로 피하거나 무사들의 어깨나 등을 짚으면서 몸을 날려 피하곤 하였다. 그야말로 땅재주를 넘는 모습이었다. 그러는 통에 무사들은 어디를 어떻게 맞았는지도 모른 채 목숨을 잃었다.

선착장을 지키고 있던 무사들이 유성의 명령을 받고 일제히 달려왔다. 그러자 수달치 패거리들은 더 이상 싸우지 않고 숲 속으로 달아났다. 무사들이 기세를 올리며 쫓아왔지만 작정하고 숨어버린 수달치 패거리들을 쉽게 찾아낼 리 없었다.

유성은 배에서 내리지 않고 지금까지 벌어진 일들을 돌이켜보았다. 감히 국강의 밀선임을 알면서도 덤벼든 놈들이 있다는 게 믿어지지 않았다. 간이 크거나 미친놈이거나 둘 중의 하나일 터였다. 그러나 이쪽을 유인해서 죽이는 것을 보면 보통 놈들이 아니었다. 벌써 열 명이나 되는 무사들을 잃었고, 제법 힘깨나 쓰는 뱃놈 셋을 잃었다.

쓴 입맛을 다시던 유성은 문득 자신의 발이 젖어드는 것을 느꼈다. 아래쪽을 내려다본 유성의 얼굴이 파랗게 질렸다. 어느새 갑판이 흠뻑 젖어들 정도로 물이 차오르고 있었다. 칼싸움에만 정신이 팔렸던 것이다.

"이게 무슨 일이냐?"

유성이 소리 질렀다.

"나리, 배에 물이 들고 있습니다!"

"이놈아, 그걸 누가 모르느냐? 이게 어찌 된 영문인지 일러라!"

"나리, 누군가 배 밑바닥에 구멍을 내놓았습니다!"

유성이 탄 배뿐만 아니었다. 나머지 세 척에서도 선원들이 우왕좌왕했다.

"어서 서둘러 물을 막아라!"

다급하게 소리치는 유성의 얼굴이 핏대가 올라 술에 취한 듯 붉게 물들어 있었다.

"나리, 소용없습니다! 물이 새는 곳이 한두 군데가 아닙니다!"

유성이 아연해진 얼굴로 머뭇거리다가 결단을 내렸다.

"어서 물건들을 내려놓아라! 물이 차기 전에 서둘러 물건들을 모두 하선해라!"

그렇지 않아도 선원들은 창고 안에 든 서둘러 물건들을 빠르게 부리는 중이었다.

"종금이 어디 있느냐? 종금이!"

얼굴수염이 무성한 사내가 서둘러 다가왔다. 밀선단에서는 유성의 뒤를 이은 책임자였다. 유성이 다급하게 일렀다.

"그깟 비단들을 돌볼 때가 아니다! 어서 금은을 실어내라!"

"알겠습니다!"

종금이가 심복들을 불러 모아 선실 안으로 들어갔다. 잠시 후 종금이와 심복들은 어깨에 궤짝을 하나씩 둘러메고 나왔다. 한눈에도 무거워 보이는 궤짝을 나르느라 종금이와 심복들은 비지땀을 흘리고 있었는데 발걸음이 비틀거릴 정도였다. 간신히 뱃전을 넘어 부교에 궤짝을 부렸다. 계속해서 궤짝들이 선실 안 비밀창고에서 부교로 옮겨졌다.

배에 완전히 물이 차기 전에 금은 궤짝들을 무사히 내려놓은 것을 확인한 유성이 안도의 한숨을 내쉴 때였다.

"웬 놈들이냐?"

여기저기서 고함에 뒤이어 비명이 터져 나왔다. 유성과 종금이가 돌아보자 갑판 위에 낯선 사내들이 올라와 있었다. 모두 흠뻑 젖은 모습이었는데 물속으로 헤엄쳐 배에 오른 것이다. 이미 부교와 연결되어 있는 널빤지를 치워버린 뒤였다.

다른 밀선에서도 대여섯 명의 사내들이 선원들과 싸우는 소리가 요란했다. 그러나 선원들은 물건을 급히 부리느라 경황이 없는 중에 기습을 당했기에 처음부터 대등한 싸움이 아니었다. 얼마 지나지 않아 선원들은 대부분 비명을 내지르며 바닷물에 빠져 허우적거렸다.

순식간에 밀선들을 낯선 사내들에게 빼앗긴 유성이 기가 막혔다. 수달치 패거리들을 쫓아간 무사들도 아직 돌아오지 않은 터라 부교에 남아 있는 유성의 선원들은 30명쯤 되었고, 갑판 위에 서 있는 적들은 스물 남짓한 숫자였다.

유성과 선원들은 재빠르게 병장기를 갖추고 밀선에서 사내들이 뛰어내리지 못하도록 자리를 잡았다.

"웬 놈들이냐?"

유성이 노한 목소리로 소리 질렀다.

"그건 알아서 뭐 하겠느냐?"

유성이 대꾸한 사내를 눈으로 찾다가 그만 눈을 크게 떴다. 유성도 산전수전 다 겪어보았지만 그렇게 덩치가 큰 사내를 일찍이 만난 적이 없었다. 7척이 넘는 키에 한눈에도 30관이 넘는 곰 같은 사내였다.

"네놈의 정체를 밝혀라!"

유성이 아랫배에 힘을 주고 다시 한번 고함을 내질렀다.

"허 그놈, 되우 딱딱거리는구나? 도둑놈 주제에!"

"이놈, 우리가 누군지 알고 있느냐?"

"알고 있다마다. 도둑놈이 아니더냐? 나라에서 국법으로 엄금한 밀무역을 하는 도둑놈들 말이다."

"네 이놈! 오래 살고 싶지 않은 모양이구나!"

"너야말로 그 썩은 내 나는 입을 다물지 않으면 두 번 다시 밥숟가락 구경을 못하게 해줄 테다!"

곰쇠도 지지 않고 호통을 질렀다.

"이 죽일 놈!"

분을 참지 못한 유성이 발을 구르며 소리 질렀다.

"너 우리 뒤에 누가 있는지 알고 이러느냐?"

"아마 국강이라는 간신배라지?"

"정말 죽고 싶어서 환장한 놈이구나!"

유성이 앙다문 잇새로 내뱉었다. 곰쇠가 뱃전에서 뛰어내린 것은 그때였다. 유성의 졸개 두 명이 덤벼들었는데 곰쇠는 일 같지도 않게 몽둥이를 휘둘러 두 놈을 바닷물에 빠트렸다.

"입만 나불거리지 말고 덤벼보아라. 듣자 하니 네놈이 제법 칼을 쓴다고 들었다."

"이 천하에 불쌍놈이……."

유성이 환도를 뽑아들었다. 그 발도법을 보는 순간 곰쇠는 한눈에 유성의 내공을 알아차렸다. 밀선단의 우두머리가 되려면 어지간한 여간내기로서는 어림도 없었다. 유성은 그에 걸맞은 검술의 고수였다. 곰쇠의 얼굴에도 긴장한 기색이 어렸다.

두 사람은 십여 보 거리를 두고 서로를 노려보았다. 갑판 위의 수달치 패거리들과 부교 위의 유성의 졸개들도 지켜볼 뿐이었다.

유성이 칼을 곧추세우고 달려들었는데 어찌나 빠른지 두 발의 움직임이 채 보이지 않을 정도였다. 그러나 곰쇠도 덩치와는 어울리지 않게 빠르게 움직였다. 어느새 두 사람은 서로의 위치를 바꾸었다.

다시 유성의 몸이 빠르게 곰쇠에게 다가왔다. 허공에 솟아오른 유성이 곧장 곰쇠의 이마를 향해 칼을 찔러왔다. 곰쇠가 몸을 뒤틀어 칼을 피하자 유성은 다시 연이어 곰쇠의 허리를 겨냥했다. 곰쇠가 간신히 몽둥이를 내밀어 막았는데 유성의 날카로운 환도에 반 토막이 났다. 육중한 박달나무 방망이가 단칼에 잘려나갈 정도로 유성의 검법은 기세가 대단했다.

다시 유성의 환도가 곰쇠의 아랫도리를 노리고 오른쪽에서 왼쪽으로 날아들었다. 곰쇠는 몸을 훌쩍 날려 유성과의 거리를 확보했다. 태풍이 휘몰아치듯 숨 돌릴 틈 없는 유성의 공격이었다.

곰쇠는 반 토막 남은 몽둥이를 내던졌다. 이제 그는 빈손이었다. 그러나 당황한 표정이 아니었다. 오히려 유성의 매서운 공격을 겪은 뒤 허실을 다 파악했다는 듯 여유 있는 얼굴이었다.

유성은 곰쇠를 바라보았다. 자신의 공격을 막아내고 피한 것도 대단했지만 그래도 진다고는 생각하지 않았다. 그런데 저 곰 같은 사내는 이제 빈손이 되었는데도 조금도 당황하거나 겁먹은 표정이 아니었다. 오히려 느긋하게 자신을 바라보고 있었다.

유성의 이마에서 한 줄기 땀이 흘러내렸다. 곰쇠의 태연한 모습에서 알 수 없는 공포감을 와락 느낀 것이다.

"부하들을 기다리는 것이냐?"

"……."

유성은 흔들리는 눈길로 곰쇠를 바라보았다. 곰쇠의 입가에 희미한 미소가 떠올라 있었다.

"기다려봐야 헛일이다. 네 부하들은 지금쯤 저승길을 헤매고 있을 게야."

"이놈! 닥쳐라!"

"저길 보아라!"

곰쇠가 가리키는 곳을 유성도 보고 있었다. 움막과 이어진 숲 속에 나타난 것은 기다리고 있던 부하들이 아니라 수달치 패거리들이었다.

"이쯤에서 항복한다면 목숨은 붙여주겠다!"

"웬 개소리냐?"

"허 그놈, 제 명을 재촉하는구나."

곰쇠가 쓸쓸하게 웃었는데, 그 순간 유성이 몸을 날렸다. 유성의 칼이 허공에서 수차례 번뜩였지만 모두 허공만 가를 뿐이었다. 유성의 두 눈에는 초조한 기색이 가득했다.

자신의 공격을 이렇게 쉽게 피하는 사내를 좀처럼 만나지 못했다. 유성은 다시 곰쇠를 향해 달려들었다. 이번에도 곰쇠는 전혀 예상치 못한 방향으로 몸을 틀어 유성의 칼끝을 모조리 흘려보냈다. 숨을 고르는 유성의 입에서 단내가 났다.

그때쯤 수달치 패거리들이 부교에 올라왔는데 맨 앞에 선 키 큰 사내가 유심히 유성의 검법을 살폈다.

그런 눈빛은 처음이었다. 사납지도 않고 자신을 주장하지도 않지만 이쪽의 모든 것을 꿰뚫고 있는 듯한 눈빛, 보기만 해도 압도당하는 그런 눈빛을 유성은 생애 처음으로 마주했다.

"제법 검을 만질 줄 아는구나."

목만치가 그렇게 한마디 툭 던졌다.

"곰쇠야, 그만 보내라. 무사를 조롱하는 것은 경우가 아니다."

"알았소, 주인."

곰쇠가 고개를 끄덕였다.

유성은 그 말의 뜻을 알아들었다. 그리고 견딜 수 없는 치욕에 몸을 떨었다. 살아오면서 이토록 무시당한 적이 있던가. 자기 목숨쯤은 마치 저들의 호주머니에 들어 있다는 뜻이 아닌가.

유성의 얼굴이 핏기가 가시면서 새하얗게 변했다. 유성의 입에서 저도 모르게 외마디소리가 터져 나왔다.

"죽어라!"

동시에 유성의 몸이 곰쇠를 향해서 일직선으로 튀어나갔다. 극단의 분노 때문이었다. 수십 년간 갈고 닦은 보법과 신법 그리고 안법과 수법을 잃어버렸다. 마음의 평정을 잃는 순간 모든 것을 잃어버린 것이다. 그것은 단지 맹목적인 돌진이었다. 자신은 죽어도 좋다는, 단지 상대방을 죽이고야 말겠다는 살수였다.

그러나 곰쇠는 달랐다. 여유가 있었고, 유성처럼 마음의 평정도 잃지 않았다. 유성이 제아무리 빠른 몸놀림을 자랑한다고 하지만 곰쇠의 눈에는 그의 몸동작 하나하나가 고스란히 들어왔다. 유성의 칼을 그야말로 간발의 차이로 겨드랑이께로 흘려보내면서 곰쇠는 유성의 목을 순간적으로 틀어버렸다. 목뼈가 우두둑, 부서지는 소리가 났는데 유성은 자신에게 무슨 일이 일어났는지 판단조차 할 수 없었다. 잠깐 멍하게 서 있던 유성의 몸이 앞으로 고꾸라졌다.

도무지 믿기지 않는 일이 눈앞에 벌어지자 남아 있던 유성의 졸개들은 그 자리에서 병장기를 내던지고 무릎을 꿇었다.

수달치의 지시에 따라 졸개들이 분주하게 움직였다. 다른 곳에 숨겨두었던 배를 가져와 금은 궤짝들을 옮겼다. 처음 요량해두었던 대로 밀선 한 척은 그다지 물이 많이 새지 않아 손을 보자 띄우는 데 큰 지장이 없었다. 비단과 다른 물품들을 배로 옮겨 실었다. 땀을 뻘뻘 흘리면서도 졸개들은 힘들지 않았다. 그동안 국강의 밀선단 패거리들에게 당한 수모와 울분을 한번에 풀었거니와 엄청난 전리품까지 챙긴 마당이었다.

"이것들을 어떻게 할까요?"

입이 귀에 가 걸린 수달치가 목만치에게 물었다.

"진평군에 가서 처분할 수 있겠느냐?"

"물론입지요. 물건이 없어 팔지 못하지, 임자는 얼마든지 구할 수 있을 겁니다."

"그럼 사람을 보내 물건을 그쪽에서 처분하도록 하게."

"물건을 처분하고 나면 어떻게 하실 겁니까?"

"자네 패거리들이 쓸 만큼 가져가고 나머지는 근동에 굶주리는 양민들에게 나눠주도록 하게."

"활빈을 하라구요?"

"그래. 큰 도적이 되겠다는 약조를 벌써 잊어버린 건 아니겠지?"

"그럴 리가 있겠습니까? 분부대로 합지요."

"내가 시켜서 하는 것이 아니라 그대들 마음에서 우러나오는 일이어야 하네."

"그렇지 않아도 지금 마음이 흐뭇하기 그지없습니다요. 태어난 뒤 처음으로 사람다운 일을 하게 생겼습니다요."

"고생 많았으니 당항포로 돌아가서 근사하게 한잔하도록 하세."

"이를 말씀입니까."

수달치가 환하게 웃었다. 목만치가 곰쇠를 돌아보며 한마디 했다.

"네놈의 실력도 제법이로구나. 그만하면 어딜 가도 네 목숨 하나는 충분히 부지하겠다."

"주인과 비교하면 하늘과 땅 차이올시다."

곰쇠는 퉁명스럽게 대꾸했지만 콧구멍이 벌렁거렸다. 애써 기쁨을
감추느라 그런 것인데, 정말 오랜만에 들어보는 주인의 칭찬이었다.

백제 노예들

　　　　　밀선단이 궤멸된 것에 충격을 받은 국강은 범인들을 잡기 위해 혈안이었다. 그는 자신의 권력과 재력을 총동원하여 추포령을 내렸다. 밀선단의 선원들 중 살아남은 자들의 이야기를 들어보건대 당항포 인근 해적들의 소행이 분명했다. 기찰군사들이 요란스레 당항포 인근을 이 잡듯 뒤지는 통에 죽어나는 쪽은 애꿎은 뱃사람들과 장사치들이었다. 해적을 소탕한다는 명목 아래 애꿎은 양민들을 붙잡다가 치도곤을 안기는 바람에 관가에서는 비명이 그칠 날이 없었다. 이를 기화로 몇몇 아전들은 속전을 따로 챙기기도 했다.

　기찰이 엄해지자 수달치 패거리들은 당분간 잠적하기로 결정했다. 국강의 밀선단에서 노획한 금은, 비단을 처분해야 할 사정도 있고 해서 대륙백제령으로 건너가기로 했다. 여기에 곰쇠가 동행하겠다고 나섰다.

　"주인, 여기 있어봐야 어차피 대로에 나서기는 아예 틀렸고, 이참에 바람이라도 쐬고 오리다."

목만치는 선선히 허락했다. 언젠가는 대륙에 진출할 야망이었고, 곰쇠에게 현지 분위기를 전해 듣는 것도 그럴 듯했다.

그렇게 해서 곰쇠는 수달치와 야금이, 그 밖에 몇몇 중간급 두령들과 함께 달도 뜨지 않은 그믐밤에 당항포 인근 해역에서 출항했다. 기찰군사들의 눈에 띄지 않고 또 연근해를 순시하는 수군 병선들을 피하느라 조심스러운 뱃길이었다. 그러나 워낙 바닷길에는 이골이 난 터였고, 다음날 새벽에는 이미 먼 바다까지 나오게 되었다.

사흘 항해 끝에 수달치의 날렵한 쾌선은 백제군의 가장 큰 포구인 덕산포 인근에 이르렀다.

"저곳이 바로 덕산포요. 백제군으로 들어가는 관문입지요."

수달치가 손을 들어 아스라이 보이는 육지를 가리켰다. 뱃길에 익숙하지 않아 건 멀미에 시달리던 곰쇠는 그제야 살 것 같았다.

"그럼 어서 들어가지 뭐 하고 있는 게야?"

"우릴 잡아 잡수소 할 일 있소?"

"그건 또 무슨 소리야?"

"저곳에 가려면 도항증이 있어야 할뿐더러 국강이 이를 갈고 우릴 뒤쫓는 참인데 벌써 덕산포 수군들에게 기별이 가지 않았겠소?"

"하긴 그렇겠네."

"근처에 조그만 어촌이 있소. 밤이 되기를 기다려 그곳으로 들어가야겠소."

"나야 뭐 아는가."

곰쇠가 입맛을 다시며 말했다.

"한숨 늘어지게 자두소."

수달치가 눈가를 가늘게 좁히며 웃었다.

그날 밤, 수달치의 쾌선은 서서히 육지로 다가갔다.

땅 냄새가 가까워졌다. 뱃전에 서서 곰쇠는 심호흡을 했다. 어딘지 모르게 본국백제와는 다른 냄새였다. 그리고 그것은 묘하게도 심금을 울리는 데가 있었다.

'아아, 여기가 대륙이다.'

근초고대왕께서 풍찬노숙의 세월을 보내면서 개척한 대륙. 대백제 국이 가장 강성하던 시절의 영광이 고스란히 살아 있는 곳이었다. 비록 그때에 비하면 영토가 많이 줄었다고는 하지만 그래도 요서의 거대한 땅이 여전히 백제령인 것이다.

곰쇠는 가슴이 벅차올랐다. 목만치가 입버릇처럼 말하던 대륙. 언젠가는 대륙을 지배하겠다던 목만치의 말을 곰쇠는 잊지 않고 있었다. 열에 들떠 대륙정벌을 꿈꾸던 목만치의 눈에서 느껴지던 뜨거운 열기. 곰쇠도 어느새 그 열기에 전염되어 있었다.

배가 소리를 죽인 채 뭍에 닿았다. 야금이가 부하 두 명과 함께 배에서 내려 주위를 경계했다. 잠시 후 이상 없다는 수신호를 받은 수달치는 부하들에게 짐을 내리도록 일렀다.

칠흑같이 어두운 밤이었지만, 횃불조차 켜지 않은 채 수달치 패거리들은 능숙하게 짐을 부렸다. 이러구러 작업을 끝냈을 무렵, 먼동이 희미하게 터왔다.

"형님, 여기서 언덕을 넘어가면 우리와 거래를 트고 있는 자가 사는 곳이오. 그곳으로 갑시다."

저마다 짐을 어깨에 진 채 그곳을 떠나 제법 이마에 땀이 흐를 때까지 걸어가자 수달치의 말대로 외따로 떨어진 가옥이 나왔다. 일행은 잠시 밖에서 동정을 살핀 뒤 야금이가 먼저 집으로 들어갔다가 주인 사내와 함께 나왔다. 40대 중반쯤 되는 사내는 선잠에서 덜 깬 얼굴로 수달치 패거리들을 맞았다.

"기별도 없이 어쩐 일이오?"

"그렇게 됐소. 며칠 신세 좀 져야겠소."

"신세야 얼마든지 져도 괜찮지만 무슨 변고인지 기찰이 부쩍 심해졌소. 우리 집은 아무래도 객부와 도시부 관리들이 주목하고 있으니까 내 달리 거처를 마련해보겠소. 그래, 이번에는 물목이 뭐요?"

사내가 눈을 빛내며 수달치 패들이 지고 온 부담짐을 보았다.

"금은하고 비단이오. 객주께서 거간을 놓아주셔야겠소."

"이게 모두 금은과 비단이란 말이오?"

사내가 놀란 눈을 치켜떴다.

"기찰이 심해진 이유가 바로 여기 있었군. 정말 대단하오. 이 물건들을 어떻게 구했소?"

"모르는 게 약이오."

수달치가 냉정하게 말끝을 자르자 무색해진 사내가 입을 다물었다.

"우리 형님이오. 인사 트시오."

수달치가 곰쇠를 소개했다. 안 그래도 연방 곰쇠를 흘깃거리고 있던 사내가 곰쇠에게 꾸벅 고개를 숙였다.

"고흥이라 하오. 수달치 두령하고는 오래전부터 안면을 터왔소."

"곰쇠라 하오."

고흥은 덕산포에서 객사를 운영하고 있었는데 그것은 어디까지나 겉으로 드러난 명목이고 기실은 밀무역품들을 중개하면서 막대한 이문을 챙기고 있었다. 눈치가 빠르고 위인이 잔망스럽지 않아서 수달치는 물건을 처분할 일이 있으면 고흥에게 일임해왔다.

고흥은 수달치가 가져온 물목을 일일이 확인한 뒤 집 뒤편 비밀창고에 넣었다. 입구가 무성한 나뭇잎으로 위장된 자연동굴이어서 겉으로 봐서는 그곳에 동굴이 있으리라고는 전혀 짐작하지 못할 정도였다.

서둘러 이른 아침을 먹은 뒤 고흥은 말 여러 필을 구해 와서 수달치 패거리들과 함께 집을 나섰다. 두 시진쯤 말을 달려 덕산성에 당도했다. 덕산포를 감싸듯이 둘러앉은 산중턱에 자리한 제법 규모가 큰 성이었다. 고흥의 얼굴을 익히 알고 있는 수문장은 별다른 검문 없이 일행을 안으로 들여보냈다.

"여기는 덕산포와 어느 정도 떨어졌으니까 기찰을 염려하지 않아도 될 거요. 우선 여기서 며칠 머물면서 거래선이 나타나면 그때 가서 움직이도록 합시다."

고흥이 잘 아는 객사로 패거리들을 이끌었다.

사흘 동안의 뱃길에다가 또 하루 종일 말을 달렸으므로 객사의 봉놋방에 엉덩이를 붙이자마자 모두 녹초가 되어 쓰러졌다. 한숨 달게 자고 난 그들은 늦은 저녁을 먹었다. 잉어찜과 닭찜이 푸짐하게 올라온 밥상을 가운데 놓고 그들은 주거니 받거니 술을 마셨다.

"요새 여기 형편은 어떻소?"

곰쇠가 고흥을 바라보며 물었다.

"갈수록 북위의 세력이 강성해져서 백제군과 진평군은 쪼그라들 대로 쪼그라든 형편이오. 말이 백제령이지 사실상 북위의 영향력 아래 놓여 있다고 해도 과언이 아닙니다."

"송나라는 어떻소?"

"거기도 명목뿐이올시다. 북위가 북방을 정벌하느라 송을 치지 않을 뿐이지 마음막 먹는다면 단숨에 송을 멸망시킬 수 있을 거요. 예전 우리 백제국의 영광은 이제 옛말이나 다름없소. 근초고대왕께서도 아마 지하에서 통곡하고 계시겠지요."

"북위의 세력이 그처럼 강고하단 말이오?"

"그렇소. 얼마 전 본국에서도 북위에 사절단을 보냈다고 들었소. 고구려의 남진을 견제하기 위해서라고 하지만 그래도 고구려와 우리는 같은 핏줄이 아니오. 그런 터에 북위에 사신을 보내 관작을 내려달라고 애원하는 꼴이라니, 우리 같은 민초들이야 상관할 바가 아니지만 본국 조정에서 하는 일은 단단히 틀려먹었소."

고흥이 분개의 빛을 감추지 않으며 술잔을 단숨에 비워냈다. 수수로 만든 노란 빛의 술은 본국에서 마시던 곡주보다 훨씬 독했다. 그러나 워낙 장정들이라 독주가 벌써 몇 동이째 비워진 참이었다.

"게다가 형편이 이런데도 제정신을 차리지 못하고 제 잇속만 채우는 관리들이 있으니 더욱 문제가 아니겠소."

"그건 또 무슨 소리요?"

"그 옛날 이곳에 백제령을 개척한 근초고대왕 이래로 이곳을 진정 제 땅처럼 여기는 관리가 없었다오. 이곳에 부임하는 태수들은 영토 확장에 대한 야망은커녕 그저 제 임기 동안 아무 일 없기만을 기대하느라 송국이며 위국의 눈치만 보기에 급급해하고 있소. 철마다 그곳에 진상품을 보내는데 가관이 아니오. 그게 다 어디서 나온 것이겠소. 모두가 다 국인들의 고혈을 짜낸 것이오. 그리고 임기를 마친 태수들이 돌아갈 때면 그동안 긁어모은 재산이 어찌나 많은지 지난번 태수는 무려 반년이 넘도록 물건을 실어 날랐다 하오."

"허, 그런 일이 있었소?"

"그렇다오. 백제령도 이젠 허울뿐이고 그저 이름만 유지하고 있는 형편이오. 그 옛날 용맹무쌍했다는 근초고대왕이 그리울 뿐이오. 그저 망해가기 직전인 송국이나 우리나 그 처지가 피차일반이오."

"태수라는 자가 그처럼 용렬한 위인이오?"

"말도 마시오. 그저 본국에 있는 고관대작들의 환심을 사기에만 급급할 뿐이고, 국인들의 형편을 헤아리는 데는 빈대 눈곱만큼도 관심이 없다오. 태수가 하는 일이라곤 국인들에게 세금을 쥐어짜는 일과 기방 출입이 다요. 내 듣기로 근초고대왕 때는 수십만에 이르는 정병들이 대륙을 호령했다 하오. 그런데 지금은 백제령에 있는 우리 군사를 다 끌어 모아야 고작 몇 만에 불과할 거요. 그런 형편에 어찌 날로 강성해 가는 북위와 대항할 수 있겠소. 북위가 마음만 먹으면 그 순간에 백제 령은 결딴이 날 거요."

"본국에서 들은 소문과는 너무 다르군요."

"그러니까 백문이 불여일견이라 하지 않았소. 그저 조정에 있는 관 리들이란 입만 살아서 나불댈 뿐이고 전쟁이 일어나면 제일 먼저 꽁무 니를 내뺄 것이오. 정작 죽어나는 것은 애꿎은 우리 국인들이라오."

고흥이 제 풀에 열이 오르는 듯 연방 술잔을 비웠다.

"그 정도일 줄은 몰랐소."

"장사께서도 여기 있는 동안에 두 눈으로 똑똑히 보시오. 조정에서 권력다툼에 눈이 멀어 있는 동안에 우리 백제는 안으로 곪아 들어가고 있으니까."

고흥의 말에 곰쇠는 더 이상 대꾸할 흥을 잃고 그저 술만 비울 뿐이 었다.

곰쇠 일행이 객사에서 머무는 동안 고흥은 사방으로 연통을 보내 물목을 처분할 임자를 알아보았다. 일주일이 지나도록 소식이 없다가 고흥이 객사로 찾아왔다.

"워낙 양이 많은 데다가 귀한 것이어서 마땅한 임자를 구하기가 지 난합니다. 아무래도 하동성까지 가야겠습니다."

"하동성?"

"예. 하동성은 바로 송나라와 인근입니다. 아무리 송나라가 멸망 직전이라고 하지만 그곳에는 대를 이어온 거부들이 수두룩합니다. 거간꾼들 얘기가 여기선 적당한 임자를 찾기가 어렵다더군요. 몇 사람 임자가 나서긴 했지만 가격이 맞지 않았습니다. 어쩌시겠습니까?"

"형님, 어떻게 하시겠소?"

수달치가 곰쇠에게 의견을 물었다. 곰쇠는 더부룩한 턱수염을 손으로 쓸고 있다가 고개를 끄덕였다.

"하동성으로 가세. 여기서 처분할 수 없다면 도리가 없지 않은가."

"그러면 제가 모든 준비를 해놓겠습니다. 당장 내일 아침 일찍 출발하도록 하지요."

고흥이 수달치에게 말했다.

"사람이 많을 필요는 없으니까 수달치 두령은 부하들과 함께 돌아가시오. 여기는 야금이하고 쌍가마만 있으면 되겠구만."

고흥의 말에 수달치가 곰쇠를 돌아보았다.

"그래도 되겠소?"

"염려 말게. 주인께 이곳 상황을 잘 말씀드리게."

"알았수다."

안 그래도 임자가 나서기를 기다리는 것이 고역이던 수달치였다. 그걸 보면 장사치나 거간꾼은 다 타고나는 모양이었고, 자기는 그저 신나게 배를 몰아 파도를 헤쳐 나가는 것이 천성이었다. 돌아간다고 생각하니까 절로 기운이 나는지 수달치의 입이 귀에 가 걸렸다.

하동성은 백제군의 담로가 있는 곳이었다. 말하자면 백제군 태수의 정청이 있는 도성이었고 대륙백제령의 중심이었다.

수달치와 부하들을 모두 돌려보낸 곰쇠는 야금이와 쌍가마 그리고 고흥이 고용한 길꾼 몇 명과 함께 하동성으로 향했다. 세마를 전세 내 길을 재촉한 끝에 닷새 만에 하동성에 도착했다.

그곳은 한성 위례성과 비교해서도 조금도 손색이 없을 정도로 번화하고 화려한 도성이었다. 곰쇠가 눈이 휘둥그레져서 사방을 정신없이 둘러보고 있는데 고흥이 말했다.

"그래도 낙양洛陽이나 건강健康에 비하면 그야말로 한촌에 지나지 않습니다."

"낙양이나 건강이 그렇게 화려하단 말이오?"

"이를 뿐입니까요? 한족은 워낙에 물자가 풍부한 데다가 수백 년 이어 내려온 문화가 우리와는 비교가 되지 않을 정도입니다. 말씀만으론 실감하지 못할 것입니다. 직접 눈으로 보기 전에는 말이지요."

"허……."

곰쇠가 감탄의 신음을 자신도 모르게 내뱉었다. 얼마나 대단한 곳이기에 이처럼 화려한 도성조차 비교가 되지 않는단 말인가.

그런 곳을 정복하겠다는 야심을 가진 목만치와 여곤이 떠올랐다. 그것은 어쩌면 한낱 꿈에 지나지 않는 것일까. 곰쇠는 아득한 심정으로 두 사람을 생각했다.

객사에 짐을 풀고 난 뒤 저녁을 먹고 나자 고흥이 그들을 청루로 안내했다.

"송국의 아리따운 기녀들이 있는 주루올시다. 그동안의 여독을 풀 겸 제가 모시겠습니다."

워낙에 술을 좋아하는 곰쇠가 마다할 리 없었다. 야금이와 쌍가마도 반색하며 눈을 반짝거렸다.

시장통 한가운데에 위치한 청루였다. 늦은 저녁이라 사람들의 통행이 뜸했지만 청루는 환하게 불이 밝혀져 있었다. 송국 복색을 한 사내들이 입구에 서 있다가 그들을 맞았다. 고흥은 안면이 익숙한지 사내들과 말을 주고받았고, 잠시 후 그들은 이 층으로 안내되었다. 기다란 복도를 놓고 양쪽으로 방들이 쭉 이어졌다.

그들이 방 안에 들어가 원형 식탁을 가운데 하고 앉자 주안상이 들어왔다. 처음 보는 진귀한 음식들이 기름 냄새를 풍겼고, 독주가 들어왔다.

잠시 후 지분 냄새를 풍기며 세 명의 여자들이 들어왔는데 송국 복색 차림이었다. 모두가 하나같이 눈이 번쩍 뜨일 만큼 미색이었기에 사내들의 콧방울이 벌렁거렸다.

고흥이 손짓으로 여자들에게 앉을 자리를 지시했는데 곰쇠의 옆자리만 비었다. 어찌 된 영문인지 몰라 어리둥절해하는 곰쇠를 향해 고흥이 씩, 웃었다.

"장사님께는 내 특별한 여인을 대령하라 일렀소. 조금만 더 기다리시오. 장사님께서 아마 그 여인의 머리를 올려줘야 할 것이오."

"머리를 올리다니?"

"장사님, 이런 곳엔 처음입니까?"

"내가 생전에 청루라는 곳에 올 일이 있어야 말이지요."

"머리를 올린다 하면 그 여자를 처음 맞이한다는 뜻이지요."

"처음이라? 그럼 초야례를 치른단 얘기요?"

"예. 아주 귀한 경우지요. 아직 그 누구에게도 허락하지 않은 깨끗한 몸이지요. 내 장사님을 위해서 특별히 신경을 썼지요."

"고맙소, 어쨌든."

곰쇠가 치하했고 그러는 사이에 고흥과 야금이, 쌍가마는 옆자리의 여자들을 희롱하면서 술잔을 비웠다. 얼마쯤 흘렀을까. 방문 앞에서 인기척이 들렸다. 잠시 후 문이 열리고 한 여인이 들어섰다.

"……!"

들어온 여자가 미인인 것은 분명했다. 그러나 여자를 보는 순간 곰쇠는 실망했다. 무엇보다 여자가 너무 어려 보였던 것이다. 귀밑에 솜털이 보송보송한 것이 안고 싶은 생각조차 나지 않았다. 이래 가지고서야 어디 제대로 요분질이나 할 수 있을까 의심스러웠다.

"네 이름이 뭐냐?"

"분이라 하옵니다."

"몇 살이냐?"

마뜩찮은 기색을 숨기지 않으며 곰쇠가 퉁명스럽게 물었다. 분이가 조심스럽게 눈치를 보더니 입을 열었다.

"열여섯입니다."

"허, 그런데도 기방에 나서다니 네 팔자도 참……."

곰쇠가 혀를 차다가 다시 물었다.

"분이라면…… 너 백제인이냐?"

"예."

분이가 눈을 내리깐 채 조용히 대답했다.

"그런데 여긴 왜?"

"그럴 만한 사정이 있습니다."

분이가 고개를 푹 숙인 채 더 이상 입을 떼지 않았다. 무슨 사연이 있으리라 짐작했지만 곰쇠는 구태여 묻지 않았다. 다만 아직 젖살도 빠지지 않은 것을 데리고 희롱하기에는 차마 내키지 않아서 곰쇠는 계속해서 술을 마셨다. 고흥이 제 깐에는 신경을 쓴다고 했지만 곰쇠는 차라리 흐벅진 여자가 좋았다. 나이가 어느 정도 들고 육집이 좋은 데다 방중술까지 뛰어나면 그야말로 더 바랄 게 없었다. 그런데 이런 젖비린내 나는 아이라니…….

쉬지 않고 술을 마시던 곰쇠는 어느샌가 의식을 잃고 탁자에 얼굴을 처박았다.

심한 갈증에 눈을 뜬 곰쇠는 벌떡 일어났다. 낯선 방 안이었고, 침상 위였다. 창으로 푸르스름한 새벽빛이 새어 들어오고 있었다.

곰쇠는 침상에서 나서다가 어둠 속에 가만 앉아 있는 그림자에 소스라치듯 놀랐다. 그러나 이내 곰쇠는 부드러운 여자의 살내음을 맡았다.

곰쇠는 간밤의 일을 떠올렸다. 분이라고 했던가. 그 소녀가 틀림없는 듯했다. 곰쇠는 어둠 속을 더듬어 대황초에 불을 켰다. 역시 짐작대로 분이가 그린 듯이 앉아 있었다.

"여기는 어떻게?"

여전히 고개를 들지도 않은 채 분이가 입을 떼었다.

"어제 같이 오신 분께서 나리를 수청 들라 하셨습니다."

"그럼 밤새 그렇게 앉아 있었단 말이냐?"

"……."

곰쇠는 분이를 물끄러미 바라보다가 말했다.

"그럼 이제 돌아가거라."

비로소 얼굴을 들어 곰쇠를 똑바로 보며 분이가 대답했다.

"그럴 수 없습니다. 저는 몸을 파는 기녀입니다. 이대로 그냥 돌아가면 주인에게 야단을 맞습니다."

"주인에게 잘 얘기할 테니 그건 걱정 마라. 내 수청을 아주 잘 들었다고 하면 될 게 아니냐."

"아닙니다. 여기 주인 노파는 워낙 장사에 이골이 난 데다가 손님을 수청 들고 나면 꼭 몸을 살피는 것으로 알고 있습니다. 게다가 어젯밤

제 몸값을 치르신 분께서 나리를 흡족하게 해드리라고 신신당부하셨습니다. 제게는 첫날밤이나 마찬가지옵고, 이대로 퇴짜 맞고 나면 저는 이곳에서 더 이상 발을 붙이기가 어렵습니다."

"허어, 이런 경우가 다 있나."

곰쇠는 탄식을 내뱉었다. 그는 가만히 분이를 살펴보았다. 촛불에 드러난 분이의 이마는 단아했고, 귀밑머리에서 턱으로 흘러내리는 선이 매끄러웠다. 이제 서너 해 더 자라면 참으로 아름다운 처자가 될 것이었다.

"고향이 어디냐?"

"소부리성 근처 시골입니다."

"소부리성이라?"

"예."

"그럼 본국 출생인데 어떻게 여기까지?"

"사정을 말씀드리자면 깁니다."

여자의 몸으로 더구나 저 어린 나이에 여기까지 흘러왔다니 팔자도 꽤나 기구하구나 싶었다.

"여기 온 지는 얼마나 됐느냐?"

"일 년 조금 지났습니다. 청루에 나온 지는 며칠 안 되었습니다."

"여기까지 나오게 되었다면 급전이 필요했던 모양이군. 사정이 그리 딱한가?"

"나리, 저를 가지옵소서."

분이가 고개를 들어 곰쇠를 바라보았다. 어미 잃은 노루새끼가 저러할까. 눈빛이 절절했다.

"나리께서 제 몸을 가지시는 것이 절 도와주시는 겁니다. 부디 저를 가지소서."

"안 될 말이다."

"제가 마음에 들지 않습니까?"

"그럴 리가 있겠느냐?"

"그렇다면 왜?"

"나 역시 저잣거리의 논다니들과 희롱을 하지 않은 바 아니다. 하지만 너를 보는 순간 내 욕심만으로 너를 욕보일 수 없다는 생각이 들었다. 네가 무슨 피치 못할 사정으로 주루에 나오게 되었는지 알 수 없지만, 아무리 막돼먹었다 해도 사정도 모르고 또 너처럼 어린 여자애의 몸을 탐한다는 것은 차마 인두겁을 쓰고는 못할 일이야."

"하오시면 저를 내치시겠다는 말씀입니까?"

"그 문제라면 걱정하지 마라. 내 동행과 잘 상의해서 어떻게든 네가 난처한 지경에 처하지 않도록 할 테니."

"……"

분이는 고개를 숙인 채 더 이상 말이 없었다.

방에서 나온 곰쇠는 마침 복도에서 만난 청루 사내에게 고흥의 침소를 알아내고는 방문 앞에서 헛기침을 했다. 잠시 후 고흥이 아직 잠에서 설깬 얼굴로 문을 열었다.

"장사님, 간밤에 잘 주무셨습니까?"

"덕분에. 그보다 청루 주인을 만나게 해주시오."

"아니 무슨 일입니까?"

"할 얘기가 있소."

"알겠습니다."

곰쇠는 고흥의 안내를 받아 아래층으로 내려갔다. 고흥이 소리쳐 부르자 60대의 노파가 나왔다. 닳고 닳은 인상의 한족 여인이었다.

고흥이 한어로 뭐라고 말을 했다. 노파가 간간히 대꾸하다가 곰쇠를 돌아보았다.

"무슨 일이냐고 묻습니다."

"분이라는 여자가 여기에 나오게 된 사정을 물어보시오."

고흥이 다시 뭐라고 말을 주고받다가 곰쇠에게 옮겼다.

"애길 들어보니 사정이 딱하군요. 그녀에게는 늙은 홀아비가 있는
데 고리채를 갚지 못해 본국에서 이곳으로 노예로 팔려왔답니다. 그런
데 그만 병에 걸려 자리에 눕게 되자 그 아비를 봉양하기 위해 따라온
그녀가 기녀로 나서게 되었다는군요."

"빚 때문에 여기까지 팔려왔단 말이오?"

"여기 있는 기녀들 사정이 다 그렇지요. 노파 말이 상당한 돈을 주
고 그 여자를 샀다고 하는군요."

"얼마면 그녀를 풀어줄 수 있는지 알아보시오."

고흥이 다시 노파와 몇 마디 말을 주고받았다.

"은자 백 냥은 주어야 한답니다. 이 노파가 죽을 날이 가까워 망령
이 난 모양입니다. 은자 백 냥이라니…… 아예 말도 꺼내지 말라는 뜻
같습니다."

"허, 은자 백 냥이라……."

곰쇠가 쓴 입맛을 다시며 혼잣소리처럼 되뇌었다.

"장사님, 인물이 제법 있다고는 하지만 어차피 기녀로 나선 여인입
니다. 그만한 미색이라면 색주가에 널렸습니다. 하룻밤 운우지정으로
여기시고 그만 잊어버리십시오."

"……."

잠시 생각하던 곰쇠가 입을 열었다.

"노파에게 이르시오."

"예?"

"열흘간의 말미를 달라고 하시오. 그동안에 꼭 속량전을 마련해오 겠다고. 대신 그 여자를 절대 다른 자리에 내놓지 말라고 하시오."

"장사님, 그게 무슨 말씀입니까?"

고흥이 놀란 눈을 치켜떴다.

"시키는 대로 하시오."

"하지만 돈을 어떻게 마련하시려구요?"

"내가 알아서 하겠소."

"그러면 물목을 처분하고 그중에서 쓰시려구요?"

"아니오. 그건 내 임의로 사사로이 쓸 수 없는 노릇이구, 달리 구해 보겠소."

"허어, 은자 백 냥이 강아지 이름이 아니올시다, 장사님."

"잔말 말고 그대로 이르시오."

고흥이 마지못해 노파에게 돌아섰다. 잠시 후 고흥의 이야기를 듣 고 난 노파가 눈을 빛내며 연신 고개를 조아렸다.

"은자 백 냥만 주면 얼마든지 기다리겠답니다. 보아하니 이 여편네 는 아마 은자 열 냥쯤으로 그녀를 샀을 것입니다."

"아무리 사람값이 땅에 떨어졌다고 하지만 이럴 수는 없는 일이오. 사람을 돈으로 주고 사는 것처럼 부당한 일이 또 어디 있단 말이오?"

"하지만 세상 사는 일이 어디 뜻대로야 됩니까? 그저 돈이면 최곱 지요."

산전수전 다 겪은 고흥의 심드렁한 대꾸였다.

고흥이 물목의 임자를 구하느라 백방으로 뛰어다니는 동안 곰쇠는 틈만 나면 백제령의 이곳저곳을 쏘다니며 정황을 파악하느라 분주했 다. 그러는 와중에도 곰쇠의 뇌리에서는 분이라는 여자의 얼굴이 떠나 지 않았다.

저잣거리의 논다니들과 수작을 벌인 적도 많았고, 남녀간의 애틋한 연정을 모르지 않는 곰쇠였다. 그러나 분이에게서 곰쇠가 받은 인상은 그런 남녀간의 감정이 개입된 것이 아니었다. 뭐랄까, 도둑놈들의 손에 걸려 청루에 끌려온 어린 누이를 보는 기분이었다. 곰쇠는 반드시 분이를 청루에서 빼내야겠다고 다짐했다.

그런데 아무리 생각해보아도 속량전이 문제였다. 애초부터 노파가 원하는 백 냥을 다 줄 생각은 없었다. 50냥으로 억지를 쓸 참이지만 그것도 결코 작은 돈이 아니었다. 물목을 처분하고 나면 그중에서 50냥쯤 흔적도 없이 슬쩍하는 것은 일도 아니지만 그건 자존심이 허락지 않았다.

골머리를 싸매던 곰쇠는 제 나름대로 한 가지 계책을 떠올리고는 고흥이 수족처럼 부리는 심부름꾼 한 명을 불러들였다. 영문도 모르고 불려온 바우는 눈알을 굴리며 곰쇠의 말을 기다렸다. 20대 초반의 몸이 빠른 사내였다.

"너, 이 근처에 유명한 산적패가 있다는 소릴 들었느냐?"

"산적패라구요?"

이른 아침부터 느닷없이 불려와 또 난데없는 질문을 받은 참이므로 바우는 어리둥절한 표정을 지었다.

"그래, 산적패 말이다."

"웬 산적패를 다 찾으시우? 꿈자리 뒤숭숭하게 시리."

"묻는 말에 대답이나 하거라."

"산적패야 어디 한둘이어야 말이지요. 요 근래 치안이 허술해진 뒤로 도처에 산적패가 우글거리는 형편이올시다. 바다에는 해적패, 산에는 산적패, 이 세상이 모두 도둑놈들 판 아닙니까? 국록을 먹는 관리란 놈들부터 도둑놈인 판국에 새삼스럽게 산적패는 왜 찾으십니까?"

"허, 그놈. 뚫어진 입이라구 잘도 나불거리는구나."

"먼저 물으신 건 장사님이우."

"그래, 그렇다 치고, 이 근방에서 제법 방귀깨나 뀐다는 산적패는 어떤 놈들이냐?"

"그야 두말할 것도 없이 십리령의 도치패올시다. 요즘 들어 그놈들 세력이 날로 늘어나 십리령을 넘어가는 자들 치고 한두 번 낭패를 당하지 않은 이가 없을 정도입니다."

"옳거니, 그놈들을 만나려면 십리령으로 가야겠구나. 게가 여기서 얼마나 되느냐?"

"그놈들을 만나시겠다구요?"

바우가 입을 쩍 벌리고 곰쇠를 쳐다보았다.

"바로 맞혔다."

"헤……."

바우가 헛웃음을 지었다.

"게까지 가려면 얼마나 걸리겠느냐?"

"농담 그만 하시우."

"이놈! 네 눈에는 내가 비싼 밥 먹고 괜한 헛소리나 하는 놈처럼 보이느냐?"

곰쇠가 눈을 부릅뜨고 한마디 지르자 바우가 고개를 움츠렸다.

"그럼 진짜란 말씀이오?"

"그려. 내가 도친지 뭔지 하는 놈에게 용무가 있단 말이다. 아무래도 네놈이 앞장서야겠다."

"아이구, 장사님! 다른 일은 뭐든지 하겠지만 그 일만은 제발 거둬주십시오. 차라리 처녀불알을 구해오라면 구해오겠습니다요."

"너무 걱정 말고 어서 일어나거라. 내 일이 잘되면 네게도 두둑한 행하채를 주겠다."

"제 목숨 떨어진 뒤에 행하채가 아무리 억만금이면 뭘 합니까요."

"이놈, 너 아무래도 도친지 뭔지 하는 놈보다 내 주먹에 먼저 뒈지고 싶은 게냐?"

"아이구, 장사님……."

바우가 머리를 조아리며 울상을 지었다.

"이놈아, 너무 걱정 마라. 사내놈이 그렇게 담이 작아서야 어디 써먹겠냐? 나도 미친놈이 아닌 다음에야 그저 사지로 들어가겠느냐? 다 요량이 있어서 하는 짓이야."

"그 말씀…… 참말로 믿어도 되겠습니까?"

"그렇다. 너 아직 나에 대한 소문을 듣지 못한 모양인데 직접 겪어보거라. 이래봬도 내가 한때 수하에 백 명의 위사를 거느리던 백인장 출신이다."

"하이구……."

바우가 나지막하게 신음을 토해냈다.

그렇게 해서 곰쇠는 바우를 앞세우고 십리령 고개로 향했다. 다행히 그리 멀지 않은 곳이었고, 힘 좋은 두 필의 말을 골라둔 참이라 두 시진이 지난 후에 그들은 십리령 초입에 당도했다. 과연 산적패들이 출몰하기에 딱 알맞을 만큼 숲이 깊었고, 험한 산세가 연이어 뻗어 있었다.

바우는 핏기 하나 없이 사시나무 떨듯 온몸을 주체하지 못하고 있었지만 곰쇠는 태평했다. 마치 산천경개를 구경이라도 나온 듯 주변을 둘러보며 가던 곰쇠가 건 짜증을 냈다.

"도치인지 뭔지 하는 놈은 왜 코빼기도 안 보이는 게냐?"

"아이구, 전 지금이라도 오줌을 쌀 참인데 장사님은 그런 말씀이 나오십니까?"

"이놈아, 네놈 오줌 싸는 걸 구경하러 온 것이 아니라 그놈을 보러 온 것이다."

"전 참말 모르겠수다."

바우가 한 손으로 제 사추리를 움켜쥔 채 오만상을 찌푸렸다.

호랑이도 제 말하면 나타난다는 말이 허언이 아닌 듯 그들 앞에 갑자기 십여 명의 사내들이 나타났다. 제멋대로 자란 머리카락이며 턱수염에 험상궂은 목자를 한 사내들이 병장기를 들고 다가왔다.

"이놈들아! 왜 이리 늦었느냐?"

다가오던 사내들이 느닷없는 곰쇠의 호통에 놀라 걸음을 멈추었다. 서로의 얼굴을 돌아보는 산적패들은 하도 어이가 없어서 실소를 지을 생각조차 잊어버린 모양이었다. 그러거나 말거나 곰쇠는 제 할 말만 계속했다.

"그리 게을러서야 어디 산적질인들 제대로 하겠느냐? 그래, 어떤 놈이 도치냐? 네놈이냐? 아니면 그 옆에 못생긴 네놈이냐?"

곰쇠가 한놈씩 손가락으로 짚으며 물었는데, 산적패들이 다투어 입을 열었다.

"저놈이 완전히 실성한 모양이로구나!"

"그러게 말이여. 그저 미친놈에게는 몽둥이가 약이여!"

"이놈아, 어서 말에서 내려 썩 엎드리지 못할까?"

바우는 이미 얼혼이 나가 있었지만 곰쇠는 태연하게 웃고 있었다.

"허, 저놈! 뱃가죽에 바람구멍이 나도 그렇게 웃을 수 있는지 봐야겠구나!"

산적들이 일제히 달려들었다. 어느 놈은 환도를 들었고, 어느 놈은 창을, 또 어떤 놈은 쇠도리깨와 도끼를 들었다. 곰쇠는 허리춤에 감춰

둔 박달나무 몽둥이를 꺼내들고 말에 박차를 가했다. 말이 산적들을 덮치듯 앞발을 높이 쳐들자, 그 서슬에 산적패들이 멈칫했다. 어느새 말에서 뛰어내린 곰쇠가 박달나무 몽둥이를 마음껏 휘둘렀는데 바람 가르는 소리가 맹렬했다. 순식간에 몇 놈이 단단한 몽둥이에 맞아 허리가 부러져 바닥에 나뒹군 채 비명을 내질렀다.

운 좋게 곰쇠의 매타작을 피한 산적들은 눈앞에서 벌어진 일을 도무지 믿지 못하겠다는 듯 눈만 껌뻑껌뻑거리며 바라보고 있었다.

"어느 놈이 도치냐?

몽둥이를 손바닥에 탁탁, 두들기며 곰쇠가 물었는데, 더운 김은커녕 땀 한 방울 흘리지 않은 얼굴이었다.

"대체 장사는 누구시오? 우리 두령과는 어떤 관계시오?"

아무래도 일이 심상치 않게 돌아간다 싶은지 한 놈이 물었다.

"아무런 관계도 없다만 도치란 놈이 유명짜하다기에 얼굴이라도 한 번 보려고 이렇게 행차하였느니라. 어느 놈이 도치냐?"

"두령은 산채에 있습니다요."

"그럼 냉큼 그곳으로 안내하라."

"참말로 우리 두령을 만나실 겁니까?"

"그렇다."

산적들이 서로를 돌아보다가 이윽고 고개를 끄덕였다.

"나리 같은 장사님을 미처 몰라뵀습니다. 저희가 산채로 안내하겠습니다."

한 놈이 앞장서서 길을 텄고, 팔다리가 성치 못한 놈들은 제 동무의 부축을 받아 뒤를 따랐다.

한 식경쯤 가파른 산길을 올라가자 산채가 나왔다. 꽤 넓은 마당 뒤에 우람한 통나무로 지은 산채가 자리 잡고 있었다. 어디에 숨어 있었는지 여기저기서 이십여 명의 산적들이 튀어나와 그들을 에워쌌다. 뒤이어 산채의 문이 열리고 체구가 곰쇠 못지않은 장한이 나왔다. 구레나룻이 더부룩하게 자라 있는 장한이 곰쇠를 날카로운 눈으로 훑더니 길을 안내한 부하들을 돌아보았다.

"이놈은 웬 놈이냐?"

"글쎄, 이자가 무턱대고 두령을 뵙겠다고 해서 예까지 데려온 참입니다요."

"저 아이들은 또 왜 저 모양이냐?"

팔다리가 부러진 부하들을 가리키며 장한이 물었다.

"이자에게 당했습니다요."

"뭐라? 당한 것도 모자라 산채까지 데려왔단 말이냐?"

장한의 사나운 눈길이 곰쇠의 얼굴로 향했다. 듣고만 있던 곰쇠가 빙그레 웃었다.

"네놈이 도치라는 놈이렷다?"

"놈이렷다?"

기가 찬 도치가 반문했다.

"제정신이 아닌 놈이로구나."

"네놈에게 용건이 있어서 왔느니라."

"허, 그놈 말하는 것 좀 보게나……."

"네놈에게 급전 좀 융통해야겠다."

"급전?"

"그래. 내 급히 쓸 데가 있어서 은자 50냥이 필요한데 아무리 생각해도 달리 구처할 방도가 없는 참이다. 그런데 내 듣자하니 그동안 네놈이 여기서 산적질을 잘 해먹었다고 하니 어서 내놓거라."

"이놈이? 참말 미친놈이 아니고서야 어디서 헛소리하는 게냐?"

"그냥 순순히 내놓으면 네놈이 여기서 산적질을 하든 용두질을 하든 그저 눈감을 생각인데, 만일 그렇지 않으면 네놈부터 요절낼 테다."

"너 정말 제정신이냐?"

도치가 정색하고 곰쇠를 노려보았다.

"이놈아, 내가 제정신인지 아닌지는 네놈이 나와 겨뤄보면 될 거 아니냐?"

"허!"

도치가 벌린 입을 채 다물지 못했다.

"내 부하들만 해도 50명이 넘는다, 이놈아!"

"그깟 50명이면 뭐 하고 백 명이면 뭐 하느냐? 척 보아하니 젓가락 하나 제대로 들 힘도 없는 오합지졸들이구나."

"……."

금세라도 곰쇠를 잡아먹을 듯 노려보던 도치가 문득 짚이는 것이 있는지 표정을 고쳤다.

"혹시 수달치라는 자를 아시오?"

"알다마다."

"수달치와는 어떻게 되시오?"

"네놈은 내 아우를 어찌 아느냐?"

"나도 소문만 들었소이다. 아직 일면식은 없지만 내해에서 유명짜한 수달치의 소문은 익히 들었소."

"군소리는 그만하고 어쩔 것이냐?"

"장사님을 미처 몰라뵌 것 같소. 내 장사님의 청을 들어드리리다. 그나저나 참으로 대단하오. 얼마나 용력이 뛰어난지 몰라도 홀몸으로 여기까지 찾아들다니 대단한 배포요."

"알아주니 고맙구나."

도치가 곁에 섰던 부하 하나에게 뭐라고 지시하자 부하가 산채로 들어갔다.

"은자를 준비하라고 일렀소. 이것도 인연인데 인사나 틉시다. 나 도치라고 하오."

"곰쇠라 한다."

"곰쇠라, 참말로 이름값을 하겠소."

"네놈도 보기 드문 체구로구나."

"허, 나도 명색이 수십 명의 수하를 둔 두령이오. 그 놈 자는 그만 붙이시우."

"그러냐? 미안하게 됐구나."

그러나 전혀 미안하지 않은 곰쇠의 얼굴이었다. 도치가 짧게 혀를 차다가 무슨 생각이 들었는지 입을 열었다.

"어쨌거나 노형의 청을 들어드리기는 하겠으나 나도 체면이 말이 아니게 되었소."

"그래서 어쩌란 말이냐?"

"노형의 용력을 한번 보고 싶소."

"어떻게 하면 되느냐?"

"마침 우리 산채 앞에 커다란 바윗덩이가 박혀 있어 오가는 데 영거치적거리지 않소. 부하들이 힘을 합쳐서 몇 번이고 옮기려고 했지만 허사였소. 노형이라면 혹시 어떨지 모르겠소."

"어디 보자. 어떤 바위냐?"

곰쇠가 성큼성큼 산채 앞으로 걸어갔다. 부하들이 일제히 뒤로 물러났고, 곰쇠는 산채 앞에 박혀 있는 커다란 바위 앞에서 멈추었다.

"이놈이냐?"

"그렇소."

바위의 높이가 딱 곰쇠의 가슴까지 왔다. 그리고 그 위는 장정 하나가 넉넉하게 드러누울 정도의 넓이인데, 웬만큼 힘을 쓴다는 장정 열 명 정도로는 어림도 없을 만한 바위였다.

"아무래도 어렵지 않겠소, 노형?"

도치가 곰쇠의 눈치를 보며 물었다.

곰쇠는 대꾸 없이 소매를 걷었고 바위의 밑동을 단단히 움켜쥐었다. 왼쪽 어깨를 바위에 바짝 붙인 뒤 힘을 모았다. 관자놀이에 힘줄이 돋아나면서 땀방울이 배어나기 시작했다. 꿈쩍도 하지 않던 바위는 어느 순간 곰쇠가 벽력 같은 고함을 내지르자 들썩이기 시작했다.

지켜보던 도치와 부하들이 모두들 아연실색해서 그저 바라보고만 있는데 이윽고 두 번째 용쓰는 소리가 나면서 바위는 훌러덩 뒤집혔다. 바위가 원래 있던 자리에는 움푹 구덩이가 팼다. 두 손에 묻은 흙을 털어버리고 땀을 훔치고 난 곰쇠가 도치를 돌아보았다.

"이만하면 밥값은 했느냐?"

"허, 방금 눈으로 보았지만 믿기지 않소. 노형은 참말 하늘이 내린 장사요."

"객쩍은 소린 그만두고 은전이나 다오."

부하에게 은전을 건네받은 도치가 그것을 곰쇠에게 넘겨주었다.

"노형, 참말로 그냥 보내기는 아깝소. 술이라도 한잔합시다."

"다음에 인연이 있다면 하자꾸나. 오늘은 갈 길이 바쁘니 그냥 가야겠다."

"시간이 있으면 한번 놀러오시오. 노형 같은 장사라면 내 언제라도 환영이오."

"그래. 이 은자는 고맙게 쓰겠다."

"언제라도 필요하면 찾으시오."

"빈말이라도 고맙구나."

곰쇠가 바우와 함께 산채를 떠날 때 도치는 길라잡이 부하까지 몇 명 딸려 보내면서 헤어짐을 못내 아쉬워했다. 십리령 입구까지 나오자 횃불을 들고 따라온 부하들이 곰쇠에게 허리를 깊숙이 숙인 뒤 돌아갔다. 바우는 긴 한숨을 내쉬었는데 십년감수했다는 얼굴이었다.

"아이구, 장사님! 간이 조마조마해서 꼭 죽는 줄만 알았습니다요!"

"그랬느냐? 너 어디 가서든 오늘 일을 발설하지 마라."

"하이구, 누구도 믿지 않을 거유. 도치패를 찾아가 은전을 강탈해 왔다고 하면 누가 믿겠습니까요? 모두 소인을 미친놈이라고 하리다."

"이놈아, 말이야 바른 말이지 누가 강탈했느냐? 도치 그놈이 선선히 내준 것을 못 보았느냐?"

"그게 그거지유."

"어쨌든 네놈도 수고했다."

"이제 두 번 다시 그런 일로 소인을 부르지 마시우."

바우가 끔찍하다는 듯 도리질을 쳤다.

며칠 후 마침내 적당한 물주가 나서 물목들을 모두 처분했다. 워낙에 품질 좋은 금은, 비단이므로 부르는 것이 곧 값이었다. 무려 열 배가 넘는 이문을 남길 수 있었다.

고흥이 희색이 만연했음은 물론이다. 그에게 떨어지는 구전만 해도 상당한 금액이었다. 보통 사람으로서는 상상도 하지 못할 금액을 이번 거래 한 건으로 벌어들인 것이다.

"여기 일도 마무리되었고 하니 소인이 장사님을 모시겠소. 청루로 갑시다."

신바람이 난 고흥이 앞장서서 일행을 청루로 끌었다.

주인 노파가 버선발로 뛰어나와 그들을 맞았다. 고흥이 워낙에 씀씀이가 큰 손이기도 했지만 산전수전 다 겪은 노파는 그들이 묻혀온 돈 냄새를 맡은 것이다.

이 층의 넓은 방에 자리 잡자마자 이내 보도 듣도 못한 산해진미가 들어와 방 가운데 식탁 위에 가득 차려졌다. 향기롭고 독한 술병들이 연신 들어오고, 미녀들이 뒤따라 들어와 고흥과 야금이, 쌍가마의 옆에 앉았다. 곰쇠의 옆자리는 비어 있었다.

몇 순배 돌 때까지도 곰쇠가 기다리던 분이는 들어오지 않았다. 곰쇠가 다소 의아한 표정으로 고흥을 돌아보았다. 청루에 들어서면서 노파에게 분이를 특별히 들이라고 부탁해놓은 고흥도 이상한 기미를 눈치 챘는지 방을 나갔다. 꽤 오래 지체한 후에 돌아온 고흥은 낭패한 얼굴이었다.

"무슨 일이오?"

"백제군 태수가 이 술집에 행차했다고 하오."

"그놈이 행차한 것이 무슨 상관이오?"

"노파 말로는 태수가 분이에게 눈독을 들였다고 합니다. 지금 본국에서 건너온 자와 술자리를 함께 하고 있는데 그 여자를 내놓으라고 협박했다고 하오. 노파가 마지못해 분이를 태수가 와 있는 방에 들여놓았는데, 분이가 제대로 수청을 들지 않는다고 행패가 자심하다더군요."

"어디요, 그 방이?"

이야기를 듣자마자 곰쇠가 벌떡 일어섰다. 고흥이 만류했다.

"상대는 백제군 태수요."

"상대가 누구든 상관없소. 냉큼 그 방으로 안내하시오."

"장사님, 이러다간 정말 경칩니다요. 오면서 보았는데 태수의 시위 무사들이 청루 밖을 지키고 있었습니다."

"야금아, 넌 뒤로 빠져나갈 구멍을 찾아봐라."

"예."

야금이와 쌍가마는 서둘러 방을 나갔다.

"어서 앞장서우."

고흥이 난감한 표정이었지만 곰쇠의 얼굴을 보고는 그만 입을 다물었다. 곰쇠의 얼굴이 분기탱천해 있었는데 한마디 더 했다간 태수보다 먼저 봉변을 당할 것 같았다.

고흥이 이 층 복도 맨 끝 방으로 곰쇠를 안내했다. 안에서 누군가 얼굴을 후려치는 소리가 들리면서 여자의 비명이 그 뒤를 이었다. 그 소리에 곰쇠의 눈이 뒤집혔다. 곰쇠는 한달음에 방문을 걷어차며 방 안으로 뛰어들었다.

원형 식탁을 중심으로 사내 둘과 여자 둘이 있었다. 50대의 염소수염을 한 사내는 들은 대로 백제군 태수가 분명해 보였다. 으리으리한 금박 장식으로 수놓은 화려한 비단옷을 입은 태수는 분이의 허리춤을 끌어안고 있었다. 분이는 그의 품에서 벗어나기 위해 발버둥을 치던 참이었다.

"웬 놈이냐?"

태수가 놀란 와중에도 위엄을 잃지 않고 호통을 쳤다. 곰쇠는 그를 향해 한 걸음 다가서다가 한 사내의 얼굴을 보고 발걸음을 우뚝 멈추었다.

뜻밖이었다. 태수의 맞은편에서 엉거주춤 몸을 일으킨 사내는 다름 아닌 국협이었다. 국협은 눈을 크게 뜨고 입을 벌린 채 어안이 벙벙한 모습이었다.

곰쇠는 국협 쪽은 안중에도 두지 않고 태수에게 다가가 멱살을 움켜쥐었다. 그러고는 그대로 이마로 들이받았다. 순식간에 태수의 얼굴이 피범벅이 되면서 식탁 위로 나뒹굴었다. 분이의 손을 잡고 방을 나서는 곰쇠 앞에 국협이 손가락을 겨눈 채 어기적거렸다.

곰쇠가 눈을 부릅뜨자 국협은 제 풀에 물러나서 먼저 방을 빠져나가며 소리 질렀다.

"게 아무도 없느냐? 위사병! 위사병!"

복도 끝에서 쌍가마가 소리쳤다.

"형님, 이쪽이오!"

분이를 들쳐 업은 곰쇠는 계단을 날듯이 뛰어내렸다. 뒷문 쪽에서 단검을 뽑아든 야금이가 밖을 살피고 있다가 곰쇠가 다가오자 먼저 밖으로 뛰쳐나갔다. 곰쇠와 분이, 쌍가마, 고흥이 뒤를 따랐다.

뒤쪽에서 시끄러운 소리와 함께 사내들이 뛰어오는 소리가 들렸다. 뒤이어 국협의 새된 호통이 밤공기를 갈랐다.

야금이가 미리 준비해둔 말들에 올라탄 뒤 그들은 지체 없이 그곳을 떠났다. 분이는 곰쇠의 품에 안겨 사시나무처럼 떨고 있었다.

어느 정도 청루에서 멀어졌을 무렵 말들은 속도를 늦추었다.

"너무 걱정하지 마라. 이젠 괜찮을 것이다."

곰쇠가 분이를 안심시키려 말했다.

"뒷감당을 어떻게 하시려구 일을 저질렀소? 이제 큰일 났소."

고흥이 말머리를 맞추며 말했는데 얼굴이 새파랗게 질려 있었다.

"태수를 건드렸으니 보통 일이 아니게 되었소. 당장 군사를 풀어서 우리를 뒤쫓을 거요."

곰쇠도 내친 김에 일을 저지르긴 했지만 생각해보니 뒷감당할 일이 이만저만이 아니었다. 곰쇠와 야금이, 쌍가마는 물건도 처분했으니 본국으로 돌아가면 그만이지만 문제는 얼굴이 팔려 있는 고흥이었다.

"내 수달치 두령에게 얘기를 듣긴 했소만 참말 성정이 불같으시오.

감히 태수의 얼굴을 뭉개버리다니 그런 짓을 할 사람은 장사님뿐일 것이오."

연방 인상을 찌푸리긴 했지만 고흥은 내심으로는 통쾌한 심정이었다. 불문곡직하고 행동으로 옮기는 곰쇠의 행동이 거칠면서도 호방하게 느껴졌다.

고흥의 말에는 대꾸도 하지 않고 곰쇠는 분이에게 시선을 주었다.

"네 집이 어디냐?"

"여기서 성을 빠져나가 십 리 거리에 있습니다."

"그곳으로 가자."

"저희 집에는 왜요?"

철들면서부터 병치레하는 부친의 수발만 들며 살아온 분이였다. 백제령 최고의 실권자가 버티고 있는데도 자신의 비명만 듣고도 달려와준 황소 같은 사내가 있다고 생각하자 분이는 힘이 절로 나는 듯했다.

"놈들이 분명 군사를 풀어서 네 집으로 들이닥칠 것이다. 병든 홀아비가 있다고 들었다. 일을 이렇게 만든 건 나니까 문제를 해결해야 하는 것도 내 몫이다. 너와 네 아비를 다른 곳으로 피신시켜야겠다."

"나리의 처분에 따르겠습니다."

분이가 방향을 가리키자, 채찍을 맞은 말들은 나는 듯이 허공을 가르며 달려가기 시작했다.

분이의 아비 장쇠까지 대동해 하동성에서 20여 리 떨어진 산촌으로 옮겨온 뒤였다. 고흥이 신경 써서 얻은 곳이므로 당분간은 안심해도 될 터였다.

패거리들을 돌려보낸 곰쇠는 분이와 자리를 마주하고 그녀가 살아온 내력을 듣고 있었다.

"소녀의 아비는 소부리성 근처에서 농사를 짓고 사는 평범한 촌부였습니다. 몇 해째 흉년이 들어 끼니조차 잇기 어렵게 되자 마을의 연 부자댁에서 장리변을 얻었지요. 하지만 그 이듬해에도 또다시 극심한 가뭄이 들어 장리쌀을 갚지 못하자 연 부자의 행패가 이루 말할 수 없었습니다."

분이는 가만히 이마를 숙인 채 차분한 어조로 말을 이어갔다. 곰쇠는 잠자코 그녀의 말을 들었다.

"빚 독촉에 시달리다 못한 아비는 다시 더 큰 빚을 지게 되었고, 나중에는 도저히 감당할 수가 없었습니다. 집과 조금 가지고 있던 논밭을 팔고도 엄청나게 늘어난 빚을 다 갚지 못할 정도였지요. 보리쌀 한 가마가 일 년이 지나자 쌀 열 가마로 둔갑하는 판이니 정상적인 방법으로는 도저히 갚을 수가 없었지요."

"저런 죽일 놈들이 있나……."

"연 부자의 속셈은 달리 있었습니다. 저를 취하겠다는 것이었지요. 그러나 제 아비는 연 부자의 제안을 거절했습니다. 그러는 와중에 제 어미는 세상을 떠났고, 결국 제 아비는 빚 대신 이곳까지 팔려오게 되었습니다. 이쯤 되면 살아 있어도 살아 있는 목숨이 아닙니다. 차라리 죽는 것이 더 낫다고 생각한 적이 한두 번이 아닙니다. 그러나 차마 목숨을 끊을 수 없는 일이고, 오래전부터 지병을 앓아온 아비를 따라 여기까지 흘러오게 되었습니다. 그러나 여기서도 빚의 굴레에서 벗어날 수 없어 끝내 청루에까지 팔려가게 되었지요."

희미한 촛불 빛을 받아 분이의 눈에서 무엇인가 반짝, 하고 빛났다. 곰쇠는 가만히 한숨을 내쉬었다.

"참으로 기구한 팔자구나."

"저는 오히려 그나마 낫습니다. 함께 끌려온 다른 사람들은 이루 말할 수 없는 고초를 겪고 있는 형편입니다."

"다른 사람들이라니?"

"저희 부녀 말고도 숱한 사람들이 노예로 팔려오고 있습니다."

"허, 그게 정말이냐? 사람을 노예로 팔다니?"

"모르고 계셨군요. 관의 힘이 미치지 않는 시골에서는 빈번히 일어나는 일입니다. 제가 들은 바로는 송국이나 위국에서는 백제 노예들이 인기가 있다고 합니다. 부르는 게 값일 정도지요. 그래서 저희처럼 빚을 갚지 못하거나, 심지어는 길 가는 아녀자들을 납치해오는 일도 있습니다. 제가 이곳으로 건너올 때도 함께 잡혀온 여자들이 스무 명이 넘었습니다."

"국법으로 엄금하는 그런 짓을 누가 한단 말이냐?"

"어젯밤 태수와 함께 있던 자가 주선하는 일이랍니다."

"그게 사실이냐?"

곰쇠가 놀란 눈을 치켜떴다.

"그렇다고 들었습니다. 그자가 한 달에 한 번씩 이곳으로 건너온다고 합니다. 그때마다 수십 명의 백제인들이 노예로 끌려오는 것이지요. 그자의 뒤에는 고관이 있어서 이곳 관리들은 그저 눈감아주고 있다고 합니다. 그자에게 뇌물을 받아먹지 않은 자가 없다고 들었습니다. 태수와 술자리를 함께 할 정도니 그자의 위세를 능히 짐작하지 않겠습니까?"

"국협 그놈이……."

"나리께서 아시는 분입니까?"

"그래. 나와는 인연이 있는 놈이다."

"나리의 신분이 궁금합니다."

"그저 닥치는 대로 떠도는 장사치다. 앞으로 어찌할 작정이냐?"

"나리의 처분에 맡기겠습니다. 태수가 제 얼굴을 알고 있는 한 이제 대낮에 얼굴을 드러내고 살 수는 없겠지요. 더 이상 험한 꼴을 본다고 해야 지금보다 더 하겠습니까?"

"허, 공연히 내가 끼어들어 네 입장만 난처하게 만들었구나."

"그렇지 않습니다. 급한 마음에 기녀가 되겠다고 나섰지만 차마 할 짓이 아니었지요. 나리께 큰 은혜를 입었습니다."

분이가 곰쇠를 향해 고개를 숙였다.

"내 어떻게 해서든 너와 아비가 살 방도를 마련해주겠다. 너무 심려하지 마라."

"말씀만으로도 고맙습니다."

"본국으로 돌아가고 싶으냐?"

"이르다 뿐이겠습니까? 어떻게 해서든 아비를 모시고 비록 돌아가셨지만 어미 곁에서 살고 싶은 것이 제 유일한 소망입니다."

"내 너의 소망이 이루어질 수 있도록 돕겠다."

"……."

분이가 눈을 들어 곰쇠를 올려다보았는데 눈물이 여전히 글썽글썽한 그 눈에 반쯤 미소가 담겨 있었다.

며칠 후 고흥이 찾아왔다.

"국협의 행방을 알아냈습니다. 국협은 지금 덕산포에 있습니다. 곧 본국에서 배가 들어올 눈칩니다."

"태수의 움직임은 어떻소?"

"은밀히 기찰군사를 풀어서 우리를 뒤쫓고 있는 모양입니다. 워낙 망신살이 뻗쳤다고 생각했는지 떠들썩하게 소문을 내지는 않고 있습니다. 하지만 태수의 성품으로 보아 그냥 지나가진 않을 겁니다."

"수고했소."

"장사님, 이제 본국으로 돌아가야 하지 않겠습니까? 물목도 다 처분했는데 여기 더 머물 이유가 있겠습니까? 제가 배편을 준비하지요."

"아니 그럴 필요 없소. 당분간 여기 더 머물겠소."

고흥의 양미간이 찌푸려졌다. 곰쇠가 또 어떤 짓을 저지를지 걱정된다는 얼굴이었다.

"너무 걱정하지 마시오. 고 객주에게 피해가 가지 않도록 신경 쓸 테니까."

"에이구, 그런 말씀 마십시오. 벌써 덕산포에 있는 제 객사는 쑥대밭이 되었소."

"그깟 객사 수입이 얼마나 되겠소. 이번 물목 처분한 것만 해도 그 구전이 상당한 것으로 알고 있는데 말이오."

"그렇긴 하지만……."

"우리와 거래를 이쯤에서 끝내고 싶은 게요?"

"그럴 리야 있겠습니까?"

고흥이 애써 얼굴에 웃음을 지었다.

"그럼 다행이오. 계속해서 국협의 움직임을 알아봐주시오."

"어떻게 하시게요?"

"나름대로 작정이 있소. 이번 기회에 국협 그놈을 손봐줘야겠소."

"허, 저번에는 태수를 건드리더니 이번에는 국 장리의 아들을 어찌하시겠다는 거요? 대체 장사님의 뱃심은 고래심줄로 만드셨소?"

"그럼 고 객주는 불의를 보고도 그냥 눈감으란 말이오?"

"……."

"이름조차 남기지 않고 죽는 것이 인생이오만, 그래도 한번쯤은 이 세상에 왔다 가는 증거는 남겨야 할 거 아니오."

"장사님의 배포에 감탄했소. 좋시다. 까짓 것 두 번 죽나, 한번 해봅
시다."

"나는 돌아가지 않겠지만 본국으로 가는 배편은 알아봐주시오."

"어찌시려구요?"

의아한 고흥의 말에 곰쇠가 쌍가마를 돌아보았다.

"쌍가마 네가 본국으로 건너가서 주인을 뵈야겠다."

"제가 말입니까?"

"그래. 주인께 이곳 사정을 잘 말씀드려라. 백제인들을 노예로 잡아
다가 송국과 위국에 팔아넘긴다고 전하고 이놈이 어떻게든 그 일을 막
아볼 것이라고 전해라. 그쯤 말씀드리면 알아서 하실 게다."

"그렇게 전하지요. 그럼 야금이는 여기 남습니까?"

"그래. 가는 길에 물목 처분한 돈을 수달치에게 전해라."

"여부가 있겠습니까?"

"그럼 여기 고 객주와 함께 덕산포로 떠나거라."

"예, 형님. 그럼 나중에 뵙겠습니다요."

쌍가마가 넙죽 엎드려 절하고 고흥과 함께 길을 떠났다.

그런데 며칠 후 분이의 아비인 장쇠의 병세가 위독해졌다. 급히 불
려온 의원이 장쇠를 진맥하고는 방에서 나왔다. 밖에서 분이와 함께
초조하게 기다리던 곰쇠가 의원에게 물었다.

"용태가 어떻소?"

"워낙에 지병이 오래된 데다가 중노동에 시달린 탓인지 이대로는
얼마 버티지 못할 거요."

의원이 고개를 절레절레 흔들었다. 분이가 한 걸음 앞으로 나서며
물었다.

"어떻게 방법이 없을까요?"

"너무 늦었소."

"돈은 얼마가 들어도 좋으니까 꼭 낫게 해주시오."

곰쇠가 거들었다.

"최선은 다해보리다. 내 가서 약을 지어오겠소."

의원이 돌아간 후 방 안에서 마른기침소리가 연방 터져 나오더니 장쇠의 말소리가 들렸다.

"분이야. 거기 장사님 계시거든 안으로 좀 모셔오너라."

분이가 물기 젖은 눈으로 곰쇠를 돌아보았다. 곰쇠가 방으로 들어서자 장쇠가 반쯤 몸을 일으켜 들어서는 두 사람을 힘겹게 올려다보았다.

"내 저간의 사정을 여식을 통해서 자세히 들었소. 장사님께 입은 후의를 어떻게 갚아야 할지 모르겠소. 내 이승에서 갚지 못하면 저승에서라도 꼭 갚으리다."

"그런 염려는 마시구 꼭 쾌차하시우."

"사람이 늙으면 자기 몸은 자기가 가장 잘 아는 법이오. 내 비록 구차한 일생을 살아왔지만 팔자에 없이 이렇게 먼 곳까지 떠나와 종살이를 하게 될 줄은 정말 생각하지도 못했수."

장쇠의 눈가가 눈물로 짓무르기 시작했다.

"장사님께 꼭 부탁드릴 게 있소."

"말씀하시우."

"나야 이제 죽어도 그렇거니 하지만 저 아이는 부모 잘못 만나서 이게 무슨 고생이오. 이제 내가 죽고 나면 저 아이는 사고무친이오. 장사님께 기왕 이렇게 인연을 맺게 된 거 어리석은 여식을 부탁드리겠소."

"아버님……."

분이가 울음을 참으며 아비를 불렀다.

"마다하지 마시오. 제발 부탁이오."

"……"

곰쇠가 분이를 돌아보았다. 안개 긴 듯한 분이의 시선이 곰쇠의 눈길을 받았다가 이내 거두어졌다.

"너무 걱정 마시우. 분이는 내가 꼭 보살피겠거니와 어르신은 쾌차할 생각이나 하시우."

"그렇다면 안심이오. 죽기 전에 저 아이와 꼭 고향에 돌아가고 싶소이다."

"내 약속드리리다. 꼭 그렇게 될 거유."

장쇠가 만족한 듯 고개를 끄덕이다가 밭은기침을 쏟아냈다. 마른 등걸처럼 바싹 여윈 몸이었고, 얼굴에는 거뭇거뭇 저승꽃이 피어 있었다.

곰쇠는 분이의 부축을 받고 자리에 눕는 장쇠를 보다가 벌떡 일어섰다. 갑자기 치밀어 오르는 분노를 달래기 힘들었던 것이다.

이른 새벽 분이의 울음소리에 잠이 깬 곰쇠가 잠자리를 떨치고 건너왔다. 곰쇠는 분이가 오열을 삼키며 어깨에 기대어 오자 그녀의 어깨를 어루만지며 달랬다.

"너무 상심하지 마라."

"이제 전 어떻게 해요?"

"아무 걱정 하지 마라. 어르신께 약조한 대로 내가 너를 보살펴주겠다. 어차피 한번 왔다 가는 인생, 이렇게 운다고 해서 가신 이가 되살아올 리는 만무하다. 보아하니 그동안 부친 병구완하느라 너도 몸이 많이 상했다. 너무 상심 말거라."

곰쇠의 손에 잡힌 분이의 어깨는 한줌도 되지 않을 듯 여위었다.

곰쇠는 객사 주인을 불러 장례를 준비하도록 일렀다. 곰쇠에게 후한 비용을 받은 객사 주인은 반색하며 제 일처럼 정성스럽게 장례식의 제반사를 도맡았다.

장쇠는 덕산포가 한눈에 내려다보이는 산언덕 양지바른 곳에 묻혔다. 비록 고향으로 돌아가지는 못했지만 그나마 고향이 가장 가까운 곳이므로 망자의 한이 조금이라도 위로받았을 것이다.

"주인, 알아냈습니다."

수달치가 청에 올라와 부복하며 급하게 말했다. 서안에 눈길을 주고 있던 목만치가 고개를 들었다.

"그동안 국 장리의 집에 사람을 붙여놓았습지요. 요 며칠간 분주하게 움직인다 싶어서 그 뒤를 밟았더니 기벌포에서 얼마 떨어지지 않은 한적한 포구에 밀선이 준비되어 있었습니다."

"노예로 팔려가는 여자들이 정말 그 배에 있더란 말이냐?"

"예. 제가 확인한 바로는 스무 명이 넘는 여자들이 그 배에 갇혀 있었습니다. 아마 며칠 내로 출항할 것이 틀림없습니다."

"허, 그 말이 사실이라니……."

목만치가 시선을 허공에 둔 채 혼잣소리처럼 중얼거렸다.

곰쇠에게서 전갈을 받았지만 설마 국강이 노예장사까지 하리라고는 믿어지지 않았다. 국강이라면 나라의 대신이었고, 국인들을 보살펴야 하는 직무를 맡은 자였다. 그런 그가 죄 없는 국인들을 사사로이 끌어다가 바다 건너에 팔아먹다니 그것은 대역죄에 못지않은 중죄였다.

"어떻게 할까요? 중간에서 칠 생각이십니까?"

"아니다."

목만치가 고개를 저었다.

"내가 백제군으로 건너가겠다. 내 눈으로 직접 확인해야겠다."

"그럼 차비를 하겠습니다."

"국협이 아직도 백제군에 있느냐?"

"그렇습니다. 국협이 노예장사를 실질적으로 주관하고 있는 모양입니다. 그 아비에 그 자식이라고 하더니 정말 그렇습니다. 저잣거리에 나가면 상좌평과 국강 부자가 이 나라를 다 말아먹는다는 소문이 파다합니다."

"그럴 만도 하겠다."

"차라리 제 처지가 얼마나 홀가분한지 모르겠습니다."

"이놈, 해적질을 한다고 해서 네놈은 백제인이 아니란 말이냐?"

"하긴 그렇습지요. 하지만 이럴 바에는 백제인이건 신라인이건 무슨 상관이 있겠습니까? 어차피 우린 태어나서 지금까지 한번도 나라의 혜택을 제대로 받아본 적이 없는 신세입니다."

"그렇다고 해서 근본까지 망각해서는 안 될 일이야."

"……."

수달치는 뭔가 더 말하려다가 입을 다물었다. 그러나 흔쾌한 표정은 아니었다. 사실상 백제인으로 태어났지만 지금까지 보아온 것은 관리들과 토호들의 수탈과 착취였고, 일반 국인들에게는 막중한 부역과 조세 부담뿐이었다. 전란이 일어나면 죽어나는 쪽은 애꿎은 국인들이고, 평시라고 해도 관리들과 토호들을 빼고는 어렵기가 매일반이었다.

"바로 배를 준비하겠습니다. 수하들은 몇이나 준비할까요?"

"배를 부릴 자들을 제외하고 대여섯 명이면 족하겠다."

"알겠습니다. 그리 알고 준비하지요."

수달치가 다시 고개를 조아리고는 청을 내려갔다.

목만치는 열린 장지문 사이로 시선을 주었다. 달빛이 사위에 고즈 녁하게 내리고 있었다. 그는 밤하늘을 올려다보았다. 구름 한 점 없는 밤하늘이었고, 만월이었다.

목만치는 가만히 한숨을 내쉬었다. 문득 그 만월에 겹쳐서 한 얼굴 이 떠올랐던 것이다. 가슴 한 귀퉁이가 스르르 무너지는 듯한 느낌이 었고, 마음이 시렸다. 한동안 달을 응시하던 목만치는 충동적으로 일 어섰다. 더 이상 견딜 수 없었던 것이다.

"이 야심한 밤에 웬일이오, 장군?"

느닷없이 찾아온 목만치를 맞아들이며 내신좌평 해반이 물었다.

"마침 제게 좋은 술이 있던 차에 좌평 나리 생각이 났습니다. 백제 국 내에서 풍류 하면 좌평 나리 아니십니까?"

"허허, 장군에게도 이런 면이 있었소? 어쨌거나 반갑소이다. 어서 들어오시오."

해반의 사랑채에는 서책이 가득했다. 책을 보던 중이었는지 서안 위에 책이 펼쳐져 있었다. 그 옆에는 바둑판이 놓여 있었다.

"풍류 얘기가 나왔으니까 하는 말이지만 좌현왕마마가 그립소. 풍 류 하면 원래 그이를 꼽지 않았소."

해반이 흰 눈썹 아래 눈을 가늘게 뜨며 말을 이었다.

"좌현왕마마야말로 진짜 풍류를 아는 호걸이오. 기마, 궁술, 가무, 서화 어디 하나 빠지는 데가 없는 인물이지요. 그가 왜국으로 건너간 뒤 무심한 세월만 흘렀구려."

"……."

좌현왕 여곤. 목만치는 그를 한시도 잊은 적이 없었다. 그와 술잔을 기울이며 대륙정벌에 대한 야심을 털어놓던 밤들이 떠올랐다. 목만치는 마치 여곤이 바로 눈앞에 있는 듯 허공을 올려다보았다.

여종이 차려온 술상 위에 목만치가 가져온 술병이 놓였다. 해반이 먼저 술병을 들어 목만치와 자신의 잔에 술을 채웠다. 해반이 가볍게 술잔을 치켜들었고, 두 사람은 단숨에 잔을 비웠다.

해반이 뜨거운 입김을 토해내며 말했다.

"좋은 술이오."

"마음에 드신다니 다행입니다."

"좋은 술이 있고 안주가 있으나 한 가지 빠진 게 있소."

목만치는 해반을 쳐다보았다. 해반이 가만히 웃더니 밖을 향해 소리쳤다.

"게 있느냐?"

잠시 후 밖에서 누군가 대답했다.

"부르셨습니까?"

"별당으로 가서 아씨를 모셔오너라."

"예."

목만치는 가만히 있었다. 해반 역시 눈치가 빠른 노인네였다. 목만치가 느닷없이 찾아온 이유를 단숨에 꿰뚫고 있는 것이다.

"세월을 거스르는 장사는 없소. 요즘 들어 부쩍 그런 생각이 든다오. 나 같은 퇴물 노인은 일찌감치 낙향해서 전원생활을 벗 삼아야 하오만, 대왕마마께서 그나마 바둑친구가 없다고 저렇게 붙잡으시니 신하된 도리로서 내 욕심만 채울 수는 없는 노릇이구, 해서 아침마다 입궐하나 앉은 자리가 가시방석이오."

해반이 조용히 웃었다.

"지금은 좌평 나리의 경륜이 절실히 필요한 때입니다."

"듣기 좋으라고 하는 소린 줄 아오."

"지나친 말씀입니다."

"상좌평이 나를 내치려고 한다는 것쯤은 나도 알고 있소. 대왕마마께서 정무에 통 관심을 두지 않으시니 걱정이 이만저만이 아니오. 장군께서는 변치 말고 대왕마마께 충성을 바쳐주기 바라오."

"이를 말씀이겠습니까."

두 사람이 이런저런 이야기를 주고받는데, 가만히 다가오던 발소리가 문 밖에서 멈추었다.

"들어오너라."

문이 열리고 한 여인이 들어섰다. 목만치는 얼어붙은 듯 몸을 굳혔고, 천천히 고개를 돌렸다. 진연이 놀란 눈으로 그를 내려다보고 있었다. 두 사람의 시선이 한동안 허공에서 얽혔다.

해반이 두 사람을 바라보다가 가만히 웃었다.

"허허, 견우직녀가 상봉하는 것 같소. 연아, 게 앉거라."

진연이 조심스럽게 목만치의 옆자리에 앉았다.

"여기 목 장군께서 좋은 술이 있다고 찾아오셨느니라. 좋은 술과 안주가 있으니 이제 필요한 것은 아름다운 여인이 아니겠느냐. 생각해보니 우리 집에는 쭈그렁 할미와 가히 아름답지 않은 종년들만 있을 뿐이니 천상 연이 네가 장군께 술 한 잔 올려야겠다."

"……"

진연이 손을 들어 술병을 집어 들었다. 목만치는 술잔을 비웠고, 빈 잔을 진연 앞에 내려놓았다. 진연이 술잔을 채웠다. 희고 가는 손가락이 미세하게 떨렸다. 목만치는 고개를 들어 진연의 귀밑머리에서 목으로 흘러내리는 고운 선을 바라보았다. 홍조가 물들고 있었다.

'아아……'

목만치는 가만히 숨을 안으로 삼켰다. 당장이라도 손을 뻗어 저 목덜미를 어루만지고 싶었다. 사랑하는 정인이 바로 눈앞에 있었다. 만나지 못하고, 취하지 못하므로 안타까움은 더했다.

어느샌가 해반이 방을 나섰다. 문이 닫히고 두 사람만 남게 되자 진연이 비로소 고개를 들어 목만치를 똑바로 바라보았다.

"……."

"……."

두 사람은 한동안 말없이 서로를 바라보았다.

이윽고 목만치가 손을 뻗었다. 기다렸다는 듯이 진연이 그의 가슴에 무너져 왔다. 목만치는 진연의 머리카락에 얼굴을 묻고 깊숙이 숨을 들이마셨다. 동백기름 냄새인가, 여인의 체취인가. 향긋한 내음이 맡아졌다.

"단 한순간도 그대를 잊은 적이 없었소."

"저 역시 그랬습니다."

"내가 못난 탓이오. 그대를 내 지어미로 맞아들이지 못하는 못난 사내요."

"세월 탓입니다. 설령 공자님의 지어미가 되지 못한다 할지라도 원망하지 않겠습니다. 공자님의 마음만 있으면 설령 그곳이 무간지옥일지라도 소녀는 행복합니다."

"참으로 미안하오."

진연이 목만치의 품에서 떨어져 나와 고개를 저었다. 그녀의 입가에 조용한 미소가 떠올랐다.

"그렇게 생각하지 마세요. 공자님을 알았고, 공자님의 마음이 제게 있다는 것을 알게 된 순간부터 소녀는 이 세상 어느 여인보다 행복합니다. 그렇기 때문에 소녀는 죽음조차 두렵지 않습니다."

"연……."

목만치가 다시 그녀를 힘껏 끌어안았다. 두 사람의 몸이 격정으로 부르르 떨렸다. 서로의 입술만 탐하던 두 사람은 이윽고 한 덩어리가 되어 무너져 내렸다.

어느새 진연의 두 눈에서 눈물이 흘러내리고 있었다. 목만치가 손을 뻗어 그녀의 눈물을 훔쳤다.

"조금만 더 기다리시오. 내 그대를 꼭 내 사람으로 맞아들이리다."

"소녀는 언제까지고 기다리겠습니다. 설령 그것이 영원한 기다림이 될지라도 소녀는 받아들이겠습니다."

"꼭 그대를 내 사람으로 맞아들일 것이오."

목만치가 확인하듯 다시 말했다. 그것은 진연에게라기보다는 자신에게 다짐하는 듯 들렸다.

"내 이번에 대륙에 다녀올 일이 있소."

"대륙이라면 험한 곳이라고 들었습니다. 부디 몸조심하십시오."

"염려 마오. 그대를 혼자 놓아두고 결코 죽지는 않을 것이오."

"소녀는 공자님께서 무사하시기만 하면 됩니다. 공자님은 저의 전부입니다. 부디 몸조심하시고 잘 다녀오십시오."

"이번에 다녀오면 대왕께 필히 청을 넣어 그대를 맞아들일 것이오. 백제령으로 건너가서 행복하게 삽시다."

진연이 미소 지었는데, 아직도 채 마르지 않은 눈물을 달고서였다.

"소녀가 한 잔 더 따라 올리겠습니다."

"그러시오."

진연이 다시 술잔을 채웠고, 목만치는 그 술잔을 단숨에 비워냈다.

"그럼 부디……."

말을 채 끝내지도 못한 채 진연이 방문을 열고 나갔고 목만치는 굳은 자세로 앉아 있었다.

정인을 만났음에도 기갈이 채워지기는커녕 더욱 심해졌다. 안타까움은 배가 되었다.

목만치는 가만히 한숨을 내쉬었고, 촛불이 일렁거리다가 이내 잦아들었다.

사흘간의 긴 항해 끝에 대륙이 나타나기 시작했다. 산맥의 등줄기가 뻗어 나왔고, 덕산포 뒤쪽 산등성이에 덕산성이 그 웅장한 모습을 드러냈다.

"저곳이 덕산성이올시다."

수달치가 손끝으로 가리켰고, 목만치는 이물에 서서 고개를 끄덕였다. 목만치는 흰색 무명 바지저고리에 가죽 배자를 걸쳤고, 머리에는 검은 두건을 쓴 차림이었다.

'저곳이 대륙이다.'

감회가 남다를 수밖에 없었다. 목만치는 해월에게서 처음으로 대륙에 관한 이야기를 들었다. 특히 백제국의 최전성기인 근초고대왕 때의 영광에 대해 들었을 때는 가슴이 얼마나 뛰었던가. 그때부터 가슴 한 구석에 고이 간직해온 대륙정벌의 열망이었다.

세계의 중심이라는 대륙. 이름하여 중화中華. 변방의 한 소국이 아니라 대륙의 주인이 되고 싶다는 뜨거운 열망을 목만치는 한순간도 잊은 적이 없었다. 그리고 여곤. 그 역시 대륙에의 야심을 간직하고 있는 또 한 명의 사내였다.

쾌선은 때마침 불어오는 순풍을 받아 매끄럽게 바다 위를 헤쳐 나갔다. 배에서 내리자 기다리고 있던 곰쇠와 고흥이 다가왔다.

곰쇠가 싱글거리는 얼굴로 허리를 숙이며 예를 갖추었다.

"그동안 고생이 많았다."

"고생은 뭘요. 그나저나 뱃멀미에 시달리지는 않았습니까? 전 저번에 건너오면서 죽을 똥을 쌀 지경이었습지요."

"괜찮다."

"이쪽은 고흥이라고, 이번 장물을 처분하는 데 애쓴 객주올시다."

고흥이 한 걸음 나서서 허리를 깊숙이 숙였다.

"나리의 고명은 익히 듣고 있습니다. 이렇게 직접 뵙게 되니 광영이올시다."

"고생했소."

목만치가 가볍게 치하했다.

"주인, 저하고는 오랫동안 거래를 해온 동무입니다. 믿을 만한 인물입지요."

수달치도 거들었다.

"먼 길 오시느라 피곤하시겠습니다. 자, 어서 말에 오르시지요. 객사를 비워두었습니다."

고흥이 끌고 온 말들을 가리키며 말했다.

그들은 각자 말에 올라탄 뒤 고흥의 안내를 받아 앞으로 나아갔다. 한 시진쯤 말을 달려가자 덕산성이 그 웅장한 자태를 드러냈다.

"백제군에서는 하동성이 태수가 주재하는 주성이고, 그다음으로 규모가 큰 곳이 덕산성입니다. 본국과 백제군을 오가는 하물은 대부분 이곳을 통과합니다. 그뿐 아니라 신라와 고구려, 왜국의 무역선까지 이곳을 이용하는 것이 보통이라 사실상 백제국에서는 가장 큰 포구라할 수 있습니다."

목만치와 나란히 말머리를 같이한 채 고흥이 설명했다.

덕산성은 덕산포가 한눈에 내려다보이는 산언덕에 쌓은 퇴뫼식 산성이었다. 성벽이 두 길이 넘는 데다가 주위 둘레가 5리에 가까운 큰

성이었다.

포구에서 성에 이르기까지 길 양편으로는 객사가 즐비했고, 난전이 열려 오가는 행인들로 북적거렸다. 번화한 거리였고, 대륙의 관문다운 활기가 느껴졌다. 그들은 남들의 시선에 잘 띄지 않는 객사로 들어섰다.

목만치가 홀로 든 방에 곰쇠가 들어와 저간의 사정을 설명했다.

"소인이 알아본 바에 의하면 두 달 간격으로 본국에서 사람들을 신고 오는데 한 뱃길마다 적게는 20~30명, 많게는 40~50명이 넘는다고 합니다. 백제인 노예들은 송국이나 위국에서 인기가 있어 부르는게 값이랍니다. 국 장리가 국법을 어기고 노예를 팔아넘기는 이유가바로 거기에 있습니다. 게다가 저번 덕물도 일로 받은 타격을 노예 수출로 벌충하려고 안간힘을 쓰는 모양입니다. 3일 후 들어오는 배에는무려 백여 명이 넘는 사람들이 실려 있을 거라 합니다."

기벌포 나루에서 확인한 내용이므로 목만치는 고개만 끄덕였다.

"그동안 저는 아직 팔려가지 않고 백제군 내에 머물고 있는 노예들의 근황을 파악해두었습지요. 사람을 시켜 접촉해본 결과 열이면 열, 모두 본국으로 돌아가기를 간절히 원하고 있습니다."

"백제군 내에 있는 노예들은 얼마나 되나?"

"백여 명이 넘는다고 합니다."

"그 많은 사람들을 다 만나보았느냐?"

"어디 그럴 수야 있겠습니까? 각 성마다 믿을 만한 여자를 하나씩포섭하면 그 여자가 나머지 동무를 규합하는 식으로 일을 했습지요."

"고생했다."

"인편에 말씀드렸다시피 그 사람들을 본국으로 돌려보낼 수만 있다면 더한 고생이라도 얼마든지 감수하겠습니다요. 몇 사람밖에 못 만나보았지만 차마 형언할 수 없이 고생이 자심하였습니다. 사람 사는 꼴이 말이 아니구, 죽지 못해 연명하는 것에 지나지 않습니다요."

"그래, 그 분이라는 아이는 어디 있느냐?"

"하동성 청루에서 일하고 있는 여자들의 상황을 알아보기 위해 다니러 갔습니다. 이제쯤 돌아올 때가 되었습니다."

"여자의 몸으로 대단하구나."

"그렇습니다. 제 몸의 안위는 생각지 않고 제 일처럼 발 벗고 나서고 있습지요."

"⋯⋯."

문득 목만치가 말을 끊었으므로 곰쇠는 어리둥절해서 그를 바라보았다. 목만치의 시선이 곰쇠의 얼굴을 살피고 있었다. 머쓱해진 곰쇠가 슬며시 시선을 피했다.

"소인 얼굴에 뭐가 묻었습니까?"

"네놈 얼굴이 예전과는 달라 보이는구나."

"달라지기는요. 쉰네 그대로입니다."

"그러냐? 어딘지 모르게 네놈 얼굴이 밝아 보여 그랬느니라."

"주인을 보니 좋아서 그럴 겁니다요."

"허, 그러냐?"

목만치가 짧게 웃었다.

"주인, 술자리를 마련했습니다."

곰쇠가 소리쳐 객사 주인을 부르자 이내 술상이 들어왔다. 그들이 몇 순배 주거니 받거니 하면서 그동안의 회포를 풀고 있을 때 밖에서 여자의 인기척이 들려왔다.

"저, 분입니다."

곰쇠가 반색하며 일어나 문을 열었다.

"언제 왔느냐? 안 그래도 너를 기다리던 참이다."

분이는 낮을 가리느라 이마를 조금 숙인 채 들어왔는데, 몸가짐이 조신해 보였다. 분이가 허리를 숙여 예를 갖추었다.

"그래, 고초가 많았다고 들었다. 얼마 전에는 상까지 당했다니 크게 상심했겠구나."

목만치가 부드러운 음성으로 말했다. 분이가 곰쇠를 눈짓으로 가리키며 대답했다.

"분에 넘치는 후의를 입었습니다. 장사님이 모시는 주인이시라고 들었습니다. 역시 큰 은혜를 입었습니다."

"그렇게 생각할 것 없다. 어려운 일을 당하는 것을 보고 곰쇠가 의분심을 일으키는 것은 당연한 일이다. 사내라면 의당 해야 할 일을 했을 따름이다."

분이가 다시 한번 고개를 숙여 사의를 표했다.

"하동성에 다녀왔다고 들었다. 일이 어떻게 돌아가고 있느냐?"

"모두 당장이라도 고향에 돌아가고 싶어 합니다. 하지만 감시의 눈길이 워낙 엄한 데다가 보복당할 두려움 때문에 선뜻 움직이기가 어려운 형편입니다."

"짐작했던 일이다. 우리가 그들에게 확신을 심어주기 전에는 쉽게 믿기 어렵겠지."

"하면…… 참으로 저희가 고향에 돌아갈 수 있겠습니까?"

"곰쇠에게서 약조를 받지 않았느냐?"

목만치가 소리 없이 웃었다. 분이가 힐끗 곰쇠를 돌아보았다가 다시 말했다.

"장사님께서는 꼭 돌려보내주시겠다고 말씀하셨습니다. 하지만 워낙 꿈같은 얘기라……."

"곰쇠가 약조했음은 곧 내가 약조한 것이나 마찬가지다. 너뿐 아니라 죄 없이 끌려온 모든 이들을 돌려보낼 것이다."

"말씀을 들으니 참으로 든든합니다. 하지만 저희를 끌고 온 자들은 고관의 비호를 받고 있다고 들었습니다. 나리께 후환이 가지 않을까 염려됩니다."

"네가 그런 것까지 염려하지 않아도 된다. 그동안 애썼으니 이제부터는 우리에게 맡기거라."

"나리, 말씀은 고마우나 소녀 힘닿는 데까지 돕고 싶습니다."

분이가 눈을 빛내며 무릎걸음으로 한 걸음 다가왔다. 목만치가 곰쇠를 잠깐 돌아보았다가 말했다.

"위험할지도 모른다."

"감수하겠습니다. 저희 일을 이처럼 도와주시는데 당자가 되어 어찌 안위만 바라겠습니까?"

"허⋯⋯."

목만치가 감탄한 표정으로 그녀를 바라보았다.

"좋다. 너의 도움이 큰 힘이 되리라. 그렇다면 너는 지금까지 해오던 대로 끌려온 사람들의 행방을 수배하고 그들과 연락을 계속 취하거라. 마침 내 수하 몇이 함께 건너왔으니 너를 도와줄 게다."

"소녀의 청을 들어주셔서 감사할 따름입니다."

"내가 감사를 받을 입장이 아닌 것 같다."

목만치가 부드럽게 웃으며 곰쇠를 흘끗 돌아보았다. 곰쇠는 모르쇠로 고개를 돌려 목만치의 시선을 외면했다.

활빈

         파도소리만 이어질 뿐, 달빛 하나 없는 그믐 밤이었다. 축시를 갓 지났을 시각이었다.

  덕산포에서 십 리쯤 떨어진 바닷가에 내륙에서 달려온 산맥이 바다와 급하게 만나면서 형성된 단애가 있었다. 맞파도가 험해 어지간히 노련한 배꾼의 접안술이 아니면 배를 댈 엄두도 내지 못하는 곳이었다. 자연히 그곳은 비밀스럽게 하선작업을 해야 하는 밀선들이 주로 이용했는데, 덕산포 주둔병들도 그쯤의 사정은 알고 있지만 구태여 단속하려 들지 않았다. 일손이 부족하기도 했지만 눈감아주고 챙기는 뒷돈의 길미도 쏠쏠했던 것이다.

  갯바위에서 2백여 보 떨어진 산언덕의 다복솔 숲 속에 십여 명의 사내들이 엎드려서 칠흑같이 어두운 밤바다를 주시하고 있었다. 얼마쯤 지났을까, 역시 해적질로 이골이 난 수달치의 밤눈이 그중 밝았다.

  "저기 옵니다, 주인."

목만치가 수달치의 손끝을 따라 시선을 주었지만 그로서는 어디가 바다인지 하늘인지 쉽게 구분되지 않았다. 이윽고 어둠 속에서 희끄무레한 것이 보이기 시작했다.

불빛 하나 새어나오지 않는 것이 남의 이목을 꺼리는 기색이 역력했다. 점차 시간이 흐르자 윤곽을 드러냈는데 쌍돛대를 단 중선이었고 백여 명 이상을 태울 수 있는 크기였다. 그 정도의 크기라면 무역선 외에는 없을 터 물길 편한 덕산포 앞바다를 피할 이유가 없었으므로 지금까지 그들이 기다리고 있던 배가 틀림없었다.

"국협은 어디에 있나?"

"저 밑 갯바위 어디쯤에 있을 겁니다."

어둠 속이어서 그들의 모습을 쉽게 찾을 수 없었지만 수달치의 말대로 그들 역시 갯바위 틈에 숨어 배를 기다리고 있을 것이었다.

중선은 해안에서 1리쯤 떨어진 곳에 닻을 내렸고, 때를 맞추어 갯바위 틈에서 나타난 전마선 한 척이 그쪽으로 다가갔다. 전마선이 나타난 그곳 어딘가에 마중나온 국협 일당이 숨어 있을 것이었다.

"어떻게 할까요, 주인?"

곰쇠가 물었다.

"하선이 모두 끝나기를 기다려라. 저쪽의 병력이나 무장상태를 확인하지 못했다."

"흘수를 보니까 얼추 백여 명 가깝게 탔을 겁니다. 그렇다면 끌려오는 사람들을 제외하고라도 수십 명이 넘는다는 얘깁니다."

눈을 잔뜩 찌푸린 채 지켜보던 수달치의 말이었다. 배가 잠긴 부분을 보고서 역으로 산출해내는 것을 보면 오랫동안 소금기를 맡아온 수달치다웠다.

중선에서 전마선으로 사람들이 옮겨 타기 시작했다. 서툰 몸짓으로 보아 여자들이 틀림없었다. 전마선은 한 차례에 십여 명씩 옮겼으며 여덟 차례나 왕복한 끝에야 움직임을 멈추었다.

중선은 그대로 바다에 떠 있었다. 당분간 그곳에 정박해 있을 모양이었다.

그들의 움직임을 꼼짝도 않고 지켜보던 목만치 일행은 몸을 일으켰다. 이제 끌려온 여자들은 덕산성에서 십 리쯤 떨어진 사처로 이동할 것이다. 지리에 밝은 고흥의 부하가 수소문 끝에 어렵게 알아낸 정보였다. 사처에서 하루를 보낸 다음 다시 밤을 이용해서 정해진 곳으로 팔려나갈 참이었다.

"주인, 어디서 칠까요?"

곰쇠가 목만치를 향해 물었다.

"우리가 도중에 헛된 힘을 쓸 필요 없다. 놈들이 사처에 당도하기 직전에 친다."

이미 여자들을 도피시킬 장소까지 물색해놓았다. 상당한 인원이므로 도피처를 마련하는 것도 쉬운 일이 아니었다. 목만치는 그 문제로 오랫동안 고민하다가 어렵사리 묘안을 짜냈는데, 임나에 있는 한 섬으로 보내기로 결심했다. 임나는 그의 부친 목라근자가 대장군일 때의 영지고, 지금은 목만치가 대를 이어 영주가 되어 있는 곳이었다.

목만치가 떠올린 섬은 험난하고 척박하기는 하지만 낯설고 물 선 곳에서 종살이나 첩살이를 하는 것보다는 나을 터였다. 또한 국강의 밀선단을 쳐서 생긴 막대한 자금이 있었으므로 그들이 자리 잡을 때까지 긴요하게 쓰일 터였다. 그것이 목만치의 복안이었다.

목만치 일행은 잠시 후 반대편 절벽을 내려와 조심스럽게 앞길을 살폈다. 국협 일당의 엄중한 감시를 받으며 백제인들이 끌려가고 있었다. 30여 명의 여자들과 20여 명의 남자들이 끌려온 사람들이었고, 횃

불을 든 채 무장한 경비병들이 30명쯤 앞뒤, 좌우에서 감시하면서 길을 재촉했다. 조금이라도 꾸물거리거나 주위를 둘러보는 기색이면 여지없이 가죽채찍이 날아들었다.

국협은 앞쪽에서 말을 타고 천천히 나아가고 있었다. 그 양옆을 역시 말을 탄 호위무사들이 바짝 붙어서 따랐다.

저 멀리 왼쪽 산등성이에 덕산성의 웅장한 자태가 보이는 갈림길에서 국협 일행은 오른쪽으로 틀었다. 그때 일행 중 어려 보이는 한 소녀가 앞으로 쓰러졌다. 아까부터 꾸물거린다고 벌써 두어 차례 채찍으로 얻어맞은 소녀였다. 또 얻어맞을까 사색이 된 주변 여자들이 소녀를 일으켜 세우려고 했지만 소녀는 이미 반쯤 넋이 나간 얼굴로 도리질을 했다. 눈물범벅이었다. 사나흘씩이나 걸리는 뱃길에 시달린 데다가 밤길을 걸어온 참이어서 탈진한 모양이었다.

"거기 뭐야?"

우락부락하게 생긴 무사가 고함을 지르며 다가왔다. 한 손에는 금세라도 후려칠 듯 채찍을 든 채였다.

"어서 일어나지 못해?"

"나리…… 더 이상…… 죽어도 못 가겠어요."

소녀가 쓰러진 채로 애원했는데 몸을 일으킬 기운조차 남아 있지 않은 모습이었다. 순간 날카롭게 허공을 가르며 채찍이 떨어졌고, 억눌린 비명이 터져 나왔다. 새된 비명조차 지를 힘이 없는 것이다.

"어서 일어나!"

"나리, 저러다 저 애를 죽이겠소!"

보다 못한 한 여자가 나섰다가 채찍으로 된통 얻어맞고 비명을 내지르며 그대로 나뒹굴었다.

"이년들이 죽으려고 환장했나? 어서 일어나지 못해?"

다른 무사들이 달려와 쓰러진 두 사람에게 닥치는 대로 채찍을 휘둘렀다. 나이 든 여자는 연신 비명을 내지르며 이리 뒹굴고 저리 뒹굴었지만, 소녀는 엎드린 채 미동도 하지 않았다. 이미 혼절한 것이다.

뒤쪽의 소란에 말고삐를 잡아챈 국협이 돌아보더니 얼굴을 잔뜩 찌푸렸다.

"웬 소란들이냐?"

"두 년이 말을 듣지 않습니다."

"이러다 동트겠다. 그년들 하나 제대로 못 다루고 뭐 하는 게냐?"

"한 년은 아예 혼절한 모양입니다. 나리, 어쩔깝쇼?"

국협이 쓰러진 소녀를 보더니 쓴 입맛을 다셨다.

"그년 보아하니 살아나도 제값 받기는 틀렸다. 거추장스러우니 아예 없애버려라."

국협이 자르듯 말하고는 돌아섰다.

무사 하나가 칼을 뽑아들고 소녀에게 다가갔다. 끌려온 다른 사람들은 모두 고개를 돌리거나 눈을 감았고, 다른 호위무사들조차도 눈살을 찌푸린 채 애써 외면했다. 무사가 칼을 높이 치켜들어 소녀의 목을 향해 내리치려는 순간이었다.

비명이 터졌는데, 소녀가 지른 것이 아니었다. 무사가 제 멱에 꽂혀서 아직도 꽁지깃이 부르르, 떨리고 있는 살을 믿기지 않는 눈으로 바라보다가 앞으로 고꾸라졌다.

다른 무사들이 일제히 칼을 빼어들었다. 다시 어둠 속에서 세 대의 살이 날아왔고 정확하게 세 명이 쓰러졌다. 나머지 무사들이 여자들을 앞세우고 몸을 숨긴 채 사방을 둘러보았다. 국협도 어느새 말에서 내려 주변을 경계하며 소리 질렀다.

"웬 놈들이냐?"

"냉큼 그들을 놓아두고 사라져라! 열명길에 간 네 동료들처럼 산적 꼬치가 되고 싶지 않다면 말이다!"

어둠 속에서 들려오는 목소리에 이어 사내들이 나타났다. 모두 한결같이 검은 복면을 하고 있었다. 하지만 겨우 십여 명 남짓한 숫자였다. 수적 우세를 믿는지 국협이 호기롭게 소리쳤다.

"가소로운 놈들! 여남은 놈이 뭘 어째 보겠다는 거냐? 비겁하게 암습을 했다만 이제부터는 마음대로 안 될 것이다. 저놈들을 쳐라!"

국협이 칼을 뽑아들고 소리쳤는데, 정작 자신은 한 발 뒤로 물러났다. 무사들이 앞쪽으로 뛰쳐나갔다. 그들이 복면인을 향해 몇 걸음 떼기도 전에 앞장선 두 놈이 가슴에 살을 맞고 나뒹굴었다. 숲 속에서 날아온 화살이었다. 정확히 살 한 대에 하나씩 목숨을 잃었으므로 나머지 무사들은 공포에 질려 주춤거렸다.

"뭣들 하는 게냐? 냉큼 저놈들을 쳐라!"

분통 터진 국협이 제자리에서 발을 동동거렸다. 그러나 서로의 눈치만 살필 뿐 누구 한 사람 앞으로 나서는 자가 없었다.

"그놈, 누룩돼지처럼 살만 찐 놈이 주둥이만 살았구나!"

복면인들 중 하나가 그렇게 조롱했다. 수달치였다. 숲 속에 숨어 화살을 날린 사람은 목만치와 곰쇠인데 굳이 국협에게 얼굴을 보이고 싶지 않았기 때문이다.

수달치가 다시 한번 호통을 질렀다.

"이놈들! 어서 물러가지 못하겠느냐?"

그러나 아직도 수적 우세를 믿는 데다가 국협의 눈치를 살피느라 무사들은 머뭇거렸다.

"어서 저놈들을 쳐라!"

국협이 발을 구르며 악을 쓰자 마지못해 한 걸음 나선 놈이 이번에는 얼굴에 살을 맞고 뒤로 나뒹굴었다. 나머지 무사들이 그 자리에 얼어붙었다.

다시 살 하나가 허공을 가르며 날아왔는데 이번에는 국협의 뺨을 스치면서 지나갔다. 화들짝 놀란 국협이 냉큼 말에 올라타더니 있는 힘껏 박차를 넣었다. 놀란 말이 앞발을 높이 쳐들며 울자 국협은 기를 쓰고 말 잔등을 끌어안았다. 간신히 안장에 매달린 국협은 꽁지가 빠져라 달아났다.

그러자 누가 먼저랄 것도 없이 말이 있는 자는 말을 타고, 없는 자는 뛰어서 뒤도 돌아보지 않고 국협을 쫓았다.

국협 일당이 완전히 사라지자 복면을 푼 수달치와 야금이, 그 밖의 부하들은 길바닥에 퍼질러 앉은 백제인들을 살펴보기 시작했다. 그때쯤 숲 속에서 활을 든 목만치와 곰쇠가 다가왔다. 백제인들은 깊은 체념이 드리워진 얼굴로 맥없이 그들을 바라볼 뿐이었다.

"여러분, 두려워하지 마시오. 우린 여러분을 구하기 위해 왔소."

수달치가 큰 소리로 외쳤다. 그제야 굳었던 백제인들의 얼굴이 조금 풀어졌지만 아직도 반신반의하는 표정이었다. 다가온 목만치가 야금이에게 일렀다.

"저 아이의 용태를 살펴보아라."

야금이가 소녀에게 다가가 자세히 살펴본 뒤에 대답했다.

"아직 숨이 붙어 있습니다. 뱃멀미에 시달려 뭘 제대로 먹지 못한 모양입니다."

목만치가 백제인들을 향해 입을 열었다.

"여러분은 본국으로 돌아가게 될 것이오. 만일 여기 남고 싶은 사람이 있다면 말하시오. 그렇게 해주겠소."

"……"

나서는 이가 있을 리 만무했다.

"그렇다면 모두 본국으로 돌아가는 것으로 알겠소."

제법 기운을 차렸는지 목소리가 여기저기서 들려왔다.

"제발 그렇게만 해주신다면 더 이상 고마울 데가 있겠습니까?"

"뉘신지 모르지만 나리 덕분에 우린 살았습니다요."

"정말 감사합니다. 이 은혜를 잊지 않겠습니다요."

그중 30대 초반의 사내가 얼굴을 찌푸리며 나섰다.

"하지만 나리, 고향에 돌아가본들 그놈의 빚 때문에 다시 끌려올 게 뻔합니다요. 이 일을 어떻게 해야 합니까?"

"내 그 문제에 대해 생각해놓은 게 있소. 임나의 한 섬에 여러분이 개간해서 먹고살 만한 충분한 땅이 있소. 여러분이 자리 잡을 때까지 먹고사는 문제는 우리가 도와주겠소."

"그게 참말입니까요, 나리?"

"그렇다면 당연히 그곳으로 가겠습니다요."

"저희 여자들도 갈 수 있나요?"

누군가 물었는데 소녀가 얻어맞을 때 나선 여자였다. 얼굴에는 채찍 맞은 자리가 벌겋게 부풀어 올라 있었다.

"물론이오."

"그렇다면 저도 그곳으로 가겠습니다."

"원하는 사람은 얼마든지 받아들이겠소."

"고향에 있는 처자식들을 데리고 가도 되나유?"

"누구라도 좋소. 주변 사람들을 함께 데려와도 좋소. 그 섬을 개간해서 나오는 소출은 모두 여러분의 것이오."

"참말로 믿기지가 않습니다요, 나리."

"이게 꿈인가, 생시인가. 여보게, 날 좀 꼬집어보게."

"나리의 은혜가 백골난망이올습니다."

"죽기만 기다리고 있는데, 이런 횡재가 있다니 참말 사람 일은 모르는 법일세."

"그동안 심한 고초를 당했으니 무리인 줄은 알지만 여기서 더 머뭇거리다간 방금 그자들의 추포를 받을 것이오. 그러니 서둘러 이곳을 뜹시다."

목만치의 지시에 따라 백제인들은 배를 대기시켜놓은 인근 포구를 향해 부지런히 걸음을 재촉했다. 끌려올 때와는 달리 본국으로 돌아간다는 기쁨 때문인지 애써 발걸음을 옮기는 모습이었다.

그로부터 두 시진이 걸려 포구에 도착한 사람들은 차례로 배에 올랐다. 모두 올라탄 것을 확인한 수달치가 목만치에게 다가왔다.

"그럼 다녀오겠습니다, 주인."

"몸조심하게나. 소부리 근처 구드레 나루에 내리면 만돌이 집사가 기다리고 있을 거네. 집사에게 모든 것을 일임해놓았으니 그가 알아서 처리할 거네."

"저들을 내려놓는 즉시 바로 돌아오겠습니다. 그러자면 넉넉잡고 대엿새 걸릴 겁니다."

"그동안 나머지 사람들을 모아두겠네."

"예. 그럼 다녀올 동안 몸 보중하십시오, 주인."

수달치가 허리를 숙여 인사하고는 배에 올랐다. 백제인들을 태운 쾌선은 이내 먼 바다로 나아갔다.

곰쇠와 야금이를 비롯한 부하들에게 목만치가 일렀다.

"눈치가 빠른 국협이니까 이번 일도 우리에게 혐의를 둘 것이다. 그러니 당분간 각별히 몸조심해야 한다."

"잘 알겠습니다. 하지만 그깟 놈의 누룩돼지는 하나도 겁나지 않습니다."

곰쇠가 흰소리를 던졌지만 목만치는 신중했다.

"국강의 입김이 이곳까지 미치고 있다. 아마 군사들을 풀어서 우리를 뒤쫓을 게다. 몸가짐을 가볍게 하지 마라."

"알겠수다."

목만치가 다시 한번 오금을 박자 곰쇠가 퉁명스럽게 대꾸했다.

국협은 분을 참지 못한 얼굴로 방 안을 서성거렸다. 대황초 두 개가 타고 있었다.

"나리, 협보입니다. 그자를 데려왔습니다."

"들라."

국협이 방 한가운데 놓인 걸상에 앉자 문이 열리면서 두 명의 사내가 들어섰다. 협보라는 이름의 중년 사내는 국협의 집사였고, 또 다른한 사내는 그리 크지 않은 평범한 체구지만 눈빛이 얼음장처럼 차가웠고, 들어서는 발뒤축이 고양이처럼 들려 있었다. 협보가 그 사내를 돌아보며 말했다.

"인사드리게. 국협 나리일세."

사내가 잠깐 두 손을 모았다가 폈다. 그저 시늉뿐인 인사였다.

"편수올시다."

어딘지 모르게 말투가 이상했으므로 국협이 물었다.

"백제인이 아닌가?"

"송나라 출신이올시다."

"그대의 검법솜씨가 제법 쓸 만하다고 들었다. 사실이냐?"

편수가 짧게 미소 지었다. 그러나 그의 눈빛처럼 냉랭한 분위기가 풍기는 미소였다.

"무사는 칼로만 보여드릴 뿐이오."

"그대의 몸값이 최고로 비싸다고 들었다. 금 한 관이라구?"

"열 관이올시다."

편수가 자르듯 말했다. 놀란 눈으로 국협이 협보를 돌아보았다가 다시 편수에게 향했다.

"허, 금 열 관이라니? 과연 네놈이 그만 한 가치가 있단 말이냐?"

"나리, 잘못 알고 계시오. 제 몸값이 비싼 게 아니라 제가 해치워야 할 상대의 몸값이 비싼 것이올시다."

"상대가 누군지 아느냐?"

"모르오."

"그런데?"

"나리의 힘으로도 어쩌지 못하는 상대라면 몸값이 비싼 것은 당연한 것 아니겠소."

"그자를 해치우기만 한다면 열 관을 주겠다."

"나리가 원하는 대로 해드리겠소."

편수가 이를 드러내며 웃었는데, 소리는 전혀 나지 않았다. 국협이 협보를 돌아보며 끄덕였다. 잠시 밖에 나갔다가 돌아온 협보가 보자기에 싸인 것을 탁상 위에 내려놓았다.

"다섯 관이다. 나머지는 그자를 해치운 후에 주겠다."

"말씀하시오. 그자가 누구인지?"

"목만치다."

"목만치……."

편수가 그 이름을 혀끝에 굴렸다.

"본국검법을 쓴다는 그자입니까?"

"아느냐?"

놀란 얼굴로 국협이 되물었다.

"귀신 같은 검법의 소유자라 들었소."

"목만치의 소문이 이곳까지 났단 말이냐?"

"칼로 먹고사는 자들에게는 그런 소문이 빨리 전해지는 법이오."

벌린 입을 다물지 못한 국협과 협보가 서로를 돌아보았다. 잠시 후 국협이 편수에게 물었다.

"그자를 해치울 수 있겠느냐?"

편수가 입 꼬리를 비틀며 웃었다. 기묘하게도 섬뜩한 느낌이 묻어났다.

"상대가 누구든, 설령 그자가 천하제일 고수일지라도 상관없소."

"허!"

국협이 감탄의 신음을 내뱉었다.

"난 칼춤에는 관심이 없소. 내 목적은 오직 적을 죽이는 것이외다. 적을 죽이기 위해서는 수단과 방법을 가리지 않소. 지금껏 내가 마음먹고 죽이지 못한 자는 없었소. 그래도 황금 열 관이 아깝소?"

"그래, 네놈의 말이 맞다. 내가 원하는 건 단지 그놈의 죽음이다. 불에 태워 죽이든, 물에 빠트려 죽이든 어쨌든 그놈을 죽이기만 해라."

국협이 일그러진 미소를 지으며 말했다.

"그것이 내가 황금 열 관을 주고 네놈을 고용한 이유니까."

편수가 허리를 숙여 읍한 뒤 방을 빠져나갔다. 국협이 협보를 돌아보았다.

"믿을 수 있겠나?"

"중원 땅에서는 최고의 자객이라고 소문났습니다. 믿어야지요."

"이제야말로 목만치 그놈의 최후를 보게 될까……."

국협이 혼잣소리처럼 중얼거렸다.

대륙으로

목만치와 야금이가 함께 길을 떠난 지 벌써 십여 일이 넘었다. 패수를 건너 송나라 수도인 건강健康을 향해 가는 그들의 차림은 떠돌이 무사의 형색이었다. 평복에 삿갓을 썼고, 허리춤에는 칼을 찼다.

야금이는 이름이 주는 인상 그대로 다부지기가 차돌 같았고 눈치가 빨라서 목만치의 시종으로는 적격이었다. 게다가 수달치패의 장물을 처리하는 일을 도맡아 했으므로 지리에도 밝아 대륙잠행의 길라잡이로는 더 이상 바랄 게 없었다.

목만치를 수행하지 못하는 것을 아쉬워하던 곰쇠조차도 야금이가 따라나선다는 말에 미련을 버릴 정도였다. 곰쇠는 남아 있는 백제 노예들을 본국으로 무사히 귀환시키는 임무를 맡았다.

"저곳이 어디냐?"

마침 산마루에 올라선 참이라 저 멀리 드넓은 벌판이 펼쳐졌고, 그

한가운데 육중한 성이 버티고 서 있었다.

"양주성이올시다. 건강, 낙양으로 들어서는 관문 중의 하나입지요. 규모가 크고 성민만 해도 2만이 넘는 요충지입니다."

"거성이구나."

목만치는 천천히 말을 몰아 내려갔다. 야금이가 그 옆을 따르며 말을 이었다.

"하지만 낙양이나 건강에 비하면 이곳도 촌성에 지나지 않습니다요. 워낙에 땅덩이가 넓은 데다가 인구가 많아서 그런지 중원 사람들은 뭐든지 크고 넉넉한 것을 좋아합니다. 전쟁이 일어났다 하면 백만 대군을 모으는 것쯤은 일도 아닙니다. 비록 진나라가 망한 뒤 중원이 수십 개의 국가로 분열되었다고는 하지만 근본은 어차피 같은 한족입지요. 게다가 용케 변방의 오랑캐가 중원을 지배한다 하더라도 금세 한족의 문화에 용해되어버리고 맙니다. 그래서 그런가, 북위처럼 오랑캐의 지배를 받아도 정작 한족들은 태연합니다. 이 넓은 땅덩이와 한족이 달리 어디 가겠느냐 하는 자신감 때문이겠지요."

"우리와는 단위가 다르구나."

"그렇습니다요. 우리가 가고 있는 송국으로 말하자면 사실상 망한 것이나 진배없지요. 북위의 세력이 워낙 강고하여 마음만 먹으면 건강은 하룻밤에 떨어집니다. 북위로서는 크게 아쉬울 게 없고 북방을 통합하는 데 더 신경을 쓰고 있어서 침공하지 않는 것뿐입니다. 제 생각에도 송국은 아마 몇 년 버티지 못할 것입니다요."

"기울어가는 나라의 운명이라……."

혼잣소리처럼 중얼거리고 난 목만치가 야금이를 돌아보면서 말을 이었다.

"송나라를 쳐서 멸망시키는 것이 우리 백제면 얼마나 좋겠느냐?"

"……"

야금이로서는 감히 상상해보지도 못한 일이었다.

"원래 우리의 강역은 저 멀리 중원의 한가운데까지 뻗쳐 있었다고 들었다. 고구려의 요동, 우리 백제의 요서는 원래의 강역에 비하면 형편없이 줄어들었다. 우리 민족의 뿌리는 중원이라 했느니라. 자고로 사내로 태어났으면 중원 제패의 야망을 한번쯤 가져봐야 하지 않겠느냐. 야금아, 한번 상상해보거라. 저 광활한 대륙의 강토가 우리 대백제국의 깃발 아래 경영되는 장면을……. 우리의 아들, 손자 들이 대대로 중원의 광활한 대륙을 맘껏 뛰놀며 그 호연지기를 펼칠 수 있다면 얼마나 좋겠느냐. 상상만 해도 피가 들끓어 오르지 않느냐?"

"소인은 아예 꿈도 꾸지 못할 지경입니다요!"

"가슴을 펴고 넓게 바라보거라. 그동안 우리는 너무 좁은 데서만 아등바등거리며 살아왔다."

"만일……"

야금이가 더듬거렸다.

"만일 주인께서 대륙정벌에 나선다면 소인이 기필코 보필하겠습니다. 소인은 생각만 해도 가슴이 벌렁벌렁합니다."

야금이가 붉게 상기된 얼굴로 된숨을 내뱉었다.

"주인께서 느닷없이 밀행하시는 이유를 이제야 알겠습니다요."

목만치와 야금이가 양주성에 들어선 것은 그로부터 한 시진이 지난 후였다.

밖에서 본 것보다 더욱 화려한 양주성 거리는 발 디딜 틈 없이 북적거렸다. 대로에는 난전이 펼쳐져 온갖 장사치들이 다 모여들었는데 생전 처음 보는 기묘한 물화들이 그득하게 쌓여 있었다. 대로 양옆으로는 객사와 청루, 점방 들이 즐비했고, 호객꾼들이 연신 길 가는 사람들의 소매를 잡아끌었다. 한어와 왜어, 그 밖에도 도통 알아들을 수 없는 여러 외국어들이 뒤섞여서 흥정하고 싸우느라 소란스럽기 그지 없었다.

그런데 갑자기 소나기가 쏟아져 대로는 순식간에 야단법석이 되었다. 내놓은 물화들을 들이느라 분주하게 움직였고, 그 많은 행인들이 씻은 듯이 사라졌다. 목만치와 야금이는 대로가 잘 보이는 객점에서 저녁식사를 하고 있었는데, 흠뻑 젖은 몰골로 객점 안으로 네 사람이 들어섰다. 건장하게 생긴 세 명의 무사들과는 달리 한 사람은 호리호리한 체구에 삿갓을 깊이 눌러 쓰고 있었다. 무사 셋이 삿갓 차림을 호위하는 인상이었다.

그들은 목만치 쪽을 힐끗 돌아보고는 비어 있는 식탁에 자리 잡았다. 주인장에게 주문을 하고 잠시 후 요리가 나오자 삿갓을 쓴 자가 삿갓을 벗었는데 머리카락을 뒤로 넘겨 묶은 미소년이었다.

흰 얼굴에 윤곽이 선명했고 특히 입술이 붉었다. 미소년이 다시 한 번 시선을 들어 주위를 살폈는데 참으로 서늘하고 아름다운 눈이었다. 목만치와 짧은 순간 시선이 마주쳤다.

"참으로 잘생긴 귀공자입니다요"

야금이가 중얼거렸는데, 목만치는 구태여 여자가 변복했음을 밝히지 않았다. 비적이나 불한당에게 봉변당하지 않도록 변복했을 것이다.

산전수전 다 겪고 눈치 빠른 야금이조차 잘생긴 미공자로 착각할 만했다. 목만치 역시 그녀의 눈길과 정면으로 맞부딪치지 않았다면 그렇게 속아 넘어갔을 것이다. 그러나 그 눈빛을 정면으로 대하는 순간, 목만치는 그 눈빛이 섬세하게 떨리는 것을 알아차렸다. 그것은 분명 이성을 대할 때의 눈빛이었다.

그날 밤은 객점에서 묵기로 하고 야금이가 주인장과 흥정하고 와서 방을 구했음을 알리는 사이에 그들은 자리에서 일어났다. 목만치는 웬일인지 이유를 알 수 없는 아쉬움을 느꼈다.

다음날 이른 아침을 먹고 난 목만치와 야금이는 다시 길을 나섰다. 백제령에서 멀어질수록 중원다운 색채가 더욱 짙어졌다. 백제인들과는 다른 가옥양식이며 의복, 전체적인 냄새까지 사뭇 달랐다.

해가 중천에 걸렸을 때 그들은 현청이 있는 제법 큰 마을에 도착했다. 객점 중노미에게 여물을 든든히 먹이도록 이르고 간단한 요기를 하기 위해 객점 안으로 들어섰다.

어제 만난 네 사람이 안쪽에 앉아 있었다. 붙임성 있는 야금이가 떠들썩하게 몇 마디 건넸다.

"여기서 다시 보게 되는구려. 아침 일찍 떠나신 모양이구려."

"……."

저쪽에서는 아무런 대꾸가 없었다. 야금이가 머쓱한 얼굴로 목만치 맞은편에 앉았다.

"쳇, 목석 같은 놈들이군. 꼭 저녁 굶은 시에미 상입니다."

"드러내놓고 행차하는 처지가 아닌 모양이구나."

"그래도 구면이라고 제 깐엔 반가워서 말을 붙였더니만……."

식사를 마친 네 사람이 먼저 자리를 떠났고, 목만치와 야금이는 그로부터 한 식경 뒤에 객점을 나섰다.

목만치와 야금이가 한 시진쯤 천천히 말을 몰아가자 산길이 시작되었다. 울창한 숲이 연이어 펼쳐졌고, 꽤 깊고 험한 산세였다.

"이곳을 통과해야만 건강으로 갈 수 있습니다만 산세가 깊어서 꺼림칙합니다요. 근래에 비적들이 출몰한다는 소문이 있습지요."

"다른 길은 없느냐?"

"주인께서도 겁나십니까?"

야금이가 싱긋 웃으며 농을 걸었다.

"이놈아, 널 생각해서 하는 소리다."

"헤헤, 걱정 마십시오. 이래봬도 소인 솜씨도 제법 쓸 만합니다요."

"네놈이 표창 던지는 솜씨가 제법이라지?"

"하지만 주인의 솜씨에는 어디 비할 수 있겠습니까요."

"열심히 갈고 닦아라. 언젠가는 꼭 쓰일 데가 있으리라."

목만치는 천천히 말을 몰아가며 대목악성 집에 두고 온 신검을 생각하고 있었다. 목라근자의 참수 이후 단 한 번도 꺼내보지 않은 신검이었다. 부친의 말씀대로, 아니 길 위에서 평생을 마친 그 떠돌이 무사의 유언대로 궁극의 완성을 이루기 전에는 결코 열어보지 않을 것이었다.

목라근자의 타는 듯한 고리눈과 뱃속에서부터 울려오는 듯한 박력 있는 저음의 목소리가 어제인 듯 생생했다. 무장으로서는 최고의 직위인 대장군까지 올랐지만 부친은 신검의 계승자가 되지 못했음을 수치와 회한으로 받아들였다. 어린 목만치는 그런 부친의 회한을 보면서 자신이 반드시 신검의 주인이 되리라 다짐했었다.

그러나…… 언제쯤 그런 날이 올 것인가. 해월이 말한 무검의 도, 칼을 들지 않아도 상대를 능히 압도할 수 있는 저 아득한 경지를 언제쯤이나 이룰 수 있을 것인가.

목만치는 애써 마음을 다잡으려고 했지만 초조해지는 심정을 어쩔 수 없었다. 검법의 완성을 이루기는커녕 조정의 권력 다툼의 와중에서 이리 밀리고 저리 차이는 부초 같은 인생이었다. 스승은 저잣거리의 모든 사람들, 모든 사물들을 스승으로 삼으라고 일렀다. 그러나 어느새 세월은 유수같이 흘러가고 있었다. 아무런 성취도 없이.

그런 상념에 잠겨 우울하게 말을 몰아가던 목만치는 문득 고삐를 채었다. 야금이도 어느새 말을 멈추었다. 두 사람은 신경을 곤두세운 채 귀를 기울였다. 분명 저 앞에서 들려오는 것은 칼날이 서로 부딪치는 소리였다.

서로의 얼굴을 돌아보던 목만치와 야금이는 말에 박차를 넣었다. 흥분한 말들이 생기 있게 앞으로 달려 나갔다.

짐작한 대로 변복한 여인의 일행이 열 명의 비적들에게 둘러싸여 혈전을 벌이고 있었다. 여인의 호위무사들은 피투성이가 되어 간신히 버티고 있는 모습이었다. 말 위에 그대로 앉아 있는 여인은 그런 상황에서도 애써 침착한 태도를 유지하고 있었다. 담대한 여인이었다.

요란한 말발굽소리에 비적들이 돌아보았다. 목만치와 야금이는 달려들던 기세 그대로 비적들을 훌쩍 뛰어넘었다. 여인 앞에서 말을 돌려세운 목만치가 비적들을 내려다보았다.

"웬 놈들이냐?"

비적들 중 하나가 그렇게 소리쳤다. 야금이가 대꾸했다.

"네놈들이야말로 웬 놈들이기에 길 가는 사람들을 희롱하느냐?"

"보아하니 지나가는 자들 같은데 네놈들과는 상관없는 일이니 썩 꺼져라!"

"그러지 않겠다면?"

야금이가 콧방귀를 뀌었다.

"목숨 아까운지 모르는 놈이로구나. 저승길이 그리운 게지."

"네놈들이야말로 저승에 가고 싶지 않거든 어서 썩 물렀거라!"

"보아하니 칼 좀 쓰는 눈치다만 괜한 일에 끼어들어 제 명을 재촉하다니 날 원망하지 마라!"

야금이와 대거리를 주고받던 비적이 칼을 치켜들고 달려들었다. 순간 야금이의 손이 빠르게 허공을 내질렀는데 표창이 빛처럼 날아갔다. 그러나 표창은 상대의 번개 같은 칼솜씨에 부딪쳐 튕겨나갔다.

"그깟 잔재주를 믿고 까불다니, 이놈!"

비적이 벽력 같은 호통과 함께 야금이를 향해 덮쳐드는 순간이었다. 목만치의 말이 사선으로 비적과 야금이의 가운데를 뚫고 지나갔고, 다음 순간 비적의 머리는 몸에서 떨어져 바닥에 나뒹굴었다.

"쳐라!"

눈이 뒤집힌 비적들이 일제히 덤벼들었다. 목만치와 비적들이 한데 뒤엉켜서 칼을 주고받으니 날 부딪치는 소리가 요란했고 그때마다 불꽃이 튀었다. 뒤늦게 제정신을 수습한 야금이도 이를 악물고 한가운데로 뛰어들었다. 부상당한 채 수세에 몰려 있던 여인의 호위무사들도 싸움에 합세했다. 그러나 그들이 채 힘을 보태기도 전에 목만치가 좌우종횡으로 찌르고 베고 후려칠 때마다 비적들은 불귀의 객이 되었다. 싸움은 순식간에 끝났다.

칼을 거둔 목만치가 천천히 여인에게 다가갔다.

"다친 데는 없소?"

"감사합니다."

"이만하기 다행이오. 무슨 사정이 있는지는 모르지만 여인의 몸으로 원행에 나서다니 무척 위험한 일이오."

"……."

목만치가 자신의 본색을 알아차리자 여인이 살짝 얼굴을 붉혔다.

"그럼……."

목만치가 앞장서서 말을 몰아가자 야금이가 그 뒤를 따랐다. 여인은 한동안 그 자리에 서서 목만치의 뒷모습을 지켜보았다.

그날 밤 마을의 객점에 여장을 푼 뒤 쉬고 있던 목만치의 방문 앞에 인기척이 있었다.

"계십니까?"

야금이가 문을 열자 낮에 본 호위무사 중 한 명이 서 있었다.

"낮에는 미처 고맙다는 인사를 제대로 드리지 못했습니다."

"허, 그 말씀을 하려고 일부러 찾아온 거요?"

"그것도 있지만 아씨께서 무사님을 꼭 뵙고자 하십니다."

"아씨라니?"

"낮에 무사님께서 구해주신 분은 송국 광릉태수마마의 고명따님이십니다."

"광릉태수?"

"예. 황제폐하를 지근에서 모시고 계신 고관이올시다."

"그런 분이 왜?"

"사정이 있습니다."

야금이가 목만치를 돌아보았다. 듣고만 있던 목만치가 자리에서 일어났다.

"안내하시오."

목만치와 야금이는 호위무사의 뒤를 따라 여인이 머물고 있는 객사로 갔다. 방 안에는 간단한 술상이 차려져 있었다. 야금이는 호위무사가 소매를 끄는 바람에 그를 따라갔고, 목만치와 여인만이 남았다.

"전 광릉태수 유총의 딸 미령이라 하옵니다."

"목만치요."

"예, 그 이름 석 자 가슴 깊이 새기겠습니다."

"당연히 해야 할 도리였소."

"아니옵니다. 나리 덕분에 소저와 제 시종들이 목숨을 건졌습니다. 이 은혜를 어찌 가볍게 여기겠습니까?"

"그런 계면쩍은 얘기를 하고자 부른 거라면 사양하겠소."

"부탁이 있습니다."

미령이 간절한 시선으로 그를 바라보았다.

"말해보시오."

"나리께서 어디까지 가시는 길인지 모르지만 건강까지 절 보호해주셨으면 합니다."

"건강까지 그대를?"

"예. 은혜를 입은 터에 또 부탁드리기 면구스럽습니다만 꼭 들어주셨으면 합니다. 건강에 도착하면 사례는 후하게 해드리겠습니다."

"사례는 필요 없소."

"예?"

미령이 실망 가득한 눈으로 목만치를 바라보았다.

"어차피 건강으로 가는 길이니 함께 가겠소. 하지만 사례는 사양하겠소."

미령의 얼굴이 환해졌다.

"이렇게 변복까지 하고 원행하는 까닭을 물어도 되겠소?"

"그럴 만한 사정이 있습니다. 더 밝히지 못함을 용서해주십시오."

"……."

"건강에는 무슨 일로 가시는 길인지 여쭤도 되겠습니까?"

"떠돌이 무사로서 견문을 넓히려 가는 길이오."

"그렇습니까? 그렇다면 건강에 도착하시면 누추하지만 저희 집에 묵어주십시오. 소저의 생명을 구한 은인이시라 제 부친께서도 반가워하실 겁니다."

"폐를 끼칠 생각은 없소."

"부디 소저의 청을 받아주십시오."

목만치는 단아한 미령의 이마를 가만히 바라보다가 입을 열었다.

"그건 건강에 가서 결정하지요."

"나리께서 동행해주신다니 얼마나 든든한지 모르겠습니다."

"나도 길동무가 생겼으니 심심치 않게 되었소."

목만치가 미령을 보며 그렇게 미소 지었는데, 미령이 목만치의 눈길을 피하지 않고 조용히 받았다.

아름다운 눈이었다. 목만치는 눈길을 돌렸다.

한 여인을 떠올리게 하는 눈빛이었다.

'진연……'

목만치는 사무치는 그리움으로 그녀의 얼굴을 떠올렸다.

다음날 일찍 길을 떠난 목만치와 미령 일행은 앞서거니 뒤서거니 부지런히 길을 재촉했다.

건강이 가까워질수록 길이 넓어지고 번화한 마을이 자주 나타났다. 오가는 행인들이 하도 많아 어깨를 부딪칠 정도였다. 백제령과는 완전히 다른 분위기였다.

낯선 풍경을 눈에 담으면서 목만치는 대륙의 면모를 유심히 살폈다. 유람 삼아 온 길이 아니었다. 언젠가는 이곳을 자신의 말발굽 아래 놓게 할 것이다. 모든 것이 백제와는 비교가 되지 않을 만큼 규모가 컸고, 넉넉했으며 풍부했다. 지평선이 보일 정도로 드넓은 평야가 끝없이 이어지는 땅이었다. 광활한 대지, 말 그대로 대륙이었다.

가는 도중 가끔 말을 멈추고 목만치는 뒤를 돌아보곤 했기에 야금이가 물었다.

"주인, 무슨 일입니까?"

"오래전부터 누군가 우리 뒤를 밟고 있다."

"소인은 전혀 눈치 채지 못했습니다."

"그럴 만하다. 나도 느낄 뿐, 아직 놈의 그림자도 못 보았다. 몸조심하거라."

"……."

야금이도 온몸의 촉각을 곤두세웠지만 달리 이상한 점을 발견할 수 없었다. 필경 상당한 고수일 터였다.

그들은 오후가 이윽해서야 청강성에 도착해 객사에 들었다. 잠을 쉽게 이루지 못한 목만치는 객사 뒷마당을 서성거리고 있었다. 불우한 처지에 있는 진연에 대한 그리움 때문에 마음을 쉽게 진정시킬 수 없었다.

목만치는 밤하늘을 올려다보고 있었는데, 뒤쪽에서 조용한 인기척이 나더니 미령이 나타났다. 여전히 변복한 차림이었다.

"이 시간에 어인 일이오?"

"청강성에서는 밤에 가끔씩 등불놀이를 한다고 합니다. 저마다 솜씨를 부려 꾸민 등을 자랑하는 것이지요. 이 성은 바로 그 등불놀이로 유명한 곳인데, 마침 오늘밤에도 열린다고 하니 운이 좋은 셈이지요. 저도 소문을 많이 들었지만 아직 보지 못했습니다."

"위험하지 않겠소?"

"안 그래도 시종들이 만류하는 바람에 이렇게 몰래 나온 참이랍니다. 무사님께서 동행해주신다면 소저는 안심이지요."

목만치가 끄덕였고, 반색한 미령이 앞장섰다.

객사를 벗어나 성안 중심으로 가자 대낮처럼 불을 밝혀놓은 수백 개의 등불이 허공에 매달려 있었다. 호수 위에도 수천 개의 등불을 켠 배들이 떠 있었다. 화려하기 그지없는 풍광이었다.

남녀노소 가리지 않고 사람들이 구름처럼 모여들어 등불 아래에서 웃고 떠들며 술과 음식을 즐기고 있었는데, 마치 축제 같았다.

"정말 화려하군요."

미령이 발걸음을 멈추고 감탄했다. 목만치도 그렇게 찬연한 광경은 처음이었다. 두 사람은 어깨를 나란히 한 채 사람들 사이를 헤집고 다니며 등불을 구경했다. 갖가지 형상을 한 등불이 수놓은 밤은 더없이 아름다웠다.

목만치는 미령이 이끄는 대로 따라갔다. 그곳에는 높이가 열 길이 넘는 용 모양의 초대형 등이 걸려 있었는데, 금세라도 용트림을 하며 날아갈 것 같은 모습이었다. 생전 처음 보는 거대한 등이었다.

구경꾼들은 모두 넋을 잃고 그 등을 올려다보고 있었다. 청강태수라는 직인으로 보아 성주의 것이었다. 그 근처에는 장사꾼들이며 광대와 차력사들이 오가는 사람들의 시선을 끌고 있었다.

어느덧 밤이 깊어 목만치가 미령에게 그만 돌아가자고 권했다. 미령은 아쉬움이 남았지만 마지못해 응했다.

객사로 돌아가는 대로 양편은 울창한 숲이었다. 늦은 밤이라 인적이 드물었다. 저만치 객사가 보이는 지점에 이르렀을 때였다.

목만치는 미령의 어깨를 와락 떠밀며 몸을 날렸다. 놀란 미령이 비명을 삼키며 길가로 나가 떨어졌다. 두어 번 몸을 구른 목만치는 오른쪽 어깨에 박힌 차꼬를 뽑았다. 피가 분수처럼 뿜어져 나왔다.

다시 어둠 속에서 바람을 가르며 서너 개의 차꼬가 날아왔는데 이번에는 목만치도 피할 수 있었다. 미령은 그제야 습격당했음을 깨닫고 입을 틀어막은 채 더 이상 비명을 지르지 않았다. 그녀는 나무에 몸을 숨긴 채 목만치를 바라보았다.

목만치는 자세를 잡고 맞은편 숲 속을 노려보았다.

이윽고 어둠 속에서 검은색 옷에 복면을 쓴 십여 명의 자객들이 뛰쳐나와 목만치를 부챗살 형으로 둘러쌌다. 저마다 날카로운 환도를 들었는데 달빛을 받아 푸르게 번쩍였다.

목만치는 십여 보 앞의 상대들을 노려보았다. 자객들은 한마디도 하지 않았고, 옮기는 발소리조차 들리지 않았다. 오직 적을 죽이는 것에만 집중하고 있었다. 목만치는 비로소 취모검을 가져오지 않은 것을 후회했다. 미령과 밤바람이라도 쐬겠다며 가볍게 생각한 것이 불찰이었다.

상대를 가만히 바라보던 목만치의 뇌리에 무검지도라는 해월의 말이 떠올랐다.

'무검의 도······.'

어느 정도 경지에 이르면 칼을 쥐지 않아도 능히 상대를 제압할 수 있게 된다는 무검지도의 경지. 자나 깨나 잊지 않았던 궁극의 목표였다.

목만치는 천천히 오른손을 뻗어 올렸고, 왼손으로는 오른손목을 받쳐 들었다. 복면 때문에 자객들의 얼굴을 읽을 수 없었지만 미묘한 공기의 흐름만으로도 그들이 놀라고 있음을 알 수 있었다. 지켜보고 있던 미령조차 이해하기 어려웠다. 빈손을 들고서 마치 검을 쥐고 있는 자세를 취하고 있는 목만치였다.

정면의 사내가 기합조차 지르지 않은 채 칼을 들고 땅을 박찼다. 그와 동시에 좌우에서 두 명이 몸을 날렸다. 일순에 삼면의 공격을 받은 것이다.

목만치는 어깨를 기울여 정면에서 내리친 검세를 흘려보냈고, 허리를 비틀어 좌우에서 협공해오는 칼을 무위로 만들었다. 세 개의 칼날이 방향을 잃고 머뭇거리는 찰나에 목만치는 삼합을 내질렀다. 목만치의 손날은 빛처럼 빠른 속도로 정면 사내의 목울대를 베었으며 오른쪽 사내의 명치와 왼쪽 사내의 관자놀이를 차례로 짚은 뒤였다.

그들은 비명도 지르지 못하고 그대로 쓰러졌다. 급소를 정확히 찔렀으니 제아무리 금강역사라도 당해낼 재간이 없었다. 다시 세 명의 사내가 몸을 날리는 순간 이번에는 목만치의 몸이 허공에 떴다. 달을 머리 뒤에 둔 목만치는 일순간 허공에 정지한 듯했다. 자객들은 달을 가린 그림자만 보았을 뿐 그들의 칼은 이번에도 빈 허공을 그었다. 목만치의 손과 발이 빠르게 교차하면서 그림자처럼 그들을 덮쳤다.

이제 남은 자들은 네 명이었다. 다시 세 명이 진형을 갖추었다. 뒤에 홀로 한 걸음 떨어진 사내에게 목만치는 눈길을 주었다. 그자가 자객들의 우두머리임을 한눈에 알 수 있었다.

목만치는 걸음을 좁혀 오는 세 명을 견제하면서 우두머리에게 신경을 곤두세웠다. 빠른 시간 내에 결판내야 했다. 많은 피를 흘렸으므로 이대로 지체하다가는 불리했다.

그런 목만치의 심중을 읽었을까, 남은 자들은 섣불리 덤벼들지 않고 일정한 거리를 유지한 채 그를 노려볼 뿐이었다. 두목으로 보이는 사내가 낮게 소리쳤다.

"여자를 죽여라!"

그 말과 동시에 세 명이 미령을 향해 움직였고, 마음이 급해진 목만치는 몸을 허공으로 날렸다.

순간 우두머리의 손이 허공을 갈랐고, 바람을 가르며 날아온 차꼬가 연이어 목만치의 가슴과 허벅지에 깊숙이 박혔다. 이번에는 목만치도 더 이상 견디지 못하고 비명을 내질렀다.

"아아, 안 돼요!"

미령이 찢어지는 듯한 비명을 내질렀다. 바닥에 떨어진 목만치는 혼신의 힘을 다해 몸을 일으켰지만 허벅지에 힘을 줄 수 없었다. 세 명의 자객들이 빠르게 다가왔다.

이를 악문 목만치는 제 몸에 박힌 차꼬를 뽑아 자객들을 향해 날렸다. 두 명이 쓰러졌고, 가까이 다가온 한 명을 향해 목만치는 몸을 날렸다. 사내의 칼이 허공을 가르는 순간 목만치는 그의 칼을 왼쪽 어깨로 비스듬히 받으면서 사내의 목줄기를 향해 관수를 날렸다.

"주인!"

"아씨!"

고함과 함께 야금이와 미령의 시종들이 달려왔다. 우두머리는 목만치를 바라보다가 훌쩍 숲 속으로 몸을 날렸다.

"주인! 어찌 된 일입니까?"

놀란 야금이가 목만치를 부축했다.

"아씨, 괜찮으십니까?"

시종들이 부축하려는 것을 뿌리치고 미령이 목만치에게 달려왔다.

"무사님, 괜찮으세요?"

"……."

목만치는 고개를 젓고 난 뒤 간신히 입을 열었다.

"야금아……."

"예, 주인."

"해독제를 구해야겠다."

"해독제요?"

"차꼬에 독이 묻었다. 해독단을 구해야 한다."

"예!"

야금이는 주먹으로 눈물을 훔치며 주위를 둘러보더니 무작정 달려가기 시작했다. 미령이 시종들에게 일렀다.

"뭐 하느냐? 어서 무사님을 옮기고, 서소 너는 빨리 의원을 데리고 오너라. 해독제가 필요하다고 이르거라."

"예, 아씨!"

서소는 야금이가 사라진 방향으로 급하게 달려갔다.

목만치는 어느 순간 의식을 놓아버렸다. 아득한 심연 속으로 빠져드는 느낌이었다.

급히 의원을 불러 해독제를 구했지만 목만치의 상태를 살피고 난 의원은 고개를 절레절레 흔들었다. 야금이가 초조한 듯 물었다.

"어떻소?"

"힘들겠습니다. 이 해독제로는 단지 시간만 늦출 수 있을 뿐입니다. 이 독은 서역의 전갈에게 채취한 것이라 워낙 맹독이오. 이 독에는 아주 귀한 해독제만이 들을 수 있을 뿐인데 구하기가 무척 어렵소. 나도 얘기만 들었을 뿐 황실의 어의나 갖고 있을 정도지요."

"다른 방법은 없소?"

야금이의 말에 의원은 냉정하게 고개를 저었다.

"없소."

뒤편에 서 있던 미령이 나섰다.

"그 해독제만 구하면 이분의 목숨을 건질 수 있습니까?"

"예…… 하지만 그 약을 어떻게 구할 수 있겠소?"

의원이 어림없다는 듯 말했다.

"약을 구해 올 동안 이분의 목숨을 책임지고 살려놓으시오."

미령의 말에 의원이 난색을 표했다.

"만일 이분이 죽게 되면 그대도 죽는다."

미령이 낮으나 단호하게 말했다. 의원이 놀란 눈을 치켜떴고 서소가 엄한 표정으로 나섰다.

"이분은 광릉태수마마의 고명따님이시다."

"어이쿠, 몰라뵈었습니다."

미령의 신분을 알게 된 의원이 사색이 된 얼굴로 조아렸다.

"소인 최선을 다합지요."

"서소는 지금 서찰을 써줄 테니 파발마를 이용해서 건강에 다녀오너라. 촌각을 다투는 일임을 명심하고 무슨 일이 있어도 약을 구해 와야 한다."

"예."

시종이 빠르게 지필묵을 대령했고 미령이 그 자리에서 일필휘지로 갈겨썼다. 서소가 서찰을 품에 소중히 간직한 채 부복하고 방을 나섰다.

의원은 갖은 방법을 다해 임시변통으로 처방을 한 뒤 옆방으로 돌아갔다. 하지만 미령과 야금이는 한시도 떠나지 않고 목만치의 옆을 지켰다. 야금이가 더 이상 견디지 못하고 잠이 들었을 때도 미령은 끝까지 목만치를 지켰다. 고열에 들떠 식은땀을 흘리는 목만치의 온몸을 물수건으로 정성스럽게 닦았고, 때마다 물수건을 갈아주었다.

마침내 서소가 돌아온 것은 3일째 되는 새벽녘이었다. 한숨도 쉬지 않고 달려왔는지 서소는 건드리면 금세라도 쓰러질 듯 기진한 모습이었다.

"아씨, 약을 구해 왔습니다."

서소가 문을 박차고 뛰어드는 서슬에 방 한편에서 녹초가 되어 잠들어 있던 야금이와 의원이 깜짝 놀라 벌떡 일어났다. 서소에게 해독단을 받은 의원은 서둘러 목만치의 입에 그것을 흘려 넣었다.

"어떠신가?"

미령이 초조한 안색으로 물었다.

"너무 늦지 않기를 바랄 뿐입니다."

"꼭 살려야 한다."

"워낙 강건한 육체를 타고나셨소. 그것을 믿고 싶을 뿐입니다. 이제 소인이 할 수 있는 노력은 다 했소. 하늘의 뜻을 기다려야지요."

미령과 의원, 야금이는 동이 터올 때까지 목만치를 지켜보았다. 어디선가 닭 우는 소리가 길게 들려왔다. 푸르게 죽어 있던 목만치의 이마에 땀방울이 맺히기 시작했다.

의원이 미령을 돌아보며 입을 열었다.

"다행히 한 고비는 넘긴 것 같습니다요."

"하면 목숨을 건질 수 있단 말이냐?"

"혈색이 돌아오는 것이 보이지 않습니까?"

그 순간이었다. 목만치가 울컥, 하면서 한움큼의 피를 입 밖으로 토해냈다. 검게 죽어 있는 핏덩이였다.

"이게 무슨 일이냐?"

놀란 미령이 물었다.

"죽은피올시다. 해독단이 듣는 것입지요. 정말 영험한 약이올시다. 저도 말만 들었을 뿐 이렇게 직접 보게 되리라고는 생각도 못했습니다. 대체 이 귀한 약을 어떻게 구했습니까? 이건 대대로 황실에서만 쓰는 약재올시다."

"아버님을 통해 황제폐하께 주청하였느니라."

"참으로 황공한 일이옵니다. 이자가 누구이기에 아씨께서 그토록 신경을 쓰시는 겁니까?"

"생명의 은인이다."

그제야 이해하겠다는 듯 의원이 끄덕였다. 의원은 호전되는 목만치의 용태를 조금 더 지켜보다가 돌아갔다. 야금이와 서소, 시종들 역시 며칠 밤을 새운 뒤라 제 방으로 돌아가 업어 가도 모를 정도로 잠이 들었다.

그러나 미령은 목만치의 침상 머리맡에서 떠나지 않고 그를 지켜보았다. 이제 푸른 낯빛은 거의 사라졌다. 깨끗한 이마 아래 짙은 눈썹, 곧게 뻗어 내린 콧대, 고집스럽게 한일 자로 굳게 다문 입술. 참으로 듬직한 사내였다.

미령은 객점에서 처음 목만치와 시선이 마주친 순간을 떠올렸다. 강한 눈빛이었고 정령이 담겨져 있었다. 그 눈빛을 보는 순간 미령은 저도 모르게 처녀다운 수줍음으로 눈길을 피했는데, 처음 느껴보는 감정이었다.

대대로 명문귀족이자 황제의 최측근인 광릉태수 유총의 외동딸로 태어나 자라오면서 미령의 기상은 참으로 활달했으며 거칠 것이 없었다. 말을 타고 들판을 달리면서 사냥하는 것이 취미였고, 변복한 채 저잣거리를 활보하는 것이 기질에 맞았다. 규방의 취미는 그녀와는 거리가 멀었다.

광릉태수 유총은 그런 그녀를 더없이 아꼈고 총애했다. 본부인과 두 명의 첩 사이에서 다섯 명의 아들을 두었지만 유 태수는 유독 미령을 예뻐했다. 미령의 거칠 것 없는 호방한 기질을 때로는 걱정했지만 크게 나무라지는 않았다. 그렇게 자란 미령이었다. 웬만해서는 그런 그녀의 눈에 찰 남자가 있을 리 없었다.

그러나 목만치는 그녀에게 다른 느낌으로 다가왔다. 그와 눈이 마주치는 순간 미령은 감정의 파문이 이는 것을 느꼈다. 그녀에게는 생소한 감정이라 당황스러웠다. 우연히 자신의 생명을 두 번이나 구해준 그와는 남다른 운명이라고밖에 생각할 수 없었다.

'어쩌면 이것은 예정된 운명인지도 모른다. 그러나……'

미령은 가만히 고개를 내저으며 한숨을 내뱉었다.

그러나 미령에게는 이미 가야 할 길이 있었다. 스러져 가는 망국의 여인으로서 피치 못하게 선택해야 하는 길이었다.

미령은 안타까움과 함께 분노를 느꼈다. 목만치를 만나기 전에는 한 번도 느껴보지 못한 감정이었다. 그저 주어진 자신의 운명을 받아들이겠다고 생각했다. 그러나 지금은 달랐다. 자신에게 예정된 운명의 길을 거부하고 싶은 강렬한 충동이 일었다. 목만치를 만나고 난 이후에 생긴 변화였다.

미령은 안타까움이 밴 눈으로 목만치를 내려다보다가 가만히 손을 뻗어 그의 얼굴로 가져갔다. 그의 이마를, 볼을 쓸어 보다가 이윽고 그의 입술에 닿았다. 망설이던 미령은 고개를 숙여 목만치의 입술에 자신의 입술을 갖다 댔다. 메마르고 건조하면서, 아직은 차가운 입술이었다.

아쉬움을 애써 거두며 목만치의 입술에서 떨어져 나온 미령은 가만히 손을 뻗어 이마에 흘러내린 그의 머리카락을 쓸어 넘겼다. 이제 목만치의 얼굴은 눈에 띄게 제 혈색으로 돌아와 있었다.

'제발…… 그에게 아무 일이 없기를.'

미령은 안타깝게 기원했다.

'운명이 있다면, 하늘의 뜻이라는 게 있다면 이 사내와의 인연이 이렇게 간단하게 끝나지는 않으리라.'

그녀는 그렇게 믿었다.

목만치가 의식을 차린 것은 다음날 새벽이었다. 의식을 잃고 지내는 비몽사몽간에도 목만치는 제 몸에 와 닿는 부드러운 손길을 언뜻언뜻 느끼곤 했다. 이마와 입술에 와 닿는 뜨겁고도 부드러운 정체 모를 감촉을 느꼈지만 어디까지나 꿈속의 일이라고 생각했다.

목만치를 간호하다 지친 미령은 그의 품에 기대어 가는 숨소리를 내면서 잠들어 있었다. 그녀의 긴 속눈썹이 대황초 불빛을 받아 그늘을 만들었다. 목만치는 행여 그녀가 잠에서 깰까 숨소리조차 마음대로 내지 못하고 가만히 그녀를 바라보았다.

그러던 목만치는 자신이 발가벗고 있음을 깨달았다. 오른쪽 어깨와 허벅지에 붕대가 감겨 있었다. 통증이 심했기 때문에 그의 앙다문 잇바디 사이로 억제할 수 없는 신음이 새어나왔다.

놀란 미령이 몸을 벌떡 일으켰다.

"……."

목만치가 가만히 그녀를 올려다보았다.

"정신이 드셨어요? 저를 알아보시겠어요?"

"물론이오."

"아아, 정말 다행이에요. 이렇게 살아나주시니 소저 얼마나 기쁜지 모르겠습니다. 하늘의 뜻입니다."

미령의 눈에 물기가 번졌다.

"얼마나 되었소?"

"닷새째예요."

"그럼 그동안 그대가 나를?"

"……."

"그대 덕분에 살았구려. 정말 뭐라고 감사의 말씀을 드려야 할지 모르겠소."

목만치가 몸을 일으키려다가 통증 때문에 신음을 삼켰다.

"아직 몸을 일으키는 건 무리예요. 당분간 더 안정하셔야 합니다."

"해독단은 어떻게 구했소?"

"건강의 아버님께 사람을 보냈어요."

"큰 폐를 끼쳤소."

"소저가 입은 은혜에 비하면 별거 아닙니다."

"서로 주고받았으니 이제 빚진 게 없는 셈이오."

"그런 생각 마시고 어서 쾌차할 생각이나 하세요."

"나 때문에 그대의 걸음이 지체되었구려. 이제 내 일은 내게 맡기고 어서 길을 떠나도록 하시오."

"무사님께서 쾌차하시는 걸 보고 함께 떠나겠습니다."

"그럴 필요까지 없소."

"소저의 청을 들어주십시오."

"……."

목만치는 미령의 간절한 눈을 들여다보았다. 웬일인지 거절할 수 없게 만드는 힘이 담겨 있었다.

"들어주시겠습니까?"

"그렇게까지 말씀하시니 안 들어줄 수 없구려."

미령이 소리 없이 활짝 웃었다. 채 마르지 않은 눈물이 불빛을 받아 반짝였다.

같은 시간 진연은 해반의 저택 후원에서 달무리를 올려다보고 있었다. 바람이 가볍게 불어와 이팝나무 잎들을 우수수 떨어트렸다. 그 틈에 향기로운 꽃 냄새가 실려 왔다.

'아아……'

진연은 저도 모르게 한숨을 내쉬었다. 언제쯤 목만치와 함께 살 수 있는 날이 오게 될까.

진연은 가슴을 쓸어안으며 돌아섰는데 해반이 다가왔다.

"잠이 안 오는가 보군."

"나리께서 이 야심한 밤에 웬일이십니까?"

"불어오는 꽃향기에 취해서 나도 모르게 걸음이 이곳까지 미쳤다."

해반이 사려 깊은 눈으로 진연을 내려다보았다.

"네 마음고생이 자심할 것이다."

"……."

"하지만 좀 더 인내하거라. 일진광풍도 시간이 지나면 잦아드는 법이다. 불편한 점은 없느냐?"

"나리의 보살핌에 항상 감사하고 있습니다."

"부족한 게 있다면 언제든지 말하거라. 어쩔 수 없는 인연으로 내 집에 머물게 되었다만, 이제는 네가 내 여식처럼 느껴지는구나."

"황감합니다."

"진 도목과 인연이 없는 것도 아니고, 특히나 목 장군의 얼굴을 봐서라도 내 너를 보살핌에 어찌 소홀함이 있겠느냐. 날 수양아비라 생각하고 마음 편히 의지하거라."

"이 은혜를 어떻게 갚아야 할지 모르겠습니다."

"목 장군에게서는 그간 소식이 있었느냐?"

"……."

진연이 대답 없이 고개를 숙였다.

"없었던 게로구나. 하지만 너무 염려하지 말거라. 그는 천하제일의 무장이다."

"며칠째 꿈자리가 사나웠습니다."

그녀의 꿈속에 나타난 목만치는 피투성이였고, 간절한 눈으로 그녀를 바라보고 있었다.

진연은 애써 불길한 예감을 떨치고 해반을 바라보았다.

"나리."

"말하거라."

"여쭙기 외람되오나 요즘 조정의 분위기는 어떠한지요?"

해반이 양미간을 찌푸렸다.

"너도 짐작하고 있겠지만 갈수록 좋지가 않다. 지금 조정은 상좌평의 심복들로 채워지고 있다. 게다가 6좌평을 제쳐두고 장리인 국강이 전횡을 휘두르고 있는 실정이다. 목만치의 복권이 언제 이루어질지 참으로 요원한 일이다."

해반이 긴 한숨을 내쉬었다.

"대왕마마께서는 어찌하고 계십니까?"

"대왕마마께서는 타고나신 성품이 번잡하신 걸 좋아하시지 않는다. 선왕대의 반란을 진압하는 과정에서 아마 모든 진기를 쏟아 부으신 모양이다. 좀처럼 정무에는 관심을 보이지 않으시니 그것이 참으로 걱정이다."

"이렇게 규중에만 갇혀 지내는 저도 저잣거리에 퍼진 소문을 듣고 있습니다."

"허, 그러냐? 무슨 소문이더냐?"

"상좌평 나리께서 선양을 요구한다 들었습니다."

"허어."

해반이 본능적으로 주위를 둘러보고는 혀를 찼다.

"그런 말을 함부로 입 밖에 내지 말거라. 대역죄로 삼족이 멸하는 일이 생기느니라."

"하지만 우매한 국인들조차 알고 있는 일입니다."

"그렇다고는 하나, 극상의 자리는 하늘의 뜻으로 정해지는 법이다. 일개 소문에 흔들릴 것은 아니다."

해반이 혀를 끌끌 찼다.

곰쇠가 목만치의 부상 소식을 들은 것은 야금이가 보낸 사람을 통해서였다. 놀란 눈을 치켜뜬 곰쇠가 벌떡 일어섰다.

"뭐라? 그게 정말이냐?"

통인이 곰쇠의 반응에 지은 죄도 없이 기어드는 소리로 답했다.

"다행히 고비를 넘겼다고 합니다."

"대체 어떤 놈이란 말이냐?"

"암습을 받았다고 합니다. 모두 복면을 한 괴한들이었고, 그중 한 놈을 놓쳤는데 그자가 던진 차꼬에 맹독이 발라져 있었습지요. 급히 해독단을 구해 다행히 장군의 생명을 건질 수 있었다고 합니다."

"맹독이라 했느냐?"

"예."

"무슨 독이라 하더냐?"

"서역의 사막에만 사는 전갈에서 추출한 독이라고 합니다. 하마터면 장군게서 목숨을 잃을 뻔하셨지만 운이 좋으셨다 합니다."

"자객이 노린 게 우리 주인이란 말이냐, 아니면 동행한 그 송나라 여자냐?"

"거기까지는 모르겠습니다."

"알겠다. 수고했다."

쌍가마가 통인을 데리고 나갔다. 곰쇠의 부름을 받고 고흥이 서둘러 온 것은 그로부터 얼마 후였다. 저간의 사정을 설명하고 난 곰쇠가 물었다.

"국협 주변에서 이상한 움직임이 없었소?"

"요즘 너무 잠잠하다 싶을 정도니 저도 의아하게 생각하던 참이올시다. 하지만 특별한 낌새는 알아내지 못했소. 국협의 소행이라고 생각하는 거요?"

"주인을 노렸다면 십중팔구 국협이 고용한 자객의 짓일 거요."

"그 자객의 정체를 알아낼 수 없소?"

"방법이 있소. 자객이 전갈에서 추출한 독을 썼다고 하는데 구하기 힘든 맹독이오. 그걸 쓸 수 있는 자는 극소수일 거요. 주인이 당했다면 놈은 상당한 고수임에 틀림없소. 아무리 중원이 넓다고는 하나 전갈의 독을 쓰는 데다가 그 정도의 고수라면 정체를 파악할 수 있을 거요."

"그렇군요."

"고 객주께서 수고해주셔야겠소. 경비는 얼마가 들어도 좋으니까 사람을 모두 풀어서라도 그놈의 정체를 알아내시오."

"그렇게 하리다. 염려 마시오."

"그놈을 찾아내면 주인께도 알리지 말고 내게만 알리시오. 그놈을 꼭 내 손으로 죽이리다."

곰쇠의 두 눈이 분노로 이글거렸다.

고홍이 나간 뒤에도 곰쇠는 놀란 기분을 진정할 수 없어 술상을 봐 오라고 일렀다. 잠시 후 분이가 직접 술상을 들고 들어왔다.

"쌍가마 그놈은 어디 가고 네가 왜?"

"밖에서 주인이 피습당했다는 얘길 들었습니다. 장사님께서 상심할까 걱정이 돼서 들어왔어요."

"고맙다."

곰쇠가 술병을 집어 들려고 하자 분이가 먼저 나섰다.

"제가 한잔 올리지요."

"허, 그래도 되겠느냐?"

말은 그렇게 했지만 곰쇠의 얼굴이 조금 밝아졌다. 분이가 술잔을 채웠고, 곰쇠는 사기 주발에 담긴 곡주를 단숨에 들이켰다.

"주인께서는 내게 무엇보다 소중한 사람이다."

"……."

"그이에게 무슨 일이 생긴다면 난 고향에 돌아가서 부친을 뵐 면목이 없다. 주인 집안과 우리 집안은 대대로 주종관계였다. 주인 집안은 주종관계를 떠나 우리 집안에 큰 후의를 베풀어주었지. 내가 이만큼 무술을 배우고 글줄이나 읽고 쓰게 된 것도 모두가 주인댁의 특별한 배려 때문이다. 사실상 미천한 종놈의 신세지만 면천까지 된 데다가 한때나마 백인장의 직에 있었던 것도 모두 주인 덕분이다."

"장사님……."

"미안하구나. 너무 주인 얘기만 한 것 같다."

곰쇠는 열기 띤 눈으로 분이를 보았다.

"지금까지 그런 주인 하나만 보고 살아왔다."

"……."

"그런데 얼마 전부터 주인과 함께 또 다른 소중한 사람이 내 가슴에 자리하였느니라."

"……."

"바로 분이 너다."

분이가 고개를 들어 곰쇠를 똑바로 바라보았다.

"너는 이제 주인처럼 내게 소중한 사람이 되었다."

"그렇게 말씀해주시니…… 기쁩니다."

"……."

묵묵히 보던 곰쇠가 술잔을 내려놓았다.

"이리 오너라."

분이가 몸을 일으켜 곰쇠에게 다가갔다. 곰쇠가 솥뚜껑 같은 손을 뻗어 분이를 힘껏 끌어안았다.

망국의 여인

일주일여가 지나자 어느 정도 회복한 목만치는 탁자 앞에 앉아 병법서를 들여다보는 중이었다. 인기척이 나더니 미령의 목소리가 뒤를 이었다.

"소저, 들어가도 되겠습니까?"

"들어오시오."

미령이 들어섰는데, 목만치는 눈을 크게 떴다. 변복 차림이 아니라 화려한 송국 복색을 하고 있었고, 항상 틀어 올린 머리를 풀어헤친 모습이었다. 칠흑처럼 윤기 흐르는 검은 머리카락에다가 얼굴에는 엷은 분까지 바른 미령은 제대로 쳐다보기 어려울 정도로 아름다웠다. 미소년 같은 얼굴에서 갑자기 성숙한, 아름답기 그지없는 여인으로 탈바꿈한 것이다.

미령이 놀란 목만치 앞에 다가와 다소 수줍은 듯한 미소를 지었다.

"이 시간에 웬일이오?"

"왠지 잠이 오지 않아서요. 내일 아침에 길을 떠나면 무사님과는 얘기할 기회가 별로 없을 것 같군요."

"마침 나도 적적하던 참이오. 잘 오셨소."

"술을 준비하도록 일렀습니다. 괜찮으시다면 들이겠습니다."

"마다할 리 있겠소."

미령이 손뼉을 치자 문 밖에서 대기하고 있던 시녀가 술상을 들여왔다. 탁자 위에 술과 안주를 차려놓고 시녀가 돌아갔다. 두 사람은 몇 순배 술잔을 나누었다.

"나리, 소저의 신분은 알고 계시지요?"

"그렇소."

미령이 술기운으로 발그레한 얼굴을 들어 목만치를 보며 웃었다.

"불공평하군요."

"……."

"전 나리에 대해 아무것도 모릅니다."

"지체 높으신 낭자께서 관심 둘 만한 인물이 못 됩니다."

"나리, 본색이 백제인이 아니십니까?"

목만치는 잠깐 그녀를 보다가 고개를 끄덕였다.

"그렇소."

"첫눈에 알아보았습니다."

"한어가 서툴렀던 게지요."

"아닙니다. 나리의 풍모에서 백제인이라 짐작했지요."

"그랬군요."

"백제는 어떤 나라인가요?"

"그저 조그만 나라요. 한때는 요동에서 하남까지 이르는 대륙의 영토를 지배한 적도 있지만 지금은 그저 대륙의 한 귀퉁이를 간신히 차지하고 있을 뿐이오."

"소저가 듣기로는 고구려와 함께 변방의 군사강국이라더군요."

"허명일 뿐이오."

"잘 아시겠지만 소저는 스러져가는 송국의 여인입니다. 북위가 마음만 먹으면 송국은 하루아침에 짓밟히겠지요. 그렇지만 백제는 그 정도는 아니지요."

"……."

"소저, 망해가는 나라에 태어난 운명을 탓하진 않습니다. 하지만 그로 인해 소저는 제 의사와는 관계없는 길을 선택하게 되었습니다."

"무슨 뜻이오?"

"때가 되면 아시겠지요."

미령이 쓸쓸하게 웃었다.

"나리."

미령이 정색하고 목만치를 바라보았다.

두 사람의 눈길이 허공에서 부딪쳤다. 소리는 나지 않았지만 마치 잘 벼른 칼날 두 자루가 마주친 듯한 기세였다.

"나리께 제 마음을 바치고 싶습니다. 받아주시겠습니까?"

미령의 얼굴이 술기운만은 아닌 듯 달아올랐다. 목만치는 술잔을 단숨에 비운 다음 가만히 내려놓고는 입을 열었다.

"미안하오. 그대의 마음을 받아들일 수 없소."

"……!"

미령은 잘못 들었다는 듯 뚫어져라 목만치를 바라보았다.

"이유가 무엇입니까?"

"이미 마음에 둔 여인이 있소."

"아아, 그렇습니까?"

마치 툭 치면 쓰러질 듯 크게 낙담한 미령의 입에서 낮은 한숨이 새어나왔다.

"정녕…… 그 마음을 제게 나눠주지 못하시겠습니까?"

"그럴 수는 없소."

"…….."

"내가 마음을 바꾸어 그대에게 정을 나누어준다 한들, 그런 내게 그대 역시 실망할 것이기 때문이오. 그리고 무엇보다 그녀에 대한 예의가 아니오. 지금 그 여인은 불우한 처지에 놓여 있소. 그녀가 의지할 데라곤 오직 나 한 사람뿐이오. 그녀는 제 목숨을 걸고 나에 대한 단심을 보여주었소."

"무슨 사정이 있나 보군요. 소저는……."

미령이 쓸쓸하게 미소 지었다.

"불우한 처지에 있다는 그분이 차라리 부럽습니다. 저 역시 기회가 된다면 목숨을 걸고 나리를 위한 제 마음을 보여드리고 싶습니다."

"말씀만으로도 족하오."

미령에 대한 아쉬움 때문에, 진연에 대한 죄책감 때문에 목만치의 목소리는 어느덧 냉정해져 있었다.

미령이 조용히 자리에서 일어나 밖으로 나갔다.

마침내 건강에 도착했다.

위례성은 건강에 비하면 말 그대로 한촌에 지나지 않았다. 포석이 바둑판처럼 질서정연하게 깔린 넓은 대로를 숱한 인마들이 그득하게 메웠고, 길가에 연이어 들어선 가옥들은 하나같이 화려하면서도 웅장했다. 사람들이 입고 있는 복색 역시 화려하기 그지없었고, 상점마다 산더미처럼 쌓여 있는 진귀한 물화들을 바라보는 목만치와 야금이의 눈은 놀라움으로 가득 찼다.

도성에 들어서자 미리 기다리고 있던 가마 일행이 미령을 맞았다. 이십여 명의 시종들과 시녀들이 미령에게 예를 갖추었다.

그들은 도성 안 깊숙한 곳에 위치한 광릉태수의 저택으로 갔다. 왕궁이라 해도 믿을 만큼 큰 저택이었다. 미령이 탄 가마가 안채가 있는 중문 너머로 사라진 다음 나이 든 집사가 정중하게 목만치를 별채로 안내했다. 귀한 손님을 맞이하는 곳인 듯 자그마한 정원이 딸린 별채는 한갓지고 조용했다.

"이곳에서 노독을 풀고 계십시오. 필요한 것이 있으면 언제라도 부르십시오."

"알겠소."

"그럼 편히 쉬십시오."

야금이가 집사의 눈짓에 따라 그를 따라 나갔다. 목만치가 얼마쯤 쉬고 있자 시녀 둘이 들어와 부복했다.

"목욕물을 데워놓았습니다. 저희를 따라오십시오."

안쪽으로 들어가자 목욕물이 준비되어 있었다. 더운 물에서는 온갖 향내가 났다. 몸을 내맡기고 있자 시녀들이 정성스럽게 목만치의 몸을 닦았다. 젊은 시녀들이지만 얼굴 하나 붉히지 않는 것이 이런 일이 자주 있는 모양이었다.

목욕을 마치자 시녀들이 비단으로 만든 붉은색 송국 옷을 대령했다. 옷을 갈아입은 목만치는 몰라보게 달라진 모습이었다. 그동안 오랜 여정으로 먼지투성이에 땟국이 흐르는 외모였는데 옷이 날개라는 말이 그대로였다. 시녀들은 목만치의 사내다운 풍모에 새삼 놀란 얼굴이었다.

"주인마님께서 만찬을 함께 하시겠답니다."

시녀들이 앞장섰다.

식탁에서 기다리던 유총과 부인 그리고 미령이 목만치가 오자 일어서서 맞았다.

광릉태수 유총은 호리호리한 체구에 60이 넘은 나이였지만, 아직도 황제의 신임을 한 몸에 받고 있는 고관으로서의 위엄이 그대로 드러나는 풍채였다. 유총이 두 손을 마주잡고 허리를 반쯤 숙여 읍했다. 목만치도 같은 자세로 답례했다.

"어서 오시오."

"환대해주시니 감사할 따름입니다."

"여식에게 저간의 사정을 자세히 들었소. 아비로서 뭐라고 감사드려야 할지 모르겠소."

"저 역시 무사님께 감사드립니다."

인자하게 생긴 부인도 거들었다. 나이가 들었지만 아직도 젊은 날의 미모를 그대로 간직한 여인이었다. 미령의 미색이 어디에서 비롯되었는지 짐작할 만했다.

"저로서는 의당 할 도리를 했을 뿐입니다. 부끄럽습니다."

"과공비례라 했소. 자, 편히 앉읍시다. 차린 건 없지만 어디 한번 맘껏 술 좀 마셔봅시다."

유총이 술잔이 넘치도록 술을 따른 뒤 건배를 제의했다. 목젖을 타고 넘어가는 술이 향기로우면서도 독했다. 여운이 길게 남는 것이 보통 미주가 아니었다.

몇 순배 술잔이 돌고 나자 유총이 물었다.

"그래, 이곳 건강까지는 어인 일이시오?"

"그저 견문을 넓히려 떠도는 중입니다."

"허허, 그러시오? 그래, 직접 와서 보니 어떠시오?"

"듣던 것 이상으로 화려하고 웅장합니다. 과연 대국입니다."

"그렇소?"

유총이 잠시 웃다가 정색했다. 비감한 표정이 그대로 얼굴에 떠올랐다.

"솔직한 얘기를 듣고 싶소, 목 장군."

"예? 아버님, 그게 무슨……."

목만치도 놀랐지만 더 놀란 사람은 미령이었다. 유총이 여전히 비감어린, 쓸쓸한 얼굴로 말을 이었다.

"백제국 전 위사장 목만치, 백제국 내에서도 그 용맹을 따를 자 없는 무장이라 들었소."

"……."

"아버님……."

미령이 말끝을 흐리며 유총과 목만치를 번갈아 돌아보았다.

"황제 폐하를 지근에서 모시고 있는 나로서는 그 정도 알아내는 것쯤은 일도 아니오. 내 벌써 사람을 보내서 그대의 정체를 알아보았소. 무장의 눈으로 지켜본 우리 송국의 허실이 어떻소?"

"솔직히 말씀드려도 괜찮겠습니까?"

"물론이오."

"여기까지 오면서 유심히 살펴본바 화려함의 극치 뒤에 숨겨진 허망함을 느꼈습니다. 달이 차면 이지러지는 이치와 마찬가지로, 만개하고 난 뒤 지고 있는 꽃의 쓸쓸함을 느꼈습니다. 백성들은 풍족함에 이미 길들여져 나태와 안이함에 물들어 있었습니다. 굶주린 자의 야성이 전혀 느껴지지 않더이다. 지금껏 지나쳐오면서 제대로 된 경비군사, 국경 수비군을 만나지 못했기에 이 나라의 군비가 허울뿐이라는 것을 알겠고, 백성들의 눈빛은 탐욕과 게으름만으로 차 있더이다. 이것은

응당 만물의 이치인고로 성하면 쇠하는 과정이라 보았고, 이미 돌이킬
수 없다고 느꼈습니다."

"……."

유총은 고개를 떨어뜨린 채 한동안 침묵을 지켰다. 이윽고 그의 눈
에서 눈물이 한 줄기 흘러내렸다. 그가 고개를 들어 목만치를 보았다.

"그대가 정확히 보았소."

"……."

"그렇기 때문에 내 가슴이 이토록 찢어질 듯 비통스럽소. 돌이킬 수
없기 때문에 스러져가는 한 나라의 고관으로서 다만 슬플 뿐이오."

"아버님!"

"여보!"

보다 못한 미령과 부인이 만류했지만 유총이 손을 들어 그들의 말
을 막았다.

"미령의 얼굴을 보는 순간, 저 아이가 그대를 사모함을 알았소."

"아버님……."

얼굴을 붉히며 미령이 말끝을 흐렸다.

"그러나……."

유총이 비감어린 어투로 말을 이었다.

"저 아이, 사모하는 사람을 놓아두고 마음에도 없는 정략결혼을 해
야 하는 처지요. 딸아이가 진정 원하는 이와 맺어지도록 해주고 싶은
것이 부모의 마음이오만 그러지 못하는 것이 우리의 처지요."

"아버님, 그만 하시지요."

미령의 말에 유총은 더 이상 말을 잇지 않았다. 목만치와 미령의 눈
이 한동안 허공에서 만났다.

노예로 끌려온 백제인들을 배편에 떠나보낸 곰쇠와 고흥은 지체 없이 말머리를 돌렸다.

그동안 국협의 수하들 중 한 놈을 매수해서 알아본 바에 의하면 자객은 극히 위험한 자였다. 비록 목만치가 사경에서 벗어났지만, 그가 살아 있다는 것을 알게 되면 또 언제 암습할지 몰랐다.

그랬기에 곰쇠의 마음은 급했다. 힘차게 달려가는 준마의 움직임에도 성이 차지 않은 곰쇠는 계속해서 박차를 가했다. 고흥이 죽을힘을 다해 따라왔지만 자꾸만 거리가 멀어지는 것은 어쩔 수 없었다. 때문에 곰쇠는 고흥을 기다리느라 때때로 지체했는데, 길을 잘 아는 고흥을 놓아두고 혼자 갈 수는 없는 노릇이었다.

스무 날을 잠시도 쉬지 않고 내내 말을 갈아타고 달린 끝에 곰쇠와 고흥은 마침내 건강성에 도착했다. 그러나 반나절 동안 객주를 돌아다니며 수소문했지만 목만치의 행방을 알아낼 수 없었다.

곰쇠와 고흥은 밤이 깊어 할 수 없이 객사에 들었다. 먼 길을 달려오느라 녹초가 되었지만 잠은 쉽게 오지 않았다. 곰쇠가 뒤늦게 생각난 듯 옆자리에 누워 뒤척이는 고흥에게 물었다.

"참, 그 여자가 고관대작의 딸이라고 하지 않았소?"

"그렇지. 그렇다면 그 여자의 집에 있을지도 모르겠소."

"그 벼슬아치가 누구라고 합디까?"

"야금이가 보낸 통인의 말에 의하면 광릉태수라고 들었지 싶소."

"그럼 이러고 있을 게 아니라 광릉태순가 뭔가 하는 자의 집으로 찾아갑시다."

"허어, 우물에서 숭늉 찾을라나. 광릉태수의 집도 모르는 데다가 이미 밤이 깊었소. 찾아 나서더라도 내일 아침에나 나서야지요."

고흥이 혀를 끌끌 찼다.

"마음이 급해서 그렇소."

"그 사이 별일이야 있겠소."

고홍의 말에 곰쇠는 잠을 청했지만 잠이 쉽사리 올 리 만무했다.

다음날 객사 주인에게 광릉태수의 집을 자세히 물은 그들은 길을 나섰다. 건강의 화려한 번화가를 따라가면서 곰쇠는 연신 벌린 입을 다물지 못했다. 화려하다고는 해도 이처럼 화려할 수는 없었다. 산더미처럼 쌓인 비단이며 포목들, 처음 보는 진귀한 과일들이며 서역이나 아라비아에서 건너온 채색유리병이며 술잔들이 이색적이었다.

시장통이 끝나고 규모가 으리으리한 저택들이 연이어 나타났다. 그들은 지나가는 사람에게 광릉태수의 집을 물었다. 마침내 그들이 광릉태수의 집 앞에 도착했을 때는 해가 중천에 걸려 있었다. 문지기 두 명이 대문간을 지키고 섰다가 다가오는 그들에게 눈을 치켜떴다.

"웬 놈들이냐?"

"보자마자 반말은…… 불쌍놈 같으니라구."

곰쇠가 불퉁스럽게 대꾸하자, 문지기 두 놈이 인상을 와락 지어 보였다.

"이놈, 예가 뉘 댁인 줄 알고 함부로 구느냐?"

"이 댁이 누구 댁인지는 알 바 없고, 난 이 집에 묵고 있는 우리 주인을 만나러 왔다. 어서 안내하거라."

"네 주인을 왜 여기 와서 찾느냐?"

"주인이 예 왔으니까 찾지, 이 빌어먹을 놈아!"

"이놈이?"

그중 만만찮아 보이는 한 사내가 주먹을 쥐고 으름장을 놓았다. 다른 사내가 그를 만류하며 귀엣말로 뭐라고 속삭였다. 잠시 후 사내가 조심스럽게 물었다.

"우리 아씨와 함께 온 자가 당신 주인이오?"

"아마 그럴 것이다."

"그럼 좀 기다려보슈. 시종 한 놈이 있는데 그놈을 불러오리다."

야금이를 일컫는 것으로 짐작한 곰쇠는 잠자코 기다렸다. 한참 지난 후 나타난 사람은 역시 야금이였다.

"아이구, 형님. 기별도 없이 여긴 어쩐 일이우?"

"기별이나마나 주인이 걱정돼서 눈 빠질 지경이다."

"나리는 무사하오. 용케도 여길 찾으셨수다."

"이놈아, 주인 가는 데 내가 있다는 걸 모르느냐? 어서 앞장서거라."

"주인은 지금 안 계십니다."

"안 계시다니?"

"태수 나리와 함께 사냥을 나갔수다."

"사냥?"

곰쇠가 고개를 외로 꼬았다.

"허, 죽을 둥 살 둥 한 지가 엊그젠데 무슨 신명으로 사냥을 나다니신단 말이냐?"

"태수 나리가 간곡하게 권유한 모양이오."

"이 댁 아씬지 마님인지 하는 여자가 제법 미색이더냐?"

"말도 마슈. 내 태어나서 그런 미색은 처음이우. 선녀가 하강한 듯하오."

"젠장, 누군 사추리 사이에서 요령소리 나게 뛰어왔는데 누군 세월 좋구나."

불퉁대던 곰쇠가 야금이에게 말했다.

"앞장서거라."

"예?"

"그놈의 사냥터가 어딘지 앞장서란 말이다. 그럼 예서 주인이 돌아올 때까지 기다려야 한단 말이냐?"

"알았수. 가서 말을 가져오리다."

야금이는 안으로 사라졌다가 이내 말을 타고 나타났다. 세 사람은 말머리를 돌려 사냥터로 향했다. 한 시진이나 말을 달려가자 드넓은 벌판이 나타났다. 키 낮은 잡목과 풀이 무성하게 펼쳐져 있었다. 맞춤한 언덕에 올라선 곰쇠가 손차양을 하고 사방을 둘러보았다.

"저쪽이다."

곰쇠가 먼 곳에서 움직이는 한 무리의 사람들을 발견하고는 손짓했다. 언덕을 내려온 곰쇠가 앞장서자 고흥과 야금이가 뒤따랐다. 한 식경을 달려가자 몰이꾼들을 만날 수 있었다.

열 명쯤 되는 사내들은 저마다 말을 타고 마침 멧돼지 한 마리를 몰아가는 중이었다. 쫓기고 있는 멧돼지는 이미 거품을 물고 있었는데 사방팔방으로 대책 없이 날뛰는 품이 자못 사나웠다. 몰이꾼들은 노련한 솜씨로 멧돼지를 한쪽 방향으로 몰아갔다.

곰쇠는 그쪽을 향해 말을 달렸다. 숲 속을 벗어나자 태수 일행이 기다리고 있었고, 그중에 키가 큰 목만치가 보였다.

그들보다 앞서서 멧돼지가 그쪽으로 달려갔다. 그러자 태수로 보이는 중늙은이가 팽팽하게 겨눈 살을 놓았다. 바람을 가르면서 날아간 살은 그러나 멧돼지의 엉덩이를 맞췄을 뿐으로, 설맞은 멧돼지는 길길이 날뛰었다. 멧돼지가 방향을 틀어 이번에는 곰쇠 쪽으로 달려왔다. 놀란 말이 울부짖으며 앞발을 높이 쳐들었고, 그 서슬에 중심을 잃은 곰쇠가 말에서 떨어졌다.

사색이 된 쪽은 고흥과 야금이였다. 태수 일행도 이 느닷없는 사태에 당황해서 이쪽을 바라보고 있었다. 화가 머리끝까지 차오른 멧돼지

는 곰쇠를 향해서 일직선으로 달려들었다. 잠시 후면 곰쇠가 멧돼지의
날카로운 송곳니에 거덜 날 판이었다. 그러나 어느새 벌떡 일어선 곰
쇠는 몸을 낮추고 기마자세를 취했다. 멧돼지가 달려드는 탄력 그대로
곰쇠를 향해 뛰어들었다.

야금이가 고개를 돌리며 눈을 감았지만 다음 순간 들려온 것은 멧
돼지의 용트림소리였다. 어느 틈엔가 멧돼지의 날카로운 송곳니를 양
손에 하나씩 틀어잡은 곰쇠는 씨름이라도 하는 양 힘을 겨루었는데,
어느 순간 멧돼지의 뒷다리가 쭉 밀려났다. 멧돼지는 안간힘을 다해
앞으로 돌진하려고 했지만, 곰쇠는 끄덕도 하지 않고 버텼다. 멧돼지
의 뒷다리가 땅 속으로 파고들었다.

잠시 후 관자놀이에 푸른 힘줄이 돋는다 싶더니 곰쇠가 용을 쓰기
시작했다. 멧돼지가 휘청 들리는가 싶더니 네 다리를 허공으로 하고
드러누워버렸다. 뒤이어 곰쇠의 솥뚜껑만 한 주먹이 멧돼지의 드러난
가슴 부위에 떨어졌다. 날카로운 비명을 지르며 멧돼지는 바들바들 떨
더니 이윽고 맥을 놓아버렸다. 똥 냄새가 물씬 풍겨났다.

다가온 태수 일행은 방금 눈으로 봤는데도 도저히 믿을 수 없었다.

"대체 네놈이 사람이냐, 귀신이냐, 정체를 밝혀라!"

태수의 집사가 건 겁에 질린 목소리로 물었다. 언제라도 내뺄 수 있
게 엉덩이를 튼 채였다. 곰쇠가 웃으며 다가와 태수 옆에 선 목만치를
향해 읍한 자세로 허리를 굽혔다.

"주인, 무사하신 걸 보니 마음이 놓이는구만유."

"먼 길 오느라 고생했다."

목만치가 부드럽게 웃으며 대답하자 이번에는 태수 일행의 놀란 눈
이 목만치에게 향했다. 목만치가 유충을 돌아보며 말했다.

"제 식구입니다."

"허어, 내 방금 보고도 믿지 못하겠는데 저 장사가 목 장군의 수하라니, 두 번 놀랄 일이오. 백제국에는 그렇게도 뛰어난 인물이 많소?"

"과찬입니다."

"아니오. 우리 송국이 대국이라 하지만 저 장사 같은 용력을 내 아직까지 만나보지 못했소. 정말 대단하오."

유총이 두 사람을 번갈아 보면서 감탄을 금치 못했는데 부러움과 함께 아쉬움을 담은 눈빛이었다. 고흥과 야금이도 다가와서 목만치에게 인사했다.

일행은 곰쇠가 맨손으로 때려잡은 멧돼지를 거꾸로 묶어서 운반했다. 목도질하는 데도 장정 여섯이 끙끙댈 정도로 제법 관수가 나가는 놈이었다.

늦은 저녁 유 태수 저택의 너른 마당에서 때 아닌 멧돼지 구이 잔치가 벌어졌다. 술 냄새와 고기 굽는 냄새가 진동했다. 모처럼 집안의 가노들은 배불리 먹고 마셨는데, 화제는 단연 맨손으로 멧돼지를 잡은 곰쇠의 용력에 관해서였다.

그러다가 어느 정도 술에 취한 야금이는 들뜬 기분에 목만치의 무용을 자랑스럽게 떠들어대기 시작했다. 순식간에 곰쇠는 목만치에 비할 바가 아니라는 이야기가 넓은 저택 안에 퍼졌다. 이제 목만치는 사람이 아니라 하늘에서 내린 군장軍將으로 떠받들어졌다.

"그 옛날 이곳을 지배하던 치우라는 이가 군신, 전신으로 떠받들어지지 않았던가."

"맞네. 그러고 보면 목 장군이나 곰쇠 장사 모두가 치우와 같은 핏줄이 아닌가 말일세."

"옳거니. 그래서 저런 장사들이 배출되는구만. 아, 고구려만 해도 얼마나 강한가 말일세. 다 같은 핏줄이기 때문에 그런 거였어."

저마다 그렇게 떠들어댔다.

그날 밤 모두 술에 취해 어떻게 들어갔는지 모르게 술자리가 파했고 저택 마당은 사람 하나 없는 정적이 감돌았다.

별채에는 대황초가 환하게 커져 있었고, 목만치와 미령이 탁자를 사이에 두고 마주앉아 있었다. 미령의 얼굴에는 슬픔 같은 것이 달무리처럼 고즈넉하게 떠돌았다.

"나리, 이제 곧 떠나시겠지요."

"더 머물 이유가 없소."

"떠나시면 이제 소저 같은 건 까마득하게 잊으시겠지요."

"그럴 리 있겠소?"

"아마 그러실 겁니다. 마음에 두고 계신 분과 만나서서 아들, 딸 낳고 오순도순 사시다 보면 저 같은 건 까마득히 잊으리다."

"그렇지 않소."

목만치가 고개를 저었다.

"그대는 내 생명의 은인이오. 그대가 없었다면 나는 저승사람이 되었을 거요."

"저 역시 나리 덕분에 이어가고 있는 목숨입니다."

"허허, 그럼 비긴 셈이오."

"나리……."

"……."

목만치가 물끄러미 그녀를 바라보았다.

"너무나…… 아쉽고 원통합니다."

"무슨 뜻이오?"

"처음으로…… 처음으로 남정다운 남정을 만났습니다. 그런데도 이렇게 나리를 그냥 돌려보내야 합니다. 그리고……."

"……."

미령이 마침내 눈물을 떨어트렸다.

"소저는 마음에도 없는 길을 떠나야 합니다."

"그대 부친도 그런 말씀을 하시더니 무슨 뜻이오?"

"나리."

미령이 눈물 그렁한 눈으로 목만치를 쳐다보았다.

"송국 왕실에서는 북위의 비위를 거스르지 않기 위해 정략결혼을 마련했습니다. 소저가 바로 그 제물이지요. 북위 황제의 조카 탁발척이 저와 정혼한 관계올시다. 양국간의 이해관계로 저의 결혼이 이루어진 것입니다."

"그게 무슨 소리요? 그대가 원치 않는다면 그렇게 할 수 없소."

"나라를 위해서 꼭 해야 하는 일입니다."

"허, 그럴 수는 없소."

"나리를 만나기 전에는 그저 소저의 운명이라고 생각했습니다. 그러나 나리를 알고 난 뒤 저의 가슴은 찢어질 것만 같습니다."

"내가 부친을 설득해보겠소."

"아닙니다."

미령이 고개를 저었다.

"저를 북위로 보내는 것을 가장 애통해하는 분이 아버님입니다. 망해가는 나라의 중신으로서 어찌할 수 없는 선택을 하게 된 아버님의 비통한 심정을 저는 충분히 이해합니다."

"……."

목만치는 가만히 그녀를 바라보았다. 뭐라고 해야 할지 떠오르는 말이 없었다.

"나리……."

"……."

"소원이 하나 있습니다."

"말하시오. 내가 할 수 있는 일이라면 꼭 해드리겠소."

"정표를 받고 싶습니다."

"정표?"

목만치가 의아한 표정을 지었다.

미령이 자리에서 일어나 뒤돌아섰다. 이내 목만치는 고개를 돌렸는데, 미령이 속치마를 벗고 있었던 것이다. 잠시 후 옷매무새를 수습한 미령이 속치마를 탁상 위에 올려놓았다.

"예로부터 정인의 은밀한 속곳에 정표를 남긴다고 들었습니다. 나리의 단심을 제게 남겨주십시오. 설마 그것마저 안 된다고는 하지 않으시겠지요."

"……."

목만치는 미령의 절절한 눈을 바라보다가 탁상 한쪽에 놓인 붓을 집어 들었다. 잠깐 동안 생각을 정리하던 목만치는 미령의 희디흰 비단 속치마에 일필휘지로 쓰기 시작했다.

秋風蕭琵天氣凉
草木搖落露爲霜以
群燕辭歸雁南翔
念君客遊思斷腸

가을바람 썰렁하고 날씨 싸늘해지니

초목 시들어 낙엽지고 이슬은 서리되네
제비 떼 돌아가고 기러기 남쪽으로 날아오니
멀리 떠난 님 생각나 그리움에 애끓이네

다 쓰고 난 목만치는 앞을 보았지만 미령은 어느새 뒤에 와 있었다.
여인의 살 냄새가 가까워졌다. 목만치는 그대로 정면을 바라보았다.
미령의 얼굴이 목만치의 옆얼굴에 닿았고, 잠시 후 달콤한 입김이 귓
전에 느껴졌다.

"나리, 소저를 꼭 안아주십시오. 그뿐입니다. 더 이상 바라지 않겠
습니다. 나리의 마음속에 있는 그 여인에 대한 제 자존심 때문에라도
더 이상 바라지는 않을 것이옵니다."

"……."

미령의 입김이 목만치의 입가에 닿았다. 목만치는 손을 뻗어 힘껏
미령을 끌어안았다. 미령의 입술이 마치 젖을 찾는 아기처럼 애타게
목만치의 입술을 원했고, 이윽고 두 사람의 입술이 합쳐졌다.

대황초 불꽃이 바람에 일렁거렸다.

같은 시간, 그림자 하나가 후원의 담장을 조용히 뛰어넘었다. 검은
색 옷에 검은 복면을 한 자객은 다름 아닌 편수였다.

그는 조심스럽게 후원을 둘러보았지만 사람이 있을 리 없었다. 이
미 가노들은 모두 거나하게 취해 곯아떨어진 참이었다. 편수는 빠른
눈길로 좌우를 훑었고, 인기척을 느끼지 못하자 별채로 접근했는데 마
치 고양이 걸음처럼 소리가 나지 않았다. 그는 별채의 처마 밑에 몸을
바짝 붙였다. 귀를 기울여 안쪽을 살폈지만 두런두런거리는 말소리뿐

다른 기척은 없었다.

그는 등허리에서 짧은 환도를 꺼냈다. 실수는 한 번으로 족했다. 최고의 자객으로 명호가 알려지기 시작한 후 그가 두 번 칼질을 하게 된 경우는 이번이 처음이었다. 아직까지 자신의 독을 맞고도 살아난 자는 아무도 없었다. 그러고 보면 목만치는 운이 하늘까지 닿은 자였다.

그러나 이번에는 실수하지 않을 것이다. 목만치가 살아 있다는 이야기를 듣고 며칠째 잠조차 자지 못하고 달려온 참이었다. 이제는 국협에게 받을 잔금이 문제가 아니었다. 명성에 누가 되지 않기 위해서라도 목만치를 열명길로 보내야 했다.

칼을 고쳐 쥔 편수는 벽을 타고 앞으로 돌아선 순간, 갑자기 커다란 그림자 같은 것이 앞을 막아선다는 느낌이 들었다. 그는 본능적으로 칼을 사선으로 그었는데 번개 같은 동작이었다. 그러나 칼끝에 걸리는 것이 없었다.

다음 순간 그는 벼락 치듯 머리에 와 닿는 둔중한 충격 때문에 아무런 생각조차 할 수 없었다. 머리통이 바숴지면서 골수가 사방으로 흩뿌려졌다. 곰쇠는 한순간에 박살나서 바닥에 누워버린 편수를 보다가 손에 들고 있던 박달나무 방망이를 내던졌다. 어제 오후에 멧돼지와 씨름하던 것보다도 더 싱겁게 끝나버린 참이어서 어이없기도 했고, 아쉽기도 했다.

밖의 상황을 눈치 챈 목만치가 문을 열고 나왔다. 죽은 자객을 본 목만치가 양미간을 찌푸렸다.

"그놈, 잡아도 꼭 개백정처럼 잡는구나."

들은 척도 하지 않고 곰쇠가 물었다.

"주인을 습격한 놈이지유?"

"체격과 복장을 보니 같은 놈이다."

"국협이 보낸 편수라는 자객입지요. 중원에서는 날고 긴다는데 암습에 능한 자랍니다. 주인이 당한 것도 무리는 아니지요."

"그런 놈이 네가 파놓은 함정에 걸려들다니…… 자고로 뛰는 놈 위에 나는 놈이 있다더니 그 짝이구나."

"미령인지 뭔지 하는 여시는 아직도 그 안에 있소?"

곰쇠의 말투가 불퉁스러웠다. 목만치가 낮게 혀를 찼다.

"목소리 낮추거라."

"진연 낭자를 어찌하고 딴마음을 먹으시오?"

"네가 관여할 일이 아니다."

"그렇수? 알았수다. 그럼 주인도 내 일에 관여하지 마슈."

"이놈……."

목만치가 짧게 노려보자 곰쇠는 딴청을 피웠다.

"어서 저놈을 치워라. 아씨가 볼까 두렵다."

"싫수다. 문 열고 나오면 바로 보고 경기 일으키게 이 기둥에다 걸어둘 테요."

"허, 그놈."

목만치가 혀를 차다가 안으로 들어갔다.

말은 그렇게 했지만 곰쇠는 편수를 남의 눈에 띄지 않는 숲 속으로 질질 끌고 갔다. 경기가 문제가 아니라 담이 약한 사람 같으면 그 자리에서 숨이 멎을 정도로 주검은 끔찍한 모습이었다. 피 묻은 손을 편수의 바짓가랑이에 쓱쓱 문대고 난 곰쇠는 불만스러운 눈으로 별채를 노려보았다. 남녀의 모습이 불빛에 어른거렸다.

곰쇠는 진연 생각에 한숨을 내쉬었다.

비무대회

       유총은 주안상을 앞에 두고 홀로 술잔을 기울이고 있었다. 목만치가 다가가자 유총이 고개를 들어 그를 바라보았다. 쓸쓸하기 그지없는 눈빛이었다. 목만치가 예를 표하자 유총이 앉은 자리에서 읍해 보였다. 유총의 눈빛이 가리키는 대로 목만치는 맞은편 자리에 앉았다. 이미 유총의 눈가에는 술기운이 번져 있었다.

"지내시는 데 불편함은 없었소?"

"대접이 너무 극진하시니 오히려 마음이 황송할 따름입니다."

"허, 그러시면 안 되지요. 이곳에 있는 동안에는 목 장군의 집인 양 편히 머물다 가시길 바라오."

"너무 많은 폐를 끼쳤습니다. 이제 저도 그만 돌아가야겠습니다."

"……."

유총이 잠깐 목만치를 바라보더니 고개를 끄덕였다.

"그러셔야겠지요. 돌아가셔야겠지요. 그대를 더 이상 붙잡아둘 수 없음이 참으로 한이오."

"큰 은혜를 입었습니다."

"목 장군, 한 가지 청이 있소."

"……."

"들어주시겠소?"

"예, 말씀하시지요. 제가 할 수 있는 일이라면 무슨 일인들 못 하겠습니까?"

"고맙소, 장군."

그러고도 유총은 몇 순배가 돌 동안에도 입을 열지 않았다. 마침내 결심했다는 듯 유총이 정색한 눈으로 목만치를 바라보았다.

"며칠 후 어전 비무대회가 열리오."

"어전 비무대회요?"

"그렇소. 전통적으로 해마다 황제폐하께서 직접 주재하는 자리에서 이 나라 최고의 무장을 뽑는 행사요. 이 비무대회에서 우승하는 자는 이 나라 최고의 무장이라는 명예를 얻게 되오."

"저와는 상관이……."

"장군께서 그 비무대회를 꼭 참관하고 떠나셨으면 하오."

"그럴 만한 이유가 있습니까?"

"……."

유총이 가만히 바라보다가 이윽고 고개를 끄덕였다. 그 눈빛이 더 많은 이야기를 하고 있었다.

"대인의 청이니 거절할 수가 없군요. 그리하겠습니다."

"고맙소, 장군. 참으로 고맙소."

비로소 유총의 입가에 희미한 미소가 떠올랐다.

유총과의 술자리는 더 이어졌는데, 침묵 속에서 그저 술잔만 오고

갔다. 유총은 유총대로, 목만치는 목만치대로 제 상념에 사로잡힌 채였다.

마침내 술자리가 파하고 목만치가 처소로 돌아오는 길이었다. 기다렸다는 듯이 미령이 나타났다.

"나리……."

"이 야심한 밤에 웬일이오?"

"아버님과 술을 하셨습니까?"

"그렇소."

"무슨 말씀이 있으셨던가요?"

"아니오."

"그저 술만 드셨습니까?"

"그런 셈이오. 대인께서는 며칠 후 열리는 어전 비무대회를 참관하고 떠났으면 하시더군요."

"나리께서는 뭐라고 대답하셨습니까?"

"그러겠다고 했소."

"아아, 그러면 다행이군요."

미령이 한숨을 내쉬었다.

"다행이라니, 그건 무슨 뜻이오?"

"……."

미령이 목만치를 올려다보았다. 마침 구름을 벗어난 달이 미령의 눈동자에 떠올라 있었다.

"나리께서는 곧 떠나실 분입니다. 매일 아침 눈을 뜰 때마다 소저의 가슴은 간밤에 나리께서 떠났을지도 모른다는 불안감으로 죄어듭니다. 결코 나리를 붙잡을 수 없다는 것을 알지만, 소저의 마음은 그렇지 않습니다. 이렇게나마 하루라도 더 이어진다는 것은 견딜 수 없는 슬

품임과 동시에 소저에게는 큰 기쁨이옵니다."

"미령……."

목만치의 입에서도 한숨이 새어나왔다.

"정말 미안하오…… 미안하오."

"아니옵니다. 소저의 욕심이 나리의 근심이 되었습니다."

"그대의 단심을 받아들이지 못하는 내 마음도 안타깝소."

"그분이 참으로 부럽습니다. 나리의 가슴에 들어앉아 있는 그분이 참으로 부럽습니다, 나리."

"미령……."

목만치가 손을 뻗자 미령이 안겼다. 목만치는 가만히 그녀의 눈을 들여다보았다. 이윽고 그녀의 눈 속의 달이 사라졌다. 미령의 감긴 속눈썹을 향해 그는 자신의 입술을 가져갔다. 파르르, 긴 속눈썹이 떨렸다.

왕궁 앞 드넓은 연병장에서 황제가 직접 참관하는 가운데, 송국 군대의 사열식이 열렸다. 황제는 단상 가운데 화려한 옥좌에 앉아 사열식을 지켜보았다. 단하에는 직급 관등에 따라서 문무백관들이 도열해 앉아 있었다. 온통 황금빛으로 빛나는 면류관과 곤포를 입은 황제의 옷차림도 화려했지만, 붉고 푸른 비단예복을 입은 문무백관들의 차림새도 그 못지않았다.

황제와 가까운 곳에 자리한 유총 옆에는 미령이 앉아 있었다. 미령의 눈길이 자꾸만 주변을 두리번거렸다. 누군가를 애타게 찾는 미령의 얼굴을 보았지만 유총은 모른 척했다.

비록 저물어간다고는 하지만 중원의 오랜 역사를 이어받아온 송국의 군대는 그 속내야 어떻든 겉보기에는 더할 수 없는 위용을 자랑했다. 관람석에서는 연방 감탄사가 흘러나왔다. 근자 들어 북위의 군세가 날로 위세를 떨치고 있어 은연중에 열등감을 느끼고 있던 사람들은 눈앞에 장쾌하게 펼쳐지는 병사들의 위용에 절로 어깨에 힘이 들어가는 듯했다. 이쯤 되면 북위가 남침해 와도 너끈히 물리칠 수 있을 것 같았다. 황제도 그런 분위기를 읽었는지 자못 흡족한 미소를 띤 채 참관했다.

분열식이 끝나고 이번에는 어전 비무대회가 열렸다.

오랜 전통을 자랑하는 이 비무대회에는 지위고하를 막론하고 무술에 자신 있는 검사라면 누구나 참여할 수 있었다. 따라서 황제가 보는 앞에서 벌어지는 이 어전 비무대회에서 우승하면 일약 이 나라 최고의 고수로 인정받는 것이다.

여기에 참여한 모든 사람들의 관심도 사실상 이 비무대회에 쏠려 있었다. 과연 최종 우승자는 누가 될 것인가. 오늘이 3일째 되는 마지막 날이었다.

숱한 예선전을 거치고 마침내 단 두 명의 무사가 남았다.

무술대회는 검술, 궁술, 창술, 마술 그리고 자유대련 등 다양한 종목에 걸쳐서 이루어졌다. 그중에서 살아남은 그 두 사람이야말로 송국 최고의 무사들이었다.

두 사람은 말 위에 올라탄 채 20여 보 거리를 두고 나란히 어전을 향했다. 이제부터 결판이 날 때까지 무제한 대련이 시작될 것이다.

두 사람 모두 거한이었고, 한 사람은 30대 중반, 또 한 사람은 20대 후반이었다. 20대 후반은 무사 집안으로 무명을 떨쳐온 사씨 집안 출신의 사행으로 황제를 지근에서 호위하는 근위대의 부장 급이었다. 젊은 나이에 그 자리에 오른 것으로 보아 그 실력을 짐작하고도 남았다.

그리고 또 한 사람 30대 중반의 무장 장손은 이 나라 군사들 중에서 무명을 떨쳐 출세하려고 마음먹은 젊은이들이라면 그 이름을 모르는 사람이 없었다. 황제 직할군 소속 무술교관 중에서도 최고로 꼽히는 이였다. 그가 일찍이 어전 비무대회에 나왔다면 몇 번이고 우승을 차지했을 거라는 이야기가 있을 정도로 그의 무술실력은 타의 추종을 불허했다. 모두 그가 어전 비무대회에 출전하지 않음을 의아해했는데 결국 올해 나온 것이다.

비무대회를 참관하는 사람들 중 십중팔구는 장손의 우승을 점쳤다. 예선전을 통해 그가 보여준 무술은 탁월함을 뛰어넘어 마치 어린애와 어른의 싸움과 같았다. 사행 역시 출중한 무예솜씨를 자랑했지만, 누가 보아도 장손의 상대가 되지 않을 것 같았다.

팽팽한 긴장감이 두 사람 사이에 흘렀다. 비록 20여 보나 떨어져 있었지만, 두 사람의 사나운 기세는 그 간격을 훌쩍 뛰어넘어 지금 이 순간에도 용호상박으로 부딪치는 듯 보였다.

대고가 쿵, 하고 울렸다. 두 사람은 어전을 향해 부복했다. 황제가 두 사람을 향해 한 손을 가볍게 쳐들었다.

이윽고 두 사람이 서로를 향해 마주섰다. 두 사람이 타고 있는 말들 역시 주인의 심장 박동소리를 들었는지 흥분할 대로 흥분해 있었다. 연신 콧김이 쐬어 나왔고, 투레질을 하면서 뒷발길질을 하는 품이 심상치 않았다.

사행은 장창을 꼬나들었고, 장손은 묵직해 보이는 언월도를 머리 위로 높이 쳐들었다. 동시에 두 필의 말은 서로를 향해서 허공으로 도약했다. 땅을 뒤흔드는 요란한 말발굽소리와 함께 고함이 동시에 터져 나왔다.

두 필의 말은 서로를 아슬아슬하게 스쳐 지나갔다. 마상 위의 두 주인은 그 짧은 찰나에 이미 십여 합을 겨룬 뒤였다. 장창과 언월도의 서

슬 퍼런 칼날은 서로의 빈틈을 노렸지만 말 그대로 용호상박이었다.

한 치의 밀림과 양보도 없이 십여 합이 순식간에 지나갔고, 두 필의 말은 관성을 이기지 못하고 달려가다가 다시 돌아섰다. 두 필의 말이 뒷발길질을 하며 흙먼지를 일으켰고, 고함과 함께 상대를 향해 달려들었다. 창날과 칼날이 부딪치는 날카로운 소리가 미처 따라잡지 못할 정도로 재빠른 두 사람의 창검술솜씨에 넋이 나간 구경꾼들은 숨소리마저 죽었다.

그런데 놀라운 일이 일어났다. 승리를 예상했던 장손의 언월도가 허공을 가르며 사행의 머리를 향해 떨어지는 순간, 그 바늘귀 같은 빈틈을 놓치지 않고 사행의 날카로운 창끝이 장손의 목을 꿰뚫어버렸다.

장손은 가만히 사행을 바라보았다. 자신에게 무슨 일이 벌어졌는지 도무지 믿을 수 없다는 표정이었다. 사행은 힘껏 창끝을 밀어넣었는데, 그의 손을 떠난 창끝이 이미 장손의 목을 뚫고 반쯤이나 빠져나와 있었다.

그러나 장손의 말은 주인의 참변을 눈치 채지 못하고 20여 보나 더 달려가다가 주인의 박차가 더 이상 배에 느껴지지 않자 천천히 멈추었다. 동물의 본능으로 자기 주인의 죽음을 깨달았을까, 말은 하늘을 향해 고개를 쳐들며 길게 울음을 빼물었다.

그 서슬에 장손의 몸이 말에서 굴러 떨어졌다. 장손의 목에서는 피가 분수처럼 뿜어져 나왔다. 병사들이 달려 나와 장손의 시체와 말을 재빨리 치워 내갔다. 장손의 피가 홍건하게 뿌려진 땅 위에는 금세 모래가 덮여져서 방금 무슨 일이 일어났는지 그 흔적조차 찾기 어려웠다.

너무나 놀라운 결과 때문일까. 한동안 구경꾼들은 침묵을 지켰다. 그러다가 뒤늦게 환호성이 터져 나왔는데 그 흥분이 전체로 퍼져 나갔다.

말에서 내린 사행은 단상의 황제를 향해 부복했다. 황제가 고개를 끄덕이며 사행의 승리를 치하했다. 그러나 아직 절차가 남아 있었다. 진정한 올해의 최고 무사가 되기 위해서는 필연코 거쳐야 할 최후의 절차가.

사행은 황제를 등지고 돌아섰다. 방금 전의 격전을 치른 것이 믿기지 않을 정도로 침착한 눈길로 사행은 반월형으로 둘러싼 무사들을 바라보았다.

마지막 절차.

그것은 마지막 우승자에게 단 한 번 결투를 신청할 수 있는 관례였다. 단, 우승자에게 결투를 신청하는 자는 목숨을 잃을 것을 각오해야 했다. 예선과 결승을 치르는 과정에서는 나름대로 칼에 사정을 두는 법이지만, 최후의 승자에게 감히 도전장을 내미는 경우에는 그런 관용을 기대할 수 없었다.

그랬다, 그것은 목숨을 건 도전이었다.

이 대회의 우승자가 누구인가. 내로라하는 이 나라 최고의 무사들만 모인 대회에서 마지막까지 살아남은 최고수인 것이다. 그에게 도전하기 위해서는 보통의 담력과 실력으로는 어림도 없었다.

따라서 최후의 우승자에게 도전하는 경우는 십 년에 한두 번이 고작이었다. 그 승부가 역전되는 경우도 극히 드물었다. 하지만 관례는 관례였고, 사행은 얼음처럼 냉정한 시선으로 군중을 둘러보았다. 이 마지막 절차에서 결투를 신청하는 자가 있다면 그와 겨루고, 아무도 나타나지 않으면 그대로 올해의 우승자가 되는 것이다. 사행은 그 마지막 절차를 눈앞에 두고 있었다.

"아무도 없는가?"

사행의 목소리가 오후의 잔광 속으로 널리 퍼져 나갔다.

"자, 나에게 도전할 용사가 없는가? 누구라도 좋다! 도전을 받아주겠노라!"

하지만 침묵. 당대 최고의 무술교관인 장손의 목을 단숨에 꿰뚫어버린 창술의 대가, 사행에게 감히 목숨을 걸고 나설 사람은 없을 터였다.

사행이 막 몸을 돌릴 때였다. 황제를 향해 부복하면 더 이상 상대가 없는 것으로 간주해 올해의 우승자가 되는 것이다. 사행에게는 최고의 무사라는 영예가 평생을 따라다닐 터였다.

바로 그 순간.

"멈추어라!"

몸을 돌리려던 사행이 다시 천천히 돌아보았다. 그의 눈이 뱀의 그것처럼 차갑게 빛났다. 그의 차가운 눈길은 군중 틈을 헤집고 천천히 말을 타고 나오는 한 사내에게 화살처럼 날아가 꽂혔다.

단상 위에서 유총과 함께 나란히 앉아 지켜보던 미령은 짧은 신음을 토해냈다. 유총이 그런 미령의 손을 가만히 잡았다. 미령이 놀란 눈으로 새롭게 등장한 사내와 유총의 얼굴을 번갈아 바라보았다.

사행의 눈길을 태연히 받으면서 앞으로 나온 사내는 다름 아닌 목만치였다. 굵은 눈썹 밑에 부리부리한 눈이며 우뚝한 콧날 그리고 그 밑에 야무지게 자리 잡은 한일 자의 입술. 사내가 옆구리에 차고 있는 것은 평범해 보이는 검이었다. 키가 크고 잘생긴 것만 제외하면 전체적으로 평범한 인상이므로 군중은 일시에 실망감을 나타냈다. 장손을 한 창에 보낸 사행과 자웅을 겨루기에는 너무나 초라한 행색이었다.

그러나 사행은 상대를 알아보았다. 사행은 긴장한 눈길로 말에서 내려 걸어오는 목만치의 발걸음에 체중이 전혀 실리지 않았음을 확인했다.

이윽고 앞으로 나와 사행과 30보 거리를 두고 멈춘 목만치는 먼저 단상의 황제를 향해 부복했다.

"황제폐하께서 윤허해주시면 감히 소인이 저 용사와 일합을 겨루겠나이다!"

"받아들이겠느냐?"

황제가 사행을 향해 물었다. 어디까지나 관례로 물은 것이고, 대답은 정해져 있었다.

"황제폐하의 명이시면 삼가 받들겠나이다!"

사행 역시 황제를 향해 부복했다.

"두 사람은 승부가 날 때까지 서로의 실력을 맘껏 겨루어라!"

"먼저 그대의 관등 성명을 대시오!"

사행이 날카로운 목소리로 외쳤다. 목만치가 사행을 향해 읍으로 예를 표한 뒤 대답했다.

"소인의 이름은 목만치! 워낙 미천한 자라 딱히 밝힐 관등은 없소!"

군중이 낮은 야유를 보내기 시작했다. 사행에게 도전한 자가 뜻밖에도 전혀 알려지지 않은 무명이기 때문이었다.

"낯선 이름이구나! 그런 터에 감히 내게 도전하겠다는 것인가?"

"무술을 겨룸에 그간의 허명이 무슨 상관이 있단 말인가?"

"그대 용기가 가륵하구나!"

"길고 짧은 것은 대봐야 아는 것!"

"한 수 가르쳐주마!"

"나 역시 기대하는 바!"

두 사람은 서로에게 두 손을 모아 예를 표한 다음 다시 말 위에 올라탔다. 사행이 방금 전에 장손을 단숨에 보내버린 창끝을 곧추세웠고, 목만치는 검을 비껴 세워 무심하게 사행을 겨누었다.

대고가 쿵, 하고 울렸고 동시에 두 필의 말이 서로를 향해 달려갔다.

사행의 창끝이 장손과의 대결 때와는 달리 어지러운 형을 생략하고 그대로 곧장 목만치의 몸통을 찔렀다. 목만치가 장손과는 달리 갑옷을 입지 않은 보통의 행장임을 감안한 공격이었다. 감히 누구도 그 날카롭고 재빠른 창끝을 피하기는 어려웠다. 그만큼 자신만만한 공격이었고, 일격에 상대의 숨통을 끊어놓겠다는 살기가 강하게 느껴졌다.

창끝이 거의 목만치의 가슴팍에 와 닿는 순간이었다. 아니, 누구나 그렇게 믿었다. 그렇게 대담무쌍한 공격을 피해내리라고는 아무도 믿지 않았다. 그러나 그 순간 목만치는 자반뒤집기로 몸을 뒤집어 사행의 창끝을 흘려보냈고, 사행이 미처 창끝을 거둬들이기도 전에 그대로 온몸으로 그를 향해 부딪쳐 갔다.

하지만 사행도 빨랐다. 요절낼 듯이 찔러온 목만치의 취모검을 가까스로 피하면서 사행이 말머리를 돌렸다. 놀랍게도 황제가 앉아 있는 단상을 향해서였다. 창을 겨눈 사행의 부릅뜬 눈이 금세라도 튀어나올 듯했다. 사행이 발로 거듭 박차를 가했고, 채찍으로 사정없이 말의 엉덩이를 후려쳤다. 말은 더운 숨을 토해내면서 기를 쓰고 달렸다.

단상까지 불과 백여 보 남겨놓은 거리였다. 사행의 갑작스런 행동이 무엇을 뜻하는지 아직도 사람들이 이해하지 못하고 웅성거리는 가운데, 유총이 손에 들고 있던 홀을 뻗었다. 그러자 어디선가 나타난 병사들이 빠르게 단상 주변을 병풍처럼 호위하고 있던 근위병들을 포위했다.

사행이 무서운 속도로 달려와 막 단상을 덮치려는 순간이었다. 놀란 황제와 대신들이 경악을 금치 못하는 그 순간, 사선으로 가로질러 온 목만치가 사행의 앞을 스쳐 지나갔다. 칼날이 햇빛을 받아 잠깐 번뜩였다.

사행의 목에서 뿜어져 나온 피가 무지갯빛을 발하면서 사방에 흩어졌다. 목이 달아난 사행의 몸통은 말 위에 그대로 앉은 채 30여 보나더 달려 나갔다. 주인의 목이 달아난 것도 모른 채 애마는 주인의 명성을 과시라도 하는 듯 다시 돌아서서 뒷발질로 흙바닥을 파헤쳤으나, 다음 순간 목을 잃은 사행의 몸통이 서서히 굴러 떨어졌다.

모두 말을 잃었다. 서녘으로 기울던 해도 일순간 빛을 잃은 듯했다.

십여 전이 넘도록 상대들을 단 창에 보내며 이번 대회 우승을 눈앞에 둔 용장 사행이 이처럼 허무하게 꺾이리라고는 그 누구도 상상하지못했다. 잠시 후 사람들 사이에서 비통의 비명이 새어나왔으며, 고개를 돌려 눈앞에서 벌어진 참상을 외면했다.

목만치는 그러나 무표정한 얼굴로 천천히 말을 몰아갔다. 단상 앞에 나아간 목만치는 말에서 내려 황제를 향해 한쪽 무릎을 꿇고 예를갖추었다.

황제 역시 방금 눈앞에 벌어진 일을 믿지 못했다. 피비린내가 물씬풍기는 듯한 기분이었으므로 황제는 상체를 뒤로 한껏 젖힌 채 목만치를 낯선 시선으로 바라보았다.

"……."

"……."

두 사람 사이에 한동안 침묵이 이어졌다. 이윽고 제정신을 차린 듯황제가 입을 열었다.

"참으로 대단한 무술솜씨로구나."

"황송하신 말씀이옵니다."

"그대가 방금 단 일합에 사행을 보냈다는 것이 믿기지 않도다."

"폐하, 이 나라에 사행 같은 무장이 하나라도 아쉬운바 그것을 잘 알면서도 소인이 칼에 사정을 두지 않았음은 까닭이 있습니다."

"그게 무슨 소리냐?"

어리둥절해하는 황제에게 유총이 다가와 입을 열었다.

"폐하, 심려를 끼쳐드려서 황공하옵니다만, 사행이 오늘 비무대회를 기화로 역모를 일으키려 했습니다. 소신은 얼마 전에야 그 사실을 알게 되었고, 그동안 증거를 잡기 위해 노심초사했사옵니다."

"그게 사실이오?"

떨리는 목소리로 황제가 물었다.

"그렇습니다. 사행과 동조하기로 한 근위대 장교들을 문초한바 그 증거가 백일하에 드러났습니다."

"방금 사행이 나를 죽이려 했단 말이냐?"

"아뢰옵기 황공하오나 사실입니다."

"허어, 어떻게 이런 일이⋯⋯."

"속히 어명을 내리셔서 이번 역모에 연루된 잔당을 소탕하도록 하소서. 사행은 하수인에 불과할 뿐입니다."

"그리하겠노라."

고개를 끄덕이고 난 황제가 이번에는 목만치를 돌아보았다.

"그대 이름이 뭐라고 했는가?"

"목만치이옵니다."

"그대가 내 생명을 살렸구나."

"황공하옵니다."

"그대에게 큰상을 내리겠다. 무엇을 원하느냐?"

"소인은 유 태수 나리의 식객이옵니다. 의당 유 태수 나리께 돌아갈 공이옵니다."

"허, 그러하냐?"

감탄했다는 듯이 황제가 목만치와 유충을 번갈아 바라보았다.

"내 그대를 크게 쓰리라."

"하오나 받아들일 수 없나이다. 소인은 백제인이옵니다."

"백제인이라고?"

"그러하옵니다."

"이게 어떻게 된 일이냐?"

황제의 눈길이 유충에게 향했다.

"그럴 만한 사정이 있습니다. 자세한 것은 나중에 아뢰겠습니다. 우선은 사직을 어지럽히는 역당들을 처단하는 것이 더 시급하옵니다."

"그렇군. 태수의 말이 지당하오."

황제는 유충의 권유에 따라 군사들의 호위를 받으며 서둘러 단상을 떠났다.

석별

"이게 다 무엇이냐?"

목만치가 놀란 눈으로 물었다.

미령과 함께 사냥을 나갔다 돌아오는 길이었다. 목만치가 묵고 있는 별채의 정원에 산더미 같은 짐들이 내려져 있었고, 계속해서 수레들이 들어서는 참이었다.

야금이가 앞으로 나서며 대답했다.

"황제폐하께서 내리는 상이라 하오."

"허어, 그게 사실이냐?"

"제가 허튼소릴 하겠습니까? 정말 대단한 양입니다요."

"주인, 이걸 다 백제로 가져가는 것도 보통 일이 아니겠수."

옆에 서서 싱글벙글한 얼굴로 곰쇠가 거들었다.

"백제로 가져가다니 그건 또 무슨 소리냐?"

목만치의 말에 곰쇠가 어리둥절한 표정을 지었다.

"그럼 이걸 가져가지 않을 거유?"

"하나라도 손댔다간 날 두 번 다시 볼 생각 하지 마라."

"그게 무슨 소리유?"

"내가 이것을 받을 이유가 없단 말이다."

"황제께서 주인께 내리는 상이올시다. 주인 덕분에 역모를 진압할 수 있었던 거 아니유?"

"이놈아, 그게 유 대인의 공이지 어찌 내 공이라 할 수 있겠느냐?"

"그 사행인지 하는 놈을 주인께서 해치우지 않았소?"

"이놈아, 아직도 내 말뜻을 깨닫지 못했느냐?"

목만치의 목소리가 엄격해졌다.

"그건 또 무슨 소리유?"

야금이도 궁금한 듯 옆에서 목만치의 입을 지켜보았다.

"이것들은 모두가 족쇄다. 마음의 짐이야."

"알기 쉽게 설명해보시유."

"날 여기 붙잡아두려는 환심인 게야. 그래도 못 알아듣겠느냐?"

"그럼 여기 그대로 머물지요. 본국으로 돌아가봐야 알아주는 사람도 없는데, 그저 여기서 황제폐하의 은총이나 받으면서 호강합지요. 뭐 어려운 일입니까? 게다가 주인을 사모하는 미령 아씨도 계시겠다."

곰쇠의 마지막 말에는 은근한 비꼼이 깃들어 있었다.

"너 그 말 진심이냐?"

"안 될 건 또 뭐 있수? 그놈의 여도인지 국강인지 하는 놈들 꼴도 보기 싫은데 잘되었수다."

"그러면 너 혼자 남아라. 난 야금이와 함께 돌아가겠다."

"참내, 주인이 안 계시면 내가 무슨 신명으로 여기 남겠소. 그냥 해본 소리지. 하지만 참말로 손도 안 대고 떠나실 거유?"

곰쇠가 정말 아깝다는 듯 끌탕을 치며 황제가 내린 하사품들을 둘러보았다.

"날 다시 안 보겠다면 네 마음대로 하려무나."

목만치가 안으로 들어가자 곰쇠와 야금이는 고개를 절레절레 흔들다가 하사품을 둘러봤는데 아쉬움이 가득한 눈길이었다.

"황제폐하의 하사품을 모두 거절하셨다고 들었소."

술잔을 입에서 뗀 유총이 목만치를 바라보며 말했다.

"내 지금까지 살아오면서 많은 사람들을 만나보았지만 장군처럼 담백한 성품은 드물었소. 황제의 하사품을 거절함은 그대의 마음이 이곳에 없다는 뜻으로 받아들여도 되겠소?"

"……."

"황제께서는 이 몸에게 무슨 일이 있어도 장군을 붙들라는 어명을 내리셨소."

"……."

"하지만 그대는 이미 행동으로 보여주고 있구려. 아예 내가 말을 붙이기도 어렵게 만들었소."

유총이 희미하게 미소 지었다.

"이 몸은 어디에 있거나 백제인이올시다. 그 근본을 잊을 수는 없는 일입니다."

"하지만 그게 그리 큰 의미가 있겠소?"

"제게는 그렇습니다."

"일찍이 천하를 놓고 쟁패를 겨룬 위촉오의 삼국시대에 오나라 강군의 근간이 된 것은 바로 그대의 선조들이었소. 오나라는 강한 수군의 힘으로 삼국 정립鼎立의 한 축을 유지했던바, 그 수군은 바로 백제인들이었소. 그 사실을 알고 있소?"

"처음 듣는 일입니다."

"그대 백제인들은 일찍부터 강남에 진출해 있었소. 드러내놓고 밝히기는 부끄러운 일이나 그대의 선조들이 우리 한족에게 빼어난 항해술과 선박 건조술을 전해주었소. 적벽대전에서 촉의 대군을 무찌른 것은 제갈공명이 아니라 용감무쌍한 백제의 수군이었소."

"……."

"게다가 오랫동안 중원을 지배한 것은 우리 한족이 아니라 그대들 동이족이었소. 치우황제에게 우리 헌원황제가 극적인 승리를 거두기 전까지 중원은 그대들의 영토였소. 이런 터에 그대가 백제에만 연연하는 것은 사리에 맞지 않는다고 생각해보지는 않았소?"

"대인께서 곤혹스러움을 무릅쓰고 그렇게까지 말씀해주시니 저도 솔직히 말씀드리겠습니다."

목만치가 곧은 시선으로 유총을 바라보았다.

"저 또한 대장부로 태어났으니 어찌 야망을 갖지 않으리까. 대인께서도 잘 아시겠지만 한 고조는 이렇게 읊었습니다."

大風起兮雲飛揚
威加海內兮歸故鄕
安得猛士兮守四方

큰 바람 일어 구름을 흩날리네
천하의 힘을 받아 고향으로 돌아간다
어떻게 용맹스런 무사를 얻어 천하를 지킬꼬

목만치를 바라보던 유충이 이윽고 한숨과 함께 고개를 끄덕였다.

"그렇군, 그랬어. 내 일찍이 그대의 흉중에 숨은 야망을 눈치 채지 못한 바는 아니지만 이제야 비로소 알겠소. 더 이상 그대를 붙잡을 명분이 없구려."

"그동안 베풀어주신 후의는 영원히 잊지 않겠습니다."

"나는 이미 늙은 몸, 내 어리석은 여식이 걱정이오."

"……."

"워낙에 활달한 기상을 타고난 아이라 난 그 아이에게 규방의 예의범절을 가르치기보다는 제 성정을 그대로 키우도록 했다오. 그런 아이가 장군이 떠난 뒤 그 상실감을 어이 달랠지 참으로 걱정이오."

"……."

"그러나 연분은 따로 있는 법…… 억지로 맺어질 수는 없는 일이지. 다시는 장군을 만나지 못하겠구려. 잘 가시오."

"강녕하시길 빌겠습니다."

"장군의 앞날에 무운이 있기를 빌겠소."

두 사람은 서로를 향해 읍했다.

유충과 헤어져 처소로 돌아오던 목만치는 비파소리에 걸음을 멈추었다. 애간장을 녹이는 음률이 깃들어 있었다.

한동안 비파소리에 귀를 기울이던 목만치는 자신도 모르게 발걸음을 그곳으로 옮겼다. 달은 후원 연못에 고요하게 가라앉아 있었다. 연못가 정자에 홀로 앉아 비파를 연주하는 여인, 미령이었다.

목만치는 가만히 서서 그녀를 바라보았다. 미령은 문득 비파를 뜯던 손길을 멈추고 긴 한숨을 내쉬었다. 밤하늘을 올려다보고, 이내 연못을 내려다보던 미령이 다시 비파를 뜯기 시작했다. 뒤이어 그녀의 입에서 낮은 노래가 흘러나왔다.

慊慊思歸戀故鄉
君何淹留寄他方
賤妾煢煢守空房
憂來思君不敢忘
不覺淚下沾衣裳

돌아오고픈 생각 간절하여 고향 그리울 터인데
님은 어이 그대로 타향에 머물러 계시는가
이 몸 외로이 빈 방 지키며
시름 속에 님 생각 잠시도 잊은 적 없어
나도 모르게 눈물 흘러내려 옷자락 적시네

목만치는 그 노래가 얼마 전 미령에게 써준 시의 뒷부분임을 깨달
았다. 위나라 문제文帝 조식曹植이 읊은 「연가행燕歌行」의 구절이었다.
미령의 노래는 계속 이어졌다.

援琴鳴瑟發清商
短歌微吟不能長
明月皎皎照我牀
星漢西流夜未央
牽牛織女遙相望
爾獨何辜限河深

거문고 잡고 줄 뜯어 청상가락 울리며
단가 나지막이 불러보나 오래가지 못하네
밝은 달 훤히 내 침상 비추고
은하수 서로 기울어도 밤은 다 새지 않았네
견우와 직녀 멀리 서로 바라만 보고 있는데
그대들 무슨 죄로 은하수 다리 사이에 두고 있게 되었나

이윽고 노래가 끝나고 미령은 가만히 고개를 숙였다. 그녀의 어깨
가 희미하게 흔들렸다.

목만치는 그녀에게 다가가고 싶은 마음에 한 걸음 내디뎠다가 멈추
었다. 진연의 얼굴이 떠올랐다. 여도의 추상 같은 위협 앞에서도 잔잔
한 수면처럼 흔들림 없던 얼굴, 그것은 진정으로 한 사람만을 향한 단
심 때문에 가능한 일이었다.

그런 그녀를 놓아두고 다른 여인을 가슴에 담아둘 수는 없었다. 그
러나…… 이 발걸음을 차마 돌아서지 못하게 만드는 이것은 무엇인
가. 목만치가 가만히 한숨을 내쉬고 발걸음을 돌리려는 순간이었다.

"나리……."

"……."

"마지막 밤입니다."

"……."

"나리와 저, 이 밤이 지나면 영원한 이별이옵니다."

"……."

"그런 터에 무정하게 그냥 가시겠습니까?"

"……."

목만치는 천천히 돌아섰다. 미령은 시선을 연못 위에 주고 있었다. 목만치는 그녀를 향해 걸어갔다. 정자에 오른 목만치는 가만히 미령의 뒤에 서서 그녀가 시선을 주고 있는 연못을 바라보았다.

"저를 안아주세요."

"……"

"정말이지 이제 더 이상 바라지 않겠습니다. 그럴 시간조차도 주어지지 않을 테니까요."

"……"

그녀를 가만히 내려다보던 목만치는 무릎을 꿇고 두 손을 그녀의 어깨에 가져갔다. 미령이 무너지듯 안겨왔다. 여전히 그녀의 두 어깨는 가냘프게 흐느끼고 있었다.

"나리, 왜 이렇게 마음이 무너지는 것일까요?"

미령이 혼잣소리처럼 중얼거렸다.

"나 역시 그렇소."

목만치도 우울하게 대답했다.

"마음을 다잡기 위해 떠난 유람이었습니다. 위국으로 떠나기 전에 이 나라의 모든 것을 제 두 눈에 담아두고 싶어서 떠난 길이었지요. 그 길에서 나리를 만나게 되다니 참으로 얄궂은 운명입니다. 미련을 남기지 않기 위해 떠난 길에서 오히려 더 큰 미련을 만났으니 이를 어째야 합니까?"

"나 역시 그렇소."

목만치는 같은 대답을 반복했다.

"그러나 행복합니다, 나리."

"나 역시 그렇소."

"나리를 만났고, 나리를 느꼈으므로 행복했습니다."

"나 역시 그렇소."

"비록 그것이 영원한 아픔이 될지라도 나리를 만났으므로 행복했습니다."

"……."

무엇인가가 자꾸만 목울대를 치고 올라와서 목만치는 대답할 수 없었다.

"시간이 이대로 멈추었으면 좋겠습니다. 어리석은 바람이라는 것을 알지만 그런 헛된 바람조차 없다면 견딜 수 없습니다. 나리."

"……."

"부디 안녕히 가십시오. 나리."

"……."

미령이 일어서서 정자를 나갔다. 목만치를 돌아보지도 않은 채였다.

목만치는 바닥에 놓인 비파를 오랫동안 내려다보았다. 그러다가 그 비파에 미령의 체온이 남아 있기라도 한 듯 손을 들어 줄 하나를 튕겨 보았다.

맑은 소리가 긴 여운을 남기며 연못 위에 작은 파문을 일으켰다.

화려한 행렬이었다. 온갖 장식으로 뒤덮인 미령의 마차는 네 마리의 백마가 끌고 있었다. 그 앞뒤로 수십 명의 호위군사들이 엄중하게 보호하고 있었고, 다시 그 뒤로 수십 명의 하인들과 시녀들이 수십 명 따르고 있었다. 그들은 미령과 함께 북위로 가서 평생을 함께할 것이었다.

맨 뒤에 따르고 있는 사람은 목만치와 곰쇠, 야금이, 고흥이었다.

도성을 벗어난 행렬은 한 시진쯤 계속 북으로 향했다. 마침내 대로가 두 갈래로 갈라지는 길목에서 목만치 일행은 말머리를 멈추었다.

이제 미령의 행렬을 따를 수가 없는 것이다. 목만치는 우울한 눈길로 멀어져 가는 행렬을 바라보았다.

문득 행렬이 멈추었다. 목만치가 의아한 얼굴로 바라보고 있는데, 앞쪽에서 누군가 급하게 말을 달려왔다. 서소였다.

"나리, 아씨께서 찾으십니다."

"……."

"나리, 아씨의 마지막 청이올시다."

"미련만 남길 뿐이다."

"제발 아씨의 청을 거절하지 마시오, 나리."

애원하는 서소의 얼굴이 일그러졌다.

"……."

"이제 가시면 다시는 볼 수 없으리라는 것쯤은 나리도 아시잖습니까? 제발, 소인의 얼굴을 봐서라도 아씨의 청을 받아주십시오."

"그러니까 미련을 남기기 싫다는 것이다."

말은 그렇게 했지만 목만치는 말을 몰아 앞으로 달려갔다.

단숨에 마차까지 달려간 목만치는 말에서 내렸다. 그는 천천히 다가가 마차의 창문을 가린 주렴을 헤쳤다. 정면을 바라보고 있는 미령의 옆얼굴이 드러났다. 미령이 소리 없이 눈물을 흘리고 있었다.

"미령……."

"영원히 잊지 않겠습니다."

미령이 여전히 정면만 바라본 채 말했다.

"미령……."

"이승에서 나리를 모시지 못한 한을 다음 생에서는 꼭 이룰 수 있겠지요. 그때는 부디 소저를 저버리지 마시옵소서."

"……."

"나리를 제 마음에 담고 가겠습니다. 소저…… 한 가지 청이 있습니다."

"……."

"아무리 많은 시간이 흘러도 때때로 소저를 떠올려주십시오. 이런 여인이 있었다…… 그것만 기억해주십시오. 그러면 소저는 되었습니다. 그뿐입니다, 나리."

"그러겠소. 그리하겠소."

고개를 끄덕이는 목만치의 목소리 끝이 떨려나왔다. 마침내 고개를 돌린 미령이 희미한 미소를 지었다.

그렇게 두 사람의 눈길이 한동안 얽혔다가 이윽고 떨어졌다. 목만치는 주렴을 쥔 손을 폈다. 주렴이 미령의 얼굴을 가렸다.

고각소리가 울렸고, 다시 마차가 움직이기 시작했다. 서소가 목만치를 향해 허리를 숙였다.

목만치는 멀어져 가는 마차를 바라보다가 말에 올랐다. 오르자마자 목만치는 박차를 힘껏 넣었는데 마치 미련을 떨쳐버리려는 듯한 몸짓이었다. 놀란 말이 빠르게 달려갔는데, 저 앞에서 기다리던 곰쇠와 야금이, 고흥이 놀란 눈으로 쳐다보았다.

목만치는 그들을 지나쳐서 계속 달려 나갔다. 물기 젖은 눈가를 그들에게 보이기 싫었던 것이다.

놓칠세라 곰쇠와 야금이, 고흥이 기를 쓰고 말을 달려왔다.

대목악성에 있는 목만치의 본가에서 떠들썩한 잔치가 열렸다.

나이를 먹어 기력이 쇠한 육손이는 성기게 빠진 이를 드러내며 연신 웃음을 감추지 못했다. 오늘이 바로 곰쇠와 분이가 혼례를 올리는 날이기 때문이었다.

혼례식 준비를 갖추느라고 가노들이 분주하게 들락거렸고, 그 모든 것을 집사 만돌이가 빈틈없이 진행했다.

큰 마당 한가운데 혼례청이 마련되었고, 목만치와 육손이가 상석에 앉았다. 깨끗한 새옷을 입은 신랑과 신부가 함께 혼례청으로 들어왔다. 모여든 사람들 모두 분이의 참한 모습에 감탄을 금치 못했다.

특히 육손이는 몇 번이고 고개를 끄덕이며 흡족한 표정을 지었다. 오래전부터 저승 갈 날을 받아놓은 육손이는 죽기 전에 손자를 보고 싶었기 때문에 마음고생이 이만저만 심한 것이 아니었다. 그런 터에 목만치가 먼저 알아서 곰쇠의 혼인을 주선해주니 육손이로서는 감읍할 따름이었다.

백년가약을 약조한 신랑, 신부 두 사람이 언약의 표시로 합환주를 나누어 마시는 것으로 혼례 절차가 끝났다. 남자들은 신랑에게로 몰려들어 떠들썩하게 축하했고, 여자들은 신부에게 몰려들어 덕담을 던지기에 바빴다. 그득하게 차린 술과 음식을 나눠 먹으며 잔치는 계속 이어졌다.

목만치와 육손이는 술상을 가운데 놓고 술을 주고받았다.

"작은 주인, 이놈은 이제 죽어도 여한이 없수다."

"그건 무슨 소리요? 곧 있으면 손자를 보실 텐데 오래 살아서 영화를 누리시오."

육손이의 눈에 물기가 비쳤다.

"생각해보면 큰 주인과 마님, 작은 주인께 너무 큰 은혜를 입었소. 참말 고맙소이다."

육손이가 자리에서 일어나 큰절을 올리려 하자 목만치가 만류했다.

"허, 그러지 마시오."

"아니오, 주인. 크신 은혜를 갚을 일이 난망하오이다."

"할아범이 없었다면 나 역시 오늘 같은 날을 맞이하지 못했을 것이오. 그러니 나도 할아범에게 은혜를 입었소."

"하지만 주인의 크신 은혜에 비하면 미약할 따름이오."

육손이가 목만치의 완강한 만류에도 한사코 엎드려 큰절하기를 고집하는 바람에 목만치도 받아들일 수밖에 없었다. 그런데 엎드린 육손이는 한참이 지나서도 일어나지 않았다. 보다 못한 만돌이가 다가가 어깨를 일으켰는데 이미 육손이는 입가에 미소를 지은 그대로 숨을 거둔 뒤였다. 아직도 눈에는 눈물이 남아 있었다.

놀란 사람들이 낮은 비명을 내지르며 입을 틀어막았다. 곰쇠와 분이가 육손이에게 달려와 매달리며 통곡했다.

지켜보던 목만치가 말했다.

"너무 슬퍼하지 말거라. 할아범은 가장 행복한 순간에 돌아가셨느니라."

목만치가 만돌이를 돌아보며 일렀다.

"장례를 조용히 치르도록 하라. 할아범도 그걸 원하실 테니. 한날 혼인과 장례를 함께 하니 당혹스럽기야 하겠지만 나는 할아범의 마음을 알겠다. 그러니 모두 너무 슬퍼하지 말고 담담히 받아들이도록 하거라."

"장지는 어디로 할깝쇼?"

"두말할 거 있느냐? 아버님 산소 옆에 뫼셔라. 할아범은 선친과 가장 가까운 사이였느니라. 선친께서도 이젠 적적하지 않으시리라. 좋은 말동무가 생겼으니까."

목만치의 분위기에 동화된 탓인지 더 이상 시끄럽게 우는 사람은 없었다. 모두가 담담하게 육손이의 죽음을 받아들였다.

그것이 파란만장했던 육손이의 최후였다.

간자 도림

　　　　　　황음에 정신없이 빠져 있던 개로왕에게 한 기인이 찾아왔다. 고구려에서 넘어온 도림道林이라는 중이었다.

　도림은 왕궁으로 찾아가 다짜고짜 대왕을 배알하고 싶다고 청했다. 왕궁 문지기들은 도림의 남루한 행색에 코웃음을 치며 미친 사람 취급할 뿐이었다. 그러나 도림은 물러서지 않고 문지기들과 실랑이를 벌였다.

　때마침 가마를 타고 입궐하던 내신좌평 해반이 무슨 일이냐고 물었고, 문지기가 사정을 이야기했다. 무심코 들어가려던 해반은 아무래도 도림의 행색이 미심쩍어 그를 불렀다.

　"이리 오너라."

　도림이 다가와 합장했다.

　"무슨 일인데 이리 소란을 피우느냐?"

　"빈승 도림이라 합니다. 다름이 아니옵고, 대왕마마께서 이 나라 최고가는 바둑의 고수라고 들었습니다. 다행히 빈승도 나름대로 행마법을 알고 있는바 대왕께 한 수 가르침을 받고자 이처럼 소란을 떨게 되었습니다. 바둑의 고수라면 대왕께서 신분고하를 막론하고 환대하신다고 들었습니다만 헛소문이었나 봅니다."

"……."

도림의 행색을 살피던 해반이 물었다.

"참말로 바둑을 둘 줄 아느냐?"

"허어, 부처님의 설법을 널리 퍼뜨리는 입장에서 허언을 하오리까? 초열지옥焦熱地獄에 가고 싶어서 환장하지 않은 다음에야 빈도가 거짓말을 할 리가 없지 않습니까?"

"말투를 들어 보니 백제인이 아니구나."

도림이 주위를 둘러보더니 긴장한 얼굴로 목소리를 낮추었다.

"고구려에서 넘어왔습니다. 제가 긴히 대왕마마를 뵙고자 하는 것은 바둑도 바둑이려니와 기실은 백제국을 위해서입니다."

"따라오너라."

해반이 도림을 데리고 입궐했다. 해반은 도림을 어느 방에서 기다리게 한 뒤 개로왕을 만나러 갔다. 도림이 한참을 무료하게 기다린 후에야 내관이 다가와 도림을 안내했다.

개로왕과 해반은 바둑판을 가운데 두고 오로 삼매경에 빠져 있었다. 개로왕은 부복한 뒤 합장하는 도림을 힐끗 보았을 뿐 시선은 바둑판에 고정시켰다. 도림 따위는 안중에도 없다는 태도였다. 그러나 도림은 태연하게 앉아서 눈을 가늘게 뜨고 두 사람이 두고 있는 바둑판을 가만히 내려다보았다.

오로 삼매경. 흑돌과 백돌의 싸움을 까마귀와 백로의 싸움에 비유하는 것으로 가히 삼매경에 들 만하다는 의미에서 붙인 이름이다. 그

밖에도 수담, 난가欄柯, 좌은坐隱, 귤중지락橘中之樂 등의 별칭이 바둑을 일컫는 말이다.

난가는 썩은 도끼 자루를 뜻하는데, 산에 나무하러 갔다가 신선들이 두는 바둑을 구경하느라 옆에 놓아둔 도끼 자루가 썩는 줄도 몰랐다는 나무꾼의 일화에서 비롯된 것이다. 나무꾼이 뒤늦게 정신을 차리고 동네로 내려와 보니, 이미 많은 세월이 흐른 뒤라 사람들이 자신을 몰라보았다는 이야기다.

좌은은 앉아서 풍진세상의 번뇌를 잊고 은둔의 경지에 드는 것을 가리키며, 귤중지락은 중국 파공 사람들이 뜰의 귤나무에 열린 커다란 귤을 따서 쪼개어 보니 두 늙은이가 그 속에서 바둑을 두고 있었다는 고사에서 비롯된 말로, 세상사를 잊고 바둑에만 몰입하는 즐거움을 말한다.

돌을 바둑판으로 가져가던 해반의 손이 문득 허공에서 멈추었다. 자신의 대마가 죽게 됐음을 그제야 깨달은 것이다.

"허어, 이런 변이 있나……."

혼잣소리처럼 중얼거리며 해반이 그렇게 자책했다. 세 점 치수의 바둑을 간신히 균형을 유지하며 계가로 끌어가던 중이었다. 그러나 개로왕은 바둑에 사정을 두는 법이 없었다. 해반의 대마 하나가 확실하게 두 집이 나지 않은 것을 추궁하여 끝내는 목을 죄기 일보 직전인 것이다.

얼굴이 벌게진 해반이 오랫동안 수를 읽었지만 대마를 살릴 수 있는 묘수를 발견하지 못했다. 신음만 연방 내던 해반이 마침내 포기하고 돌을 던졌다.

"대왕마마, 졌습니다. 도무지 대왕마마의 수를 당해내지 못하겠습니다."

순간 도림이 입을 열었다.

"대마를 살리는 묘수가 있습니다."

개로왕과 해반이 동시에 도림을 돌아보았다.

"아무리 봐도 수가 없다."

해반이 어림없다는 얼굴로 말했다. 도림이 빙긋 웃었다.

"분명 수가 있습니다."

"……."

한동안 도림을 바라보던 개로왕이 입을 열었다.

"감히 무엄하게 끼어들었으니 선택하거라. 지금이라도 입을 다물고 나간다면 목숨을 건질 것이오, 만일 대마를 살리지 못하고 헛소리한 것으로 판명 난다면 네 목숨은 끝이다. 자, 어찌하겠느냐?"

"수를 내보겠습니다."

"허, 네 목숨은 여러 개로구나."

개로왕이 소리 없이 웃었다.

도림이 장삼소매를 걷고 흑돌 하나를 쥐어서 가만히 놓았는데 전혀 의외의 곳이었다. 잠자코 바둑판을 바라보던 개로왕의 얼굴에 감탄의 표정이 떠올랐다. 개로왕이 백돌을 집어 들어 응수했다. 도림이 다시 응수했는데 순식간에 두 사람 사이에 열 수가 두어졌다. 그 결과, 흑 대마는 깨끗하게 살아났고, 도리어 궁해진 것은 백 대마였다. 흑 대마를 사로잡은 것으로 생각한 개로왕의 돌이 자충을 거듭하면서 도리어 죽게 된 것이다. 놀란 눈으로 도림을 쳐다본 개로왕이 입을 열었다.

"제법 수를 읽는구나. 나와 몇 점 치수로 겨루어보겠느냐?"

도림의 입 꼬리가 살짝 올라갔다.

"외람되지만 백을 잡겠습니다."

"뭐라?"

개로왕과 해반 두 사람의 입에서 동시에 터져 나온 말이었다.

"허, 설마 미치지 않고서야 그런 말을 할 수 있느냐?"

해반이 꾸짖듯 말했다. 도림은 얼굴색 하나 변하지 않고 입을 떼었다.

"방금 대왕마마께서는 빈도의 목숨을 희롱하셨습니다. 이래 죽으나 저래 죽으나 마찬가지, 기왕이면 바둑 수의 우월이라도 확실히 가리고 죽는 게 덜 억울하겠습니다."

"그렇게 자신이 있단 말이냐?"

"길고 짧은 건 대봐야 알겠지요. 하지만 빈승 백으로 진다는 생각은 꿈에도 들지 않습니다."

"허어!"

개로왕이 말을 잇지 못했다.

"빈도가 지면 당연히 목숨은 남아나지 않겠지요. 만일 빈도가 이기면 무엇을 상으로 내리시겠나이까, 대왕마마?"

"무엇을 갖고 싶으냐?"

어이가 없어진 개로왕이 물었다.

"아무것도 필요 없습니다. 그저 대왕마마의 곁에서 수담이나 나눌 수 있도록 해주십시오."

"네가 나를 이긴다면 그건 염려할 것도 없다. 나는 오래전부터 나와 함께 바둑의 깊은 수를 함께 나눌 수 있는 고수를 나라 안팎으로 찾았느니라."

"그러하시면서 어찌 빈승을 이토록 박대하십니까?"

"그러냐? 네가 과인을 이기면 그 허물을 사과하마."

그렇게 해서 두 사람은 바둑판을 사이에 놓고 겨루기 시작했다. 개로왕으로서는 근 20년 만에 처음으로 흑돌을 잡은 셈이었다. 하지만 채 30수를 두기도 전에 그의 얼굴에 낭패한 기색이 떠올랐다.

도림의 수는 무궁무진했고, 개로왕이 익히 알고 있는 행마와는 차원이 달랐다. 어느새 개로왕의 흑돌은 단곤마도 양곤마도 아닌, 세 군데서나 곤마로 쫓기고 있었다. 이쪽을 수습하면 저쪽이 곤궁에 처했고, 또 그쪽을 간신히 타개하면 또 다른 돌이 사정없이 몰렸다. 구경하던 해반도 감탄을 금치 못했다. 더 이상 손써볼 데도 없이 개로왕의 완패였다. 무려 50여 집 이상이나 차이가 벌어져 있었다.

돌을 거두는 개로왕의 얼굴이 벌겋게 달아올라 있었는데, 도무지 결과를 믿을 수 없어서였다. 개로왕은 세 번 연속으로 도림에게 도전했는데 그때마다 더 차이가 났다. 마침내 개로왕은 자신의 완패를 인정했다.

"대사, 참으로 고수요."

"황공하오이다, 대왕마마. 대왕마마의 심기를 어지럽힌 죄 죽어 마땅합니다."

도림이 합장하며 대답했다.

"아니오. 그동안 이기기만 해서 나라 안에 과인보다 뛰어난 고수가 있으리라는 생각을 잊고 있었소. 대사, 과인의 허물을 용서해주시오."

"천만의 말씀입니다. 저야말로 대왕마마께 용서를 구해야지요."

"해반 좌평에게 대사가 고구려에서 넘어왔다고 들었소. 어찌 된 일이오?"

"자세한 말씀을 드리자면 밤이 새도 모자랄 것입니다. 간단하게 말씀드리면 살생을 즐기는 고구려인들의 기질이 불법과 거리가 먼 데 환멸을 느꼈을 뿐 아니라, 터무니없는 모함으로 빈승을 죽이려는 상황이어서 피치 못하게 도망칠 수밖에 없었습니다. 듣자 하니 대왕마마께서는 바둑의 고수를 환대한다 하시어 이렇게 구차한 목숨을 의탁할까 백제로 넘어왔습니다."

"참으로 잘 오셨소, 대사. 과인 곁에 머무르면서 부처님의 설법을 들려주시오."

"성은이 망극하옵니다. 대왕마마."

도림이 합장했다.

그날 이후 도림은 개로왕의 마음을 사로잡아버렸다. 개로왕은 눈을 뜨는 순간부터 도림을 찾았고, 밤이 이윽해서 잠자리에 들 때까지 그와 함께 시간을 보냈다.

도림의 바둑 수는 무궁무진하여 백제국 최고의 국수라 할 수 있는 개로왕도 좀처럼 이길 수 없었다. 열 판을 두면 그중 한두 판을 간신히 이길 수 있을 정도였다. 어쩌면 그것도 도림이 개로왕의 체면을 배려했기 때문인지도 모른다.

도림과 하루 종일 바둑을 두는 것이 개로왕의 일이었다. 도림은 개로왕에게 세상 돌아가는 일과 자신이 살아온 내력을 자세하게 들려주었다. 오랫동안 구중궁궐 안에서만 살아온 왕에게는 흥미진진한 이야기들이었다.

"대사, 참으로 그대가 부럽소."

"무슨 말씀이십니까? 대왕마마. 세상에서 가장 존귀하신 대왕마마께서 빈승처럼 미천한 자에게 농담이 지나치십니다."

"아니오, 대사. 대왕이라는 자리는 참으로 사람의 마음을 병들게 하오. 때로는 저잣거리의 한낱 비렁뱅이보다도 못한 자리요. 대사처럼 운수행각을 하면서 떠돌 수 있는 신세가 부럽기 그지없소."

"하오나, 아무나 대왕의 자리에 앉는 것은 아닙니다. 하늘의 뜻이 있어야지요. 대왕마마께서는 그런 생각은 마시고 이 나라 사직을 영구히 이어갈 초석을 닦으셔야지요."

"하지만 과인은 오래전부터 대왕 직에 흥미를 잃었소. 대사도 들었겠지만 과인의 아우 상좌평에게 모든 정사를 일임해놓은 지 오래요."

"알고 있습니다. 하지만 대왕마마, 이것을 아셔야 합니다."

개로왕이 도림을 바라보았다.

"이 세상에 결코 두 개의 태양이 존재할 수 없는 법입니다. 엄연히 이 나라의 극상은 오직 대왕마마 한 분이올시다."

"흠……."

개로왕이 가는 신음을 내뱉었다.

"어서 떨치고 일어나셔서 대왕마마의 위엄과 체통을 되찾으셔야 합니다."

"대사가 도와주시오."

"빈승, 미력이나마 힘닿는 데까지 돕겠습니다."

"고맙소, 대사."

"대왕마마께서는 충분한 경륜이 있습니다. 빈승을 제외하면 대왕마마의 바둑 수는 이 나라 제일입니다. 하지만 바둑을 단순히 오락거리로만 생각하는데 이것은 큰 잘못입니다. 제가 듣기로 바둑을 처음 만든 이는 요순황제라고 합니다. 우주 만물의 이치를 바둑판에 새겨 이를 널리 알리고자 함이었습니다. 바둑판은 말하자면 천문을 읽는 암호문이올시다."

"오, 그렇소?"

"그렇습니다. 예를 들어 바둑판의 흑백은 다름 아닌 음양을 나타내며 바둑판의 네 귀는 춘하추동을 말하며, 또한 바둑판 위의 361개 점은 1년을 뜻합니다. 또 주역의 기초가 된 하도河圖와 낙서洛書가 바둑에서 비롯되었다는 것도 알고 계시는지요?"

"듣고 보니 일리가 있소, 대사."

"위기십결을 알고 계시겠지요."

"듣기야 들었소만……."

"따지고 보면 위기십결은 꼭 바둑에만 통용되는 것이 아닙니다. 살아가는 일에도 그대로 적용될 뿐만 아니라 사실상은 병법의 가장 근본적인 이치를 담고 있습니다."

"과인도 그 사실을 알고야 있소만……."

"한번 잘 생각해보십시오. 위기십결의 내용은 그야말로 병법의 정수만 담고 있습니다. 바둑의 최고수이신 대왕마마께서는 이미 천하에 둘도 없는 병법가의 기초를 닦으신 것입니다. 그런 터에 극상의 자리에 흥미를 잃으셨다니 아니 될 말씀이지요."

"그런가……."

"황공하오나 대왕마마, 위기십결을 한번 설명해보시지요."

개로왕이 도림을 바라보다가 입을 열었다.

"그 첫째는 탐욕불승貪慾不勝이요, 그 둘째는 입계의완入界宜緩, 셋째는 공피고아功彼顧我요……."

예로부터 바둑을 두는 데 꼭 명심해야 할 열 가지 비결, 곧 위기십결이라는 말이 있다. 이는 바둑을 둘 때만 명심해야 할 비결이 아니라 인생을 살아가는 데에도, 장수가 병사를 이끌고 전쟁터에 출정할 때에도 필히 지켜야 할 열 가지 병법과도 같은 것이다.

"어떻습니까? 그 내용을 하나하나 살펴보면 그야말로 병법의 정수요, 나라를 다스리는 가장 근본적인 가르침을 담고 있지 않습니까?"

"대사의 말을 듣고 보니 참으로 그렇소. 과인의 눈앞을 가리던 안개가 말끔하게 걷히는 기분이오. 대사를 이제야 만나다니 유감이오."

개로왕이 한탄했다.

"지금이라도 늦지 않았습니다. 빈승이 천문을 조금 볼 줄 압니다만, 빈승과 대왕마마의 인연은 이제부터 시작입니다."

"대사께서 천문까지 볼 줄 아시오?"

개로왕의 얼굴에 놀라움이 떠올랐다. 도림이 미소와 함께 고개를 끄덕였다.

"그렇습니다. 고구려에 있을 때부터 대왕마마의 운기가 더할 수 없이 찬란하게 빛날 것임을 예측하였습니다. 이제 백제국은 대왕마마의 존재로서 천세, 만세의 광영을 길이 누릴 것이옵니다."

"허, 그게 사실이오, 대사?"

"빈승이 어느 안전이라고 허언을 아뢰겠습니까?"

"대사의 말만 믿겠소."

개로왕이 흡족한 표정으로 수염을 쓰다듬었다. 순간 도림이 눈살을 찌푸리자 개로왕이 의아하게 쳐다보았다.

"왜 그러시오, 대사? 어디가 불편한 것이오?"

"다만 한 가지 마음에 걸리는 것이 있어서 그렇습니다."

"마음에 걸리는 일이라니…… 말해보시오, 대사."

"대왕마마의 나라는 사방이 모두 산, 언덕, 바다이니 이는 사람의 힘으로는 이룰 수 없는 천연의 요새입니다. 때문에 사방 이웃나라들이 감히 엿볼 마음을 품지 못하고 오로지 받들어 섬기기를 원하고 있습니다. 그러니 대왕마마께서는 마땅히 숭고한 기세와 부유한 치적으로 그들을 놀래주어야 할 것입니다. 그런데 성곽은 볼품없고, 궁실은 수리도 되지 않았으며, 황공하오나 선왕이신 비유대왕의 해골은 들판에 가매장되어 있습니다. 게다가 백성들의 가옥은 자주 강물에 허물어지니 이는 대왕마마께서 취할 바가 아닌 줄 압니다."

청산유수 같은 도림의 언변이었다. 한동안 듣고 있던 개로왕이 제

무릎을 손으로 쳤다.

"대사의 말씀이 맞소. 과인이 그동안 너무나 오래 정사를 등한히 하고 있었소. 내 당장 대사의 충고대로 하리다."

단호한 표정을 짓는 개로왕의 얼굴을 실눈으로 살피는 도림의 입가에 희미한 미소가 떠올랐다.

도림의 충고를 옳게 여긴 개로왕은 대대적인 공사를 벌이기 시작했다. 백성들을 대거 징발하여 흙을 굽고 성을 쌓고 그 안에 화려한 궁실과 누각, 사대를 조성했다. 강가에서 큰 돌을 캐어다가 관을 만들어 선왕의 해골을 장사한 후 큰 능을 만들었으며, 강물의 범람을 막기 위해 사성 동쪽에서부터 숭산 북쪽까지 강을 따라 높은 제방을 쌓았다.

이렇게 큰 규모의 대역사가 벌어지자 백성들은 매일같이 부역에 동원되었고, 국경을 경비하고 훈련해야 할 군사들조차 작업장에 투입되었다. 그 결과 국고는 얼마 지나지 않아 텅텅 비었고, 백성들은 굶주렸으며, 군사들은 피로에 지쳤다.

대역사에 시달리다 못한 백성들의 불만이 날로 고조될 무렵, 대목악성에 머물던 목만치는 수원사 정암이 보낸 급한 전갈을 받았다. 해월이 위독하다는 소식에 목만치는 곰쇠와 함께 즉시 밤길을 달려 수원사에 당도했다.

해월의 천수 이미 90을 바라보고 있었다. 그만하면 충분히 장수했다고는 하나 죽음은 언제나 슬픈 법. 미련은 죽은 자의 몫이 아니라 살아남은 자의 몫이었다.

해월은 몰라보게 깡마른 얼굴로 앉아 있다가 큰절하는 목만치와 곰쇠를 물끄러미 바라보았다. 위독하다 해서 자리보전하고 있을 것이라고 예상했지만, 해월은 끝끝내 자리에 눕지 않았던 것이다. 혼신의 의지로 서안 앞에 버티고 앉은 해월은 담담하게 목만치에게 물었다.

"도를 찾았느냐?"

"아직 찾지 못했습니다."

"이놈, 절밥을 먹은 지 벌써 몇 년인데, 아직도 도를 찾지 못했단 말이냐?"

"소인이 워낙 어수룩해서 그렇습니다."

"하면 도의 그림자라도 밟아보았느냐?"

"도가 무엇인지 어림도 못하겠는데, 어찌 그림자조차 밟을 수 있겠습니까?"

"허, 그놈……."

해월이 빙그레 웃었다.

"그래도 절밥이 아깝지는 않구나. 목만치야, 그런 자세로 매일매일 정진하거라."

"예, 스님."

"백척간두 갱진일보라! 내가 가르쳐준 말을 잊지 않았겠지?"

"소인, 어리석으나 그것만은 잊지 않았습니다."

"칼은 사람을 죽일 수도 있으나 살릴 수도 있다. 알겠느냐?"

"명심하겠습니다."

"너는 칼로써 일가를 이루리니 그것이 곧 도에 이르는 길이다. 살인검이 아닌 활인검으로 네 뜻을 이루거라."

"하지만 그 길이 워낙 요원해 보여서 참말로 아득합니다. 스님."

"이놈아, 그럼 그 길이 쉬울 것으로 생각했더냐?"

"스님……."

"나를 봐라. 미욱하게도 90년이나 살았지만 도의 그림자조차 밟지 못하고 간다. 그토록 어려운 것이 도인 게다."

"……."

"……."

쓴웃음을 지으며 한동안 목만치를 보던 해월이 불쑥 입을 열었다.

"이 나라는 망한다."

"예?"

"여긴 네가 머물 인연이 아니다. 때가 되면 왜로 가거라."

"왜로 말입니까?"

"그렇다."

"이 나라 사직이 망한다는 것이 사실입니까?"

"하늘은 이 나라를 버렸다. 아무리 궁궐을 화려하게 짓는다고 해도 민심이 떠나면 그것으로 끝장인 게다. 비록 들판에 풀집을 짓고 살더라도 정도를 행하면 길이 복을 누릴 것이요, 그렇지 않으면 여러 사람을 수고롭게 하여 훌륭한 성을 쌓아도 소용이 없는 것이다."

"하오면……."

"여경이 하는 짓이 싹수가 노랗다. 황음에 빠진 데다가 백성들에게 엄청난 부역을 강요한다고 들었다. 그리고 도림이라는 놈, 그놈의 정체는 생간이다!"

천하의 병법자 손자는 용간用間, 곧 첩자를 부리는 다섯 가지 방도를 향간, 내간, 반간, 사간, 생간으로 설명했다. 향간은 그 고을의 사람을 꾀어 이용하는 것이며, 내간은 적의 관리를, 반간은 적의 간첩을 꾀어 역이용하는 것이며, 사간은 거짓 정보를 아군의 첩자에게 흘려 적이 믿게 하는 것이며, 생간은 적진에 들어갔다가 되돌아와서 보고하는 것이다.

그때쯤 백제국 안에 도림에 관한 소문을 듣지 않은 이가 없었다. 웬 낯선 중이 나타나 바둑실력으로 개로왕의 총애를 받고 있으며, 그가 이번 대역사를 시작하게끔 대왕을 쑤석였다는 소문이었다. 그렇지 않아도 백성에게서 신망을 잃고 있는 백제 왕실이었다. 이제 왕실은 백성들에게는 지탄의 대상이었으며 차라리 없는 것만 못한 존재였다. 그런 도림이 생간이라는 사실은 목만치에게도 충격이었다.

"스님, 그게 사실입니까?"

"도림, 그놈은 한때 내 사문이었느니라. 고구려 거련의 총애를 받고 있다고 들었다. 그런 놈이 백제에 왔다면 그 이유는 단 한 가지. 그리고 그 계책은 훌륭하게 성공했다. 도림 그놈이 재주가 뛰어나고 비상한 놈이지만 근본적으로 허명에 대한 집착을 떨쳐버리지 못하는 놈이다. 언젠가는 이런 일이 생기리라고 짐작했지만…… 그것조차도 인생무상이다, 할!"

"스님……."

"목만치야, 칼로써 네 뜻을 세우거라."

"예, 스님."

해월에게 머리를 숙여 예를 표했다 잠시 후 고개를 든 목만치는 그만 눈을 감았다.

해월이 앉은 자세 그대로 열반에 든 것이다. 해월의 천수 90, 평생을 바람처럼 떠돌며 먼지 한 점 남기지 않고 떠난 것이다.

이를 악문 목만치의 눈에서 눈물이 흘러내렸다. 부친 목라근자의 죽음 이후 처음으로 흘리는 눈물이었다. 그만큼 해월은 그에게 아버지와 같은 존재고, 스승이며 미망에서 깨어나게 해준 은인이었다.

애통해하는 목만치의 슬픔을 달래주기라도 하듯 정암이 타종했다. 종소리는 계곡을 타고 삼라만상을 일깨우려는 듯 멀리 멀리 울려 퍼졌다.

한편, 부역에 시달리다 못한 백성들의 원한이 극에 달했을 무렵, 도림은 때가 되었다고 판단했다. 그는 몰래 왕궁을 빠져나와 장수왕의 밀명을 받고 한성에 잠입해 있던 고구려 호위무사들과 함께 백제를 탈출했다. 장수왕은 도림에게서 백제의 허허실실을 모두 전해 들었다.

장수왕은 마침내 오랜 숙원을 풀 때가 왔다고 생각했다.

『울료자蔚繚子』에 "전재어치기공재어의표戰在於治氣攻在於意表"라는 말이 있다. 전쟁의 성공은 사기를 다스림에 있고, 성공은 의표를 찌름에 있다는 뜻이다. 다시 말해 전쟁을 개시할 때는 먼저 사기를 진작시켜야 승리할 수 있고, 공격할 때는 적의 의표를 찔러 예기치 못하게 행동해야 이길 수 있는 것이다. 장수왕은 지금이 바로 그때라고 확신했다.

남정

장수왕은 고구려 전 병력을 향하여 백제를 치라는 명령을 내렸다. 이미 80세를 넘긴 고령이지만 친히 남정南征 병력 3만의 대군을 이끌고 남하하였다. 선봉장으로는 예전 백제의 장수였던 재증걸루와 고이만년이 앞장섰다. 475년 9월의 일이었다.

각 전선에서 전쟁 개시를 뜻하는 5개의 연기가 피어올랐다. 최전방에서부터 한성까지 이어진 봉수대마다 연이어 연기가 피어올랐는데, 화급하기가 마치 똥구멍에 불이 붙은 듯했다. 파발마가 왕궁으로 연하여 급히 들이닥쳤다. 3만의 고구려 대군이 남진하여 벌써 여러 성을 통과하였으며 백제의 최전방 전선인 청목령(개성)에 이르러 대진하고 있다는 급보였다.

급보를 받은 개로왕은 한탄하며 말했다.

"마침내 사직이 나로 말미암아 그치게 되었구나."

갑자기 세상천지가 환해지면서 모든 물리를 깨우치는 순간이 있다.

불교에서는 이를 일컬어 돈오頓悟라고 하는가. 한순간의 깨달음. 황음에 빠졌던 개로왕에게도 그런 순간이 찾아왔다. 그러나 너무 뒤늦은 깨달음이었다.

'아뿔싸!'

자신 때문에 수백 년을 이어온 이 나라 사직이 바람 앞의 촛불처럼 위태롭게 되었다는 자각이 개로왕을 뼈아프게 만들었다.

문무백관들이 서둘러 남당으로 입궐했다. 개로왕은 참으로 오랜만에 곤룡포에 면류관을 쓰고 남당 회의에 참석했다. 옥좌에 앉은 개로왕은 침통한 얼굴로 대신들을 바라보았다. 모두 눈에 띄게 당황한 기색이었는데, 태반이 얼굴도 모르는 자들이었다. 여도에게 국정을 일임하는 동안 예전의 대신들을 모조리 물갈이하고 여도의 심복들이 그 자리를 채웠던 것이다.

개로왕의 시선이 단 아래 여도에게 머물렀다. 여도 역시 평소의 기고만장함을 잃어버리고 허둥대는 기색이 역력했다. 마침내 개로왕이 입을 열었다.

"모두 소식을 들었을 것이오. 고구려의 더벅머리 거련이 드디어 대군을 이끌고 국경을 넘었소. 여기에 대한 방비책이 있소?"

한동안 침묵이 이어졌다.

"허어, 이 나라 사직이 위태롭게 되었는데 어째 꿀 먹은 벙어리마냥 입을 다물고 있느냐? 평소에 남을 헐뜯고 비난할 때는 그렇게 잘도 나불거리던 입들이 국난을 당한 지금에 와서는 어찌 이 모양인고?"

궁궐 중수공사에 백성들을 동원하느라 궁실 재정은 바닥난 지 오래였다. 게다가 주인이 신경 쓰지 않는 창고는 어느 결에 종놈들이 훔쳐가기 마련이었다. 백제의 형편이 그런 참이었다.

문득 개로왕은 다시 좌중을 둘러보며 누군가를 찾았다. 그러나 찾는 이가 눈에 들어오지 않자 개로왕이 의아하다는 듯 물었다.

"목만치…… 목만치는 어디 있느냐?"

눈치를 살피던 국강이 대답했다.

"전 치양성 성주 목만치는 임지를 무단이탈한 죄로 삭탈관직을 당했습니다. 중형을 내려야 마땅하지만 상좌평 나리의 배려로 중형만은 면제되어 근신하고 있는 것으로 알고 있습니다."

"허어, 이런 일이!"

개로왕이 긴 탄식을 내뱉었다. 개로왕은 한눈에 여도와 국강의 간교한 계략임을 알아차렸다.

"목만치를 당장 불러오너라!"

"예."

"지금 이 나라 사직이 풍전등화다. 그런 위기에 목만치 같은 뛰어난 장수를 활용하지 않는 어리석음이라니! 아아, 그나마 다행이다. 목만치가 있어서 그나마 다행이다!"

목만치가 있는 대목악성을 향해 파발마가 급하게 달려갔다.

그러는 와중에도 전선에서는 계속해서 급보가 이어졌는데 모두가 패배했다는 소식뿐이었다. 비보를 접한 대신들은 절망감에 떨면서 고개만 숙일 뿐, 누구 하나 시원한 방책을 내놓는 이가 없었다. 여도 역시 마찬가지였다. 아니, 이 모든 화근의 중심에는 여도가 있었다.

개로왕은 한동안 자신의 어리석음을 자책했지만 이미 때는 늦었다. 이럴 때 여곤이 있다면……. 그러나 여곤은 저 멀리 바다 건너 왜에 가 있었다. 모든 것이 운명이었다. 개로왕의 사납고 날카로운 눈초리가 자신에게 향하자 여도는 슬그머니 시선을 피해버렸다.

해월의 다비식을 치른 후 목만치는 대목악성의 집에서 지친 심신을 달래고 있었다. 한때 불타버린 옛집은 목라근자의 해원과 더불어 다시 재건되었고, 목씨 집안의 명성에 걸맞은 종갓집의 위용을 되찾았다.

목만치는 후원에 사당을 만들어 신검을 모셨다.

신검. 전설처럼 전해져오는 신검을 보고 싶다는 생각이 하루에도 열두 번씩 들었다. 목만치는 그러나 신검을 보고 싶은 욕망을 억눌러 참았다. 스스로 본국검법을 완성했다고 생각했을 때 신검의 주인이 될 수 있다는 선대 할아버지의 엄명을 몇 번이고 되새기면서 무술수련을 게을리 하지 않았다.

한성에서 사자가 급파된 것은 그런 어느 날이었다. 급히 입궐하라는 칙서를 받은 목만치는 서둘러 행장을 차려 한성으로 향했다. 그 뒤를 곰쇠가 따랐음은 물론이다. 야금이와 덕팔이, 또복이도 행렬에 끼어 있었다.

고구려에 잠행할 때 만난 덕팔이는 얼마 후 물어물어 대목악성까지 목만치를 찾아왔다. 평생을 떠돌이 장사꾼으로 다니지 않은 곳이 없던 덕팔이에게는 고구려와 백제, 신라인이라는 구별은 아무런 의미도 없었다. 말이 통하기만 하면 그것으로 되었다.

그러나 막상 고구려와 백제 사이에 전쟁이 일어나자 입장이 난처해진 것은 덕팔이였다. 목만치는 그런 덕팔이에게 대목악성에 남거나 고향으로 돌아가도록 종용했지만 그는 목만치를 수행하겠다는 고집을 꺾지 않았다.

한성으로 가는 도중 피란을 떠나는 사람들이 끝없이 이어졌다. 피란에 나선 사람들 중에는 젊은이들도 많았다. 목만치는 민심이 이 나라를 떠났음을 직감했다. 전쟁이 나면 장정들은 예외 없이 군역에 나서야 했다. 그런데도 피란을 떠난다는 것은 이 나라의 기강이 형편없이 허물어졌음에 다름 없었다. 당항포에서도 그런 징조를 느끼지 않았던가.

그토록 우려하던 일이 현실로 닥치자 목만치는 착잡한 심정을 가눌 수 없었다. 고구려로 잠입해 떠돌면서 그 강력한 군사력을 직접 목격하지 않았던가. 말 타는 것이 일상처럼 되어 있었고, 활과 칼을 마치 분신처럼 다루는 것이 바로 고구려인의 기질이었다. 남성적이었고, 호방했으며, 기마민족 특유의 역동성을 갖춘 데다가 타는 불에 기름을 끼얹는 격이 된 것은 고국원왕의 전사 이후 고구려의 숙원처럼 되어 버린 복수에의 집념이었다.

그 복수의 집념이 없었다면 82세의 고령인 장수왕이 직접 대군을 이끌고 친정에 나설 리가 없는 것이다. 광개토왕 대에 이미 한 차례 피바람이 지나갔지만 장수왕은 그것으로도 만족하지 못한 것이다.

그 강대한 군사력과 맞서 이긴다는 것은 불가능한 일이었다. 목만치는 개로왕이 자신을 찾는 이유를 잘 알고 있었고, 자신이 소모품처럼 전장의 한 이슬받이가 되어야 할 처지임을 깨달았다. 그러나…… 그렇다고 해서 다른 방법이 있는 것도 아니었다. 어쨌거나 대왕의 부름이었고, 가야 했다.

한성에 도착한 목만치는 입궐해 남당으로 갔다. 전선에서 연이어 들어오는 급보를 받고 대책을 강구하던 개로왕은 목만치를 보자 죽은 자식 살아온 듯 반갑게 맞이했다.

"오오, 목만치! 이리 오게!"

목만치가 부복하여 예를 표하자 개로왕은 옥좌에서 친히 내려와 목만치의 손을 잡았다. 목만치의 손을 어루만지는 개로왕의 눈은 감회에 젖어 있었다.

"오랫동안 내 그대를 잊고 있었다. 오늘 이렇게 그대의 얼굴을 보니 과인의 어두운 마음이 환해지는 것 같구나."

"대왕마마, 성은이 망극하옵니다."

"목만치, 지금 이 나라 사직이 위태롭다. 이 사태를 해결할 수 있는 장수는 목만치 그대뿐이다!"

"과찬이옵니다, 대왕마마."

"아니다, 목만치! 그대는 여황의 반란을 진압한 적이 있다. 당시 그 눈부신 전공을 과인은 아직도 잊지 못한다. 목만치, 그대는 총사령이 되어 국난에서 이 나라를 구하라!"

"소신, 초개처럼 목숨을 바치겠나이다!"

"최전방의 성들이 적들의 수중에 떨어졌다. 게다가 상황은 더 위급해져 적들은 불과 몇 십 리까지 다가왔다. 목만치, 그대가 나가서 적들을 물리쳐라!"

"분부 받들어 모시겠습니다!"

목만치가 다시 한번 부복했다. 개로왕이 위사장에게서 영도를 건네받았다.

"이 칼은 총사령의 상징이다. 그대의 명령을 어기는 자가 있다면 지위고하를 막론하고 이 칼로 목을 쳐라!"

"삼가 성은이 망극하옵니다!"

목만치가 개로왕에게서 영도를 받았다. 개로왕에게 예를 표하고 물러나온 목만치는 그 길로 출정에 나섰다.

다행히 예전에 그가 부임한 치양성만은 적들의 거센 공격에도 아직 함락되지 않았다는 소식이었다. 비록 성주가 바뀌었다고는 하나 목만치가 성주로 있을 때의 부장 이하 장교들은 그대로였다. 그곳을 터전으로 살아오고 있는 성민들은 더 말할 것도 없었다.

이런 일이 있을 것으로 예상하고 치양성을 보수하고 그곳의 군사들을 밤낮없이 조련시켰던가. 목만치는 서둘러 말을 달려 치양성으로 가면서 씁쓸한 생각이 들었다. 고구려군은 치양성만을 취하지 못했을 뿐 그 밖의 모든 성들을 파죽지세로 함락시켰다. 치양성은 고립되어 있었다. 치양성이 아직 버티고 있는 바람에 고구려군의 남침 속도를 조금이나마 지체시킬 수 있었다.

치양성을 사수한다면 적의 노도와도 같은 기세를 한동안 누그러트릴 수 있을 것이다. 그러는 동안 전국에 총동원령을 내려 병사들을 모병한다면 아직 기회가 있는 것이다.

목만치는 달리는 추풍오에 박차를 가했다. 그 뒤를 따르는 곰쇠를 비롯해 여러 부장들도 뒤처질세라 연신 채찍질을 가했다. 무서운 기세로 달려가는 그들의 뒤로 흙먼지가 자욱했다.

곳곳을 점령한 고구려군을 피해서 치양성까지 가는 것도 쉬운 일이 아니었다. 그러나 밤낮을 가리지 않고 말을 재촉한 끝에 그들은 한밤에 치양성 근처에 당도했다. 치양성 사방이 고구려군의 진막으로 포위되어 있었다.

어둠 속에서 전황을 살피던 목만치는 닥종이에 붓글씨로 무엇인가 썼다. 그 서찰을 화살에 묶은 다음 목만치는 각궁에 걸었다. 목만치의 손을 떠난 살은 밤하늘을 날아가 치양성 성루 기둥에 가 박혔다. 그것을 발견한 장교가 때마침 그곳을 순찰하던 사문에게 알렸다. 서찰을 읽던 사문의 얼굴에 화색이 감돌았다. 그의 눈치를 보던 장교가 궁금한 듯 물었다.

"무슨 일입니까?"

"이제 우리는 살았다!"

"예?"

장교가 의아한 얼굴로 사문을 바라보았다. 안 그래도 지금 3일째 단 한숨도 눈을 붙이지 못하고 적을 맞아 싸우고 있는 판국이었다. 성안의 병력은 1천 5백여 명이었는데, 벌써 그 숫자가 절반으로 줄어들었다. 적의 공격을 막아내는 사이에 이쪽의 희생은 눈에 띄게 늘어만 갔다. 게다가 고구려군이 쳐들어온 그날 밤 성주는 도망치고 말았다. 제 식구들과 함께 밤새 감쪽같이 사라졌는데, 남아 있는 병사들에게는 차라리 잘된 일이었다. 그런 우두머리는 없는 게 더 나았다.

죽기를 각오하고 지금까지 버텨왔지만 이제 시간이 얼마 남지 않았다는 것을 모두가 잘 알고 있었다. 그런데 지금 사문이 살았다고 말하고 있는 것이 아닌가.

"목 장군께서 오셨다!"

"뭐라고 하셨습니까?"

"전 성주께서 오셨단 말이다."

"그게 정말입니까?"

"그렇다."

이미 주변에 있던 병사들은 모두 그 말을 들었다. 전 성주 목만치의 이름을 모르는 사람은 갓 태어난 아기거나 저승길이 가까워 노망난 늙은이들뿐일 터였다. 병사들은 눈에 띄게 활기를 찾았다.

"모두 잘 듣거라. 너희들도 잘 알다시피 지금 사방은 적들에게 포위되었다. 그 때문에 장군께서는 성에 들어오고 싶어도 여의치 않은 형편이다. 잠시 후 장군께서는 죽기를 각오하고 길을 뚫을 것이다. 너희는 모두 성문을 열고 나아가 장군께서 성으로 들어올 수 있도록 적들을 맞아 싸우도록 하라."

"알겠습니다!"

병사들이 한 목소리처럼 대답했다.

반 식경이나 지났을까. 이제나저제나 하고 성벽 위에서 사방을 지켜보던 병사들의 눈길이 한곳으로 쏠렸다.

성문 남쪽에서 요란한 소리가 일었다. 병장기 부딪치는 소리와 함께 비명이 연이어 나면서 한 떼의 말들이 어둠 속에서 달려오는 것이 보였다. 사문이 성루에서 손짓을 하자 성문 안쪽에서 기다리고 있던 부장 고이찬이 서둘러 성문을 열었다.

성문이 열리자 고이찬은 기병 30여 명과 함께 밖으로 달려 나갔다. 저만치 앞에서 달려오고 있는 사람은 분명 목만치였다. 그리고 그 옆의 거한은 자세히 보지 않아도 곰쇠일 터였다. 고이찬이 마주 달려 나가며 소리 질렀다.

"부장 고이찬, 장군을 마중 나왔습니다! 여기는 염려 마시고 안으로 드십시오!"

"오, 고이찬! 오랜만일세."

목만치가 옆을 스쳐 지나며 대꾸했다. 곰쇠와 야금이, 덕팔이 등의 식구들과 한성에서부터 수행한 여러 부장들이 성문 안으로 들어가는 것을 확인하고 난 고이찬과 기병들은 뒤쫓아오는 적들을 맞았다. 그러나 성벽 위에서 화살이 비 오듯 쏟아졌으므로 적들도 가까이 오지 못하고 되돌아갔다.

잠시 적들을 지켜보던 고이찬은 기병들과 함께 성으로 돌아와 성문 빗장쇠를 굳게 걸었다. 땀이 온몸을 적셨는데 힘든 줄은 전혀 몰랐다. 목만치가 돌아왔다는 사실 하나만으로도 힘이 샘솟는 것 같았다.

"병사들은 얼마나 되느냐?"

목만치는 여전히 말에서 내리지도 않고 사문에게 물었다. 사문이 허리를 숙여 예를 표하는 것을 거들떠보지도 않고서였다.

"보기 합해서 이제 7백 정도 남았습니다."

"다행이로구나, 다행이야."

목만치가 고개를 끄덕였다.

"여기까지 오면서 얼마나 마음을 졸였는지 모른다. 최악의 경우라도 1백여 명만 살아남아 있기를 간절히 바랐다. 내 기도가 하늘에 통한 모양이다. 7백이라니, 기대 밖이다."

목만치가 흰 이를 드러내며 웃었다.

"성주는 어디 있느냐?"

"첫날 접전이 벌어지자 도망쳤습니다."

"허, 그러냐?"

목만치가 혀를 찼다.

"이제 놈들에게 호된 맛을 보여주어야겠다."

"저도 그러기를 기대하고 있습니다, 장군."

"기병을 모아라."

"예?"

사문이 놀란 눈으로 목만치를 올려다보았다.

"지금 놈들을 친다!"

목만치가 씹어뱉듯이 말했다.

"하지만 장군, 장군께서는 방금 들어오셨습니다. 여독도 채 풀리지 않은 상태에서 다시 놈들과 접전을 하신다는 것은……."

"사문! 보아하니 그대들은 지금 며칠째 눈도 붙이지 못한 모습이구나. 죽기를 각오하고 성을 지킨 그대들에게 주는 선물이다. 놈들은 그동안 이기기만 했으니까 감히 우리가 오늘 밤 되치고 나오리라고는 짐작하지 못할 것이다."

"알겠습니다. 서둘러 준비하겠습니다."

사문이 돌아설 것도 없었다. 이미 옆에서 듣고 있던 고이찬이 장교들에게 지시했다. 빠르게 기병들이 모여들었는데 2백 기 정도 되었다.

흐뭇한 표정으로 목만치가 그들을 바라보았다.

"내 얼굴을 모두 알고 있을 것이다. 나는 전임 성주 목만치다!"

"잘 알고 있습니다, 장군!"

기병들이 한 목소리로 외쳤다.

"그대들은 오늘 밤 놈들의 저승사자가 되어라!"

"기다리던 바올시다!"

"그럼 가자!"

목만치가 말을 돌리자 곰쇠와 여러 부장들이 뒤따랐다. 그 뒤를 다시 2백여 기의 기병들이 이었는데, 긴장한 얼굴이라기보다는 마치 나들이라도 가는 듯한 모습이었다.

성문이 열리자마자 2백여 기의 기병들은 한 줄기 빛처럼 쏟아져 나갔다. 사문과 고이찬은 성루에 서서 목만치가 지휘하는 기병들의 모습을 지켜보았다. 실로 장관이었다. 사방에 진을 쳐놓은 적들의 진막을 전후좌우로 짓밟고 다니는데 마치 한 사람이 움직이는 것처럼 일사불란했고, 그 진퇴가 짜놓은 듯했다.

적들은 방심하고 있다가 난데없이 튀어나온 기병들에 의해 도륙이 났다. 어른과 어린아이의 싸움이나 마찬가지였다. 2백여 기의 기병들은 거칠 것 없이 적진을 유린했다. 어디선가 퇴각을 알리는 급한 징소리가 요란하게 났다. 이미 태반이 넘는 병사들이 도망친 다음이었다. 성을 포위했던 적의 진막은 시체와 움직일 수 없는 부상자들만 남겨놓고 마치 빗자루로 쓸어버린 듯 텅 비어버렸다.

더 이상 쫓을 적이 없었으므로 기병들은 자연스럽게 성문 앞 빈터에 모여들었다. 비 오듯 땀을 흘리고 있었지만 표정은 더할 수 없이 밝았다. 성벽 위에서 지켜보던 병사들과 성민들이 환호성을 지르고 만세를 외쳤다.

『십팔사략』에 "노중련왈장군유사지심사졸무생지기魯仲連曰將軍有死之心士卒無生之氣"라는 대목이 있다. 장수가 죽을 각오를 하면 병졸들도 기꺼이 살고자 하는 집착을 버린다는 뜻이다. 목만치와 병사들의 마음이 그러했다.

"모두 수고했다. 오늘 밤은 마음 놓고 잠을 자도록 하라!"

목만치가 투구를 벗고 이마의 땀을 팔뚝으로 훔치며 말했다. 먼동이 터오는 시각이었고, 푸른빛 속에서 목만치의 하얀 이가 빛났다.

(3권에서 계속)

양직공도

중국에 온 백제와 왜 등 외국 사신의 모습과 그 나라의 풍습을 소개한 화첩이다. 현재의 그림은 6세기에 제작한 원본을 1077년 북송 시대에 모사한 것이다. 원본에는 25개국의 사신들이 그려져 있으나, 지금은 12개국 사신들의 모습만 남아 있다. 이 그림과 서술은 6세기 초웅진시대의 백제사 연구에 중요한 자료이다. 기록을 보면, 백제에 대해 "마한에서 시작된 나라이며, 중국의 요서 지방을 차지해 다스렸다. 고구려와 말씨와 옷차림이 비슷하며, 백제무령왕은 고구려를 크게 격파했다는 사실을 알려온 적이 있다"는 등의 내용이 담겨 있다. 또한 백제가 다스리는 탁국(卓國)·다라(多羅)·전라(前羅) 등에 대해서도 기록되어 있다. 이 그림은 현존하는 회화 자료 중 백제인의 모습을 담은 것으로는 유일하다.

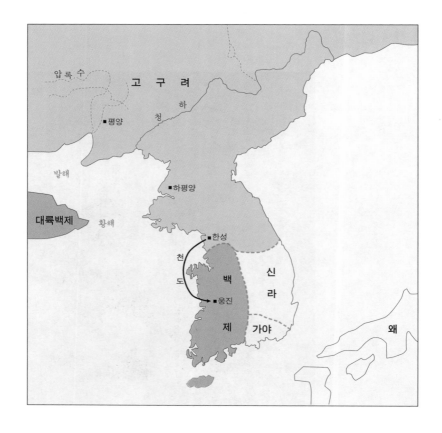

개로왕 이후의 백제 영토(A.D. 475년경)

고구려 승려 도림은 개로왕을 부추겨 비유왕의 능을 조성케 하고, 궁실과 성을 새로 짓게 한다. 이 때문에 많은 백성이 징발되고 국고는 텅텅 빌 수밖에 없었다. 도림은 고구려로 돌아가 그 소식을 알렸고, 장수왕은 475년 9월에 병력 3만을 이끌고 백제를 급습한다. 개로왕은 자신의 어리석음을 한탄하며 신라에 구원을 요청한다. 한편 아차성에 본진을 설치한 고구려군은 한강을 도하하여 한성으로 밀려들었다. 백제군은 북쪽 궁성에 군대를 밀집하고 방어전을 펼쳤으나, 7일 만에 북성이 무너진다. 고구려군은 개로왕이 있는 남성으로 밀려들었고, 개로왕은 달아나려 했으나 재증걸루에게 붙잡히고 만다. 재증걸루는 생포한 개로왕을 장수왕이 머물고 있는 아차성으로 압송했다. 개로왕은 그곳에서 비참하게 참수된다.(자료 출처 : 박영규, 『한권으로 읽는 백제왕조실록』)